Candeur du crime

Du même auteur aux éditions J'ai lu :

NORA ROBERTS

Lieutenant Eve Dallas -24

Candeur du crime

Traduit de l'américain par Sophie Dalle

Titre original :

INNOCENT IN DEATH
G.P. Putnam's Sons, published by the Penguin Group (USA) Inc.

© Nora Roberts, 2007

Pour la traduction française :
© Éditions J'ai lu, 2008

Un professeur influence l'éternité ;
il ne peut jamais dire où son influence s'arrête.
HENRY ADAMS

Aussi innocent qu'un œuf fraîchement pondu.
W.S. GILBERT

1

Une interrogation-surprise, c'était toujours mortel. Tel un piège tendu à un assassin, elle suscitait crainte et horreur chez la proie, et une certaine ivresse du pouvoir chez le chasseur.

Craig Foster s'apprêtait à profiter de sa pause-déjeuner pour peaufiner son questionnaire. Il savait pertinemment comment allaient réagir les élèves du cours d'histoire de cinquième heure. Il entendait d'avance leurs gémissements de détresse ou de panique. Et comprenait parfaitement. À vingt-six ans, l'époque où il avait lui-même subi des tortures de ce genre n'était pas si lointaine.

Il sortit le sac isotherme contenant son repas. Esclave de ses habitudes, il savait ce que son épouse – que c'était bon d'être marié ! – y avait mis : un sandwich au blanc de volaille, une pomme, des chips au soja et du chocolat chaud.

Il ne lui demandait jamais de préparer son déjeuner à emporter ni de s'assurer que ses chaussettes étaient lavées, pliées et empilées du côté droit du tiroir du haut de sa commode. Mais elle y prenait plaisir. Ces sept mois de mariage étaient vraiment les plus heureux de sa vie. Rien ne manquait à son bonheur !

Il était passionné par son métier et se targuait d'être un bon professeur. Lissy et lui partageaient un appartement agréable non loin de l'école. Ses élèves étaient intelligents, intéressants et – cerise sur le gâteau – ils l'appréciaient.

Ils râleraient et transpireraient un peu sur l'évaluation, mais ils s'en sortiraient.

Avant de se mettre au travail, il envoya un courriel à sa femme.

Coucou, Lissy ! Je passe chercher ta soupe préférée et une belle salade chez le traiteur en rentrant ce soir, qu'en dis-tu ?
Tu me manques. Je t'aime.
Tu sais qui.

Il imagina son sourire, puis s'attela à la tâche. L'œil rivé sur son écran, il remplit sa première tasse de chocolat chaud et mordit dans son sandwich fourré à la dinde reconstituée.

Il y avait tant à enseigner ; tant à apprendre. L'histoire du pays était riche, variée, dramatique, pleine de tragédies, de comédies, de romantisme, d'héroïsme, de lâchetés. Il souhaitait vivement transmettre tout cela à ses élèves, leur expliquer comment le monde dans lequel ils vivaient avait évolué pour devenir ce qu'il était en ces premiers mois de l'année 2060.

Tout en savourant son chocolat, il rajouta des questions, en élimina d'autres. Dehors, il neigeait.

À chaque minute qui s'écoulait, la fin de sa propre histoire approchait.

Les établissements scolaires lui fichaient la trouille. Difficile de l'avouer, même à soi-même. Pourtant, c'était le cas. Le lieutenant Eve Dallas, le flic le plus réputé de la ville de New York, aurait nettement préféré fouiner dans un terrain vague à la recherche d'un psychopathe chargé au Zeus, plutôt que d'emprunter ce long couloir du très chic Cours Sarah.

Malgré le décor aux couleurs vives et les vitres étincelantes, Eve avait l'impression d'être dans une chambre de torture.

La plupart des portes de ce labyrinthe étaient ouvertes sur des salles de classe désertes.

Eve jeta un coup d'œil à la directrice, Arnette Mosebly, une femme d'une cinquantaine d'années d'une beauté sculpturale. Issue d'un couple mixte, elle avait le teint caramel et les yeux bleu clair. Ses cheveux sombres étaient rassemblés en une boule de boucles en tire-bouchon. Elle portait une longue jupe noire, et une courte veste rouge. Les talons de ses mocassins claquaient sur le carrelage.

— Où sont les élèves ?

— Je les avais rassemblés dans l'auditorium en attendant que leurs parents ou leur baby-sitter viennent les chercher. La plupart des membres du personnel sont avec eux. J'ai jugé préférable, et plus respectueux, d'annuler les cours de l'après-midi.

Elle marqua une pause à quelques mètres d'un agent en uniforme posté devant une porte fermée.

— Lieutenant, vous n'imaginez pas à quel point c'est terrible, pour eux comme pour nous. Craig…

Elle pinça les lèvres, détourna la tête.

— Il était jeune, brillant, et si enthousiaste. Il avait la vie devant lui et…

Elle s'interrompit, leva la main, s'efforçant de se ressaisir.

— Je comprends bien que vous deviez suivre la procédure. J'espère simplement que vous serez aussi discrets et efficaces que possible. Et que l'on pourra attendre, avant de… de transporter le corps… que tous les élèves aient quitté le bâtiment.

Elle se redressa.

— Je ne comprends pas comment ce jeune homme a pu tomber aussi malade. S'il ne se sentait pas bien, pourquoi ne pas être resté chez lui ? Je n'ai pas encore prévenu sa femme – il n'est marié que depuis quelques mois. Je ne savais pas si…

— C'est à nous de nous en charger. Si vous voulez bien nous accorder quelques instants.

— Oui, bien sûr.

— Peabody, enregistrement, lança Eve à sa partenaire.

Elle fit signe à l'agent, qui s'effaça.

Poussant la porte, elle s'immobilisa sur le seuil de la pièce. Grande, mince, elle avait les cheveux châtains, plutôt courts et en désordre. Elle balaya la scène d'un regard dépourvu d'émotion, puis sortit une bombe de Seal-It de son kit de terrain, et appliqua soigneusement le produit sur ses mains et ses souliers.

Depuis douze ans qu'elle travaillait dans la police, elle avait vu bien pire que ce pauvre professeur d'histoire gisant sur le sol dans une mare de vomi et d'excréments.

Elle annonça l'heure et le lieu.

— En réponse à l'appel au service des urgences, les secouristes sont arrivés à 14 h 16. Le décès de la victime, Foster, Craig, a été prononcé à 14 h 19.

— Une chance pour nous qu'ils n'aient pas déplacé le corps, commenta Peabody. Pauvre type !

— Il déjeunait à son bureau ? Dans un établissement comme celui-ci, il doit y avoir une salle des profs, une cantine, je ne sais pas, moi.

Eve inclina la tête de côté.

— Il a renversé une Thermos grand modèle, ainsi que sa chaise.

— On dirait qu'il a été pris de convulsions.

Peabody s'avança en longeant le mur, ses aéro-baskets crissant légèrement. Elle vérifia les fenêtres.

— Verrouillées, annonça-t-elle.

Elle se positionna de manière à étudier le bureau et le corps sous un angle différent. Solidement charpentée, quoique nullement sculpturale, Peabody s'était récemment laissé pousser les cheveux, si bien qu'ils se recourbaient désormais sur son col en un style auquel Eve ne s'était pas encore résignée.

— Un repas boulot, constata-t-elle. Il préparait ses cours ou corrigeait des copies. Il a peut-être eu une réaction allergique à ce qu'il mangeait.

— C'est même sûr.

Eve s'approcha du corps, s'accroupit. Avant de s'attaquer à la batterie de tests et de relevés d'usage, elle étudia la victime.

Le blanc de ses yeux était strié de vaisseaux éclatés. Des traces d'écume et de vomi lui collaient aux lèvres.

— Il a essayé de ramper, murmura-t-elle. Il a tenté d'aller jusqu'à la porte. Peabody, procédez à l'identification officielle et vérifiez l'heure du décès.

Se redressant, Eve contourna avec précaution les flaques de fluides évacués par la victime, ramassa la tasse noire de la Thermos, sur laquelle son prénom était gravé en lettres argentées.

— Vous croyez que quelqu'un l'a empoisonné ? s'enquit Peabody.

— Ça sent le chocolat chaud. Et autre chose.

Eve glissa le gobelet dans un sachet de plastique.

— À en juger par la couleur du vomi, les signes de convulsions, l'extrême détresse... oui, la thèse de l'empoisonnement me paraît plausible. Le médecin légiste nous le confirmera. Nous aurons besoin de l'autorisation de ses proches pour accéder à son dossier médical. Continuez sans moi. Je vais interroger Mosebly et les témoins.

Eve quitta la salle de classe. Arnette Mosebly arpentait le couloir, un mini-ordinateur à la main.

— Madame la directrice ? Je suis dans l'obligation de vous interdire de contacter qui que ce soit pour le moment.

— Oh, euh... je... en fait, je...

Elle présenta l'écran à Eve.

— C'est une grille de mots fléchés. Pour m'occuper l'esprit. Lieutenant, je m'inquiète beaucoup pour Lissy. L'épouse de Craig. Il faut la prévenir.

— Nous nous en occupons. Pour l'heure, j'aimerais vous parler en privé. D'autre part, je vais devoir interroger les élèves qui ont découvert la victime.

— Rayleen Straffo et Melodie Branch. L'agent arrivé le premier sur place leur a demandé de ne pas quitter le bâtiment et les a séparées...

Arnette Mosebly pinça les lèvres d'un air désapprobateur.

— Ces enfants ont subi un traumatisme, lieutenant. Elles étaient hystériques, ce qui n'a rien d'étonnant. J'ai confié Rayleen à notre psychologue et Melodie à notre infirmière. Leurs parents ont dû les rejoindre depuis.

— Vous les avez avertis ?

— Vous vous acquittez de vos obligations, lieutenant, je remplis les miennes, riposta-t-elle, l'air hautain. Ma priorité, c'est la santé et la sécurité de mes élèves. Ces fillettes n'ont que dix ans et elles sont tombées sur *ça*, ajouta-t-elle en indiquant la porte. Dieu sait comment elles vont s'en remettre.

— Craig Foster n'est pas non plus dans un état réjouissant.

— Je me dois de protéger mes élèves. Mon école...

— Ce n'est plus *votre* école, mais *ma* scène de crime.

— Votre scène de crime ? répéta Arnette en blêmissant. Que voulez-vous dire ? Quel crime ?

— C'est ce que j'ai l'intention de découvrir. Je veux que vous m'ameniez les témoins, l'une après l'autre. Votre bureau est probablement l'endroit le plus approprié pour ces interrogatoires. J'autorise la présence d'un parent ou d'une baby-sitter par entretien.

— Très bien. Suivez-moi.

Eve se retourna vers l'agent.

— Dites à l'inspecteur Peabody que je suis dans le bureau de la directrice.

— Bien, lieutenant.

Eve se rendit compte qu'être sur la sellette était une chose, mais qu'occuper la place du chef était une autre paire de manches. Non qu'elle ait eu des problèmes de discipline à l'époque. Dans l'ensemble, elle s'était efforcée d'être aussi transparente que possible, se contentant de subir son sort en attendant le jour où elle aurait légalement le droit de tourner le dos à l'institution scolaire.

Elle n'avait pas toujours réussi. Ses impertinences et son attitude lui avaient valu son lot de séances sur ladite sellette.

On lui avait reproché de manquer de reconnaissance envers l'État qui lui offrait éducation, abri et nourriture. De se plaindre parce que les vêtements qu'elle portait avaient appartenu à d'autres avant elle. De ne pas faire assez d'efforts pour s'améliorer, alors qu'elle ne savait même pas d'où elle venait.

Elle se rappelait surtout les sermons pleins de suffisance, les froncements de sourcils déçus qui masquaient à peine un air de supériorité.

Et l'ennui.

Certes, elle n'avait jamais fréquenté un établissement privé comme celui-ci, équipé de matériel dernier cri, de mobilier flambant neuf, où les élèves portaient un uniforme élégant et où l'on comptait un enseignant pour six écoliers.

Au Cours Sarah, on ne se battait pas dans les couloirs, on ne cachait pas des pétards dans son vestiaire.

Mais on pouvait y commettre un meurtre.

Tout en patientant dans le bureau de Mosebly, orné de plantes vertes et d'une collection de théières, elle effectua une recherche rapide sur la victime.

Foster, Craig, vingt-six ans. Casier judiciaire vierge. Ses parents étaient encore vivants et toujours mariés. Ils habitaient dans le New Jersey, où Craig était né et avait grandi. Il avait obtenu une bourse pour poursuivre ses études à l'université Columbia, décroché son certificat d'enseignement, et s'était inscrit en maîtrise d'histoire.

Il s'était marié avec Bolviar, Lissy, au mois de juillet de l'année précédente.

Sur la photo d'identité, il paraissait fringant et plein d'enthousiasme. C'était un beau jeune homme au teint lisse couleur châtaigne grillée. Il avait de grands yeux noirs. Ses cheveux bruns, rasés sur les côtés, poussaient en hauteur sur le dessus du crâne. Un style très à la mode en ce moment, songea Eve.

Ses chaussures aussi l'étaient, avait-elle d'ailleurs noté en examinant le corps. Noir et argent, à lanières autour des chevilles. En revanche, sa veste de sport marronnasse était usée aux coudes, et il avait dû acheter sa montre au rabais. Une alliance en or brillait à son annulaire gauche.

En fouillant dans ses poches, Peabody n'y trouverait sans doute pas plus de cinquante crédits.

Eve prit quelques notes.

D'où provenait le chocolat chaud ?
Qui avait accès à la Thermos ?
Partageait-il sa classe avec d'autres collègues ?
Qui était le dernier à l'avoir vu vivant ?
Le premier à découvrir le corps ?
Avait-il une assurance-vie ?
Qui en étaient les bénéficiaires ?

Elle leva les yeux comme la porte s'ouvrait.

— Lieutenant ?

Mosebly entra, la main posée sur l'épaule d'une gamine au teint laiteux criblé de taches de son parfaitement assorties à ses cheveux roux attachés en queue-de-cheval.

En blazer bleu marine et pantalon kaki immaculé, elle paraissait frêle et tremblante.

— Melodie, voici le lieutenant Dallas, de la police de New York. Elle a des questions à te poser. Lieutenant Dallas, je vous présente la maman de Melodie, Angela Miles-Branch.

La fillette avait hérité du teint et des cheveux de sa mère. Et sa mère paraissait tout aussi frêle et tremblante.

— Lieutenant, cela ne peut pas attendre demain ? Je préférerais ramener Melodie à la maison maintenant. Elle ne se sent pas bien. Ce qui se comprend, je pense.

— Ce sera plus facile pour tout le monde si nous réglons cela dès à présent. Je n'en ai pas pour longtemps. Madame la directrice, si vous voulez bien nous excuser.

— En tant que représentante de l'école, et de mon élève, il me semble que ma présence serait utile.

— Celle de la mère suffit. Veuillez sortir, je vous prie.

Le regard de Mosebly trahit son agacement, mais elle serra les dents et obtempéra.

— Assieds-toi donc, Melodie, proposa Eve.

Deux grosses larmes roulèrent sur les joues de la fillette.

— Oui, madame. Maman ?

— Je ne bouge pas d'ici, ma chérie, promit sa mère, qui prit place à ses côtés sans lui lâcher la main. C'est terrible, ce qu'elle vient de vivre.

— Je comprends. Melodie, je vais enregistrer notre conversation.

La petite opina solennellement. Eve se demanda quelle mouche l'avait piquée de confier à Peabody la mission d'expertiser la scène du crime, plutôt que celle d'interroger les enfants.

— Si tu me racontais ce qui s'est passé ?

— On... on est allées dans la classe de M. Foster... euh, Rayleen et moi. On a frappé, parce que la porte était fermée. Mais M. Foster nous laisse entrer si on a besoin de lui parler.

— Et vous souhaitiez discuter avec lui.

— Oui. De notre projet de travaux pratiques. On est coéquipières. On fait un compte rendu multimédia sur la Déclaration des droits. Ça compte pour vingt-cinq pour cent de notre note finale. On voulait lui montrer notre plan. Il ne refuse jamais de nous voir avant ou après le cours.

— Très bien. Et où étiez-vous avant de vous rendre dans la salle de classe de M. Foster ?

— Après le déjeuner, on était en groupe d'étude avec Mlle Hallywell. Elle nous a accordé la permission de partir un peu plus tôt pour aller voir M. Foster. J'ai le laissez-passer.

Elle plongea la main dans sa poche.

— Laisse, c'est bon. Donc, vous êtes entrées.

— On a commencé. On bavardait, on a ouvert la porte. Ça sentait horriblement mauvais. J'ai dit : « Beurk ! ça pue, ici ! »

De nouveau, les larmes se mirent à couler.

— Je suis désolée d'avoir dit ça, mais...

— Ce n'est pas grave. Que s'est-il passé ensuite ?

— Je l'ai vu. Je l'ai vu par terre et il y avait… du vomi partout. Ray a crié. Ou alors, c'était moi. On a dû crier toutes les deux. On est sorties en courant et on a aperçu M. Dawson qui arrivait dans le couloir. Il nous a demandé pourquoi on hurlait. Il nous a dit de rester où on était et il est allé voir. Je l'ai regardé entrer. Il est ressorti très vite, la main comme ça.

Elle plaqua la main sur sa bouche.

— Il s'est servi de sa radio, je pense, pour prévenir Mme Mosebly. Et là, Mme Mosebly est venue. Elle a appelé l'infirmière. Et l'infirmière, Mlle Brennan, nous a emmenées à l'infirmerie. Elle est restée avec nous jusqu'à ce que M. Kolfax vienne chercher Ray. Moi, j'ai attendu maman avec Mlle Brennan.

— Vous n'avez vu personne d'autre entrer dans la classe de M. Foster ou la quitter ?

— Non, madame.

— Sur votre chemin, avez-vous croisé quelqu'un ?

— Euh… Je ne sais plus. Euh… M. Bixley sortait des toilettes, et on a montré notre laissez-passer à M. Dawson. Je crois que c'est tout, mais je n'ai pas fait vraiment attention.

— Comment saviez-vous que M. Foster serait dans sa classe ?

— Il y est toujours avant le cours de cinquième heure du lundi. Il déjeune là. Et pendant le dernier quart d'heure de pause, il autorise les élèves à venir le voir. Si c'est important, on peut même y aller plus tôt. Il est tellement gentil, maman !

— Je sais, mon bébé. Lieutenant, je vous en prie.

— J'ai presque fini. Melodie, est-ce que Rayleen ou toi avez touché M. Foster ou quoi que ce soit dans la salle ?

— Oh, non, madame ! On s'est enfuies. C'était horrible. On est parties en courant.

— Parfait. Melodie, si tu te rappelles quoi que ce soit d'autre, le moindre détail, il faudra me le dire.

La fillette se leva.

— Lieutenant Dallas ? Madame ?

— Oui ?

— Quand on était à l'infirmerie, Rayleen a dit qu'ils allaient emporter M. Foster dans un grand sac en plastique. C'est vrai ? C'est obligé ?

— Oh, Melodie ! souffla Angela en serrant sa fille contre elle.

— Nous allons nous occuper de M. Foster, assura Eve. C'est mon travail et tu peux compter sur moi. En répondant à mes questions, tu m'aides à faire ce travail.

— Ah bon ?

Melodie renifla, soupira.

— Est-ce que je peux rentrer chez moi, maintenant ?

Eve acquiesça avant de s'adresser à la mère.

— Merci de votre coopération. Je vous recontacterai.

— Les pauvres petites. Quelle épreuve ! Viens, ma chérie. On rentre à la maison.

Angela entoura les épaules de sa fille du bras et toutes deux sortirent. Eve les suivit jusqu'au seuil. Mosebly se précipitait déjà sur elles.

— Madame la directrice ? appela-t-elle. Une question.

— Je raccompagne Mme Miles-Branch et Melodie.

— Je suis sûre qu'elles connaissent le chemin. Venez.

Cette fois, Eve se contenta de s'adosser au bureau. Mosebly entra au pas de charge, les poings serrés.

— Lieutenant Dallas, je conçois que vous fassiez votre travail, mais je suis atterrée par votre arrogance et votre dédain.

— Ça, j'avais compris, lâcha Eve. M. Foster avait-il l'habitude d'apporter son déjeuner ?

— Je… je crois que oui. Nous avons une cantine certifiée par une nutritionniste, bien sûr. Et des distributeurs automatiques approuvés par l'État. Toutefois, nombre de membres du personnel préfèrent leurs préparations maison, du moins occasionnellement.

— Il mangeait toujours seul ? À son bureau ?

Mosebly se frotta le front avec le pouce et l'index.

— Pour autant que je sache, il déjeunait dans sa classe entre une et trois fois par semaine. Cette profession exige beaucoup de travail en plus des cours : préparation, correction de copies, lectures, mise au point d'exercices de travaux pratiques. Craig, comme plusieurs de ses collègues, poursuivait ses études par ailleurs. Il déjeunait dans sa classe afin de travailler tout en mangeant. C'était un professeur très dévoué.

Sa colère semblait s'être dissipée.

— Il était jeune, idéaliste. Son métier le passionnait, lieutenant Dallas, et cela se voyait.

— Avait-il des problèmes relationnels avec d'autres membres du personnel ?

— Pas que je sache. C'était un garçon sociable, agréable. Nous avions beaucoup de chance de le compter parmi nous.

— Avez-vous renvoyé quelqu'un récemment ?

— Non. Nos professeurs restent longtemps. Craig était avec nous depuis deux ans. Il remplaçait l'un de nos professeurs qui a pris sa retraite après cinquante ans de service. Dont vingt-huit ici.

— Et vous ? Depuis combien de temps êtes-vous là ?

— Trois ans en tant que directrice. J'ai vingt-cinq ans d'expérience dans l'éducation et dans l'administration.

— Quand avez-vous vu M. Foster pour la dernière fois ?

— Je l'ai aperçu ce matin, répondit Mme Mosebly tout en se dirigeant vers un mini-réfrigérateur, d'où elle sortit une bouteille d'eau. Il était venu, comme presque tous les jours, profiter de nos équipements sportifs. Tous les membres du personnel sont autorisés à utiliser les appareils de musculation, la piscine, etc. Voulez-vous un verre d'eau, lieutenant ?

— Non, merci.

— Moi-même, j'ai nagé ce matin. Je sortais du bassin quand il est arrivé. Nous nous sommes salués. Je me suis plainte des embouteillages et j'ai continué mon chemin. J'étais pressée. Je l'ai entendu plonger, murmura-t-elle, juste au moment où j'ouvrais mon casier. Mon Dieu…

— Quelle heure était-il ?

18

— Environ 7 h 30. J'avais une conférence téléphonique à 8 heures et j'étais en retard. Je m'en voulais d'avoir traîné dans l'eau, et j'ai à peine adressé la parole à Craig.

— Où rangeait-il son déjeuner ?

— Dans sa classe, je suppose. Peut-être dans la salle des professeurs, bien que je ne me souvienne pas de l'avoir jamais vu sortir quoi que ce soit du frigo ou d'un placard.

— La salle était-elle fermée à clé ?

— Non. Naturellement, le bâtiment est sécurisé, mais pour les salles, à quoi bon ? Toute notre pédagogie est fondée sur la confiance et le sens des responsabilités.

— Bien. Vous pouvez aller chercher Rayleen Straffo.

Mosebly hocha la tête, l'air penaud.

— Et les autres enfants ? Le personnel ?

— Nous allons devoir interroger le personnel avant qu'il parte. Vous pouvez libérer les élèves, mais il faudra me fournir une liste de présence.

— Entendu.

Restée seule, Eve sortit son communicateur pour joindre Peabody.

— Où en sommes-nous ?

— Le médecin légiste s'apprête à emporter le corps. Il est d'accord avec votre thèse de l'empoisonnement, mais ne vous le confirmera qu'après l'autopsie. Les techniciens sont à l'œuvre. À l'heure du décès, la victime travaillait sur son ordinateur. Il préparait une interrogation-surprise pour les élèves du cours suivant.

— Excellent mobile, railla Eve.

— J'avais horreur de ça quand j'étais môme. Foster a envoyé un courrier électronique à 12 h 06, adressé à LFoster@Blackburnpub.com Il n'a émis ni reçu aucune autre communication.

— Sa femme s'appelle Lissy. Le contenu ?

— Un petit mot d'amour. Il propose de passer chez le traiteur après le boulot. Elle répond dans le même esprit à 14 h 48. Message non lu.

— Bon. J'attends le deuxième témoin. Je vous renvoie la directrice. Demandez-lui de vous installer quelque part. Commencez à interroger le personnel. Je vous rejoindrai dès que j'en aurai terminé avec la gamine. D'ici là, vérifiez les coordonnées de l'épouse et celles de son lieu de travail. Nous la préviendrons en partant d'ici.

— On n'a pas fini de s'amuser.

Eve raccrocha alors que la porte se rouvrait. Mosebly réapparut en compagnie d'une fillette.

Celle-ci était blonde, ses cheveux bouclés retenus par un bandeau violet assorti à ses yeux. Rouges et gonflés, ils mangeaient son visage au teint pâle et au petit nez en trompette. Sa bouche, un peu lourde, frémissait.

Elle portait la même tenue que Melodie, avec une petite touche personnelle supplémentaire : une minuscule broche dorée en forme d'étoile.

— Rayleen, voici le lieutenant Dallas. Lieutenant, Rayleen est venue avec son père, Oliver Straffo. Je ne suis pas loin, si vous avez besoin de moi.

— Assieds-toi, Rayleen.

— Lieutenant, salua Oliver d'une voix de stentor.

Il était grand, aussi blond que sa fille. Mais ses yeux étaient d'un gris froid. Eve l'avait déjà rencontré. Au tribunal.

C'était un avocat puissant et richissime.

Merde !

2

— Si j'autorise cet entretien ici et maintenant, atta-qua-t-il, c'est parce que cela me semble être dans l'in-térêt de ma fille. Toutefois, si le ton ou le contenu me déplaisent, j'y mettrai un terme immédiatement. Est-ce clair ?

— Aucun problème. Asseyez-vous. Rayleen, j'aime-rais que tu me racontes ce qui s'est passé.

Rayleen consulta son père du regard. Il hocha la tête. Elle se tenait droite comme un *i*.

— J'ai découvert M. Foster. Melodie était avec moi. C'était horrible.

— Explique-moi comment. Pourquoi t'es-tu rendue dans sa classe à cette heure-là ?

— Oui, madame.

La fillette aspira une grande bouffée d'air.

— J'étais avec mon groupe d'étude, mais je voulais absolument discuter avec M. Foster du projet de tra-vaux pratiques sur lequel je travaille avec Melodie. La note compte pour vingt-cinq pour cent et je voulais faire de mon mieux.

— Donc, vous y êtes allées ensemble.

— Oui, madame. Mlle Hallywell nous a donné un laissez-passer. M. Foster déjeune toujours dans la salle de classe le lundi, et les élèves ont le droit de le consul-ter pendant le dernier quart d'heure de la pause.

— À quelle heure avez-vous quitté Mlle Hallywell ?

— C'est marqué sur le laissez-passer.

De nouveau, elle jeta un coup d'œil vers son père, avant de présenter le document à Dallas.

21

— On en a chacune un. C'est le règlement. D'après le tampon, il était 12 h 47.

Eve se promit d'effectuer le parcours afin d'en déterminer la durée.

— Vous êtes allées directement là-bas ?

— Oh, oui, madame. On n'a pas le droit de traîner dans les couloirs entre les cours, et trois infractions sur une période de trente jours entraînent la perte d'un grand nombre de privilèges, expliqua Rayleen d'un ton pincé. Je n'en ai pas une seule dans mon dossier.

— Tant mieux pour toi. Combien de temps avez-vous mis pour rejoindre la classe de M. Foster ?

— Oh, deux minutes, peut-être trois ? On discutait de notre projet, on échangeait des idées. La porte était fermée. On a frappé, puis on a ouvert. À l'intérieur, ça sentait très mauvais. Le vomi, je crois. Melodie a dit que ça puait et moi... moi, j'ai ri. Je suis tellement désolée. Je ne savais pas, papa, je ne savais pas.

— Tu n'as rien à te reprocher, ma chérie.

— C'est là qu'on l'a vu. Couché par terre et...

Elle eut un hoquet, puis se leva pour se réfugier sur les genoux de son père.

— Du calme, mon trésor, tout va bien. Lieutenant, ajouta-t-il en fusillant Dallas du regard.

— Vous savez que je dois aller jusqu'au bout. Vous savez combien il est vital de rassembler un maximum de détails aussi rapidement que possible.

— Ensuite, je ne sais plus... reprit Rayleen d'une voix étouffée. On a couru, couru. M. Dawson est arrivé, il nous a dit de rester là. Je me suis assise, je crois. J'étais par terre, et on pleurait. M. Dawson est revenu. Ses mains tremblaient. Il a prévenu la directrice par radio.

— Avez-vous vu qui que ce soit d'autre entrer ou sortir de la pièce ?

— Mme Mosebly s'est arrêtée sur le seuil, puis elle a appelé l'infirmière, et elles nous ont emmenées à l'infirmerie.

— En vous rendant dans la classe, avez-vous croisé quelqu'un ?

— Euh… M. Bixley sortait des toilettes des garçons. Il avait sa boîte à outils parce qu'un des lavabos était bouché. C'était avant, avant qu'on croise M. Dawson et qu'on lui montre nos laissez-passer. Je suis entrée la première dans la salle. J'ai été la première à le voir.

Elle leva un visage ruisselant de larmes.

— C'est impossible qu'il soit mort. M. Foster était mon professeur préféré !

Secouée de sanglots, elle se cramponna à son père.

— Je pense que cela suffit, déclara celui-ci. Je la ramène à la maison.

— Si elle se souvient de quoi que ce soit…

— Le cas échéant, je vous contacterai.

Eve commença avec Eric Dawson, un professeur de sciences quinquagénaire, qui travaillait au Cours Sarah depuis plus de quinze ans. Légèrement bedonnant, il portait une chemise trop serrée. Eve en déduisit qu'il était dans le déni concernant ce petit problème d'embonpoint. Ses cheveux blond cendré étaient striés de quelques mèches grises. Il avait des poches sous les yeux.

— Je ne suis pas entré, expliqua-t-il. Enfin, je ne me suis pas avancé de plus d'un ou deux pas. Je… ça sautait aux yeux que Craig était mort. J'étais en colère contre les filles. Je croyais qu'elles avaient hurlé parce qu'elles avaient vu une araignée ou…

Il se passa la main sur le visage.

— Mais dès que je les ai aperçues… Même les gamines les plus stupides ne se mettent pas dans un état pareil à cause d'une araignée.

— Avez-vous remarqué qui que ce soit d'autre ?

— Je venais de laisser Dave Kolfax et Reed Williams dans la salle des professeurs. Nous avions déjeuné ensemble, comme cela nous arrive de temps en temps. Et j'ai croisé Leanne Howard, qui arrivait. Je montais au labo de chimie préparer mon matériel pour le prochain cours.

— Quand avez-vous vu M. Foster vivant pour la dernière fois ?

— Oh, Seigneur ! Dans la salle des profs, avant les cours ce matin. Je buvais un café. Il a pris un tube de Pepsi au distributeur. Il détestait le café. Je le taquinais souvent à ce sujet. Nous avons échangé quelques mots à propos d'un de nos élèves, Bradley Curtis. Ses parents sont en plein divorce et ses notes sont en chute libre. Nous sommes tombés d'accord pour les convoquer en présence de la psychologue de l'école. Ah, oui ! À ce moment-là, Reed est arrivé. Quand je les ai quittés, ils discutaient d'une vidéo qu'ils avaient vue récemment. Je n'ai pas revu Craig avant...

— Comment vous entendiez-vous avec lui ?

— Avec Craig ? Je l'appréciais énormément. Je... c'est vrai que lorsqu'il nous a rejoints l'an dernier, j'étais un peu sceptique. Il était si jeune. Mais il compensait son manque d'expérience par son enthousiasme et son dévouement. Il devait être malade sans le savoir. Mourir ainsi... C'est inconcevable.

Ce sentiment trouva un écho chez tous les membres du personnel. Eve termina sa séance par un entretien avec Reed Williams, professeur d'anglais.

Mince, bien bâti, musclé. De toute évidence, il profitait des appareils mis à disposition par l'établissement. Ses cheveux châtain foncé étaient rehaussés de mèches dorées. Il avait le menton volontaire, la bouche ferme, des yeux verts bordés de cils épais.

Âgé de trente-huit ans, il était célibataire, et portait un costume qui avait dû lui coûter une bonne partie de son salaire mensuel.

— Je l'ai vu ce matin à la salle de gym, dit-il. Il faisait de la musculation. Je déteste bavarder quand je m'entraîne, je me suis donc contenté de le saluer de loin. Nous avons dû rester ensemble une vingtaine de minutes. En partant, il a agité la main. En général, après sa séance, il s'offrait un petit plongeon dans la piscine. Au bout d'une dizaine de minutes, j'ai pris une douche et je me suis rhabillé. Quand j'ai revu Craig, il était dans la salle des professeurs en grande conversation avec Eric. Eric Dawson.

— M. Foster avait-il quelque chose à la main ?

— Juste un tube de Pepsi. Nous avons parlé vidéo quelques minutes avant d'aller en cours. Je l'ai croisé de nouveau aux toilettes. Il devait être 11 heures. Un peu avant. Les cours commencent à l'heure pile, et je n'étais pas en retard.

— Vous vous entendiez bien avec lui ?

— Très bien.

— Vous vous intéressiez tous deux au cinéma. Vous sortiez ensemble de temps en temps ?

— C'est arrivé. L'année dernière, j'ai assisté à son mariage – comme la plupart des collègues, d'ailleurs. Nous avons bu une bière une ou deux fois.

Il haussa les épaules.

— Nous n'étions pas amis intimes, mais nous nous appréciions mutuellement. Mirri le fréquentait davantage.

— Mirri ?

— Hallywell. Cours d'art dramatique. Ils se voyaient à l'extérieur.

Il eut un sourire un peu narquois.

— Ils se retrouvaient tous les mercredis soir. Pour étudier.

Ayant achevé ses entretiens préliminaires, Eve joignit Peabody.

— Bixley.

— Hernando M., maintenant. Il réglait un problème de plomberie dans les toilettes des garçons au bout du couloir. Il a croisé les deux témoins et M. Dawson en sortant.

— Vous avez les oreilles qui bourdonnent ?

— Non. Il a soixante ans bien tassés, il travaille dans la maison depuis douze ans. Ses deux petits-fils sont inscrits dans l'école au tarif concédé aux employés. Il m'a l'air d'un type honorable.

— Hallywell.

— Mirri C. Je l'ai libérée, il y a environ un quart d'heure. Professeur de littérature, elle dirige le club d'art dramatique et met en scène les pièces présentées par les élèves. Je m'apprête à interviewer la dernière personne sur ma liste. Vous avez un doute, pour Hallywell ? Je n'ai pas eu l'impression qu'elle avait quoi que ce soit à se reprocher.

— J'aimerais qu'on la cuisine un peu. Si elle n'est pas encore partie, je vais tâcher de l'interroger. Retrouvez-moi dès que vous aurez terminé.

— Elle était bouleversée – Hallywell. À votre place, je jetterais un coup d'œil dans les toilettes. D'après moi, elle a éprouvé le besoin de se ressaisir avant de s'en aller.

Suivant le conseil de Peabody, Eve se rendit aux toilettes du personnel. Il fallait une carte-clé pour y accéder. Elle se servit de son passe-partout.

Et tomba sur une jeune femme en larmes, assise par terre devant une rangée de lavabos.

— Mirri Hallywell.

— Oui…

Elle ravala un sanglot, hoqueta, renifla, s'essuya le visage avec une serviette en papier. Elle avait les joues écarlates, les yeux gonflés. Ses cheveux noirs étaient coupés à la Jules César et elle portait de minuscules anneaux en argent aux oreilles.

— Je suis désolée. Vous êtes de la police ? J'ai déjà répondu à un inspecteur.

— Ma coéquipière. Je suis le lieutenant Dallas. J'ai encore quelques questions à vous poser.

— Ô mon Dieu ! Je ne sais pas quoi faire. Je ne sais pas quoi dire.

Eve s'accroupit devant elle.

— C'est dur de voir un collègue disparaître si brutalement.

— C'est horrible. Nous n'étions pas simplement collègues. Nous étions amis. Proches. J'ai l'impression de vivre un cauchemar.

— Proches jusqu'à quel point ?

Mirri renversa la tête en arrière.

— C'est affreux ce que vous sous-entendez, de penser cela de Craig, qui n'est plus là pour s'expliquer.

— Je suis là. C'est mon métier.

— Alors, sachez qu'il aimait profondément sa femme. Ils s'adoraient, tous les deux. J'enviais ce qu'ils partageaient. Lissy est aussi mon amie. Comment vais-je l'aider à surmonter pareille épreuve ?

— Craig et vous vous rencontriez chaque semaine, en dehors du travail.

— Le mercredi soir. Pour étudier, se défendit-elle, ses yeux lançant des éclairs. Pour l'amour du ciel !

— Si c'était innocent, pourquoi vous énervez-vous ? riposta Eve.

— Parce qu'il est mort. Mort !

Elle reprit son souffle.

— Nous préparions tous les deux notre maîtrise. Nous nous rendions à la bibliothèque ou dans un café pour travailler ensemble pendant deux ou trois heures. Il nous arrivait de boire une bière ensuite. Demain soir, nous devions aller au cinéma. Craig, Lissy et ce garçon qu'ils m'ont présenté. Je déteste cela, mais ils ont réussi à me convaincre le mois dernier, et jusqu'ici, ça se passe plutôt bien. Nous devions donc sortir tous les quatre.

— Mirri, si Craig et vous aviez une liaison, c'est le moment de me le dire.

— Ce n'est pas le cas. Je ne suis pas désespérée au point de piquer le mari d'une amie.

Elle se frotta vigoureusement la figure.

— Bien qu'on nous ait interdit de contacter qui que ce soit, j'étais venue ici pour appeler Lissy. Je pensais que je lui devais bien cela. Mais je n'ai pas pu.

Mirri remonta les genoux sous le menton.

— Je n'ai pas pu. Que dire ? Comment ? J'ai manqué de courage.

— C'est à nous de nous en charger.

— Elle s'attend à le retrouver à la maison. Il n'y sera pas. Pas ce soir. Il ne rentrera plus jamais. Comment lui annoncer *ça* ?

27

Elle poussa un profond soupir, se leva.

— Ce n'est pas votre faute. Dommage. Si c'était votre faute, je pourrais vous crier dessus, vous traiter de tous les noms. Pourriez-vous dire à Lissy... à quel point je partage sa peine. Si elle a besoin de quoi que ce soit... je suis là.

Lissy Foster était assistante d'édition dans une petite maison dont les bureaux étaient situés en centre-ville. D'après les informations glanées par Peabody, elle avait vingt-quatre ans, elle était née en Martinique et était venue à New York poursuivre ses études à l'université Columbia. Seul, un incident mineur ternissait sa réputation : une arrestation pour ivresse sur la voie publique alors qu'elle était encore mineure – elle avait dix-neuf ans. Elle avait purgé une courte peine de travaux d'intérêt général.

Sa mère habitait toujours en Martinique. On ne savait pas ce qu'était devenu son père.

— Au fait, enchaîna Peabody, en parlant d'îles, avez-vous passé de bonnes vacances ?

— Excellentes.

Une semaine de plage, de soleil et de sexe. Que rêver de mieux ?

— Cette neige devient collante, observa Eve.

— Oui, ils ont annoncé environ dix centimètres. Vous soupçonnez l'épouse ?

— Elle est la première sur ma liste. Comme la plupart des conjoints.

— D'accord, mais des jeunes mariés ? Je sais que c'est censé être difficile la première année, qu'on doit s'adapter et bla-bla-bla, mais de là à empoisonner son mari ! C'est mesquin et impersonnel. Les disputes conjugales, normalement, c'est plus sanglant.

— Normalement. Si son repas était empoisonné, d'où provenait-il ? D'après tout le monde, il l'a apporté de chez lui. Sa femme y avait donc accès. Mais on sait par ailleurs qu'il avait laissé son déjeuner dans sa classe.

Dont la porte n'était pas fermée à clé. Il arrive tôt, il dépose ses affaires, il fonce à la salle de gym. Là encore, n'importe qui aurait pu y toucher.

— On a un mobile ?

— Hormis une interrogation-surprise ? Pas vraiment, non. L'un des témoins, Rayleen Straffo, est la fille d'Oliver Straffo.

— Merde ! Sérieusement ? Elle a des cornes et une queue ?

— Si oui, elles sont bien cachées.

Eve pianota sur le volant.

— Grâce à cette affaire, il pourrait bénéficier d'un bon temps d'antenne en jouant la carte du père inquiet et indigné.

— Ça ne m'étonnerait pas de lui. Vous passez à l'émission de Nadine cette semaine. Vous pourrez rétablir l'équilibre.

— Ne m'en parlez pas ! Ces satanées amitiés finissent toujours par vous coûter.

— Votre douceur et votre excès de sentiments me réjouissent, Dallas.

— Ouais, c'est ce que je préfère chez moi.

Elle bifurqua dans un parking à deux blocs de leur destination.

— Je ne vais pas chercher à me garer dans la rue par un temps pareil, maugréa-t-elle.

— Aucun problème. Ça me fera de l'exercice. Je me suis goinfrée pendant les fêtes, et je suis presque sûre que McNab va m'offrir des chocolats pour la Saint-Valentin. Il faut que je prévoie le coup. Qu'avez-vous prévu pour Connors ?

— En quel honneur ?

— Pour la Saint-Valentin, bien sûr !

— On est à peine sorti de Noël.

Eve descendit de la voiture, pensa à l'écharpe qu'elle avait fourrée dans sa poche, l'enroula autour de son cou.

— C'était il y a deux mois, répliqua Peabody. Et la Saint-Valentin, c'est la fête des amoureux. Vous devez absolument marquer le coup. Pour McNab, j'ai choisi un cadre parlant sur lequel sont gravés nos prénoms. J'y ai mis une photo de nous que son père a prise à Noël. Il pourra le mettre dans son box à la DDE. À mon avis, Connors adorerait un truc de ce genre.

Un minicoupé dérapa au feu rouge et rebondit contre le trottoir, suscitant jurons et insultes de la part des piétons.

Décidément, New York était une ville extraordinaire, songea Eve.

— À propos de photos, j'ai une toute nouvelle série de Belle. Vous l'avez vue, depuis votre retour ?

— Non. Elle réclame déjà des tatouages et des piercings ?

— Allons, Dallas ! Elle est tellement adorable ! Elle a les yeux de Leonardo et la bouche de Mavis, et…

— Dieu nous vienne en aide si elle a aussi hérité de leurs goûts vestimentaires.

— Elle me sourit chaque fois que je la prends dans mes bras, insista Peabody, le regard attendri. Elle grandit à toute allure, et elle…

Tandis que Peabody s'extasiait sur le bébé de Mavis, Eve écoutait la musique de New York : concert d'avertisseurs, discussions animées, ronronnements de moteurs.

— Qu'est-ce que vous allez lui apporter ?

— Hein ? Où ? À qui ?

— À Belle, Dallas, quand vous irez la voir. Le cadeau ?

— Quel cadeau ?

Complètement désemparée, Eve s'immobilisa.

— Pourquoi dois-je lui apporter un cadeau ?

— Parce que.

— *Pourquoi ?* J'ai organisé la fête avant sa naissance, j'ai assisté à l'accouchement !

— Oui, mais quand on rend visite à un nouveau-né pour la première fois dans sa maison, il est d'usage de…

— Qui a décidé cela ? explosa Eve en martelant de l'index le manteau molletonné de Peabody. J'exige de savoir qui invente ces règles ridicules. C'est grotesque. Dites-moi qui c'est, que je le fasse examiner par une commission psychiatrique.

— Voyons, Dallas, un petit nounours ou un hochet fera parfaitement l'affaire. C'est amusant d'acheter des trucs pour les bébés.

— Tu parles ! Vous savez ce qui m'amuse ? répliqua Eve, en tirant violemment sur la porte de l'immeuble de bureaux. Découvrir qui a empoisonné un pauvre bougre, prof d'histoire. Voilà ce qui m'amuse. Encore un mot sur le shopping, les cadeaux, les bébés ou la Saint-Valentin, et je vous flanque un coup de pied dans les fesses qui vous remontera jusqu'à la glotte.

— Cette semaine à la plage a adouci votre humeur, bougonna Peabody, ce qui lui valut un regard noir.

Tournant les talons, Eve fonça vers le comptoir d'accueil et montra son insigne à l'employé de la sécurité.

— Lissy Foster.

— Un instant, je vous prie.

Il vérifia méticuleusement son identité.

— C'est bon, lieutenant. Lissy Foster... Foster... Foster. Ah, voilà ! Les Éditions Blackburn. Euh, c'est au neuvième étage. Les ascenseurs sont à votre droite. Bonne journée.

— Mouais, murmura Eve tandis qu'elles s'engouffraient dans une cabine où des haut-parleurs diffusaient une musique sirupeuse. Née en Martinique. Je suppose qu'elle avait un visa d'étudiante, voire un permis de travail. En épousant un Américain, elle aura obtenu sa carte verte. Devenue veuve, elle pourra rester ici jusqu'à la fin de ses jours.

— Il existe des moyens plus faciles d'obtenir une carte verte.

— Certes. Mais imaginons qu'ils aient eu des problèmes. Un divorce prononcé au bout de deux ans annule la carte verte. Peut-être ne se contentait-il pas de travailler, lors de ses petites séances du mercredi avec Hallywell ? Lissy a un boulot, elle veut vivre ici. Commettre un meurtre pour conserver ses avantages acquis, pourquoi pas ?

Elles émergèrent dans un petit espace de réception. Une femme trônait derrière le comptoir blanc. Elle portait un casque et affichait un grand sourire.

— Bonjour ! lança-t-elle, avec un tel enthousiasme qu'Eve plissa les yeux. Bienvenue aux Éditions Blackburn. En quoi puis-je vous être utile ?

— Lissy Foster.

— Je vais voir si elle est disponible. Qui dois-je annoncer ?

Eve sortit son insigne.

— Nous lui expliquerons nous-mêmes la raison de notre visite.

Les yeux écarquillés, l'hôtesse fixa l'insigne.

— Oh ! Veuillez m'excuser.

Elle pivota sur son siège et se mit à chuchoter dans son micro.

— Lissy Foster. Lissy, répéta-t-elle après s'être éclairci la voix, il y a quelqu'un pour vous à la réception. Un officier de police... Je ne sais pas... Vraiment pas... Entendu.

Elle s'adressa à Eve.

— Si vous voulez vous asseoir, elle arrive.

— Merci.

À peine Eve avait-elle eu le temps de dénouer son écharpe, qu'une jeune femme juchée sur des talons aiguilles rouge cerise et moulée dans un tailleur gris surgit.

Lissy Foster avait un teint lumineux et des yeux noisette. Ses cheveux, de la même couleur, étaient raides et lui frôlaient les épaules.

Elle avançait d'un pas résolu. Comme une femme ayant le feu sacré. Un brasier né de la colère ? De l'ambition ? De la passion ?

— Vous êtes de la police ? s'enquit-elle d'un ton brusque teinté d'un léger accent français.

— Lieutenant Dallas, inspecteur Peabody. Nous...

— Oh, pour l'amour du ciel ! Je lui avais pourtant dit que nous ferions attention. Arrêtez-moi, qu'est-ce que vous attendez ?

Elle tendit les bras devant elle, poignets collés.

— Arrêtez-moi pour avoir mis de la musique après 21 heures un samedi soir. Quelle honte ! Vous devriez m'enchaîner ! Qu'un flic à la retraite ait des problèmes n'est pas une raison pour envoyer la police sur mon lieu de travail. Il veut que je sois renvoyée ?

— Madame Foster, nous ne sommes pas ici pour cela. Nous souhaitons vous parler en privé. Dans votre bureau, par exemple.

— Mon bureau ? s'esclaffa-t-elle. Je suis assistante d'édition. J'ai de la chance d'avoir un box. De quoi s'agit-il ?

Eve se tourna vers l'hôtesse d'accueil.

— Où pourrions-nous nous installer ? Trouvez-moi une pièce, une salle de réunion, un salon, peu importe. Tout de suite.

— Certainement, certainement. La salle de réunion est libre, si vous voul…

— Parfait. Allons-y, ordonna Eve.

— De quoi s'agit-il ? J'ai un rendez-vous avec la patronne dans… aïe ! dix minutes. Elle déteste qu'on soit en retard. Si vous êtes venue me proposer une idée de thriller, vous perdez votre temps.

Elle se faufila à travers un dédale de boxes et de couloirs étroits.

— Écoutez, j'ai eu tort de parler comme je l'ai fait du sergent Kowoski. Peut-être en effet avions-nous trop monté le son. Mon mari et moi avions un peu bu. Je ne veux pas avoir de problèmes.

Elle pénétra dans une pièce meublée d'une table entourée d'une douzaine de sièges, de deux longs comptoirs le long des murs de part et d'autre, et d'écrans muraux sur les deux autres murs.

— On peut aller vite ? Je suis pressée.

— Asseyez-vous, s'il vous plaît.

— C'est absurde, souffla-t-elle.

Elle obéit à contrecœur, puis se releva d'un bond.

— Ô mon Dieu ! Il est arrivé quelque chose à ma mère ! Maman a eu un accident ?

— Non.

Comment annoncer à quelqu'un que la personne qu'elle s'attendait à retrouver chez elle en rentrant à la maison ne serait pas là ? Qu'elle ne reviendrait jamais ? Aller droit au but, sans fioritures.

— C'est à propos de votre mari, madame Foster.

— Craig ? Il est à l'école.

— J'ai le regret de vous informer que votre mari est mort.

— Comment osez-vous ? Allez-vous-en d'ici immédiatement. Je vais appeler la police – la vraie – et vous faire arrêter.

— Madame Foster, l'inspecteur Peabody et moi-même sommes chargées d'enquêter sur la mort de votre époux. Il est décédé aujourd'hui aux alentours de 12 h 30.

— C'est impossible ! Il était à l'école. C'est son heure de pause et il m'a envoyé un courriel juste après midi. Je lui ai préparé son déjeuner ce matin. Il est à l'école ; il assiste en ce moment même, comme tous les lundis, à la réunion des professeurs. Et il va bien.

Sa respiration était saccadée, à présent. Blême, elle tâtonna vers la table pour s'y appuyer, tandis que ses jambes se dérobaient sous elle.

— Vous devriez vous asseoir, madame, intervint Peabody avec douceur. Nous partageons votre peine.

— Non. Non ! Il y a eu une bombe ? Mon Dieu ! Il est blessé ? Craig est blessé ?

— Il est mort, déclara Eve d'un ton neutre. Je suis navrée.

— Mais il… il… C'est sûrement une erreur. Je vais l'appeler. Vous verrez. Seulement, il est en réunion, il n'a pas le droit de prendre de communication. Allons-y !

Elle se redressa, chancela.

— Allons tout de suite à l'école. Mon manteau. Je vais chercher mon manteau.

Elle regarda autour d'elle, hébétée.

— C'est idiot. L'espace d'un instant, j'ai oublié où j'étais. J'ai besoin de… de quoi, déjà ?

— Asseyez-vous, madame Foster.

— Non, il faut aller à l'école. Il faut…

On frappa à la porte et elle sursauta. Une blonde vêtue de rouge entra.

— J'aimerais savoir ce qui se passe ici. Lissy ?

— Elizabeth, murmura Lissy, au comble du désarroi. Je suis en retard pour la réunion ?

— Peabody, ordonna Eve en désignant Lissy d'un signe de tête, avant de s'approcher de la blonde. Qui êtes-vous ?

— Elizabeth Blackburn. Et vous ?

— Dallas, lieutenant, police de New York. Je viens d'annoncer à Mme Foster que son mari était décédé.

— Il… quoi ? Craig. Doux Jésus ! Lissy !

Comme Elizabeth se précipitait vers elle, Lissy s'affaissa sur le sol. Elizabeth s'agenouilla, la soutint.

— Craig. Mon Craig.

— Je suis désolée. Lissy, Lissy, je suis tellement désolée. C'était un accident ? demanda Elizabeth à Eve.

— Justement, nous avons besoin d'en parler avec Mme Foster.

— Très bien, très bien. Allez dans mon bureau, à droite au bout du couloir. Je vous l'amène dès que possible. Laissez-lui le temps de se ressaisir, pour l'amour du ciel ! Attendez-nous là-bas.

Elles laissèrent Lissy dans les bras de sa chef, et gagnèrent le bureau de celle-ci sous les regards curieux. Alors qu'elles allaient y pénétrer, une petite brune surgit devant elles, tel un diable de sa boîte.

— Excusez-moi ! C'est le bureau de Mme Blackburn.

— C'est précisément là qu'elle nous a demandé de patienter, rétorqua Eve, en agitant son insigne. Retournez travailler.

À l'intérieur, elles découvrirent un ordinateur rutilant, un canapé confortable et deux élégants fauteuils. Un somptueux bouquet trônait sur un guéridon devant la fenêtre côté sud.

— Si elle faisait semblant, elle a un sacré talent, fit remarquer Peabody.

— Ce n'est pas difficile si on s'entraîne. Mais oui, elle m'a semblé sincère. Avant qu'elles ne nous rejoignent, demandez qu'on vous montre son box. Je veux savoir ce qu'il y a dedans.

— Tout de suite.

Eve s'approcha de la baie vitrée, s'arrêta en chemin le temps de noter ce que la patronne de Lissy avait sur son bureau. La photo encadrée d'une adolescente, un classeur plein de disques de sauvegarde, une pile de bloc-notes disposés en pyramide et un dossier contenant des illustrations pour un projet d'édition en cours.

Dehors, la neige continuait de tomber. Un tram aérien transportant une poignée de passagers passa.

Peabody revint, et Eve pivota vers elle.

— Je n'ai rien repéré de particulier. L'espace est restreint. Fichiers, mémos, notes diverses et variées. Elle a une photo d'elle avec la victime le jour de leur mariage. Très joli, le cadre. Je parie que c'est un cadeau de noces. D'autres clichés sont scotchés sur les cloisons. Ah! Elle a aussi un petit dossier rempli de publicités et de photos découpées dans des magazines de décoration. C'est à peu près tout.

— Parfait. Si elles ne sont pas là dans une minute, on retourne là-bas. Ensuite, nous ferons un saut à la morgue. Je veux savoir exactement ce qui a tué Craig Foster.

Quelques secondes plus tard, Lissy se présenta, soutenue par Elizabeth Blackburn.

— Tu vas t'asseoir, commanda celle-ci. Je reste près de toi. Je lui ai donné un calmant, ajouta-t-elle à l'intention d'Eve. Et n'essayez même pas de me le reprocher. C'était indispensable. C'est un sédatif très doux.

— Vous êtes sa patronne ou son avocate?

— Pour l'heure, je suis ce qu'elle a besoin que je sois.

— Vous êtes sûre? dit Lissy d'une voix cassée. Vous êtes sûre que ce n'est pas une erreur? Que c'est bien Craig?

Peabody décida de prendre le relais. Elle s'approcha du canapé.

— Je suis désolée. Malheureusement, il n'y a aucun doute possible.

— Mais... il n'était pas malade. Il a passé un examen médical juste avant notre mariage. Il était en excellente santé. On ne meurt pas comme... Quelqu'un l'a agressé ? Il y a eu un accident à l'école ?

— Nous cherchons à comprendre pourquoi et comment c'est arrivé. C'est pourquoi nous sommes obligées de vous poser quelques questions. Peut-être pourrez-vous nous aider.

— Je l'espère. Je veux savoir. Je l'aime.

— Commençons par ce matin. Vous avez dit que vous lui aviez préparé son déjeuner.

— Oui. Comme toujours.

Soudain, ses yeux s'agrandirent et elle agrippa le bras de Peabody.

— C'est son sandwich ? Il apprécie cet abominable blanc de volaille reconstitué. C'est ce qui l'a rendu malade ? Oh, Seigneur !

— Nous l'ignorons, madame Foster. Quelqu'un est-il passé chez vous aujourd'hui, avant que votre mari n'aille travailler ?

— Non. Il part très tôt. Il s'entraîne à la salle de gym avant les cours. Il fait attention à lui. Je vous assure. Elizabeth.

— Tu t'en sors à merveille. Vous en avez encore pour longtemps ? s'enquit Elizabeth.

— Votre mari avait-il des problèmes avec un collègue ? voulut savoir Eve.

— Non. Il était très heureux dans cet établissement.

— L'un ou l'autre d'entre vous a-t-il eu des conflits avec une relation quelconque avant votre mariage ?

— Nous vivions ensemble depuis deux ans. Le coup de foudre, vous savez ce que c'est ? Tout à coup, ça vous tombe dessus. Le bonheur total.

Eve vint s'asseoir près d'elle et la regarda droit dans les yeux.

— Si vous voulez nous aider, vous devez être franche avec moi. Était-il joueur ?

— Il n'a jamais acheté ne serait-ce qu'un ticket de loto. Il était très économe.

— Consommait-il de la drogue ?

Elle se mordit la lèvre.

— Euh… à l'université, on a pris un peu de Zoner.

Elle glissa un regard de biais à Elizabeth.

— Qui n'en a pas pris ? fit cette dernière en lui tapotant le bras.

— Récemment ?

— Non, non. Certainement pas. Si cela s'était su, il aurait été renvoyé. D'ailleurs, il tient à montrer l'exemple à ses élèves.

— Vous aviez des soucis d'ordre financier ?

— Rien de grave. On jongle un peu, d'autant que Craig tient à mettre de l'argent de côté. Parfois, je dépense plus que je ne devrais, mais lui est si prudent que le tout s'équilibre. Il épargne avec des objectifs bien précis. L'an dernier, il a donné des cours particuliers pour faire venir ma mère à New York pendant les fêtes. Il savait combien cela me ferait plaisir. Il lui a payé son billet d'avion et sa chambre d'hôtel. Il a fait ça pour moi. Jamais personne ne m'aimera plus ainsi.

— Je vous présente mes condoléances et je vous remercie de votre coopération en un moment si difficile, murmura Eve. Souhaitez-vous que nous prévenions quelqu'un ?

— Non. Non. Mon Dieu, les parents de Craig ! Il faut que je les appelle. Comment vais-je leur dire ?

— Nous pouvons nous en charger si vous voulez.

— Non, c'est à moi de le faire. Je suis la femme de Craig.

Elle se leva, tremblante.

— Je veux le voir. Je ne sais même pas où il est.

— Pour l'instant, il est avec le médecin légiste. Je vous avertirai dès qu'il vous sera possible de vous rendre à la morgue. Quelqu'un peut vous y accompagner ?

— J'irai. Si, si, insista Elizabeth comme la jeune femme secouait la tête. Attends-moi ici une minute, le temps que je raccompagne le lieutenant Dallas et l'inspecteur Peabody. Ne bouge pas, je reviens tout de suite.

Elle mena le cortège d'un pas vif, ne s'arrêtant que lorsqu'elles eurent atteint une intersection au milieu du labyrinthe.

— Comment Craig a-t-il été assassiné ?

— Je n'ai pas dit qu'il l'avait été.

Elizabeth dévisagea Eve sans sourciller.

— Je sais qui vous êtes. Lieutenant Eve Dallas. Brigade criminelle.

— Pour l'heure, je ne peux rien vous dire. Nous menons l'enquête.

— Vous plaisantez ! Cette fille vient de perdre l'amour de sa vie. Comme ça !

Elle claqua des doigts.

— Elle a besoin de réponses.

— Elle les aura dès que je serai en mesure de les lui fournir. Vous le connaissiez bien ?

— Je l'ai rencontré à maintes reprises. Il passait ici de temps en temps. Lissy l'amenait toujours lors des lancements et des fêtes. Un garçon charmant. Fou amoureux. Brillant. Comme Lissy. Deux jeunes gens brillants à l'aube de leur vie, de leur carrière. Vous aussi, vous êtes brillante, d'après ce que j'ai lu et entendu à votre sujet. Trouvez les réponses dont Lissy a besoin. Elle le mérite.

— C'est bien mon intention.

3

Eve alla chercher la première de ces réponses à la morgue. L'air y était toujours un peu trop douceâtre, comme une pute négligente qui préférerait le parfum au savon pour masquer une odeur corporelle désagréable. Le carrelage – au sol et sur les murs – était d'une blancheur virginale.

Un espace était réservé aux distributeurs, où employés et visiteurs disposaient d'un choix de rafraîchissements, mais la plupart de ceux qui passaient par là devaient avoir envie d'une boisson un peu plus forte que du mauvais café au soja ou des sodas.

Elle emprunta des corridors blancs où se succédaient des portes derrière lesquelles des cadavres gisaient dans des tiroirs scellés ou sur des brancards en attendant qu'on leur pose les bonnes questions.

Pénétrant dans la salle d'autopsie, elle découvrit le médecin-chef Morris déjà en plein travail, au rythme d'un morceau de jazz. Les mains couvertes de sang jusqu'aux poignets, il extirpa précautionneusement le foie de Craig Foster pour le déposer sur la balance.

— Euh, et si j'allais vous chercher un tube de Pepsi, proposa Peabody en reculant d'un pas. Je meurs de soif. Je reviens tout de suite.

Eve l'ignora et continua d'avancer. Morris leva les yeux, l'air amusé.

— Elle était sur le point de tomber dans les pommes.

— Certaines personnes ne s'y habituent jamais, répliqua Eve. Je vous remercie de votre diligence.

— J'aime travailler sur vos morts, et j'ai la sensation que c'est réciproque. Qu'est-ce qui ne tourne pas rond chez nous ?

— Nous vivons dans un monde de fous. Que dit le rapport toxicologique ?

— Interrompre musique, ordonna-t-il. J'étais certain que vous le voudriez au plus vite. Il neige toujours ?

— Oui. Il fait un temps pourri.

— Personnellement, j'adore la neige, déclara-t-il, tout en poursuivant ses tâches : pesée, prélèvements, notes.

Sous sa combinaison de protection, il portait un costume noir et une chemise argentée qui scintillait dès qu'il bougeait. Ses cheveux foncés étaient coiffés en une tresse serrée, nouée sur la nuque avec un ruban argent.

— Vous voulez jeter un coup d'œil ?

Il plaça l'échantillon sous le microscope et lui indiqua l'écran.

— Le rapport toxicologique confirme la thèse de l'empoisonnement. De la ricine. Une dose très concentrée. La mort a été particulièrement rapide.

— La ricine ? C'est un extrait de plante, non ?

— Bravo, vous gagnez un voyage pour deux à Puerto Vallarta ! On l'obtient à partir des graines de ricin. Autrefois, l'huile servait de laxatif.

Elle pensa à l'état du corps, à la scène du crime.

— Ç'a été efficace.

— Superbement. Le foie et les reins ont lâché ; il a eu une hémorragie interne. Il a dû souffrir de crampes épouvantables, d'une accélération des battements du cœur, de nausées et, très probablement, de convulsions.

Morris examina l'écran avec elle.

— La poudre de ricine a été – est encore parfois – utilisée en bioterrorisme. La méthode par injection était un mode d'assassinat fort apprécié avant que l'on découvre des formules plus pratiques.

— Un poison tous usages.

— Très polyvalent. Le laboratoire procédera aux analyses de rigueur, mais je peux d'ores et déjà vous dire que le produit était dans son chocolat chaud.

— C'est son épouse qui le lui avait préparé.

— Que j'aime les femmes d'intérieur !

— Je la vois mal dans le rôle de la meurtrière. Mariée depuis quelques mois, aucun mobile apparent.

— Les mariages, même récents, ressemblent parfois à un camp de terroristes.

— Certes, mais je ne la crois pas coupable. Du moins pas pour l'instant.

— Bel homme, commenta Morris. Athlétique, un harmonieux héritage génétique de races.

— Un harmonieux héritage génétique de races, répéta Eve en secouant la tête. Fascinant. Il était professeur d'histoire dans une école privée de l'Upper West Side. Il avait laissé son déjeuner dans sa classe, comme à son habitude. Il mangeait là tous les lundis. Aucune caméra de sécurité dans les salles ou les couloirs. Ce n'est pas une obligation dans les établissements privés. N'importe qui aurait pu glisser le poison dans sa Thermos. Ce qui nous intrigue, c'est le pourquoi. Ce type apparaît comme charmant et totalement inoffensif.

— Pas pour tout le monde, apparemment. Le pauvre n'a pas vécu longtemps après l'avoir ingéré, mais il a souffert affreusement.

Elle contempla le corps. Qu'avait-il pour qu'on lui en veuille à ce point ?

— Sa femme souhaiterait le voir. Elle prévient ses parents. J'imagine qu'ils voudront venir aussi.

— Après 21 heures ce soir. Je demanderai qu'on le prépare.

— Je les avertis, répondit Eve avant d'ajouter avec un froncement de sourcils : où diable est-ce qu'on trouve des graines de ricin ?

Morris sourit.

— Je vous fais confiance pour le découvrir.

Penaude, Peabody traînassait devant les distributeurs automatiques.

43

— Avant que vous ne disiez quoi que ce soit, voici un délicieux tube de Pepsi. Et j'ai mis mon temps à profit. J'ai lancé les recherches sur tout le personnel du Cours Sarah et vérifié les polices d'assurances à la fois de la victime et de sa femme. L'école souscrit un contrat pour ses employés. Craig en avait donc un. Cinquante mille dollars, madame étant la bénéficiaire.

— C'est peu.

Eve but une gorgée de soda.

— On va étudier leurs relevés bancaires. Elle avait peut-être des dettes. C'est peut-être elle la joueuse ou la droguée.

— Mais vous n'en croyez rien.

— En effet. À moins qu'il n'y ait d'autres sommes cachées quelque part, à eux seuls, ces cinquante mille dollars ne me convainquent pas. Quant à un différend conjugal, en général, l'épouse préfère le contact, plus personnel. Là, c'est odieux, mais distant. Il a énervé quelqu'un.

Peabody noua son écharpe et enfila ses gants tandis qu'elles quittaient l'immeuble.

— Une maîtresse rejetée, un collègue en concurrence, suggéra-t-elle.

— Nous allons devoir nous pencher de plus près sur le cas de Mirri Hallywell.

— Les parents d'un élève qu'il aurait puni, ou qui avait des difficultés en classe, continua Peabody.

Eve fourra les mains dans ses poches, s'aperçut qu'elle avait de nouveau perdu ses gants.

— Qui peut être assez cinglé pour tuer sous prétexte que son gosse a eu une bulle à une interro ?

— Les parents sont des créatures étranges et dangereuses. J'ai une autre théorie à vous soumettre. Et si c'était une erreur ?

— C'est un empoisonnement à la ricine, et d'après Morris, la dose était très concentrée.

— Supposons qu'un de ses élèves ait eu une dent contre lui, reprit Peabody en mimant un gamin à la moue boudeuse. « Je vais me venger. Je vais verser du

44

produit dans son chocolat chaud et il tombera malade. Oups ! »

— Ce n'est pas complètement idiot.

Elles montèrent à bord du véhicule, soufflèrent.

— Décidément, je hais le mois de février ! gronda Eve. On devrait l'éliminer pour le bien-être de l'humanité.

— C'est le mois le plus court, c'est une consolation… J'ai l'impression que mes cornées sont gelées. C'est possible ?

— En février, oui. Occupons-nous d'abord de l'entourage des Foster. Nous allons interroger quelques voisins. Notamment le flic à la retraite.

— Flic un jour, flic toujours, acquiesça Peabody. S'il se passait quoi que ce soit de bizarre, il l'aura probablement remarqué.

Henry Kowoski habitait au deuxième étage de l'immeuble qui en comptait quatre. Il leur ouvrit la porte après avoir passé l'insigne d'Eve au scanner à travers son tableau de sécurité.

Un mètre soixante-dix, trapu, il avait le cheveu gris et fin. Il portait un pantalon large, une chemise de flanelle marron et des chaussons usés.

— Je vous ai vue à l'écran plusieurs fois. De mon temps, les flics évitaient les projecteurs.

— Du mien, les gens sont injustes envers les journalistes, riposta Eve. Vous nous laissez entrer, sergent ?

Était-ce la mention de son grade ? Il haussa les épaules et s'effaça.

— Qu'est-ce qui vous amène ?

L'atmosphère était rance, l'endroit exigu et sombre.

— Combien d'années de service ? s'enquit Eve.

— Trente. Les douze dernières, au Deux-Huit.

Elle réfléchit.

— Peterson était votre lieutenant ?

— Sur la fin, oui. Un bon patron. J'ai entendu dire qu'il avait été muté à Detroit ou dans ce coin-là.

— Vraiment ? Je ne suis pas au courant. Il semblerait que vous vous soyez plaint de vos voisins du dessus, les Foster ?

Il croisa les bras.

— Exact. La musique – si on peut appeler ça de la musique – à fond, nuit et jour. Des allées et venues incessantes. Je paie mon loyer, je m'attends à un minimum de respect de la part de mes voisins.

— Hormis la musique et les bruits de pas, vous n'avez rien entendu d'autre ?

— Ils étaient jeunes mariés, grogna-t-il avec une grimace. Déduisez la suite. En quoi cela vous intéresse-t-il ?

— Cela m'intéresse parce que Craig Foster est à la morgue.

— Il est mort ?

Kowoski recula, se laissa choir sur l'accoudoir d'un fauteuil râpé.

— Quel monde de dingues ! Comment c'est arrivé ?

— L'enquête est en cours. Ils s'entendaient bien, tous les deux ?

— Comme des tourtereaux, ricana-t-il. D'après moi, ils préféraient baiser que manger. S'ils criaient, ce n'était pas parce qu'ils se disputaient, si vous voyez ce que je veux dire. La fille n'est pas des plus discrètes au lit.

Il gonfla les joues, exhala bruyamment.

— C'est terrible. D'accord, ils m'agaçaient, mais je suis triste d'apprendre qu'il est mort. Un jeune type comme ça. Professeur. Le sourire chaque fois que je le croisais. Remarquez, avec une femme comme il avait, toujours prête pour la bagatelle, il avait des raisons d'être heureux.

— Ils avaient beaucoup de visites ?

— La belle-mère est venue pendant les fêtes. Ils recevaient de temps en temps. Ils ont organisé deux ou trois fêtes. La nuit de la Saint-Sylvestre, ils sont rentrés complètement ivres, en gloussant comme des gamins.

Il secoua tristement la tête.

— Vous vous demandez s'ils avaient des activités criminelles ? Ces deux-là, croyez-moi, ils étaient propres comme des sous neufs. Debout aux aurores pour aller bosser, retour à la maison tous les soirs. Plutôt casaniers. Un monde de dingues, je vous dis...

Dallas et Peabody interrogèrent les quelques voisins qui se trouvaient chez eux. Toutes les versions concordaient : les Foster formaient un couple heureux, ils avaient la vie devant eux.

— Nous allons nous concentrer sur trois aspects, décida Eve quand elles reprirent le chemin du Central. La victime, l'école, le poison. Il y a forcément un lien quelque part.

— On pourrait peut-être s'adresser au professeur de sciences ? Lui demander si les élèves étudiaient les poisons, entre autres la ricine.

— Dawson, murmura Eve. On va approfondir nos recherches sur lui. Entre-temps, appelez-le et renseignez-vous sur ce qui se passe dans le labo.

— Entendu. Pendant qu'on y est, on devrait peut-être vérifier les fichiers des élèves, au cas où Foster aurait eu des problèmes avec l'un d'entre eux, ou avec ses parents.

Eve opina.

— Excellent. Intéressons-nous aussi aux membres du personnel qui se trouvaient dans le bâtiment avant le début des cours. Si je devais glisser du poison dans la tasse de quelqu'un, je le ferais avant l'arrivée de la foule. Nous allons rédiger notre rapport, et commencer à creuser.

— J'ai horreur de creuser l'estomac vide, observa Peabody. Sans vouloir me plaindre, nous n'avons pas dîné et il est bientôt 20 heures. On pourrait peut-être...

— 20 heures ? Dîner ?

— Je vous en supplie, Dallas ! Un petit hot dog de rien du tout...

— Merde, merde et remerde! 20 heures. Un restaurant français. Bordel! Pourquoi est-ce qu'il est presque 20 heures?

— Eh bien, parce que la Terre effectue une rotation sur son axe tout en tournant autour du Soleil. Vous avez un rendez-vous?

— Avec Connors. Un repas d'affaires.

Eve se serait volontiers arraché les cheveux.

— J'ai manqué les deux derniers, je ne peux pas lui faire faux bond cette fois-ci. *Le Printemps*. Oui, c'est ça.

— *Le Printemps?* Waouh! C'est mégachic! Super top! Et c'est dans l'Upper East Side. Désolée de vous dire ça, mais nous sommes dans le Lower West Side. C'est-à-dire à l'opposé.

— Je sais où nous sommes, nom de Dieu! grommela Eve, en braquant violemment pour entrer dans le parking du Central. Il faut que j'y aille. Je n'ai pas le choix. Je suis déjà en retard.

— L'enquête peut attendre une nuit, assura Peabody. De toute façon, pour l'heure, le plus urgent, c'est la paperasse. Je m'en charge. On reprendra demain matin.

— Je veux une copie du rapport chez moi et à mon bureau. Descendez, bon sang, je suis à la bourre!

— Vous ne passez pas chez vous vous changer?

— Me changer? Pas le temps.

Soudain, elle agrippa Peabody par le bras.

— Rendez-moi un service. Appelez Connors, dites-lui que je suis en route.

— D'accord.

— Je ne peux pas. Il m'avait conseillé d'emporter une tenue de rechange, mais j'ai oublié. Comme si j'allais me trémousser en robe de bal à travers le Central! Vous n'imaginez pas le supplice que c'est.

— En toute franchise, non.

— Grrrr... Contactez Connors.

Elle poussa littéralement Peabody hors de la voiture et repartit en trombe.

Elle ne se rappelait pas ce qu'elle avait enfilé ce matin-là, et vu qu'elle conduisait comme une folle, ne pouvait s'autoriser le luxe de vérifier sa tenue. La circulation et cette *putain* de neige, la nécessité de se faufiler et d'esquiver l'empêchaient de se mettre en mode autopilote.

Elle devait empester la mort.

Tant pis pour lui, c'était sa faute, décida-t-elle. Il l'avait épousée, non ? Elle l'avait prévenu dès le départ qu'elle ferait une épouse minable.

Quelle mouche l'avait piquée de tomber amoureuse d'un homme qui possédait la part du lion de l'univers connu et se devait, à l'occasion, de se plier – et sa femme avec lui – à cet étrange exercice qu'on appelle mondanités ?

Il se garderait de lui reprocher son retard. Il ne serait même pas fâché contre elle. Quand une femme flic se mariait – et Dieu savait qu'on était mieux en solo –, mieux valait choisir un mari compréhensif et patient. Connors était de ceux-là.

Du coup, elle se sentait encore plus coupable d'avoir oublié leur rendez-vous, et plus déterminée que jamais à combler son retard.

Enfreignant l'une de ses règles d'or, elle brancha sa sirène et abusa de son statut de flic à des fins purement personnelles.

Après avoir évité de justesse le pare-chocs d'un taxi express, elle opta pour la verticale, vira à droite dans la 50e Rue, zigzagua jusqu'à la Troisième Avenue pour remonter vers le nord.

Elle aurait dû dire à Peabody de suggérer à Connors qu'ils ne l'attendent pas pour commander. Pourquoi n'y avait-elle pas songé ? À présent, ils devaient être assis, affamés, pendant qu'elle risquait sa vie et celle de dizaines de passants innocents dans le seul but d'atteindre un restaurant où elle aurait du mal à lire la carte.

— GPS ! commanda-t-elle. Où est ce fichu restaurant ? *Le Printemps*, ville de New York.

Un instant je vous prie. Nous programmons votre requête. Le Printemps *se trouve au 212, 93e Rue Est, entre la Deuxième et la Troisième Avenue. Souhaitez-vous effectuer une réservation ?*

— J'en ai une, grommela-t-elle.

En dépit de sa conduite kamikaze, elle arriva avec trente minutes de retard. Restait encore à se garer... En double file.

Elle alluma son panneau lumineux *En service* et piqua un sprint jusqu'au carrefour.

Devant l'entrée, elle marqua une pause pour se recoiffer avec les doigts, inspecta son pantalon et son pull. Ouf ! Aucune trace de sang ou de fluide corporel.

Le maître d'hôtel fondit sur elle tel un vautour sur sa proie.

— Je regrette, mademoiselle, mais nous n'acceptons personne sans réservation.

Eve ôta son manteau. Peabody avait raison : l'endroit était mégachic. Toutes les femmes présentes scintillaient.

— Mettez mon vêtement au vestiaire, Pierre. Et gare à vous s'il n'est plus là quand je partirai.

— Mademoiselle, je suis dans l'obligation de vous prier de vous en aller discrètement.

— Avec plaisir. Quand j'aurai mangé.

Elle défroissa sa veste, s'assura que son arme n'était pas visible. La tentation était grande de la brandir sous le nez de ce cul serré, pour le seul plaisir de le voir s'ouvrir le crâne en tombant dans les pommes.

— Bon, enchaîna-t-elle. De deux choses l'une : soit nous offrons à vos clients un spectacle en prime, soit vous me conduisez à ma table. Au nom de Connors.

Il pâlit.

— Je vous demande pardon, madame Connors.

— Dallas, lieutenant. Où sont-ils ?

— Si vous voulez bien me suivre.

— Mon manteau. J'y tiens comme à la prunelle de mes yeux.

— Bien sûr. Il est magnifique.

Il claqua des doigts.

— Occupez-vous du manteau de madam… du lieutenant. Vos amis sont déjà présents. Puis-je vous offrir un cocktail ?

— Je prendrai le même qu'eux.

Elle scruta la salle, puis emboîta le pas au maître d'hôtel.

Connors la guettait. Prévoyant son retard, il avait choisi la table en conséquence. Il adorait la regarder entrer dans une pièce à longues foulées, ses yeux de flic enregistrant chaque détail.

En dépit de son tailleur-pantalon ultra-sobre, à ses yeux, elle éclipsait toutes les autres. Il se leva.

— Bonsoir, lieutenant.

— Désolée d'être en retard.

— Une coupe de champagne pour mon épouse, ordonna-t-il sans la quitter des yeux. Laisse-moi te présenter Natalie et Sam Derrick.

— Eve, enfin ! Je suis enchantée de vous connaître ! s'exclama Natalie avec un sourire à mille volts, tout en l'examinant de la tête aux pieds.

— Heureux que vous ayez pu vous joindre à nous, déclara Sam en lui serrant la main. Connors nous a dit combien il vous était difficile de vous libérer.

— Quand je pense que vous enquêtez sur des *meurtres* ! Eve fixa Natalie.

— Pour commencer, il me faut un corps.

Elle sentit Connors lui tapoter doucement la cuisse.

— Vous savez, c'est surtout une affaire de détails, poursuivit-elle. Et c'est nettement moins excitant que dans les séries

— Je suis sûre que c'est faux. Mais laissons de côté les sujets déplaisants. Sam était sur le point de nous raconter comment il a pêché la perche la plus grosse du lac Jasper.

— Waouh ! murmura Eve, à court d'inspiration.

Elle accepta avec bonheur la coupe de champagne que lui présentait le serveur. Et la caresse de Connors sur sa cuisse.

Il jouait son rôle à la perfection, l'air passionné par cette stupide histoire de poisson. Bien entendu, il savait que chacun des clients présents dans la salle le regarderait à un moment ou à un autre de la soirée.

Elle ne pouvait guère les en blâmer. Il était tellement à l'aise, un demi-sourire illuminant son beau visage, une lueur d'intérêt dans ses yeux bleus, les chandelles accrochant des reflets bleutés dans son épaisse chevelure de jais.

Le cœur d'Eve se mit à battre plus vite. Un seul regard, et elle vibrait, fondait, cessait de respirer.

On lui apporta une carte, qu'elle consulta vaguement, en proie à un mélange de terreur et de confusion.

Sam et Natalie se révélèrent moins ennuyeux qu'elle ne l'avait craint, bien que la conversation tournât surtout autour de leurs activités préférées : chasse, pêche, randonnée, camping…

Peut-être était-ce une sorte de culte que Connors cherchait à développer.

— C'est absolument exquis! Sam, ce homard est une pure merveille. Goûte… Nous ne fréquentons pas souvent des établissements où il faut se mettre sur son trente et un, poursuivit-elle en offrant sa fourchette à son mari. Nous sommes des gens de la campagne. Mais c'est amusant de découvrir New York dans toute sa splendeur. Je suppose que vous y êtes accoutumée, ajouta-t-elle à l'intention d'Eve.

— Pas plus que vous, répliqua-t-elle. De toute évidence.

Cette fois, le sourire de Natalie fut plus chaleureux.

— Ma chère, si j'avais autant d'allure que vous en pull et pantalon, je ne porterais rien d'autre. La prochaine fois, venez nous voir dans le Montana, je vous ferai goûter à la cuisine locale. Connors, il faut à tout prix nous amener Eve.

— Je n'y manquerai pas.

Il porta son verre à ses lèvres, sourit à Eve par-dessus le rebord. Quand on l'interpella, il tourna la tête, et elle décela quelque chose dans ses yeux. Brièvement. Quelque chose qu'il lui avait toujours réservé.

Il se ressaisit, mais elle était sur le qui-vive. Elle suivit lentement la direction de son regard et la vit.

Elle était époustouflante dans sa robe rouge vif, à la fois élégante et sexy. Des jambes interminables. De longs cheveux soyeux, d'une blondeur délicate, retenus de chaque côté par une petite chose scintillante. Des yeux d'un vert éclatant, irradiant de vie et de sensualité. Une bouche pulpeuse et un teint lumineux.

— Connors, répéta-t-elle d'une voix ronronnante qui hérissa le poil d'Eve.

Elle flotta jusqu'à leur table, les mains tendues.

— Si je m'attendais à te voir ici !

Comme il se levait, elle lui offrit ses lèvres

— Magdelana, murmura-t-il en les effleurant des siennes. Quelle surprise !

— Je n'en reviens pas ! s'écria-t-elle en lui caressant la joue. Plus beau que jamais. Les années t'ont profité, mon cher.

— Et réciproquement. Eve, ajouta-t-il en se tournant vers celle-ci, je te présente une vieille amie, Magdelana Percell. Magdelana, ma femme, Eve Dallas, et nos amis, Sam et Natalie Derrick.

— Ta femme ? Ah, oui, bien sûr ! Bien sûr ! J'ai appris la nouvelle. Ravie de vous rencontrer… Pardonnez-moi d'avoir interrompu votre repas. Je n'ai vu que Connors.

Elle baissa les yeux sur Eve en souriant.

— Vous me comprenez.

— Oh, oui.

Magdelana se détourna pour accaparer Connors.

— Je ne suis là que depuis quelques jours. J'allais te contacter, justement. Cela fait combien, dix ans ?

— Plutôt douze, je pense.

— Douze ans ! s'exclama-t-elle en levant les yeux au ciel. Oh, Franklin, pardonne-moi ! Franklin James. Voici Connors, sa femme, et M. et Mme Derrick.

— Nous nous connaissons, dit Connors en lui tendant la main. Bonsoir, Frank.

D'après Eve, il devait avoir au moins trente ans de plus que Magdelana. Il paraissait prospère, en pleine santé, et très épris.

— Nous vous laissons dîner, dit Magdelana tandis que sa main courait sur le bras de Connors – un geste léger, et cependant intime. Je suis si contente de te revoir ! J'espère que nous pourrons déjeuner et faire un petit voyage au pays des souvenirs. Vous n'y voyez pas d'inconvénient, n'est-ce pas, Eve ?

— Au déjeuner ou au voyage ?

Magdelana gloussa.

— Il faudra que nous nous voyions aussi, entre filles. Histoire d'échanger nos petits secrets sur Connors. À très bientôt !

La conversation reprit son cours. L'expression de Connors ne trahissait rien d'autre que de l'intérêt pour ses invités, mais Eve le connaissait par cœur. Elle savait que tout en buvant et en mangeant, il pensait à Magdelana, assise à l'autre extrémité de la salle dans sa somptueuse robe carmin.

Le dîner achevé, ils mirent les Derrick dans l'une des limousines de Connors et montèrent dans le véhicule de fonction d'Eve.

— Garée comme tu l'es, tu as dû en agacer plus d'un.

— Qui est-ce ?

— Je te l'ai dit : Sam et elle possèdent non seulement une grande partie du Montana, mais aussi l'un des complexes hôteliers les plus réputés de l'État.

— Ne joue pas à ça avec moi. La blonde.

— Une vieille amie. Et, oui, nous avons été amants, ajouta-t-il en se tournant vers elle. C'était il y a très longtemps.

— Ça, je le sais déjà.

Il poussa un soupir.

— Elle était dans la partie. Nous avons été concurrents un certain temps, puis nous avons travaillé ensemble sur deux ou trois projets. Et chacun est parti ensuite de son côté.

— C'est une voleuse.

— Elle l'était, oui, confirma-t-il en haussant les épaules. J'ignore si elle a continué dans cette voie. Quelle importance ?

« J'ai décelé une lueur dans tes yeux », eut-elle envie de rétorquer.

— Je suis curieuse, se contenta-t-elle de répondre. Elle est canon.

— En effet. Sais-tu ce que je me suis dit quand tu es entrée dans le restaurant ?

— Dieu merci, elle n'est pas couverte de sang ?

— Non. Je me suis dit : voilà la femme la plus séduisante que je connaisse. Et c'est la mienne.

Il lui effleura la main.

— Merci d'être venue ce soir.

— J'étais en retard.

— J'ai remarqué. Une nouvelle affaire ?

— Oui. Elle nous est tombée dessus cet après-midi.

— Dis-moi tout.

S'obligeant à chasser les anciennes maîtresses de son esprit, elle lui exposa l'essentiel.

4

Elle prit une douche pour effacer les traces de la journée, en s'efforçant de ne pas se lamenter parce que Connors n'avait inventé aucune excuse pour la rejoindre sous les jets brûlants. À quoi bon se mettre dans tous ses états sous prétexte que son homme (un homme qui avait eu une vie bien remplie avant leur rencontre) retrouvait par hasard une ancienne flamme ? Cela ne servirait à rien, sinon à lui flanquer des crampes d'estomac.

Elle n'était pas du genre à s'affoler pour si peu, se rappela-t-elle fermement en passant dans la cabine de séchage. Du moins, cela n'avait jamais été le cas jusqu'ici.

Tout ça, pour une lueur dans ses yeux. Qui avait duré une fraction de seconde. Les gens que Connors avait côtoyés plus de dix ans auparavant n'avaient rien à voir avec le présent.

Rien.

Quand elle retourna dans la chambre, il n'y était pas. Ce qui ne signifiait rien non plus. Elle enfila une tenue de jogging et une paire de chaussettes (en cachemire, apparemment), et gagna son bureau.

Celui de Connors était contigu. La porte de séparation ouverte, et toutes les lumières allumées. Aucune raison de se refuser une petite visite.

Assis devant son ordinateur, il avait troqué sa veste de costume et sa chemise pour un pull noir. Une boule de fourrure était lovée sur le coin de son poste de travail. Galahad, leur chat, cligna des yeux, les étrécit.

— Tu bosses ? lança Eve, mal à l'aise.

— Un peu. Et toi ?

— Oui.

Ne sachant quoi faire de ses mains, elle les fourra dans ses poches.

— Un peu.

Il reporta son attention sur elle.

— Tu veux de l'aide ?

— Non, non, merci. Pour l'instant, c'est la routine.

Il fixa de nouveau son écran.

— Très bien. N'hésite pas à demander si tu changes d'avis.

— Entendu.

— Lieutenant, fit-il comme elle tournait les talons. Essaie de limiter le café.

Curieusement, cette pique la soulagea. Elle se rendit dans la kitchenette et programma l'autochef pour un demi-pot au lieu du pot entier qu'elle aurait commandé d'ordinaire.

Sa tasse à la main, elle s'installa à son bureau avec l'intention de lire le rapport de Peabody sur Craig Foster.

Un juron lui échappa.

— Autant savoir à quoi s'en tenir, et passer à autre chose, marmonna-t-elle.

Elle lança donc une recherche sur Percell, Magdelana. Manuellement, en mode texte uniquement pour plus de discrétion. Elle mit un certain temps à obtenir un résultat, mais finit par y parvenir en procédant par étapes : âge approximatif, description physique, nationalité.

Percell, Magdelana. Née le 12 mars 2029 à Saint-Paul, Minnesota. Parents : Percell, James et Karen. Cheveux blonds. Yeux verts. Poids : cinquante-deux kilos. Taille : un mètre soixante-dix.

Eve lut rapidement son parcours et nota qu'elle avait obtenu son bac très jeune – à quinze ans. Elle avait pour-

suivi ses études à Princeton et obtenu son diplôme en
trois ans. Avec mention.

— Donc, elle est intelligente.

Mariée avec Dupont, André, le 22 juin 2048. Pas d'en-
fants. Divorcée en mars 2051. Mariée avec Fayette, Georges,
le 5 avril 2055. Pas d'enfants. Divorcée en octobre 2059.
Fortune estimée à plus de treize millions de dollars.
Résidences : Paris, France ; Cannes, France.
Casier judiciaire vierge.

Eve s'adossa à son fauteuil.

Les données officielles étaient minces. Connors pré-
tendait qu'ils avaient travaillé ensemble autrefois. Difficile, dès lors, de croire au casier judiciaire vierge.
Quand bien même elle n'aurait jamais été inculpée ni
même arrêtée, Magdelana avait sûrement été interrogée à un moment ou à un autre par les autorités.

Connors avait dû se charger de le nettoyer. Il avait
accédé illégalement à son dossier et fait le ménage, songea Eve, le cœur serré. Comme il l'avait fait pour elle-
même, à une époque.

Pour la protéger.

Parce que c'était plus difficile à accepter qu'elle ne
l'avait imaginé, Eve mit un terme à ses recherches. Elle
en savait déjà plus qu'elle ne le souhaitait.

Elle se plongea dans le rapport et les notes de Peabody, puis installa un tableau magnétique après avoir
lancé une série de vérifications sur les membres du personnel de l'école. Quand Galahad apparut et bondit sur
le divan, elle se sentit bêtement heureuse. Attrapant sa
tasse, elle lui expliqua :

— Notre victime est un Jean Dupont sans histoires.
Équilibré. Il mène une vie ordinaire, apparemment
sans gêner qui que ce soit. Puis, un jour, il avale son
chocolat chaud fait maison pendant sa pause-déjeuner,
et il meurt dans des souffrances atroces. Alors ? Qui en
voulait à notre Jean Dupont ? Qu'est-ce que le meurtrier avait à gagner ? D'après ses relevés bancaires, il

vivait confortablement, sans plus. Pas de dettes. Une assurance-vie, certes, mais modeste. Il n'a pas d'actions, il n'est pas propriétaire, il ne collectionne pas les œuvres d'art. Conclusion : le mobile ne peut pas être l'argent.

La hanche appuyée contre son bureau, elle examina les données affichées sur son écran mural.

— Mirri Hallywell. On pourrait l'appeler Jeanne Durand. Elle travaillait avec la victime, la voyait en dehors de l'école, étudiait régulièrement avec elle. Mais leur relation était platonique. À ton avis, Galahad : est-il possible que deux individus séduisants, de sexe opposé, du même âge et partageant les mêmes passions, se voient presque tous les jours et demeurent amis ? Ou le sexe, comme il en a la fâcheuse tendance, va-t-il pointer le bout de son vilain nez ?

Elle jeta un coup d'œil vers la pièce voisine, irritée que ses pensées la ramènent malgré elle à Connors et à son ex-poupée.

— C'est possible, bien sûr. On peut imaginer qu'il n'y ait pas d'attirance physique. Ou que leur relation n'en soit qu'à ses balbutiements. Toutefois, Hallywell avait la possibilité. De même que l'épouse, naturellement. Ce pourrait être tout simplement la fin tragique d'un triangle infernal.

Mais ce n'était pas son sentiment.

— Je veux le type, je tue sa femme. Voilà comment je réagirais. « Si je ne peux pas t'avoir, personne d'autre ne t'aura. » D'accord, mais pourquoi maintenant ?

Elle relut ses notes, les interrogatoires. Personne n'avait évoqué le moindre incident ou scandale, la moindre controverse concernant Craig Foster.

— Jean Dupont, répéta-t-elle en contemplant le chat, qui ronflait. Monsieur Propre.

— Si c'est à Galahad que tu parles, tu perds ton temps, observa Connors en entrant dans la pièce.

— Il fait marcher son subconscient.

— Tout ce qu'il a dans son subconscient, c'est une furieuse envie de saumon. Comment ça se passe ?

— Je tourne en rond. Je n'ai pas de mobile, pas de suspect. Cependant, j'ai la certitude qu'une personne qu'il connaissait a tout organisé dans les moindres détails et mis son plan à exécution. Or, personne dans son entourage n'avait de raisons de vouloir sa disparition.

Connors s'approcha pour examiner la photo d'identité de la victime sur le tableau.

— Il ne serait pas le premier à cacher son jeu.

— Je vais continuer de creuser. Il se peut qu'il ait eu une maîtresse. Celle-là, précisa Eve, en indiquant la photo de Mirri Hallywell.

— Jolie.

— Sa femme l'est encore plus. Et d'après le flic à la retraite qui habite en dessous de chez eux, les jeunes mariés copulaient à tout bout de champ. Je ne vois donc pas quel intérêt il aurait eu à entretenir une liaison. Cela dit, les hommes ne se lassent jamais.

Connors lui tapota les fesses.

— C'est vrai.

Elle divisa l'écran en deux pour afficher les portraits de Mirri et de Lissy. Physiquement, la première était l'opposé de la seconde.

— Pour certains, le sexe, c'est comme la crème glacée, ils veulent avoir plusieurs parfums à disposition, commenta-t-elle.

Connors ébaucha un sourire.

— J'ai arrêté mon choix sur un seul.

— Oui, mais avant de te décider, tu as testé la carte à plusieurs reprises. Foster était jeune, enchaîna-t-elle, tandis que Connors s'esclaffait. Il n'avait pas eu le temps de multiplier les expériences. Non, décidément, les notes sonnent faux. Malheureusement, c'est la seule mélodie dont je dispose pour l'instant.

Connors étudia le tableau.

— L'argent n'a rien à voir là-dedans, j'imagine.

— Il n'en avait pas suffisamment.

— Un accès de rage ?

— Une rage froide, alors. Ce n'est pas un crime passionnel. Le meurtre par empoisonnement implique la distance. Surtout si on n'est pas là pour voir le résultat. Je n'élimine pas la thèse de la vengeance. Mais je ne trouve rien. Tout le monde l'appréciait.

— C'était le cas aussi des Icove, lui rappela-t-il.

Elle secoua la tête.

— Ce type n'a rien à voir avec eux. Les Icove étaient des illuminés, certes, mais riches, privilégiés, et sous les feux de la rampe. Foster était heureux en coulisses. Demain, j'irai inspecter son appartement, ses dossiers à l'école. Ce n'est peut-être pas lui qui détient un secret. Supposons qu'il soit au courant de quelque chose, ou qu'il ait eu des soupçons...

Elle se tut, haussa les épaules.

— Je finirai par le découvrir.

— Sans aucun doute.

Connors s'approcha, déposa un baiser sur son front.

— Assez travaillé pour aujourd'hui.

— Mmm, acquiesça-t-elle en se laissant entraîner vers la porte. Les Derrick sont plutôt sympathiques. Mais je n'ai aucune envie d'aller dans le Montana.

— Parce que tu as peur des vaches. Nous pourrions descendre dans un bel hôtel. Faire des balades à cheval.

— J'en rêve depuis toujours ! Grimper sur un animal qui pèse dix fois mon poids et crier : « Allez, hue ! »

— Tu serais étonnée de constater à quel point c'est vivifiant.

— Je préfère m'en tenir à la chasse aux psychopathes, merci.

Elle se demanda s'il avait fait des balades à cheval avec Magdelana. Combien de fois avait-il *chevauché* Magdelana ?

Merde !

Sur le seuil de la chambre, elle pivota vers lui, le plaqua contre le chambranle et s'empara de ses lèvres en un baiser avide.

— Ça aussi, j'aime bien, déclara-t-elle. Je le classe deuxième sur mon excitomètre.

— Deuxième ?

— Ben... les psychos, c'est le top.

— Je vais donc devoir faire quelques efforts, riposta-t-il en inversant leurs positions.

Leurs bouches se rencontrèrent de nouveau, brûlantes, gourmandes. Puis Eve se lança dans une exploration de son visage, de sa gorge… ce goût – le goût de Connors. Il était tout pour elle.

Elle enroula les jambes autour de sa taille lorsqu'il la déposa sur le lit, noua les bras autour de son cou.

— Dis-moi que tu as envie de moi, souffla-t-elle.

— Toujours. Sans arrêt.

— Montre-moi.

Le désir. Elle le sentait en lui, à la façon dont ses mains la caressaient.

Mais ce n'était pas suffisant. Elle voulait davantage.

Pour la première fois depuis qu'ils étaient ensemble, elle avait peur. Dans un élan de désespoir, elle roula avec lui sur le lit, tirant sur son pull, enfonçant les ongles dans sa chair.

— Touche-moi. Touche-moi. Touche-moi.

Sa frénésie le surprit. L'excita. Il se délecta de sa peau, la caressa fiévreusement tandis qu'elle murmurait son nom, entre plaisir et supplication.

— Eve…

La main sur sa joue, il chercha ses yeux.

— Regarde-moi, Eve.

Elle obéit, s'efforçant de s'abandonner.

— Je veux t'avoir en moi, haleta-t-elle

Elle cambra les reins et le guida en elle.

Unis, songea-t-elle, comme eux seuls pouvaient l'être. Leur rythme, leur chaleur, leur odeur. Elle le regarda jusqu'à ce que sa vision se brouille. Jusqu'à ce que l'orgasme la terrasse.

Quand elle se blottit contre lui, la peau moite, il demeurait en elle un petit coin que l'ardeur de leur échange n'avait pas réussi à réchauffer.

Le lendemain matin, il se leva avant elle. Mais elle ne le trouva pas assis dans le coin salon, comme d'ordinaire, en train de boire son café tout en consultant des rapports financiers.

Elle se prépara, ressentant avec acuité son absence. Leurs habitudes quotidiennes, la conversation du matin, le petit-déjeuner, lui manquaient. Qu'attendait-il pour venir critiquer sa tenue? Pour l'obliger à manger quelque chose?

Et la veille? Pourquoi n'avait-il pas cherché à se mêler de son travail?

Elle fixa son holster d'un geste irrité. Tout allait bien. Il était débordé, elle aussi. Elle n'avait ni envie ni besoin d'un homme accroché à ses basques à longueur de temps.

Elle alla chercher ses dossiers dans son bureau, bien qu'elle les ait déjà transférés sur son ordinateur au Central. Elle se dirigeait d'un pas nonchalant vers le bureau de Connors quand elle entendit sa voix.

— Non, j'étais levé. Les vieilles habitudes ont la vie dure.

Elle comprit qu'il était en communication, en mode privé.

— C'était, en effet, une surprise. Bien sûr, bien sûr… Pas de problème… Disons, 13 heures aux *Trois Sœurs*? Je pense que cela te plaira. Veux-tu que je t'envoie une voiture?… Non, Maggie, ce n'est pas un souci. À tout à l'heure.

Maggie. Un étau se resserra autour de la poitrine d'Eve. Pas Magdelana, plus glamour, mais aussi plus impersonnel. Mais Maggie, tellement plus chaleureux et affectueux.

Franchissant le seuil du bureau, elle se rendit compte qu'elle avait accompli l'impossible et l'avait pris par surprise. Cependant, elle fut incapable de déchiffrer son expression tandis qu'il semblait perdu dans ses pensées ou dans des souvenirs qui ne la concernaient en rien. Il se ressaisit très vite, esquissa un sourire distrait.

— Te voilà.

— Oui, me voilà. Tu t'es mis au boulot particulièrement tôt.

— J'avais une vidéoconférence avec Londres à 6 heures.

Derrière lui, le fax laser bipa, signalant l'arrivée d'un document. Il l'ignora.

— Je m'apprêtais à te rejoindre pour le petit-déjeuner.

— Décidément, tu as plein de projets pour tes repas, aujourd'hui. Qu'est-ce que c'est que ce déjeuner ?

— Pardon ? Ah, oui ! Apparemment, Magdelana s'est rappelé que j'étais un lève-tôt.

Il glissa son agenda dans sa poche et se leva.

— Nous déjeunons ensemble.

— C'est ce que j'ai cru comprendre. Je te conseille de te méfier, camarade.

— De quoi ?

— Ce ne serait pas la première fois qu'une vieille connaissance ressurgirait dans l'espoir de te faire replonger, en souvenir du bon vieux temps. N'oublie pas de lui signaler que tu couches désormais avec un flic.

Il eut un frémissement irrité, à peine perceptible.

— Je n'ai aucune intention de replonger.

— Ce n'est pas toi qui as dit que les vieilles habitudes avaient la vie dure ?

— On écoute aux portes, maintenant, lieutenant ?

— J'allais entrer. Ta porte était ouverte. J'ai des oreilles.

— Alors sers-t'en et écoute-moi attentivement. Je déjeune avec Magdelana, rien de plus, rien de moins.

Il inclina la tête de côté, la dévisagea.

— À moins que tu n'aies pas confiance en moi ?

— J'aurais sacrément plus confiance si tu avais l'honnêteté de ne pas parler d'elle comme d'une vieille *amie* quand nous savons tous deux qu'elle était bien plus que ça.

— C'était il y a douze ans. Des années avant que je pose les yeux sur toi, rétorqua-t-il, à la fois irrité et déconcerté. Seigneur, tu es jalouse d'une femme à qui je n'ai pas adressé la parole ni pensé depuis des lustres ?

Eve le fixa un moment.

— Tu penses à elle en ce moment même.

Sur ce, elle tourna les talons et quitta la pièce.

Elle descendit les marches au pas de course et tomba sur Summerset, le majordome de Connors, son ange gardien, son homme à tout faire. Et le cauchemar chronique d'Eve. Grand, maigre, vêtu de son éternel costume noir, ses cheveux couleur d'étain coiffés en arrière, son regard sombre empli d'un froid dédain.

Elle s'empara de son manteau, drapé sur la rampe.

— Un mot, un seul, et je vous arrache le parapluie que vous avez avalé et je m'en sers pour vous réduire en miettes!

Summerset haussa les sourcils, puis jeta un coup d'œil à Connors, qui venait d'apparaître sur le palier.

— Le lieutenant me semble plus caustique que de coutume, ce matin, commenta-t-il.

— Elle est de mauvais poil.

Les mains dans les poches, Connors grimaça en regardant la porte qu'elle venait de claquer.

— Magdelana est en ville. Nous déjeunons ensemble aujourd'hui. Apparemment, cela ne plaît pas à Eve

Il croisa le regard de Summerset, et se raidit.

— Ah, non! Vous n'allez pas vous y mettre, vous aussi! J'ai eu mon compte de psychodrames et il est à peine 8 heures!

— Pourquoi vous compliquer l'existence?

— Ce n'est pas le cas. Il s'agit d'un *déjeuner*, point à la ligne. Laissez tomber, l'avertit Connors avant de s'éloigner.

La neige sur la chaussée s'était transformée en une bouillie brunâtre, et les plaques de verglas sur les trottoirs étaient un obstacle majeur pour les passants. Les travailleurs à moitié congelés patientaient à l'arrêt du Maxibus, emmitouflés jusqu'aux oreilles. Aux carrefours, les feux des glissa-grils fumaient.

D'après l'écran de sa voiture, la température extérieure s'élevait à quatre degrés.

Pourvu que Connors se les gèle.

Coincée dans les embouteillages, Eve posa la tête sur le volant. Elle avait mal réagi. Elle n'avait aucune idée de la manière dont elle aurait dû s'y prendre, mais elle savait qu'elle avait tout gâché. Maintenant, il serait furieux contre elle quand il irait à son déjeuner avec cette… traînée. Erreur de stratégie.

Mais pourquoi diable aurait-elle besoin d'échafauder des stratégies ?

« N'y pense plus, s'exhorta-t-elle. Ce n'est qu'un petit obstacle de rien du tout sur la route. »

Pourtant, elle rumina durant tout le trajet jusqu'au Central, puis dans l'ascenseur qui la déposa à l'étage de la Criminelle.

Ici, elle était au boulot, se rappela-t-elle. Les soucis personnels y étaient interdits de séjour. Elle décida de boire son café en regardant par la fenêtre, le temps de s'éclaircir les idées.

Elle n'avait pas bougé quand Peabody entra, après avoir frappé discrètement.

— Bonjour. Alors, ce dîner ?

— J'ai mangé. Prenez vos affaires. Nous allons à l'appartement de la victime.

— Maintenant ? Vous ne voulez pas que je prévienne Lissy Foster, afin de…

— J'ai dit : prenez vos affaires.

— Oui, lieutenant.

Peabody n'ouvrit pas la bouche jusqu'à ce qu'elles soient dans la voiture.

— J'ai manqué un épisode ? Lissy est la principale suspecte ?

— Depuis quand l'avons-nous éliminée de la liste ?

— Nous ne l'avons pas fait, mais nous avions toutes deux l'impression qu'elle était incapable de commettre un acte pareil, il me semble.

— Elle en avait la possibilité. Quant au mobile, les conjoints peuvent toujours en trouver un. Parfois, c'est juste parce qu'on a épousé un connard. C'est par là que nous allons commencer.

Elle roula un moment en silence.

— Je veux voir son environnement. Comment il vivait. Sa dépouille nous dit que c'était un jeune homme en bonne santé, terrassé par une dose létale de ricine. C'est à peu près tout. Cela ne signifie pas que la victime n'a rien d'autre à nous dire.

— D'accord, d'accord. Est-ce que tout va bien ?

— Non, pas vraiment. Mais il n'est pas question que j'en parle. On bosse.

Un silence de plomb s'abattit. Pire encore.

— Racontez-moi quelque chose, dit finalement Eve en fourrageant dans ses cheveux. N'importe quoi. En général, j'ai du mal à vous faire taire. Pour l'amour du ciel, Peabody…

— Euh… Je n'ai pas d'inspiration, là. La pression est trop forte. Ah, si ! Je sais. Vous êtes prête pour demain soir ?

— Prête pour quoi ?

— *Maintenant.*

— Si c'est maintenant, ce n'est pas demain soir. Qu'est-ce que vous avez fumé au petit-déjeuner ?

— Je n'ai avalé qu'un pamplemousse réhydraté. Je n'arrive pas à perdre les kilos que j'ai pris pendant les fêtes, soupira Peabody. Mon derrière n'est plus qu'un énorme tas de cookies.

— Quelle sorte ? Je raffole des cookies.

— Toutes sortes. Face à une boîte de gâteaux de Noël, je n'ai plus aucune volonté. Ma grand-mère continue à les confectionner elle-même.

— Je croyais qu'on les fabriquait avec du sucre.

— Du sucre, de la farine, des œufs, du beurre. Mmm, le beurre ! Du vrai beurre de vache !

— Les vaches donnent du lait, protesta Eve en cédant le passage à une horde de piétons. D'ailleurs, j'ai du mal à comprendre comment on peut avoir envie de boire ce qui sort d'une vache comme… comme de la pisse.

— On obtient le beurre à partir du lait. Le vrai beurre, j'entends. Merde, voilà que j'ai faim ! Il faut que je me taise, c'est le genre de conversation qui me… Qu'est-ce que je disais, déjà ? Ah, oui, *Maintenant.*

— C'était maintenant, c'est devenu ensuite. Et voilà maintenant que c'est de nouveau maintenant.

Sourcils froncés, Peabody regarda Eve.

— Vous essayez de m'embrouiller. Bravo, c'est réussi ! Vous savez bien que je parle de la nouvelle émission de Nadine. C'est vous qui l'inaugurez.

— Et je m'efforce d'y penser le moins possible.

— Ça va être formidable. Qu'est-ce que vous porterez ?

— J'ai pensé, comme ça, en passant, des vêtements, peut-être.

— Voyons, Dallas, c'est une diffusion nationale et satellite. On ne parle que de ça. Demandez à Connors de choisir votre tenue.

Eve ravala un grognement.

— Je sais m'habiller. Je le fais tous les matins depuis des années.

Elle repensa à Magdelana, moulée dans sa robe rouge.

— Je suis flic, pas fashion victim. S'il avait envie d'une créature qui se balade sur des échasses en fourreau étincelant, il fallait choisir quelqu'un d'autre que moi.

— Je ne crois pas que votre garde-robe ait été un facteur de sélection important, remarqua Peabody avant de risquer prudemment. Euh... Vous vous êtes disputés ?

— Pas exactement. Mais ça ne saurait tarder.

Eve braqua brusquement pour se garer.

— Nous sommes assez près, décréta-t-elle avant de sortir de la voiture.

Reprenant son souffle, Peabody courut derrière elle sur le trottoir.

Le froid était intense, un vent féroce balayait les canyons urbains. Eve fourra ses mains nues dans ses poches et s'efforça de se concentrer sur son travail.

— Si elle n'a rien à cacher, cela ne la dérangera pas que nous jetions un coup d'œil chez elle. Sinon, nous pouvons obtenir un mandat rapidement. On cherche tout ce qui peut ressembler à du poison, y compris des graines de ricin ou tout produit dérivé. Je veux aussi examiner ses dossiers, ses relevés de communications, ses disques, ses papiers. Je veux savoir ce qu'il rangeait dans le tiroir du haut de sa commode, ce qu'il dissimulait dans les poches de son anorak. Le grand jeu.

Quand elles pénétrèrent dans le bâtiment, Peabody poussa un soupir de soulagement.

— Si leur appartement est aussi grand que celui de Kowoski, ça ne devrait pas être long.

Elles gravirent l'escalier. Eve frappa à la porte. Une femme au regard las vint ouvrir.

— Bonjour. Que puis-je faire pour vous ?

— Lieutenant Dallas et inspecteur Peabody. Nous voudrions voir Lissy Foster.

— C'est vous qui enquêtez sur la mort de Craig. Je suis Cecily Bolviar, la mère de Lissy. Entrez, je vous en prie. Elle est dans la salle de bains. Elle prend sa douche. Elle n'a pas dormi de la nuit. J'allais préparer le petit-déjeuner. Il faut qu'elle se nourrisse. Asseyez-vous. Voulez-vous un café ?

— Ne vous dérangez pas pour nous.

— Cela ne me dérange pas... Nous rencontrons la famille de Craig cet après-midi, pour discuter de... des obsèques. Je veux qu'elle mange un peu.

— Depuis quand êtes-vous à New York, madame Bolviar ?

— Tard hier soir. Je suis venue dès que... dès que Lissy m'a appelée. Elle a besoin de sa maman maintenant. Il m'appelait *Maman*, lui aussi.

Elle se dirigea vers la cuisine à l'américaine, puis s'immobilisa, comme si elle ne savait pas par où commencer.

— C'est ici qu'elle voulait vivre, ma petite Lissy. Comme elle avait Craig, je ne m'inquiétais pas. D'ici quelques années, ils fonderaient une famille – c'est ce qu'il m'avait dit –, et je serais *grand-maman*. Savez-vous comment c'est arrivé ?

— Nous devons parler avec votre fille.

— Naturellement. Asseyez-vous. Je prépare du café. C'était un garçon adorable, murmura-t-elle, les yeux brillants de larmes. Charmant, doux. C'est affreux. Asseyez-vous, je vous en prie.

La pièce était meublée d'un canapé bleu vif recouvert de coussins verts, et de deux fauteuils drapés d'une étoffe rayée dans les mêmes tons. Un ordinateur dernier cri trônait dans un coin, une petite table et deux chaises, dans l'autre. L'ensemble était gai, ordonné, agréable.

Cecily s'approcha de la porte de la salle de bains, frappa.

— Ma chérie, la police est là. Le lieutenant et l'inspecteur. Elle arrive, ajouta-t-elle à l'adresse d'Eve. Je m'occupe du café.

Lissy apparut, en pantalon large, sweat-shirt et chaussettes de laine. Elle avait l'allure d'une femme atteinte d'une maladie incurable. Son teint était cireux, ses yeux gonflés. Elle se déplaçait avec précaution comme si le moindre mouvement était une souffrance.

— Vous avez du nouveau ? s'enquit-elle d'une voix éraillée. À propos de Craig ?

Eve se leva.

— Asseyez-vous, madame Foster.

— Je suis allée le voir. Nous y sommes allées ensemble, avec ses parents. Ce n'était pas une erreur. Ils sont effondrés. Son père et sa mère. Qu'est-ce que je vais devenir ? Qu'est-ce que je vais faire ? *Maman.*

— Allons, allons, mon trésor. Assieds-toi, murmura Cecily en se précipitant vers elle. S'il vous plaît, vous pouvez nous dire quelque chose ? N'importe quoi ? C'est si dur de ne pas savoir.

Eve regarda Lissy dans les yeux.

— Votre mari est décédé en ingérant une dose létale de ricine.

— De la ricine ? De quoi s'agit-il ?

— C'est un poison, souffla Cecily, l'air horrifié. Je le sais. C'est un poison.

— Un poison ? Mais pourquoi est-ce qu'il... Comment a-t-il pu...

— Le produit était dans son chocolat chaud, expliqua Eve.

La jeune femme verdit.

— Non ! C'est impossible. C'est moi qui le lui ai préparé. Comme tous les matins depuis qu'il fait froid. Au printemps, je lui prépare du thé glacé. Chaque jour. Vous pensez que j'ai fait du mal à Craig ? Que je...

— Non, l'interrompit Eve, se fiant à son instinct. Mais afin de vous innocenter définitivement, nous aimerions inspecter votre appartement. Nous voudrions que vous nous accordiez l'autorisation d'analyser le contenu de l'ordinateur de votre mari, ses documents, ses affaires personnelles.

— Attendez...

Lissy agrippa la main de sa mère.

— Un poison, avez-vous dit ? Craig a été empoisonné. Comment a-t-il pu avaler un poison par accident ?

— Ce n'en était pas un, intervint Cecily. N'est-ce pas, lieutenant ?

— Non.

— Mais alors...

Les joues de Lissy reprirent quelques couleurs. Elle se leva lentement.

— C'est donc un geste délibéré ? Pourquoi ? Il n'a jamais fait de mal à personne. Jamais.

— Madame Foster, nous pensons que la ricine a été versée dans la boisson de votre époux dans la matinée.

— Mais c'est *moi* qui l'ai préparée !

Elle se rua vers la kitchenette.

— Ici, ici même. Chaque matin, je lui confectionne son déjeuner. Cela ne me prend que quelques minutes, et il est tellement content, je...

Cecily murmura quelques mots en français en s'approchant de sa fille.

— Mais non ! J'ai fait comme d'habitude. Le sandwich, le fruit, ses chips préférées. Et le chocolat, comme tu me l'as appris, maman. Ici... Ici !

— Lissy, cesse de te torturer, fit Cecily en caressant les joues mouillées de larmes de sa fille.

— Lissy, avez-vous versé le chocolat dans une Thermos noire ? demanda Eve.

— Oui ! Le grand modèle. Avec son nom gravé sur la tasse. Je la lui ai offerte lorsqu'il a obtenu ce poste, ainsi que la pochette noire pour les sandwichs.

— Il les emporte tous les jours à l'école ?

— Oui. Tous les jours. Quelle importance ?

— Tout est important, y compris les détails, répondit doucement Eve. Nous souhaitons jeter un coup d'œil dans l'appartement.

— Pourquoi ? souffla Lissy en contemplant ses mains. Pourquoi quelqu'un voudrait du mal à Craig ?

— Pour l'heure, je n'ai aucune réponse.

— Et fouiller l'appartement vous aidera à trouver des réponses ?

— Oui.

— Allez-y. Regardez partout. Il avait d'autres affaires à l'école. Son ordinateur est là. Faites ce que vous avez à faire. Je ne veux pas voir cela… Pouvons-nous sortir ?

— Bien entendu.

— Viens, maman. Je préfère les laisser… Maman, quelqu'un a tué Craig.

Eve laissa à la mère le soin de consoler la fille et de l'aider à s'habiller chaudement.

— Je vais l'emmener prendre un petit-déjeuner, dit Cecily à Eve. Je connais un endroit, un peu plus loin dans la rue. Si vous avez besoin de nous, c'est là que vous nous trouverez.

— Merci.

Eve referma doucement la porte derrière elles.

— La même tasse, jour après jour, marmonna-t-elle.

— Ça colle avec le personnage. C'était un routinier.

— Donc, il utilise cette Thermos depuis plus d'un an. Et si, pour plus d'efficacité, l'assassin avait acheté la même et s'était contenté d'inverser les tasses ?

— On pourrait lancer une recherche sur la marque, le modèle, les distributeurs.

— Ouais. Mais d'abord, on fouille. Au boulot, Peabody !

5

La fouille ne donna rien. Elles ne trouvèrent ni poison dissimulé dans un compartiment secret ni correspondance ou photos compromettantes.

C'était un lieu où vivaient deux personnes ordinaires, deux jeunes mariés heureux.

Sur l'ordinateur – qu'ils partageaient –, Eve ne découvrit que des documents de travail et des courriels tendres ou coquins qu'ils s'étaient envoyés. Signe, selon Eve, que leur amour comptait par-dessus tout. Lissy communiquait régulièrement avec sa mère, et Miri Hallywell les avait appelés récemment – pour confirmer son prochain rendez-vous avec Craig et bavarder avec Lissy à propos d'une sortie en compagnie d'un certain Ben.

La veille de son décès, Craig Foster avait esquissé l'interrogation-surprise qu'il avait l'intention de donner à ses élèves et passé plus d'une heure à rédiger une dissertation sur les développements sociaux et économiques après les Guerres urbaines.

Il avait mis une photo de mariage en guise de fond d'écran, Lissy en blanc, lui en queue-de-pie noire. Leur premier baiser en tant que mari et femme.

— C'est dur, commenta Peabody lorsqu'elles remontèrent dans la voiture. Tout est neuf. Ils démarraient dans l'existence. Les verres en cristal – un cadeau de noces, sûrement –, les serviettes de bain assorties au rideau de douche, le bouquet séché de la mariée, l'enregistrement de la cérémonie et de la fête. C'est vraiment dur.

— D'autant que rien ne permet d'imaginer le mobile. Ils n'ont pas d'argent, ils ne se droguent pas, la probabilité que l'un ou l'autre ait eu une liaison est quasiment nulle. Quel était le secret de Craig ?

— Son secret ?

— Tout le monde en a. Des choses qu'un homme ne confierait jamais à son épouse.

Peabody fronça les sourcils et secoua la tête.

— Si je me fie à ce que j'ai vu et ressenti, je les imagine mal ayant des secrets.

— Justement, marmonna Eve.

Elle chercha un parking près de l'école, se gara. À l'intérieur du bâtiment, elles se soumirent aux formalités de sécurité d'usage. Eve suivit des yeux deux membres du personnel qui traversaient le hall. Tous deux portaient un brassard noir autour du bras.

— Revoyons le timing. Si la ricine ne provient pas de chez eux, elle vient d'ici.

Peabody sortit son bloc-notes électronique.

— La victime a pointé à 6 h 42. D'après la déposition de sa femme, il a quitté le domicile conjugal aux alentours de 6 h 30.

— Foster est venu à pied. Ils ont cherché un appartement proche de son lieu de travail afin de pouvoir économiser sur les frais de transport. Le trajet doit durer sept, huit minutes, j'en déduis qu'il ne s'est pas arrêté en chemin. À cette heure-là, rien n'est ouvert sur son trajet. Le magasin ouvert 24 heures sur 24 le plus proche est à cinq cents mètres à l'ouest.

Peabody opina.

— Il y a un traiteur, tout près, mais il n'ouvre qu'à 7 heures.

— Bien. Foster enfile son manteau, récupère sa mallette, son déjeuner, embrasse sa dulcinée et part à pied à son boulot. Il utilise l'entrée principale, comme nous. Il franchit la sécurité. Il va faire un peu de musculation, il passe donc d'abord dans sa classe déposer ses affaires. Veste, gants, chapeau, écharpe. Et la mallette, qui contient son ultime repas.

Elle partit dans cette direction.

— Aucune des personnes que nous avons interrogées ne l'a croisé avant qu'il atteigne le gymnase. Il a donc commencé par monter.

Elle s'immobilisa devant la porte, ôta le scellé de la police, et entra.

— Il pose la mallette sur le bureau, range son déjeuner dans un tiroir, suspend son manteau. C'est un garçon efficace, méticuleux. Il est déjà en tenue. Il descend avec son sac, qui contient ses habits pour la journée.

— Affirmatif, dit Peabody en parcourant ses notes. Après la séance, il s'est changé. Nous avons le sac en question.

Elles firent demi-tour, et Eve enchaîna.

— Donc, il descend au rez-de-chaussée, laissant sa salle de classe, ainsi que sa Thermos, sans surveillance.

— Oui.

Elles se rendirent au gymnase.

— D'après les déclarations des témoins, quand on l'aperçoit pour la première fois, il est déjà en train d'utiliser les appareils de musculation.

— Reed Williams, environ 7 h 10.

— À quelle heure Williams a-t-il pointé ?

— 6 h 45.

— Qu'a-t-il fabriqué entre 6 h 45 et 7 h 10 ? Il faudra qu'on discute de nouveau avec lui. Mosebly prétend avoir vu la victime du côté de la piscine alors qu'elle en sortait vers 7 h 30.

— Elle avait pointé à 6 h 50.

— Quelle bande de lève-tôt ! Elle aussi, il va falloir la questionner de nouveau. Le plus vite sera le mieux, ajouta Eve, tandis que Mosebly venait vers elles.

— Lieutenant, inspecteur. La sécurité m'a prévenue de votre présence.

Elle était habillée en noir de pied en cap.

— Lors de vos visites, j'apprécierais que vous passiez d'abord me voir dans mon bureau.

— Nous avons pensé que vous aviez baissé le rideau pour la journée, riposta Eve. Vu les circonstances.

— J'y ai renoncé après avoir consulté nos psychologues. Il semble que le respect de la routine, la possibilité de parler entre eux, d'exprimer ouvertement leur émotion soient bénéfiques pour les élèves. Nous avons observé une minute de silence ce matin et nous prévoyons un hommage pour la fin de la semaine. Avez-vous progressé dans votre enquête ?

— Nous travaillons. Qu'avez-vous fait avant votre petit plongeon, hier ?

— Pardon ?

— Vous avez pointé à 6 h 50. Qu'avez-vous fait ensuite ?

— Laissez-moi réfléchir… Il s'est passé tant de choses, depuis… Je suis allée dans mon bureau vérifier mon agenda et organiser la journée. J'avais un rendez-vous à 8 heures. Pourquoi ?

— Avez-vous vu quelqu'un ? Parlé avec quelqu'un avant d'aller nager ?

— Oui. J'ai échangé quelques mots avec Bixley à mon arrivée. Il déblayait l'escalier de l'entrée… Il neigeait. Je lui ai demandé d'en vérifier l'état à intervalles réguliers au cours de la journée. J'ai aussi vu Laina Sanchez, notre nutritionniste, qui est entrée juste derrière moi. J'ai dû me plaindre du temps. Je suis allée à mon bureau, faire le point pour la journée, puis je suis allée nager.

— Êtes-vous passée par la salle de musculation ?

— Non. Je me suis changée dans le vestiaire du personnel et je me suis rendue directement à la piscine. Qu'est-ce qui s'est passé, lieutenant ? Les rumeurs vont bon train, et c'est terriblement frustrant de ne rien savoir.

— Craig Foster a été empoisonné. La salle de sport est-elle accessible à n'importe qui ?

— *Empoisonné ?*

Elle eut un mouvement de recul.

— Mon Dieu ! C'est un produit d'un des distributeurs ? De la cantine ? Il faut absolument que j'en parle avec Laina sans attendre.

— L'école n'y est pour rien..

Mosebly ne put cacher son soulagement.

— Dieu soit loué ! C'est affreux, se reprit-elle en hâte. Bien sûr, c'est abominable qu'il ait succombé après avoir ingéré quelque chose provenant de chez lui. Mais je dois penser aux élèves, au reste du personnel.

— Certes.

— Donc, c'était un accident. Une sorte de réaction allergique.

— C'est un homicide, déclara Eve d'un ton neutre.

La directrice pâlit.

— Madame Mosebly j'ai besoin de connaître les déplacements de tous ceux qui étaient présents avant le début des cours. Et jusqu'au moment où Foster a pris son déjeuner. Qui peut accéder à cet espace ? demandat-elle en indiquant d'un signe de tête les portes de la salle de gym.

Mosebly posa la main sur son cœur.

— Il faut que je sache. Si c'était un acte délibéré, les élèves pourraient être en danger et...

— Je n'ai aucune raison de penser que c'est le cas. Répondez à mes questions.

Mosebly appuya les doigts sur ses tempes.

— Cet accès est réservé au personnel. Il faut une carte spéciale. Les élèves ont leur propre salle, de l'autre côté de la piscine. Le personnel est autorisé à se baigner en dehors des heures de cours et des séances d'entraînement en vue des compétitions. Du poison, mon Dieu...

— Votre carte.

Mosebly l'extirpa de sa poche, la passa devant le tableau électronique.

Eve entra. Le local était petit, mais parfaitement équipé : tapis de course, vélos, haltères, tapis. Et désert.

— Foster se servait régulièrement de ces appareils ?

— Presque tous les jours. Nous encourageons vivement notre personnel à en profiter. Certains viennent une ou deux fois par semaine. D'autres, comme Craig, sont plus assidus.

Eve hocha la tête, fit le tour de la pièce, avant d'aller inspecter les vestiaires. Là aussi, tout était impeccable, bien conçu. Deux rangées de douches, une réservée aux femmes, l'autre aux hommes, séparées par des cloisons en verre opaque.

— Lequel de ces casiers était le sien ?

— Ils ne sont pas attribués à une personne en particulier, expliqua Mosebly qui, de toute évidence, aurait préféré être ailleurs. Si le voyant sur le clavier est rouge, c'est qu'il est utilisé. S'il est vert, on peut y mettre ses affaires et le verrouiller grâce à un code à six chiffres.

— J'en vois trois en rouge.

— Certains laissent leur tenue en permanence ; pour des raisons pratiques.

— J'aimerais les inspecter.

— On ne peut pas ouvrir un casier comme ça.

— Bien sûr que si ! Peabody ?

— Les installations d'entreposage des écoles, immeubles de bureaux et bâtiments publics ne sont pas soumis aux lois sur la protection de la vie privée, débita Peabody tandis qu'Eve sortait son passe. Dans le cadre d'une enquête officielle, tout membre dûment autorisé de la police de New York est en droit d'y accéder.

— C'est là une violation dont la nécessité m'échappe. De toute évidence, la substance qui a causé le décès de Craig provenait de chez lui.

Eve s'adossa contre un casier.

— Voyez-vous, je n'en suis pas si sûre. Et quant à cette affaire, c'est *moi* qui en suis chargée.

— Vous ne vous imaginez tout de même pas que quelqu'un parmi nous aurait voulu du mal à Craig.

— Pourquoi pas ?

Le premier casier renfermait une paire de baskets de femme et une trousse contenant un tube de rouge à lèvres, un déodorant, du gel pour cheveux, du rimmel, des échantillons de crèmes de soin et du parfum.

— Je ne suis peut-être pas une spécialiste dans ce domaine, s'entêta Mosebly, mais il est clair que Craig a succombé à une allergie. À quelque chose qu'il a apporté de chez lui.

— Oui, je comprends que ce soit clair pour vous, car le contraire nuirait sérieusement à l'image de votre établissement.

Le contenu du casier suivant était à peu près le même, en version masculine : chaussures, trousse contenant un peigne, du shampooing, une crème, une paire de lunettes et un bonnet de bain.

— Il est de mon devoir de défendre la réputation de cette école. Je vais de ce pas contacter nos avocats.

— Je vous en prie, l'encouragea Eve.

Mosebly s'éloigna à grands pas.

— Je ne pense pas que ce soit elle, marmonna Eve.

Incapable de résister à la tentation, Peabody tira la langue dans la direction où était partie la directrice.

— Je ne sais pas. Si vous voulez mon avis, elle est plutôt désagréable.

— Certes, mais si elle avait eu l'intention d'éliminer Foster, elle aurait choisi un autre endroit. Nous y regarderons de plus près, au cas où sa loyauté envers cette école ne serait qu'une façade, mais je serais étonnée qu'elle ait pris le risque de ternir le renom de cette institution et son statut de directrice dans la foulée. Tiens ! Tiens ! Qu'est-ce que c'est que ça ?

Le troisième casier recelait la paire de baskets de rigueur et une élégante trousse en similicuir. Parmi les produits de toilette – haut de gamme – se trouvait une généreuse provision de préservatifs.

— Drôle d'endroit pour conserver ces objets, commenta Peabody. À moins de prévoir une petite partie de jambes en l'air dans le vestiaire ?

— Ce qui, je parie, est formellement interdit.

Eve agita une minuscule boîte de pilules.

— Ce pourrait bien être un remontant. Le coquin ! R.W., ajouta-t-elle en déchiffrant les initiales gravées sur le couvercle. Reed Williams, je suppose.

Pendant que Peabody allait chercher Williams dans sa classe, Eve gagna la salle des professeurs.

Elle croisa deux jeunes garçons qui la dévisagèrent. En silence, ils lui présentèrent leurs laissez-passer.

— J'ai l'air d'une pionne ?

— Nous devons les montrer aux adultes, membres du personnel et parents, expliqua l'un d'eux.

— J'ai l'air d'un parent ?

— Je sais pas.

— Vous traînez souvent dans les couloirs ?

— On a des laissez-passer.

— Oui, je sais. Répondez-moi.

— Nous allons à la bibliothèque chercher de la documentation pour notre projet de sciences.

— Hum. Vous êtes-vous absentés de votre salle de classe dans la matinée d'hier ?

Ils échangèrent un coup d'œil avant que le premier reprenne la parole :

— On a dû aller à la bibliothèque hier aussi.

— On a montré nos autorisations à Mlle Hallywell, précisa l'autre.

— Quand ?

Le second haussa les épaules avec nonchalance.

— Je m'en souviens pas. On va avoir des ennuis ?

— Si vous ne me répondez pas, oui. Au cas où vous vous poseriez la question, je me fiche pas mal que vous vous éclipsiez pour aller boire une bière.

Elle ignora le ricanement du premier.

— Je veux savoir à quelle heure et à quel endroit vous avez vu Mlle Hallywell.

— C'était vers la fin de la deuxième heure. Euh... 10 h 30, un truc comme ça. Elle descendait l'escalier B, là-bas. Pourquoi vous demandez ça ?

— Parce que je suis curieuse. Où allait-elle ?

— Aucune idée. Les profs n'ont pas à nous le dire. C'est pas comme nous...

— Eh oui, c'est la vie.

— Si vous n'êtes pas membre du personnel ou parent d'élève, vous devez avoir un laissez-passer, observa le premier garçon.

— Dénoncez-moi. Et maintenant, du balai !

Ils s'éloignèrent au pas de course en jetant des regards par-dessus leur épaule.

— Ma main au feu qu'ils confectionnent une bombe pour leur projet de sciences, grommela-t-elle en consultant ses notes.

De 10 à 11 heures, Foster donnait un cours à ses élèves les plus âgés dans la salle de documentation située au deuxième étage.

— Intéressant.

Elle pénétra dans la salle des professeurs grâce à son passe-partout. Il n'y avait personne. Elle imagina Craig déboulant pour prendre un soda glacé au distributeur, puis discutant vidéos avec son collègue.

À cette heure-là, le gros du personnel et des élèves était arrivé. Et n'importe qui avait accès à la Thermos de Foster, dans sa salle au premier étage.

Combien de temps fallait-il prévoir ? Une minute ? Deux ? Entrer, dévisser le bouchon, verser le poison. Ou – plus simple – procéder à un échange. Remettre le tout en place. Ressortir.

Un assassin intelligent aurait eu un plan B, au cas où quelqu'un aurait surgi à l'improviste. « J'étais en train d'écrire un mot à Craig » ; « J'étais venu chercher un papier ». Facile, à condition de garder la tête froide.

Peabody apparut en compagnie de Williams.

— Ça ne peut pas attendre ? s'enquit-il. La situation est suffisamment pénible sans que je doive laisser mes élèves sous la surveillance d'un droïde.

— Dans ce cas, allons droit au but. Avez-vous quitté votre salle entre 10 et 11 heures hier matin ?

— Lundi… lundi, deuxième heure. Travaux pratiques. Oui, je me suis absenté quelques instants.

— Pour… ?

— Pour aller aux toilettes. Je bois énormément de café.

Pour le prouver, il alla se planter devant l'autochef et s'en commanda un.

— Votre salle est au même étage et dans le même secteur que celle de Foster. Avez-vous vu quelqu'un ? Vous a-t-on vu ?

— Pas que je me souvienne.

— Vous avez accaparé un casier dans le vestiaire du gymnase.

— Je ne suis pas le seul. C'est plus pratique que d'apporter sa tenue chaque jour.

— Vous n'y rangez pas que vos baskets, Reed. D'après mon expérience, quand un homme se munit d'une telle quantité de capotes, c'est qu'il a des projets.

Il hésita imperceptiblement, but une gorgée de café.

— Depuis quand les préservatifs sont-ils illégaux ?

— Je ne peux m'empêcher de me demander comment réagiraient Mme Mosebly et le conseil d'établissement en apprenant que l'un des professeurs s'envoie en l'air dans les vestiaires, à proximité de tous ces jeunes corps et esprits innocents.

— Je n'enfreins aucune loi.

— Tout de même, dans une école…

— Je ne vois pas où est le mal. Vous avez une arme sur vous, mais, pour autant que je sache, vous n'avez tiré sur personne dans ce bâtiment.

— Nous n'en sommes qu'au début, riposta-t-elle. Et ces jeunes corps, ces esprits innocents, ces adolescentes, aussi ravissantes que fragiles ?

Il posa brusquement sa tasse et se redressa de toute sa taille.

— Bon Dieu, ce que vous sous-entendez là est ignoble ! Je n'ai rien d'un pédophile. J'enseigne depuis quatorze ans. J'ai toujours eu un comportement irréprochable envers mes élèves.

— Selon qui ?

— Figurez-vous que les gamines ne m'intéressent pas. J'aime les femmes. Je les aime énormément.

Eve n'en doutait pas un seul instant.

— Assez pour les sauter dans un établissement scolaire ?

— Je refuse de répondre à de telles questions. Pas sans mon avocat.

— Parfait. Vous pourrez le contacter dès que nous serons au Central.

Il parut stupéfait.

— Vous m'*arrêtez* ?

— C'est ce que vous souhaitez ?

— Je... Seigneur, souffla-t-il en fourrageant nerveusement dans ses cheveux. Bon, d'accord, j'ai quelques frasques à mon actif. Ce n'est pas un crime, mais c'est une conduite discutable de la part d'un enseignant. Cela étant, je me suis contenté d'adultes consentantes.

— Des noms.

Il ébaucha un sourire dans l'espoir de l'amadouer.

— Lieutenant, je ne vois pas en quoi cela peut vous aider dans votre enquête. D'autant que deux d'entre elles sont mariées.

— Deux.

— J'aime les femmes. J'aime le sexe. Nous ne faisons de mal à personne.

— Craig vous a-t-il jamais surpris en pleine action dans les vestiaires ?

— Non, répondit-il un peu trop vite.

— C'était un homme droit, pas vrai ? Il vous surprend, il est choqué, voire indigné. A-t-il menacé de vous dénoncer à la directrice ?

— Craig et moi n'avions aucun problème. Vous pouvez interroger tout le monde.

— Je n'y manquerai pas. Nous nous reverrons.

— Faux cul, murmura Peabody quand il fut parti.

— On a un début de mobile, enchaîna Eve. Il nous a menti. Craig était parfaitement au courant de ses activités extrascolaires.

Elle déambula dans la pièce en se remémorant le plan des vestiaires. Les cachettes ne manquaient pas.

— Supposons qu'il n'ait pas réussi à s'assurer du silence de Craig, ou qu'il ait craint une maladresse de sa part à un moment ou à un autre. Qu'il ait cherché à se protéger, ainsi que sa carrière, sa vie. Il s'est absenté de sa salle quand Craig n'était pas dans la sienne. Voilà l'occasion, qui le place en tête sur ma liste de suspects. Occupons-nous d'Hallywell.

— Voulez-vous que je l'amène ici ?

— Non, je préfère l'interroger dans son élément.

Elles sortaient de la salle des professeurs quand la sonnerie retentit. Dans la seconde qui suivit, les élèves jaillirent des classes et envahirent les couloirs dans un brouhaha assourdissant. On aurait dit... un nuage de criquets.

Ou des fourmis affolées fuyant la fourmilière. Eve aurait volontiers battu en retraite dans la salle des profs jusqu'à la fin du déluge, mais une fillette se précipita vers elle.

— Lieutenant Dallas. Excusez-moi, s'il vous plaît.

Petite, blonde, les yeux vifs.

— Rayleen.

— Oui, madame. M. Foster a-t-il été assassiné ?

— Pourquoi cette question ?

— Parce que j'ai cherché votre nom sur Internet, et que je sais que c'est votre spécialité. Vous enquêtez sur les meurtres. Mon père m'a dit que si vous étiez là hier, c'était parce que c'était une mort suspecte. Mais ça peut aussi bien être un accident, une cause naturelle ou un suicide, n'est-ce pas ?

— Absolument.

— Pourtant, vous êtes encore là aujourd'hui, à interroger des gens, et tout le monde se demande ce qui s'est passé.

Rayleen repoussa sa cascade de boucles retenues cette fois par des barrettes en forme de licorne.

— On me pose plein de questions parce que c'est moi qui l'ai trouvé. Je ne veux pas leur raconter des bêtises. Alors ? Est-ce que M. Foster a été assassiné ?

— Nous nous efforçons de le découvrir.

— Je ne vois pas comment c'est possible, parce qu'il était trop gentil et qu'on est en sécurité ici. Savez-vous que c'est une des écoles les plus réputées non seulement de la ville, mais de tout l'État de New York ?

— Pas possible !

— Je suis la première de ma classe. La preuve...

Elle eut un de ces sourires hautains qui donna envie à Eve de lui tordre son petit nez retroussé et désigna l'étoile agrafée à sa veste.

— Youpi !

Eve tenta de contourner la fillette, mais celle-ci recula en sautillant.

— Si M. Foster a été assassiné, ma mère va se mettre dans tous ses états. Je suis fille unique, vous comprenez. Elle s'inquiète pour moi. Elle ne voulait pas que je vienne ce matin.

— Pourtant, tu es là.

— On a eu une discussion. Mes parents et moi. L'assiduité compte dans la note globale. Je ne voulais pas rater mes cours. Melodie est restée à la maison. Ma mère a appelé la sienne ; il paraît que Melodie a fait des cauchemars toute la nuit. Moi non, en tout cas, je ne m'en souviens pas. J'aimais beaucoup M. Foster. Dans mon journal intime, j'ai écrit combien il allait me manquer. Je regrette qu'il soit mort.

— C'est terrible.

Rayleen hocha la tête.

— Je pourrais peut-être vous aider. Si je me rappelle quelque chose. Si j'entends ou si je vois quelque chose. Je suis très intelligente, et très observatrice.

— Je n'en doute pas. Mais laisse-nous le soin de résoudre cette énigme.

— Je ne sais pas ce qui va se passer maintenant, risqua la fillette, les yeux brillants de larmes. On ne nous dit rien. J'ai travaillé dur sur mon projet pour M. Foster, et je me demande si je dois le terminer. Il faut que j'y aille, s'affola-t-elle soudain, j'ai un cours.

— Pas facile d'être un enfant, murmura Peabody tandis que Rayleen s'éloignait, la tête basse. Elle n'oubliera jamais.

Mlle Hallywell avait pris une journée de congé, mais Dawson était dans le laboratoire de chimie, en train de diriger un groupe de travaux pratiques. Apercevant Eve sur le seuil, il pria ses élèves de commencer sans lui et la rejoignit dans le couloir.

— Vous avez besoin de moi ? Je ne peux vous accorder que quelques minutes.

Il se positionna de manière à garder un œil sur sa classe.

— Je leur ai demandé d'effectuer un test simple destiné à identifier une substance inconnue.

— À savoir ?

— Oh, du sucre, du sel, de la farine de maïs, de la levure.

— Pourquoi ne pas y goûter, tout simplement ?

Il s'esclaffa.

— Ce serait tricher.

Il redevint grave, tira la porte vers lui.

— C'est vrai ce qu'on dit ? Que Craig a été empoisonné ?

— Les bruits courent vite.

— À la vitesse de la lumière. L'assistante d'Arnette était là quand celle-ci a contacté l'avocat de l'école. Elle a répété ce qu'elle avait entendu à Dave, qui est tombé sur moi juste après, et ainsi de suite. Je ne peux pas le croire.

— Savez-vous ce qu'est la ricine ?

— La ricine ? s'exclama-t-il, les yeux écarquillés. Oui, bien sûr. Mais… mais Craig… comment a-t-il pu ingurgiter de la ricine ?

— C'est ce que nous nous efforçons de découvrir. Savez-vous comment on fabrique cette substance ?

— Je… pas précisément. Mais si vous le souhaitez, je peux me renseigner. Ça ne devrait pas être long.

— Ça ira. Vous pourriez en produire ici ?

Il pinça les lèvres.

— Euh… ce serait sans doute faisable, entre le matériel dont je dispose et celui que je pourrais réquisitionner ailleurs. Mais si vous voulez que je vous fabrique de la ricine, lieutenant, je dois demander un agrément. Aucune matière toxique n'est autorisée dans les laboratoires, ni nulle part dans l'enceinte de l'école, du reste. Toutefois, si cela peut vous être utile, je suis sûr que…

— Non, mais merci quand même. Dites-moi… arrive-t-il qu'un élève vienne ici en douce confectionner une bombe puante ou lacrymogène ?

Il sourit, amusé.

— Une fois par trimestre au moins. Je serais déçu si aucun d'entre eux ne tentait sa chance. À quoi bon être un enfant, si on n'enfreint pas les règles de temps en temps ?

Eve élimina provisoirement Dawson de sa liste et fonça chez Mirri Hallywell. Celle-ci habitait à quelques pâtés de maisons de l'appartement des Foster, mais elle n'était pas là.

— Nous essaierons de la joindre par communicateur, décida Eve en redescendant. Je pense que le mieux, pour le moment, serait de poursuivre l'enquête en dehors de l'établissement. Désormais, nous interrogerons les témoins à leur domicile. Nous allons passer en revue les dossiers des employées de l'école, et sélectionner les plus séduisantes. Avec un peu de chance, l'une ou l'autre avouera avoir fricoté dans les vestiaires avec Williams.

À l'instant précis où elles atteignaient la porte du hall, celle-ci s'ouvrit, cédant le passage à Mirri Hallywell, en compagnie d'un homme très mince.

— Pardon. Oh ! Lieutenant Dallas. Vous me cherchiez ?

— En effet.

— Je… nous… nous avons rendu visite à Lissy. Voici Ben. Ben Vinemere. Lissy nous a dit que, selon vous, Craig aurait été assassiné.

— Si nous montions, Mirri ? Tu serais mieux assise, suggéra Ben, avant d'ajouter à l'intention d'Eve : Nous sommes tous très secoués. Cela ne vous ennuie pas de remonter ?

— Pas du tout.

— Nous ne nous sommes pas attardés, avoua Mirri en attaquant la première volée de marches, soutenue par Ben. Nous avions le sentiment d'être importuns. Sa mère est avec elle. Je ne sais pas comment l'aider. Vous croyez que nous devrions y retourner ?

— Pas aujourd'hui, répondit Ben. Nous aviserons demain.

Devant la porte, il prit la clé des mains de Mirri.

— Installez-vous. Je vais préparer du thé. Lieutenant ?

— Non, merci.

Il adressa un regard interrogateur à Peabody, qui opina.

— Volontiers. À propos, je m'appelle Peabody. Inspecteur Peabody.

— Je me sens complètement engourdie, avoua Mirri. Lissy nous a dit qu'il avait été empoisonné. À la ricine. Ben avait déjà entendu parler de cette substance.

— Je suis secrétaire de rédaction au *Times*, je connais tout un tas de choses, intervint-il en sortant des tasses d'un placard.

— Il m'a expliqué, reprit Mirri, mais je ne vois pas comment... ni surtout pourquoi.

— Où étiez-vous hier matin entre 10 et 11 heures ?

— Moi ?

Toujours emmitouflée dans son manteau, Mirri se laissa tomber sur une chaise.

— À 10 heures ? Réunion du club d'art dramatique. Nous préparons le spectacle de printemps.

— Cela a duré toute l'heure ?

— Oui. Enfin, j'ai dû faire un saut à l'atelier de couture. Ce sont les élèves qui conçoivent les costumes. La veille, j'avais oublié de leur confier le disque contenant les modèles.

— Vous avez pointé juste après 8 heures. Votre premier cours n'avait pas lieu avant 9 heures.

— Le lundi et le jeudi, je donne des cours particuliers. De 8 heures à 8 h 45. J'étais en retard, d'ailleurs. Je ne vois pas pourquoi vous...

Et soudain elle comprit. Elle afficha une expression stupéfaite.

— Oh, si, bien sûr. Ben...

— Elles n'ont pas le choix, Mirri, murmura-t-il d'un ton rassurant, en lui glissant une tasse entre les mains. Tu veux les aider, n'est-ce pas ?

— Bien sûr. C'est la première fois que je suis interrogée par la police. Deux fois en deux jours, et maintenant que je sais ce qui est arrivé à Craig…

— Avez-vous remarqué qui que ce soit dans les couloirs durant ce laps de temps ?

— Laissez-moi réfléchir. Tout se bouscule dans ma tête.

Elle ferma les yeux, but une gorgée de thé.

— Oui. Je me rappelle avoir vu deux garçons se diriger vers la bibliothèque. Preston Jupe et T.H. Horn. Ils prétextent une « recherche de documentation » le plus souvent possible.

Elle rouvrit les yeux.

— S'il y avait quelqu'un d'autre, je n'ai pas fait attention. Je songeais à la pièce, et j'étais embêtée d'avoir oublié le disque.

Après avoir servi son thé à Peabody, Ben prit place sur l'accoudoir du fauteuil de Mirri et posa la main sur son épaule.

— Craig avait-il des problèmes relationnels avec l'un de vos collègues ? s'enquit Eve.

— Je ne pense pas, non.

— Avez-vous eu une relation sexuelle avec Reed Williams ?

— Non ! Jamais de la vie ! s'écria-t-elle, écarlate. Ben, jamais je n'ai…

— Ne t'inquiète pas. C'est celui que Craig avait surnommé Casanova ?

Mirri grimaça.

— Oui. Il m'a invitée à deux ou trois reprises, mais je n'étais pas intéressée. Il est trop lisse, et manque de naturel. Et puis, c'est compliqué quand on travaille ensemble, je ne souhaitais pas m'engager sur cette voie.

— Utilisez-vous la salle de gym ?

— Pas assez souvent. À vrai dire, presque jamais.

— Craig vous a-t-il parlé des activités sexuelles de Reed Williams ?

— C'est délicat. Il y a quelques mois, j'ai confié à Lissy que j'envisageais de sortir avec Reed. J'en avais par-dessus la tête d'être seule. Elle a dû en discuter avec son mari, parce qu'il est venu me dire que Reed fréquentait quelqu'un qu'il n'aurait pas dû, et m'a conseillé de garder mes distances. Ce que j'ai fait.

— Vous suiviez toujours les conseils de Craig ?

— J'avais confiance en son instinct. Et en ce qui concernait Reed, nous étions sur la même longueur d'onde. Pour être honnête, si j'ai failli craquer, c'est uniquement parce que je ne supportais plus la solitude. Je ne suis pas le genre de femme après laquelle les hommes courent.

— Pardon ? intervint Ben.

Elle lui sourit.

— Tu n'as pas eu à courir très vite.

— Qui Williams fréquentait-il ? demanda Eve.

— Je l'ignore. Craig a refusé de me le dire. Lissy elle-même n'était pas au courant. Ou alors, il lui avait fait jurer de garder le secret. Reed a une sacrée réputation. C'est un homme à femmes. Ce n'était pas ce que je recherchais.

— Pardon ? répéta Ben.

— Ben, soupira-t-elle, avant de s'appuyer contre lui. Reed est un excellent professeur, à l'écoute de ses élèves. Mais je ne lui confierais jamais mon cœur.

Éprouvant le besoin de réfléchir en toute tranquillité, Eve s'enferma dans son bureau au Central. Elle dessina un plan de l'école, traça les déplacements des uns et des autres.

Peut-être Williams n'avait-il pas limité ses exploits à ses collègues ? S'il n'était pas du genre à séduire ses élèves, avait-il tenté sa chance avec leurs mères ?

En consultant la copie du disque de sécurité, elle constata que pas moins de sept parents s'étaient présentés à l'établissement le matin du meurtre. Elle lança des recherches sur chacun d'entre eux en s'efforçant de ne pas penser à ce que faisait Connors en ce moment même.

De ne pas l'imaginer en train de déjeuner en tête à tête avec son ex-maîtresse.

6

Elle ne serait pas à l'heure. Pour un rendez-vous professionnel, se rappela Connors, elle était d'une ponctualité exemplaire. Mais dès qu'il s'agissait d'une rencontre personnelle, elle prenait un malin plaisir à être en retard.

À une époque, il avait trouvé cela amusant, charmant, même. Elle déboulait dans le restaurant, le club, la soirée avec une demi-heure de retard en se répandant en excuses. Mais la lueur dans ses yeux disait tout autre chose.

Il lui avait donc proposé midi, et avait réservé pour midi trente.

En avance de quelques minutes, il s'installa à la table en coin qu'il avait demandée. Commanda une bouteille d'eau minérale. Refusa la carte des vins. Il n'avait aucune envie de porter des toasts au bon vieux temps.

Il balaya le restaurant du regard. C'était le genre d'endroit dont Magdelana raffolait – et qu'Eve supportait. Luxueux, rutilant, fréquenté par des gens qui acceptaient volontiers de payer la note dans le seul but d'être vus en train de grignoter une salade à un prix exorbitant.

Il était encore à cran à cause de sa dispute avec Eve, ce matin-là. Et de l'expression ouvertement désapprobatrice de Summerset. Que les deux personnes qui le connaissaient et le comprenaient le mieux doutent de lui lui déplaisait souverainement.

D'où venait ce manque de confiance ? Cet élan inhabituel de jalousie chez Eve ? Je te conseille de te méfier, lui avait-elle dit.

Ainsi, elle s'inquiétait pour un simple déjeuner dans un lieu public avec une femme qu'il n'avait pas revue depuis des années ? C'était insultant. Et l'insinuation était intolérable.

Il allait régler cela sans délai.

Pour l'heure, mieux valait penser à autre chose. Il déjeunerait comme prévu avec la femme qui autrefois avait influencé une partie de son existence. Et plus tard, il aurait une conversation avec celle qui avait bouleversé sa vie.

Magdelana se précipita vers lui toutes voiles dehors. Comme dans son souvenir. Elle s'assit en riant et l'embrassa sur la joue.

— Je suis abominablement en retard.

— Je viens à peine d'arriver.

— Ah.

Elle eut une petite moue.

— Tu me connais comme ta poche, s'esclaffa-t-elle de nouveau en repoussant ses cheveux, avant de le gratifier d'un sourire étincelant. Tu te souviens de ce que j'aime boire ?

— Un Martini Stoli sans glace, annonça-t-il au serveur. Très sec, avec une rondelle de citron.

— Je suis flattée.

— J'ai une excellente mémoire.

— Et pour vous, monsieur ?

— Rien, merci.

Comme le serveur s'éloignait, Magdelana s'empara du verre de Connors, en goûta le contenu.

— Tu es à l'eau ?

— J'ai des réunions cet après-midi.

Elle reposa son verre, lui effleura le dos de la main.

— Tu as toujours été si sérieux. Mais cela te réussit. À merveille. Tu étais en pleine ascension, à l'époque. Mais aujourd'hui ?

Elle se cala dans son siège, le regard brillant.

— Quelle impression cela fait-il d'être le richissime et puissant Connors ?

— J'ai ce que je veux, je ne peux être que satisfait. Et toi ?

— Je m'interroge. Je sors à peine de mon deuxième mariage, ce qui me navre, car j'avais fait de mon mieux pour que ça marche. André et moi avons divorcé il y a des années. À l'amiable, bien entendu.

— C'était un garçon conciliant, si je ne m'abuse, quand nous l'avons choisi pour cible.

— Tu m'en veux toujours ?

— Pourquoi t'en voudrais-je ?

— Aïe ! J'espérais avoir bu un ou deux verres avant d'en arriver là. Tant pis, allons droit au but.

Elle le regarda dans les yeux, sans ciller.

— Je suis vraiment désolée de m'être comportée comme je l'ai fait. D'être partie sans un mot.

— Avec la cible.

— Avec la cible, concéda-t-elle dans un soupir. Sur le moment, j'ai trouvé plus amusant et plus profitable de l'épouser, plutôt que de le détrousser.

Connors inclina la tête de côté.

— De te jouer de moi, plutôt que de lui.

— Ce n'est pas ainsi que je le voyais, mais c'est effectivement ce qui s'est passé, au fond. Pardonne-moi.

— C'était il y a longtemps.

— Tout de même.

Une fois de plus, elle glissa la main sur la sienne.

— Je pourrai utiliser mon extrême jeunesse ou ma stupidité comme excuse, mais je n'en ferai rien.

Elle s'interrompit alors que le serveur s'approchait. Il versa cérémonieusement le contenu d'un shaker dans son verre, puis demanda :

— Puis-je vous décrire nos plats du jour ?

Une autre cérémonie, songea Connors. Une espèce de spectacle dans lequel les dialogues étaient assaisonnés de sauces, réductions et saveurs diverses.

Elle portait le même parfum qu'autrefois. Une signature, peut-être, ou un choix délibéré destiné à lui titiller la mémoire.

Quand il l'avait connue, elle avait à peine vingt ans. Combien d'actes égoïstes et irréfléchis avait-il commis à cet âge ? Trop.

Ils avaient vécu de bons moments ensemble. Il accepterait donc ses excuses et laisserait tomber.

— Alors, tu me pardonnes ? murmura-t-elle en le regardant par-dessus le bord de son verre, une fois les commandes passées.

— Tout cela remonte à loin, Maggie.

— Bientôt douze ans, renchérit-elle. Nous voilà assis ici, et c'est toi qui es marié.

— En effet.

— Avec un flic ! s'esclaffa-t-elle. Tu ne cesseras jamais de me surprendre. Est-elle au courant de tes… hobbies ?

— Elle sait ce que j'étais, ce que j'ai fait. J'ai mis un terme à ces petits jeux. Depuis un certain temps déjà.

— Non ! s'exclama-t-elle en riant. Tu es sérieux ? Tu n'es plus du tout dans la partie ?

— Plus du tout.

— J'ai toujours pensé que tu avais ça dans le sang. J'ai abandonné parce qu'il me suffisait d'être jolie, charmante et pleine d'esprit pour avoir le droit de dépenser l'argent d'André. Jamais je ne t'aurais imaginé te retirant du jeu, pour quelque raison que ce soit. Je suppose que ta femme a insisté.

— J'en étais déjà quasiment sorti quand je l'ai rencontrée. Par la suite, le choix de fermer la porte sur le passé m'a paru évident, et facile. Elle ne m'a jamais rien demandé.

— Vraiment ? Ce doit être quelqu'un.

— C'est une femme remarquable, en effet.

— Tu crois qu'elle me plairait ?

Pour la première fois, il rit.

— Non. Pas du tout.

— Mais si, je suis sûre que si, protesta-t-elle en lui tapant le bras, taquine. Nous avons déjà un point en commun : toi.

— Faux, rétorqua-t-il, le regard froid. Je ne suis plus le même homme.

Elle but une gorgée de Martini, puis s'adossa à son siège pour l'étudier.

— J'imagine que nous avons tous changé. J'aimais ce que tu étais à l'époque… Mais c'était à l'époque.

— Et maintenant ? Que me veux-tu ?

— Déjeuner avec un vieil ami, faire amende honorable. C'est un bon début, non ?

On leur apporta leur salade.

— Un début à quoi ?

— Sur ce point, au moins, tu n'as pas changé, répliqua-t-elle en agitant sa fourchette sous son nez. Toujours aussi soupçonneux.

Il demeura silencieux.

— Tu m'as manqué, reprit-elle. J'avoue que les bouleversements récents dans mon existence m'ont rendue un peu nostalgique. J'ai été heureuse avec Georges – mon deuxième mari –, j'avais de l'affection pour lui, j'en ai encore, d'ailleurs. Il m'a offert le style de vie et la liberté auxquels je m'étais accoutumée avec André. En mieux. Pendant un temps.

— Un style de vie que tu as toujours eu.

Elle sourit.

— Oui, mais je n'étais plus obligée de travailler pour en profiter. Je n'ai jamais apprécié autant que toi mon activité professionnelle.

— Tes divorces ne t'ont pas laissée sur la paille.

— Pas du tout. Dans les deux cas, j'ai réussi à survivre aux clauses définies dans les contrats prénuptiaux. Je ne manque de rien.

Elle haussa les épaules.

— Sauf que je suis comme une âme en peine. J'avais prévu de te contacter quand j'en aurais le courage. Lorsque je t'ai aperçu hier soir… j'ai failli tourner les talons et quitter le restaurant en courant. Mais tu m'avais repérée, alors j'ai été jusqu'au bout. Comment m'en suis-je sortie ?

— Parfaitement, comme toujours, sourit-il.

— J'espérais t'étonner, mais avec un minimum de mise en scène. Dis-moi, ta relation avec ta femme te laisse-t-elle un peu de liberté ?

Il n'eut aucun mal à saisir le sous-entendu. D'autant qu'elle venait de poser la main sur sa cuisse.

— Pour moi, le mariage n'est pas synonyme de prison, mais de promesses. Une multitude de promesses. Sur lesquelles je ne reviendrai pas.

Elle s'humecta la lèvre supérieure.

— Cela dit... lorsque les promesses ne sont pas flexibles, elles sont plus faciles à briser, murmura-t-elle, une lueur de défi dans les prunelles.

— Maggie, avant que tu ne te ridiculises complètement, je tiens à ce que tu saches que je suis fou amoureux de ma femme.

Elle le fixa intensément, comme si elle cherchait le piège. Puis, d'un geste lent, délibéré, elle reposa sur la table la main qui était sur sa cuisse.

— Je pensais que tu avais une idée en tête en épousant un flic.

— Si tu la connaissais, tu comprendrais qu'Eve n'est la cible de personne. Indépendamment de cela, je ne la trahirai pour rien au monde. Ni personne.

Elle haussa légèrement les épaules, tenta d'alléger l'atmosphère en lâchant avec un sourire :

— Eh bien... ça ne coûtait rien d'essayer.

Connors décida qu'il était temps de réorienter la conversation.

— Tu comptes rester longtemps à New York ?

— Ça dépend. Probablement de toi, d'ailleurs. Non, ne t'inquiète pas, il ne s'agit pas d'une proposition, ajouta-t-elle en hâte comme il haussait un sourcil. En fait, j'ai un conseil à te demander. Concernant des investissements.

— Tu n'as pas d'hommes d'affaires ?

— Ce sont ceux de Georges. Nous avons beau nous entendre, c'est délicat. Je dispose d'un coussin confortable. Des fonds non déclarés. Je ne tiens pas à mêler les conseillers efficaces et réglo de Georges à mes placements personnels. Mais un vieil ami en qui j'ai toute confiance et qui, en plus, est doué dans ce domaine. C'est toi qui m'as enseigné, il y a des années, la valeur des... coussins. Je pencherais volontiers pour l'immobilier, un projet enfoui sous pas mal de couches, histoire d'esquiver les vautours du fisc.

— Tu es à la recherche de revenus supplémentaires, de bénéfices à long terme, ou d'une solution pour protéger ton coussin ?

— Les trois, si possible.

— Il est moelleux, ton coussin ?

— Environ cent cinquante mille dollars, bien cachés. J'ai profité à plein de ma vie avec André et avec Georges, mais je n'ai jamais imaginé une seconde que cela durerait jusqu'à la fin de mes jours. J'ai jonglé ici et là au fil des ans. Par ailleurs, j'ai des bijoux que j'aimerais transformer en espèces. Discrètement.

— Tu voudrais acheter à New York ?

— Ce serait mon premier choix, à moins que tu n'aies une meilleure suggestion.

— J'y réfléchirai. Je pourrai te conseiller, mais pour le reste, ce sera à toi de te débrouiller. Je peux t'orienter dans la bonne direction, te recommander les bonnes personnes, mais rien de plus.

— Ce serait déjà énorme. Merci. Pour le moment, je séjourne dans le pied-à-terre de Franklin. Je vais te donner l'adresse, ainsi que les numéros où tu peux me joindre.

— On apprécie les bienfaits qu'engendre la compagnie d'un homme plus âgé et fortuné ?

Elle prit une bouchée de sa salade, sourit.

— Ce ne serait pas la première fois.

Une seule usine, dans l'État du New Jersey, fabriquait de l'huile de ricin. Eve décida que cela valait la peine d'aller y faire un tour, d'autant qu'elle commençait à étouffer dans son bureau.

En chemin, Peabody fit le point sur ses propres recherches.

— J'ai procédé à une vérification de tous les parents ou baby-sitters qui ont signé le registre, hier. Après avoir écarté ceux qui avaient un rendez-vous confirmé et ceux qui sont venus au débotté aux horaires où la victime était dans sa salle de classe, cela nous laisse quatre possibilités.

— Avez-vous repéré un lien avec Foster ?

— Deux d'entre eux ont des enfants dans sa classe. J'ai voulu m'assurer que ces élèves n'avaient pas eu de problèmes de discipline ou de difficultés particulières. Malheureusement, la directrice se montre réticente à me confier les dossiers.

— Vraiment ?

— Mais ce sera un plaisir de l'y obliger, précisa Peabody. Je vais requérir un mandat.

— Voilà qui me comble.

— Parmi les deux autres, l'une a été inculpée d'agression il y a deux ans. Elle s'en est prise à un type avec une batte de base-ball au cours d'un match. Elle lui a fracturé l'épaule.

— Bel esprit d'équipe !

— Elle s'en est tirée avec une peine de travaux d'intérêt général et l'obligation de suivre une thérapie. Elle a aussi dû payer la note du médecin. Le bonhomme a porté plainte, ajouta Peabody. Un accord amiable a été conclu. Le montant de la somme n'est pas stipulé. Vous voulez que je me renseigne ?

— Nous lui poserons la question directement.

— Hallie Wentz, célibataire, une fille de huit ans, Emily. Hallie est organisatrice de fêtes.

— On paie des gens pour organiser des fêtes ? s'étonna Eve. Je ne comprends pas. Dès lors qu'on est décidé, il suffit de se lancer, non ?

— Vous avez déjà oublié celle de Mavis ?

Eve grimaça.

— Tout s'est bien passé.

— C'était génial parce que quelqu'un – moi, en l'occurrence – s'est occupé de tout.

— Et je vous ai payée ?

Peabody fronça les sourcils, se gratta le menton.

— Touché… Vous vous sentez mieux ?

— Mieux que quoi ? riposta Eve en quittant l'autoroute.

— Que vous ne l'étiez ce matin.

— J'avais un truc qui m'ennuyait ; c'était surtout dans la tête. C'est terminé à présent.

C'était stupide, et tellement *féminin*, de se mettre dans un tel état pour une blonde en robe rouge. Ils avaient dû finir de déjeuner, à l'heure qu'il était, et Connors avait regagné son bureau.

Retour à la normale. Point final.

Il ne lui fallut qu'un petit effort pour chasser toute pensée négative de son esprit tandis qu'elles présentaient leur insigne à la sécurité, puis attendaient le feu vert pour rencontrer la directrice de l'usine.

C'était une petite créature menue dont le sourire était si large, et les yeux si brillants, qu'Eve se demanda ce qu'elle avait consommé au déjeuner.

— Stella Burgess, ravie de vous rencontrer. En quoi puis-je vous être utile ?

— Vous fabriquez de l'huile de ricin.

— En effet. Nous élaborons une large palette de produits agricoles à destination non alimentaire. Notre huile de ricin est utilisée comme lubrifiant dans certaines industries. Pas tellement aux États-Unis, mais nous exportons. On s'en sert aussi pour la préparation des cuirs. Là encore, nous exportons. Vous souhaitez voir le processus de transformation ?

— Ce ne sera probablement pas nécessaire. Vous avez des clients à New York ?

— Je peux le vérifier. Vous voulez la liste ?

— Volontiers. Dès que vous m'aurez dit pourquoi vous acceptez de me la donner sans tiquer.

— Pardon ?

— Vous ne posez aucune question, Stella. Vous ne vous réfugiez pas derrière la clause de confidentialité.

— Normal. J'ai reçu le mémo.

— De quel mémo s'agit-il ?

— Celui du grand chef. Le 1ᵉʳ janvier… « À tous les directeurs, chefs de département, superviseurs et bla-bla-bla… si et quand le lieutenant Dallas requiert des informations, une collaboration totale est exigée. »

— J'aurai aussi besoin des tableaux de service des employés des six derniers mois.

— Pas de problème. Vous m'accordez cinq minutes ?

— Naturellement.

Pendant qu'elles patientaient, Peabody leva les yeux au ciel et se mit à siffloter.

— Fermez-la, Peabody.

— Je suis simplement en train de me demander à quoi ça ressemble d'être mariée avec un homme qui possède tellement d'entreprises que vous n'en connaissez pas le quart.

Elle gratifia Eve d'un coup de coude.

— Il a rédigé un mémo.

— C'est nul. Il coupe court à mon numéro d'intimidation.

— Mais vous gagnez un temps précieux. Je trouve cela vraiment attentionné de sa part. Il pense à vous sans arrêt.

— Bizarre.

Mais réconfortant, même si, du coup, elle s'en voulait encore plus d'avoir si mal réagi ce matin-là.

Il ne lui restait plus qu'à croiser les renseignements fournis par les listes. Une tâche qu'Eve pouvait accomplir au Central ou à la maison. Mais avant, elle voulait frapper à quelques portes. À commencer par celle de Hallie Wentz.

Hallie habitait une maison de ville à deux étages, le rez-de-chaussée étant consacré à son entreprise. Elle était grande, mince, vêtue à la dernière mode. Tout le contraire de Stella Burgess. Elle examina l'insigne d'Eve d'un œil soupçonneux.

Apparemment, elle n'avait pas reçu le mémo.

— De quoi s'agit-il ? J'ai un client qui arrive dans dix minutes. Les flics, c'est mauvais pour le business.

— Craig Foster.

Hallie exhala bruyamment, jeta un coup d'œil vers la porte.

— Écoutez, ma fille est dans la pièce voisine. Elle est bouleversée par ce qui s'est passé. Je ne tiens pas à ce qu'on l'oblige à en parler avec la police. Pas avant qu'elle n'aille mieux, en tout cas.

— En fait, c'est à vous que nous souhaitons parler.

— À moi ? Au sujet de M. Foster ? Pourquoi ?

— Nous interrogeons toutes les personnes qui se trouvaient dans l'enceinte de l'école hier.

— D'accord, d'accord. Une minute.

Elle s'éloigna sur la pointe des pieds, jeta un coup d'œil dans la chambre, revint.

— Elle fait ses devoirs. Cette petite est une perle. Que voulez-vous savoir ?

— Quelle était la raison de votre visite ?

— C'était la journée « Mes trésors ». Emily voulait présenter Butch à ses camarades. Notre Gris du Gabon. C'est un perroquet, précisa-t-elle. Il est énorme. Elle n'aurait jamais pu transporter la cage toute seule, je l'ai donc montée dans sa classe.

— Vous êtes restée de 8 h 20 à 10 h 42. Jusqu'où avez-vous dû transporter Butch ?

— L'établissement est vaste, observa Hallie, avant d'ajouter froidement : Vous interviewez tous les parents ?

— Il ne vous a tout de même pas fallu deux heures pour livrer un perroquet. Avez-vous vu M. Foster ou discuté avec lui hier ?

— Non.

— Mais vous en avez eu l'occasion par le passé.

— Bien sûr. C'était le professeur d'histoire d'Emily. Un bon enseignant. Elle réussissait bien avec lui, et il s'intéressait beaucoup à elle.

— Et vous ? Vous vous intéressiez à lui ?

Hallie inspira à fond.

— Je ne couche pas avec les profs d'Emily, mais si c'était le cas, je pencherais plutôt pour la blonde à la tête du club d'art dramatique. Je suis lesbienne, pour l'amour du ciel.

— Madame Wentz, d'après votre casier judiciaire, vous avez été inculpée d'agression.

Elle s'empourpra, furieuse.

— Ce salaud méritait bien pire. Vous savez comment il a appelé ma fille ? Rejeton lesbos.

Elle leva la main, se ressaisit.

— Il a commencé par me le dire à moi. Je lui ai conseillé de se taire. Mais il a continué, puis s'est mis à traiter ma fille de gouine en plein match. Ce n'était pas la première fois qu'il faisait des commentaires homophobes pendant un tournoi, mais d'ordinaire ils m'étaient adressés, et plus discrètement. Je n'en pouvais plus. J'ai pété un plomb.

Si c'était la vérité, à sa place, Eve aurait fracassé le crâne de ce minable.

— M. Foster a-t-il jamais eu des mots inappropriés envers votre fille ?

— Certainement pas. C'était un homme bien. Emily l'adorait. Elle est très ébranlée par toute cette affaire, et je ne veux pas qu'elle le soit davantage.

— Alors dites-nous pourquoi vous êtes restée à l'école pendant deux heures et vingt-deux minutes.

— Je… j'ai traîné dans la classe, parlé un peu avec Janine – Mme Linkletter – et les enfants au sujet de Butch. Ensuite… êtes-vous obligée d'enregistrer cette conversation ?

— Ça dépend.

— Ça n'a aucun rapport avec votre enquête, j'aimerais autant que ça ne s'ébruite pas.

— Très bien.

— Je me suis rendue aux cuisines. Laina Sanchez, la nutritionniste, me donne un coup de main de temps en temps. Elle n'est pas censée accepter des boulots en dehors de l'école. Je ne voudrais pas qu'elle ait des ennuis.

— Elle n'en aura pas. Du moins, pas pour cela.

— Nous avons discuté d'un événement que nous organisons la semaine prochaine. Le client exige un changement dans le menu. Pendant que j'y étais, j'ai bu un café. Mon rendez-vous suivant n'était qu'à 11 heures, dans le quartier, donc je me suis attardée.

— Parfait. Elle le confirmera ?

— Bien sûr, mais, je vous en prie, ne le lui demandez pas sur son lieu de travail. Si jamais Mosebly l'apprend, elle lui tombera dessus.

— Vous avez une liaison avec Laina ?

Hallie se détendit assez pour sourire.

— Non. Je suis sortie avec sa sœur il y a des lustres. C'est moi qui l'ai pistonnée quand j'ai su que Mosebly cherchait une nouvelle nutritionniste. Elle a un enfant de deux ans et un autre en route. Son mari et elle ont besoin de tout l'argent que je peux leur apporter.

— Nous ne cherchons pas à lui nuire, assura Eve, pas complètement convaincue. Avez-vous vu quelque chose ou quelqu'un d'inhabituel ?

— Non. Quand j'ai rejoint Laina, les cours commençaient tout juste. Je suis partie au milieu de la deuxième heure. Si je pouvais vous aider, je le ferais. Je veux protéger ma fille.

Protéger. C'était un angle d'approche possible, songea Eve, tandis que Peabody et elle quittaient Hallie Wentz pour se rendre chez la personne suivante sur leur liste, à deux pâtés de maisons de là.

— Elle attaque un type avec une batte de base-ball parce qu'il insulte sa gamine.

— Vous en auriez fait autant, observa Peabody.

— Difficile à dire, dans la mesure où je ne suis ni lesbienne ni mère de famille mais, oui, il l'a bien mérité. Jusqu'où un parent peut-il aller pour protéger son enfant ? Si Foster avait découvert quelque chose, ce n'était peut-être pas à propos d'un adulte, mais d'un gamin.

— Ils ont entre six et douze ans !

— Que vous êtes naïve ! Les gosses font toutes sortes de bêtises. Imaginons qu'il en ait surpris un en train de voler, de tricher à un examen, de distribuer des cigarettes dans les toilettes, de dealer…

— Seigneur !

Eve poursuivit son raisonnement :

— Il appelle les parents, les convoque, les prévient qu'il va devoir remettre un rapport à la direction. L'enfant risque une punition, l'obligation de suivre une thérapie, voire l'expulsion. D'après Rayleen Straffo, c'est l'un des meilleurs établissements de l'État. Personne ne veut être renvoyé. Mais si Foster est mort, exit le rapport.

— À propos d'implication parentale. J'ai vérifié si la victime avait des rendez-vous avec des parents la semaine précédant le meurtre.

— Il serait intéressant de savoir s'il en a vu certains à plusieurs reprises. Et dès que nous aurons notre mandat, nous regarderons si un nom revient chez d'autres professeurs.

La suite de leur périple fut décevante. Au premier domicile, une adolescente boudeuse leur expliqua que ses parents et le monstre (son petit frère, vraisemblablement) étaient à un match de basket. Au suivant, le droïde annonça que la mère avait emmené la *jeune mademoiselle* à son entraînement de karaté et que le père avait une réunion tardive.

De retour au Central, Eve entama les démarches pour le mandat et faillit sauter de joie quand elle l'obtint sans avoir à jouer des pieds et des mains. Malheureusement, il était trop tard pour retourner à l'école.

Elle commença à croiser les données, s'arrêta brusquement. Elle serait mieux chez elle. Elle demanderait à Connors de l'aider. Une manière comme une autre de lui prouver qu'elle voulait faire la paix.

Pendant qu'ils dîneraient, elle lui résumerait la situation. Dans la mesure où elle allait enquêter sur ses employés et ses clients, il était normal qu'il participe.

Et il lui manquait, s'avoua-t-elle en éteignant son ordinateur.

Peabody passa la tête dans la pièce.

— Une certaine Magdelana Percell souhaite vous voir.

L'estomac d'Eve se noua.

— Elle vous a dit pourquoi ?

— Il paraît que c'est personnel. Je ne me rappelle pas avoir vu son nom sur nos listes, mais…

— Elle n'y figure pas. Envoyez-la-moi, et rentrez chez vous.

— Chez moi ? Mais nous n'avons dépassé l'horaire que de vingt minutes. Comment vais-je occuper tout ce temps ?

— Rendez-vous à la maison, à 8 heures précises demain matin. Nous contacterons les parents que nous n'avons pas vus avant qu'ils partent travailler. Ensuite, direction le Cours Sarah. J'ai le mandat.

— Un point pour nous. Dallas ? Je peux rester si vous voulez.

— Non. Envoyez-la-moi.

Pas de quoi en faire un fromage, se réprimanda-t-elle. Elle verrait ce que Percell lui voulait, et rentrerait chez elle. Où elle l'oublierait.

Ce ne serait pas la première fois qu'elle avait une conversation ridicule avec une ex de Connors. Et sans doute pas la dernière.

Elle perçut un cliquetis de talons sur le carrelage et feignit d'être absorbée par la lecture d'un dossier.

Magdelana apparut, le sourire aux lèvres, moulée dans un tailleur noir à col de fourrure.

— Merci de m'accorder un peu de votre temps. Je ne sais pas si vous vous en souvenez, mais nous nous sommes rencontrées hier soir. Je suis...

Eve ne se laisserait pas duper par le sourire, encore moins par les mondanités.

— Je sais qui vous êtes.

Magdelana marqua une pause.

— Ah, euh... cet endroit est un vrai labyrinthe ! Je suppose que c'est le cœur du pouvoir policier new-yorkais. Et voici votre bureau ?

Elle parcourut la pièce du regard, s'attarda sur le meuble classeur défoncé, la fenêtre étroite, le fauteuil élimé.

— Je ne m'attendais pas à cela, admit-elle. Vous êtes lieutenant, n'est-ce pas ?

— Oui.

— Mmm. J'espère que je ne vous interromps pas en plein milieu d'une enquête vitale.

— À vrai dire...

Magdelana battit des paupières.

— C'est un peu délicat. J'espérais que ça ne le serait pas. Voilà… j'ai eu envie de venir vous voir, pour vous proposer d'aller boire un verre après votre travail.

— En quel honneur?

— Je suppose que je tenais à ce qu'il soit bien clair que je ne suis pas là pour causer quelque ennui que ce soit.

Eve s'adossa à son siège, qu'elle fit pivoter paresseusement.

— Avez-vous tué quelqu'un depuis que vous vous trouvez sur un terrain qui relève de ma juridiction?

— Non. Pas depuis, ajouta-t-elle avec un sourire bref.

— Dans ce cas, aucun problème.

— Eve… Je voulais juste vous rassurer. Ce qui s'est passé entre Connors et moi est terminé depuis longtemps. Nous étions pratiquement des enfants. Vous n'avez aucune inquiétude à avoir.

— Je vous parais inquiète? fit Eve, la tête inclinée de côté.

— Comment le saurais-je? Je ne vous connais pas. Connors a prétendu que je ne vous apprécierais guère. Je suis juste assez contrariante pour tenter de lui prouver qu'il se trompe. D'où mon invitation. Je tiens d'autant plus à mettre les points sur les *i* qu'il va me donner un coup de main pour mes affaires.

— C'est curieux, répliqua Eve, qui sentit la boule dans son ventre durcir davantage. Vous me semblez parfaitement capable de vous débrouiller seule.

— Vous savez aussi bien que moi qu'en matière d'investissements financiers, Connors est le meilleur. Et pas seulement dans ce domaine, à vrai dire… ajouta-t-elle avec un rire léger. Bref, nous avons déjeuné ensemble, et après qu'il a accepté de me donner quelques conseils, j'ai soudain craint que vous n'imaginiez des choses… Après tout, c'est un très bel homme, séduisant, et lui et moi étions…

— À l'imparfait.

— Absolument. Je l'ai profondément blessé à cette époque. Je ne voudrais pas que cela se reproduise. Si tout se déroule comme je le souhaite, je prolongerai mon séjour à New York. J'espère que nous pourrons tous être amis.

— Madame Percell, je regrette, mais je croule littéralement sous les amis. Vous allez devoir vous en chercher ailleurs. Si Connors souhaite vous donner des conseils, ça le regarde. Quant à vous, vous ne me semblez pas idiote, vous vous doutez donc que vous n'êtes pas la première qu'il ait plaquée à réapparaître ainsi. Je ne me sens pas menacée par vous. Pour être franche, vous ne m'intéressez guère. Ce sera tout ?

— Décidément, cet homme ne se trompe jamais. Je ne vous apprécie pas.

— Quel dommage !

Magdelana se dirigea vers la porte, se retourna sur le seuil.

— Juste une chose ! Ce n'est pas lui qui m'a plaquée. C'est moi. Et comme vous n'êtes pas non plus idiote, vous comprendrez que ça fait toute la différence.

Eve écouta son pas s'éloigner, puis ferma les yeux, le cœur au bord des lèvres.

Non. Elles n'étaient idiotes ni l'une ni l'autre.

7

La fatigue s'abattit sur elle à l'instant où elle franchit le portail. Adieu bruit incessant, foule affairée, mauvaise humeur et rythme haletant de la ville ! Bienvenue dans l'univers de Connors.

Luxueux, intime, sublime. La longue allée, qui serpentait à travers le parc recouvert d'un épais manteau de neige immaculée, menait à une énorme bâtisse percée de dizaines de fenêtres qui scintillaient chaleureusement dans la nuit.

Elle avait fini par s'habituer à toute cette splendeur, songea-t-elle. À ces pièces fonctionnelles, élégantes ou ludiques qui se cachaient derrière la pierre et le verre. Toutes étaient belles, toutes reflétaient la vision du monde de Connors. Ce qu'il avait voulu construire, posséder.

Pas uniquement pour le statut et les privilèges – bien que cela ait joué un rôle –, mais aussi et surtout parce qu'il ressentait le besoin profond d'avoir un « chez soi ».

Qu'y avait-elle ajouté ? se demanda-t-elle. Un peu de désordre, un chat orphelin, un bureau sobre et dépourvu de style.

Cependant, elle était parvenue à y trouver sa place, en avait fait son foyer. Et malgré les difficultés, ils y vivaient en harmonie.

Elle ne laisserait pas un fantôme surgi du passé détruire cela.

Elle se gara devant le perron, gravit les marches. Certes, c'était Connors qui avait bâti cette demeure, mais désormais c'était aussi son territoire. Personne ne l'envahirait sans y laisser des plumes.

Elle entra. Summerset émergea de l'ombre, Galahad sur ses talons.

— Fichez-moi la paix, grogna-t-elle. J'ai du boulot.

— Il n'est pas encore rentré.

Le cœur serré, elle se débarrassa de son manteau.

— Merci de me tenir au courant.

— Il a dû réorganiser ses réunions pour accepter un déjeuner.

Eve jeta son vêtement sur le pilastre et fit volte-face. Enfin une cible sur laquelle elle allait pouvoir se défouler !

— Vous ne résistez pas au plaisir de me la lancer à la figure, celle-là. Je parie que vous vous réjouissez que Maggie soit en ville. Eh bien, vous pouv...

— Au contraire, l'interrompit-il avec un calme olympien. Je suis très contrarié. Pouvez-vous m'accorder quelques instants ?

— En quel honneur ?

Il serra les dents, et elle comprit qu'elle s'était trompée : son impassibilité n'était qu'une façade.

— Je déteste parler de Connors de cette manière, et vous me rendez la tâche encore plus pénible. Toutefois, mon inquiétude ne me laisse guère le choix.

Elle avait la bouche sèche, soudain.

— Votre inquiétude ?

— Venez dans le salon. Il y a du feu dans la cheminée.

Glacée jusqu'aux os, elle lui emboîta le pas.

— Voulez-vous vous asseoir ?

— Non, merci. Qu'avez-vous à me dire ?

— Je vais vous servir un verre de vin.

— Non. Allez-y, crachez le morceau.

— Cette femme est dangereuse, lieutenant.

— Comment cela ?

— C'est une manipulatrice. Elle adore les conflits. Et elle sait utiliser sa beauté... De surcroît, elle est redoutablement intelligente.

— Combien de temps ont-ils été ensemble ?

Comme Summerset demeurait muet, elle insista :

— Ne tournez pas autour du pot. Combien de temps ?

— Plusieurs mois. Presque un an.

Elle se détourna, se planta devant la fenêtre, une douleur sourde au niveau du cœur.

— Pourquoi ont-ils rompu ?

— Ils avaient un projet – ils travaillaient dessus depuis des semaines.

Eve n'avait peut-être pas envie de boire. Mais lui, si.

— La cible était un homme fortuné, collectionneur d'œuvres d'art.

Summerset se rapprocha d'un meuble ancien, se servit un whisky.

— Le rôle de Magdelana consistait à susciter sa curiosité et à établir une relation amicale avec lui. Il était beaucoup plus âgé qu'elle et avait un faible pour les femmes jeunes, ardentes. Elle devait récolter des informations de l'intérieur : systèmes de sécurité, habitudes, disposition des œuvres. Ils avaient l'intention de voler deux Renoir. Déjà à cette époque, Connors était du genre prudent. Le jour où ils devaient mettre leur plan à exécution – elle avait convaincu leur cible de l'emmener à bord de son yacht –, elle s'est mariée en douce avec la cible en question.

— Un tiens vaut mieux que deux tu l'auras.

— Exactement. Bien entendu, dans le doute, Connors a dû renoncer à son plan. Impossible de savoir si les renseignements qu'elle lui avait communiqués étaient fiables ; on lui avait peut-être tendu un piège. Cela lui a coûté à plus d'un égard.

— Pourtant, il n'a pas cherché à se venger, devina-t-elle en se tournant vers Summerset. Parce qu'il était plus blessé que furieux. L'aimait-il ?

— Il en était fou.

— C'est pire.

— Je suis d'accord avec vous.

Summerset but une gorgée d'alcool.

— Il a accepté énormément de choses de sa part pendant tout le temps où ils ont été ensemble. Elle avait le goût du risque, sur le plan personnel et professionnel. Vous l'avez vue, elle a du charisme.

— Elle est brillante, articula Eve. Brillante et cultivée. Je me suis renseignée sur elle.

— Naturellement. Oui, c'était une jeune femme remarquablement intelligente.

— Connors devait admirer cela, plus encore que son physique.

Summerset hésita un instant. Il savait que ce qu'il s'apprêtait à dire allait lui faire mal.

— Elle était passionnée par l'art, la musique, la littérature. Il a toujours été assoiffé de connaissances, a toujours voulu découvrir ce dont il avait été privé dans son enfance. Elle était douée pour les chiffres et rêvait de prestige.

— Et elle aimait voler. Ça a dû plaire à Connors.

— Elle était avide. S'il lui achetait un cadeau, elle s'en réjouissait, mais elle préférait de loin savoir qu'il l'avait chapardé. Elle en voulait toujours davantage et obtenait satisfaction sans jamais demander ouvertement. Elle avait un don. Elle n'a pas dû changer.

— Elle est passée à mon bureau juste avant que je m'en aille.

— Ah !

Il contempla son verre, en avala une gorgée.

— Elle aura semé quelques graines empoisonnées sous prétexte d'arrondir les angles.

— C'est à peu près ça. J'ai compris tout de suite qu'elle cherchait à me déstabiliser. Et elle a réussi. Elle m'a annoncé qu'il avait accepté de la conseiller sur une affaire. Si elle l'a convaincu de se joindre à elle dans une de ses escroqueries, ou tout simplement de lui préparer le terrain… Merde !

— Vous devez l'en empêcher.

— On n'empêche pas Connors d'entreprendre quoi que ce soit.

— Vous avez de l'influence sur lui, usez-en. Elle est sa faiblesse.

— Je ne peux qu'aller droit au but. Je ne sais pas me battre à coups de ruses et de sous-entendus.

Un début de migraine lui taraudait les tempes, et une douleur atroce lui tordait l'estomac.

— Mais au bout du compte, ce sera à lui de choisir, conclut-elle. Comme toujours. J'ai du travail.

Elle se dirigea vers la porte, s'immobilisa, pivota et croisa le regard de Summerset.

— C'est une manipulatrice, j'en suis consciente. Mais elle est aussi belle, élégante, intelligente. En résumé, s'il me larguait pour elle, vous applaudiriez des deux mains.

Elle reprit son souffle, s'efforça de maîtriser le tremblement de sa voix comme elle poursuivait :

— Ce n'est pas elle qui laisserait des traces de sang dans la maison. Je suis sûre qu'elle saurait exactement quelle tenue arborer pour une soirée mondaine. Qu'elle n'oublierait jamais un rendez-vous dans un restaurant chic parce qu'elle est penchée sur un cadavre. Donc, pourquoi me racontez-vous tout cela ?

— Elle scintillerait au bras de Connors. Elle parle le français et l'italien sans l'ombre d'un accent, elle sait user et abuser de son charme. Et elle se servirait de lui. Elle lui sucerait le sang. Si nécessaire – ou simplement par caprice –, elle le jetterait dans la gueule du loup, histoire de voir qui va l'emporter.

Il vida son verre.

— Vous, lieutenant, êtes souvent grossière. En public, vous vous comportez rarement en épouse digne d'un homme du statut de Connors. Mais vous feriez tout, quels que soient les risques que vous encoureriez, pour le protéger. Elle ne l'aimera jamais. Vous, vous l'aimez plus que votre vie.

Eve s'éloigna, songeuse. Jamais elle n'avait eu aussi peur de le perdre.

Elle se rendit dans son bureau, commanda un plein pot de café à l'autochef. Avant Connors, elle s'était presque toujours réfugiée dans le boulot. C'était ce qu'elle allait faire.

D'autant qu'elle avait un devoir à accomplir.

Un homme était mort. Un homme ordinaire, apprécié et respecté, qui avait eu quelque chose à offrir à la société.

Rien ne permettait de penser qu'il avait voulu du mal à qui que ce soit. Il n'avait commis aucun acte répréhensible, jamais consommé ni vendu de la drogue.

Il n'avait rien volé. Il n'avait pas trompé sa femme.

Déjeuner, ce n'était pas tromper, se rassura-t-elle en s'installant devant son ordinateur. Coucher avec une femme douze ans avant son mariage, ce n'était pas tromper.

Connors ne la tromperait pas. Elle en avait la certitude.

Serait-il tenté ? Question à mille crédits.

Mais cela n'avait rien à voir avec Craig Foster.

Elle s'assit, posa les coudes sur le bureau, la tête entre les mains. Ce dont elle avait besoin, c'était de s'éclaircir les idées. Un antalgique ne ferait pas de mal non plus, histoire d'atténuer cette fichue migraine.

Agacée, elle ouvrit le tiroir du haut, sachant que Connors y conservait un flacon de cachets. Elle avait horreur de cela, mais tant pis. Si elle voulait réfléchir en toute sérénité, elle n'avait pas le choix.

Elle le goba avec une gorgée de café, tandis que Galahad bondissait sur le bureau. Il s'assit et la contempla.

— J'ai du boulot, marmonna-t-elle.

Pourtant, c'était réconfortant de le caresser et de le voir s'étirer sous sa main.

— Il faut que je m'y mette, sans quoi je vais devenir dingue.

Elle changea de position, inséra les disques de données dans la machine.

— Ordinateur, croiser liste des employés et liste des clients, disque A, avec baby-sitters, personnel administratif et enseignants, disque B. Rendre compte de toutes les corrélations, ordonna-t-elle.

Recherche en cours...

— Tâche secondaire, recherche standard sur tous les noms du disque C, y compris casier judiciaire, données bancaires, emplois, mariage et études.

Recherche en cours…

— Enfin, afficher par ordre alphabétique, écran mural numéro un, les données sur le personnel administratif et enseignant du Cours Sarah.

Données affichées écran mural numéro un… Première tâche exécutée. Aucune correspondance.

— Forcément, ç'aurait été trop simple… En partant des noms, rechercher relations familiales, ex-conjoints ou époux.

En cours… Tâche secondaire exécutée. Afficher ?

— Afficher sur l'écran de l'ordinateur.

Se calant dans son fauteuil, elle étudia les données.

Rien n'attira son attention. Quelques manifestations d'agressivité ici ou là, possession de substances illégales à des fins personnelles, un vol à l'étalage vieux de quatre ans. Pas de crimes violents, aucune condamnation sérieuse.

Avant de se tourner vers l'écran mural, elle ferma les yeux et laissa vagabonder ses pensées. Que savait-elle ? Que cherchait-elle ?

Un chocolat chaud empoisonné. Une Thermos facilement accessible à plusieurs reprises au cours de la matinée.

— Une seconde !

Elle ouvrit les yeux, se redressa, décida de tenter une autre approche. Elle appela Lissy Foster sur son communicateur.

— Lieutenant Dallas. Je suis désolée de vous déranger, mais j'ai des questions. Vous préparez vous-même le chocolat chaud chaque matin.

— Oui, je vous l'ai dit.

— Vous n'en buvez jamais ?

— Non. Trop de calories, soupira-t-elle. J'utilisais du vrai chocolat, avec un mélange de lait de soja et de lait déshydraté. Craig n'était pas au courant.

— Pardon ?

— Le chocolat coûte tellement cher. Il ne se doutait pas que je l'achetais en catimini.

— Quelqu'un d'autre le savait ?

— Ma mère. C'est elle qui m'a appris à le préparer. J'ai dû en parler au travail. Pour me vanter. Je l'ai peut-être dit à Mirri. C'était mon petit secret. Craig ne voulait pas que je le gâte.

— J'ai remarqué le mélange dans votre cuisine et la réserve de chocolat dans une boîte de *Vital Femme*.

— Il ne mettait jamais le nez dans mes vitamines, c'était une bonne cachette.

— Nous avons envoyé le tout au laboratoire. Connaissez-vous quelqu'un qui en possède ?

— Le mélange, peut-être, mais pas le chocolat. Vous croyez…

— Le labo nous dira si l'un ou l'autre des ingrédients a été altéré. Quelqu'un est-il venu chez vous le week-end précédant le décès de votre mari ?

— Non, murmura-t-elle en se frottant les yeux d'un geste las. Je ne pense pas. Je suis sortie le samedi pour faire des courses. Mais Craig était à la maison. Il ne m'a rien dit.

— Avez-vous confié vos clés à quelqu'un ? Votre code ?

— Mirri en a un jeu, en cas d'urgence. Mais…

— Très bien. Votre immeuble n'est pas équipé de caméras de surveillance.

— Nous n'avons pas les moyens, mais c'est un quartier tranquille. Nous n'avons jamais eu de problème.

— Parfait, madame Foster. Merci.

Enfin, un « et si ? », songea Eve. Et si quelqu'un avait pénétré dans l'appartement des Foster à leur insu ? Et si Craig avait reçu un visiteur sans en informer sa femme ?

Et si cela ne datait pas de la veille, mais de bien avant, et que Craig ait échappé par miracle à la mort jusque-là ?

Elle sortit le rapport du laboratoire, lut la liste des composants prélevés dans la tasse. Le chocolat en question n'y figurait pas.

L'assassin n'avait donc pas connaissance de la recette de Lissy.

Absorbée dans ses réflexions, Eve se leva et s'approcha du tableau magnétique. Elle étudia la photo de la victime, celles de la scène du crime. Pianota sur sa cuisse en se concentrant sur le cliché de la Thermos.

Un modèle banal, décida-t-elle, taille XXL. Environ cinquante dollars. Noir, avec le prénom de la victime gravé dessus. Il paraissait neuf.

Craig s'en servait pourtant chaque jour depuis plus d'un an.

— Plus rapide et plus simple. Pour cinquante dollars, on échange le vieux contre le neuf en quelques secondes.

Plus malin. Moins risqué.

— Ordinateur, calcul de probabilités suivant les options suivantes, dossier HP-33091-D. Option un : poison versé dans la Thermos de la victime le matin de sa mort. Option deux : échange de ladite Thermos avec une Thermos identique contenant le poison, là encore, le matin de sa mort.

Recherche en cours...

Eve se reversa du café, effectua quelques allées et venues devant le tableau. Retourna à son bureau.

Selon les données fournies, les probabilités dans les deux cas sont à peu près égales...

— Voilà qui m'aide beaucoup, railla-t-elle.

Puisqu'il n'y avait pas de vrai chocolat dans la tasse, la théorie selon laquelle le mélange aurait été altéré chez les Foster était à écarter.

Elle fouillerait l'école de fond en comble le lendemain, mais elle était prête à parier que le meurtrier avait conservé la bouteille isotherme de Craig en guise de trophée. Ou, du moins, s'en était débarrassé non loin de l'enceinte de l'établissement.

Elle demanda une description précise et lança une recherche sur tous les détaillants en ville et en ligne qui vendaient cette marque et ce modèle avec une offre de personnalisation.

Plus de vingt boutiques proposaient ce produit à Manhattan. Trois fois plus de distributeurs le proposaient en ligne.

Cependant, c'était une piste. Que la tasse soit ou non en cause, elle savait que la boisson avait été préparée par le tueur. Quelqu'un qui ne connaissait pas le secret de fabrication de Lissy.

Elle était sur le point d'avaler un troisième café, quand Connors apparut sur le seuil.

— Lieutenant.

— Coucou !

Ils s'observèrent avec méfiance, tandis qu'il pénétrait dans la pièce.

— J'espérais rentrer moins tard.

— Ça peut arriver.

Croisement terminé. Aucune correspondance.

— Parfois, le monde est plus grand qu'on ne le souhaiterait, commenta-t-elle.

— Tu as eu une longue journée.

— Comme toi.

Il se percha sur le bord de la table et la regarda droit dans les yeux.

— Sommes-nous fâchés, Eve ?

Elle n'avait qu'une envie : poser la tête sur le bureau, et pleurer. Elle se serait giflée.

— Je n'en sais rien.

Il lui caressa doucement les cheveux.

— Ce matin, tu m'as mis en colère. Tu n'as donc pas confiance en moi ?

— Crois-tu que je serais ici si c'était le cas ?

— Alors tout va bien.

— Ce n'est pas si simple.

— Je t'aime, profondément. Ça n'a rien de simple, mais cela me comble. Tu ne m'as pas embrassé pour me dire au revoir, ce matin.

Il se pencha, effleura ses lèvres des siennes Malgré elle, un flot de bonheur l'envahit.

— Au revoir, chuchota-t-elle, ce qui le fit sourire.

Il l'embrassa de nouveau. Avec une infinie douceur.

— Bonsoir. Je parie que tu n'as pas dîné.

— On joue à pile ou face avec cette enquête. Je n'ai pas pensé à manger.

— C'est le moment ou jamais, répliqua-t-il en entrelaçant ses doigts aux siens, tout en caressant Galahad de son autre main. Tu parais épuisée, lieutenant. Tu as les yeux cernés. Je vais nous programmer des hamburgers, ton plat préféré. Tu en profiteras pour m'expliquer où tu en es.

Il ne souhaitait pas revenir sur leur querelle ni sur son rendez-vous avec Magdelana. Il esquivait le problème, très habilement. Mais tôt ou tard, ils devraient en parler.

— Elle est venue me voir au Central.

Connors demeura impassible.

— Magdelana ?

— Non, la reine du printemps.

— Elle est un peu en avance, non ?

— N'essaie pas d'éluder. Elle a attendu la fin de mon service. Elle espérait me convaincre de boire un pot avec elle, de devenir copines. Devine ce que je lui ai répondu ?

Il lui lâcha la main, et se dirigea vers le panneau derrière lequel était dissimulé le bar.

— Je suis désolé que cela t'ait contrariée, répliquat-il en l'ouvrant. C'est une femme impulsive, extravertie. J'imagine qu'elle voulait en savoir davantage sur toi.

— Pas possible ? rétorqua Dallas, partagée entre la colère et le désespoir. Tu l'avais pourtant prévenue qu'elle ne m'apprécierait pas.

Il lui jeta un coup d'œil, se versa un cognac, rangea la bouteille.

— Et inversement. Je suppose qu'elle a voulu me prouver que j'avais tort.

« Sa faiblesse », avait signalé Summerset.

— Je pense que c'était le cadet de ses soucis, riposta-t-elle. Tu as l'intention de travailler avec elle ?

Cette fois, il eut du mal à masquer son agacement.

— Non.

— Dois-je en déduire que c'est une menteuse ?

— Si c'est ce qu'elle t'a dit, elle s'est mal exprimée, ou tu as mal interprété ses paroles.

— *J'*ai mal interprété ses paroles ?

— Doux Jésus ! souffla-t-il, avant d'avaler une gorgée d'alcool. Tu essaies de me pousser dans mes retranchements sans raison. Nous avons partagé un déjeuner en toute innocence. Elle a sollicité mes conseils concernant des investissements. J'ai accepté de la mettre sur la voie et de lui donner les noms de professionnels à qui elle pourrait s'adresser. J'ai fait cela pour d'autres à d'innombrables reprises auparavant.

— Elle n'est pas n'importe qui.

— Et puis merde ! explosa-t-il, excédé. À quoi t'attendais-tu ? Que je l'envoie balader sous prétexte que ma femme me reproche de l'avoir sautée il y a douze ans ? Voyons, Eve, cela ne te ressemble pas.

— Je ne saurais le dire, dans la mesure où je ne me suis encore jamais trouvée dans cette situation.

— Quelle situation, exactement ?

— Face à une femme envers qui tu nourris des sentiments. Une créature perverse, qui tient à ce que je le sache.

— Vu que je ne suis pas un putain de droïde, il m'est arrivé d'éprouver des sentiments pour une femme avant de te rencontrer, et tu en as croisé certaines. Quant à Magdelana, pourquoi voudrait-elle se mettre ma femme à dos ? Elle n'a rien à y gagner. Ta réaction est excessive, tu fais une montagne d'un épisode qui a eu lieu des années avant que je te connaisse. As-tu besoin que je te rassure ? Que je me répande en promesses et en serments ? En dépit de ce que nous en sommes venus à être l'un pour l'autre ?

— C'est curieux, c'est elle qui a pris toutes les initiatives, pourtant, c'est moi qui suis dans l'erreur. Tu ne la vois pas sous son véritable jour.

— Je te vois, toi. Ma femme, qui se rend malade de jalousie sans raison.

Il posa son verre, s'efforça de retrouver son calme.

— Eve, je ne peux pas revenir en arrière, changer ce que j'ai été et ce que j'ai fait à cette époque. Le pourrais-je que je ne le ferais pas. Parce que ce sont ces étapes qui m'ont mené à toi.

Le problème n'était pas là, songea-t-elle. Si? Mais tout ce qui lui venait à l'esprit, tout ce qui voulait sortir de sa bouche ressemblait aux gémissements d'une femme en perdition.

— Peux-tu me garantir qu'elle n'a pas envie de reprendre là où vous en étiez restés?

— Si c'était, ou plutôt si c'est le cas, elle sera cruellement déçue. Eve, quand nous nous sommes rencontrés, nous étions deux adultes aguerris. Si nous commençons à tout remettre en cause chaque fois que nous évoquons nos relations d'antan, nous n'en sortirons jamais.

— Pardon? s'exclama-t-elle en se levant d'un bond. Je te rappelle que tu as flanqué une raclée à Webster ici même, dans cette pièce.

— Il avait les mains sur toi, *chez nous*. Ça fait une sacrée différence! tonna Connors. Et pas un instant je n'ai imaginé que tu l'y avais invité ou encouragé. J'ai réagi de cette façon parce que tu me menaçais avec un pistolet paralysant. Qu'est-ce que tu veux, bon Dieu?

— Je suppose que j'aimerais savoir ce qu'*elle* veut. Elle a un projet en tête? Est-ce qu'elle veut t'y...

— Si oui, elle ne m'en a pas parlé. Bien au contraire. Et si oui, c'est son affaire, pas la mienne. Est-ce ainsi que tu me vois? Comme un minable sans caractère disposé à replonger non seulement dans le milieu mais dans le lit d'une autre femme?

— Non.

— Quoi qu'elle veuille, Eve, elle n'obtiendra rien de plus que ce que j'ai accepté de lui donner. En l'occurrence, quelques conseils de base en matière d'investissements. Veux-tu que ma secrétaire rédige un contrat en guise de gage ?

La gorge d'Eve la brûlait, la migraine était revenue en force, et elle n'avait rien trouvé de mieux à faire que de le mettre de nouveau en colère tout en dressant Magdelana entre eux.

— Je déteste me sentir ainsi, me comporter ainsi, lâcha-t-elle. Je déteste nous entendre nous quereller à cause d'elle.

— Alors arrête.

Il s'approcha d'elle, posa les mains sur ses épaules, lui caressa les bras, avant de l'attirer contre lui.

— Si nous devons nous disputer, que ce soit à cause de quelque chose qui existe réellement. Tu n'es pas seulement au centre de mon univers, Eve, murmura-t-il avant de lui embrasser les sourcils, la tempe, les lèvres. Tu es mon univers tout entier.

Elle l'enlaça, l'étreignit avec force.

— C'est ta faute si je t'aime autant. Si je t'aime à en devenir idiote.

— Bien sûr, concéda-t-il en lui caressant les cheveux. Soyons idiots ensemble. Tu te sens mieux ?

Mieux, oui, mais ce n'était pas terminé. Elle avait tellement peur de ce qui pourrait arriver qu'elle décida de laisser tomber.

— Plutôt mieux, oui, répondit-elle.

Elle jugea préférable de changer de sujet.

— Burgess, dans le New Jersey, s'est montrée très coopérative.

— Ravi de l'apprendre, répondit-il en suivant la courbe de son menton de l'index. Qui est Burgess, et pourquoi s'est-elle montrée coopérative ?

— C'est elle qui dirige ton usine, là-bas. Elle a reçu ton mémo.

— Mon… ah ! Je l'ai adressé à mes diverses entreprises au 1er de l'an. Ça t'a rendu service aujourd'hui ?

— Ça a coupé court aux formalités. Cela dit, couper court moi-même aux formalités ne me dérange pas, mais merci quand même. Ainsi, tu transformes des graines de ricin.

— Sans doute.

— Le ricin, le poison qui a tué Foster, provient du mélange obtenu après l'extraction de l'huile.

Il plissa les yeux.

— L'usine est en cause?

— Pour l'heure, je n'ai établi aucun lien entre mes suspects et cette société. Ç'aurait été trop simple. Je n'ai pas non plus de mobile. Il se peut que Foster ait surpris un de ses collègues en train de s'envoyer en l'air avec la mauvaise personne pendant les heures de cours. Mais l'assassiner pour ça, c'est un peu radical.

— Peut-être que Foster faisait chanter le libertin ou la libertine en question.

— Ce serait très étonnant de sa part. Tout le monde était en bons termes avec lui, y compris le libertin. J'attends les résultats du labo. Ensuite, je me pencherai sur tous les membres du personnel enseignant, administratif et intervenants extérieurs. Ainsi que sur certains parents d'élèves. Je suis dans l'impasse.

— Je pourrais te donner un coup de main. Un œil neuf, un point de vue différent.

— Ça ne peut pas faire de mal.

Il avait oublié de la forcer à manger, songea-t-elle, tandis qu'il s'installait pour parcourir ses données. C'était probablement mieux ainsi. Elle n'avait pas grand appétit.

Elle dormit mal, d'un sommeil peuplé de cauchemars. Dans ses rêves, les conversations se mêlaient, ses disputes avec Connors, ses interrogatoires, l'intermède avec Percell. Elle se réveilla épuisée.

Mais Connors était à sa place habituelle, en train de boire son café et d'étudier ses bilans financiers sur l'écran mural.

Eve prit une douche brûlante. Quand elle reparut dans la chambre, il avait mis les informations. Elle fonça vers le pot de café.

— Tu n'as pas bien dormi, observa-t-il en la dévisageant.

— Cette enquête me tracasse.

— Je regrette de ne pas avoir pu me rendre plus utile.

Elle haussa les épaules, s'approcha de son dressing, sa tasse à la main.

— Ça va peut-être se décanter aujourd'hui.

— Je t'ai préparé une tenue de rechange dans le sac, là-bas, pour ton émission avec Nadine, ce soir.

Elle fronça les sourcils.

— Pourquoi veux-tu que je me change ?

— Disons que c'est une précaution. Au cas où ton pantalon serait aspergé de sang ou déchiré après une arrestation musclée.

— Au train où vont les choses, je vais passer ma journée au bureau sous une montagne de paperasse.

— Dans ce cas malheureux… non, pas cette veste-là.

— Pourquoi ? protesta-t-elle, mi-irritée, mi-ravie que tout soit redevenu normal entre eux.

— Elle ne passe pas bien à l'écran.

— Moi non plus.

— Certes. Néanmoins…

Il se leva, la rejoignit.

— Je n'ai pas besoin de toi pour choisir mes vêtements.

— Oh, que si, mon Eve adorée !

Il sélectionna une veste vert bronze qu'elle aurait juré n'avoir jamais vue, un pantalon chocolat et un col roulé crème.

— Soyons fous, lança-t-il. Ajoutons une paire de boucles d'oreilles. Des petits anneaux en or, peut-être.

Comme elle commençait à maugréer, il lui encadra le visage de ses mains et la gratifia d'un long baiser.

— J'adore ta bouche, murmura-t-il. Surtout quand tu t'apprêtes à m'insulter. Que dirais-tu d'une assiette d'œufs au bacon ?

— Plus tentant que des boucles d'oreilles.

Toutefois, elle en dénicha une paire, puis s'habilla, soulagée qu'il ait respecté leur rituel matinal.

Elle s'apprêtait à s'asseoir pour prendre son petit-déjeuner, le chat fixant le bacon depuis l'accoudoir du canapé, quand le communicateur de Connors bipa.

À la seconde où il le sortit de sa poche, elle sut qui c'était.

— Réponds-lui, dit-elle comme il remettait l'appareil dans sa poche. C'est une lève-tôt, je présume.

— Je l'ai redirigée sur la messagerie. Mangeons avant que ce soit froid.

— Décroche, insista Eve. De toute façon, Peabody va arriver d'une minute à l'autre. À plus.

— Nom de Dieu, Eve !

— À plus ! répéta-t-elle en s'éloignant au pas de charge.

8

— Sympas, les fringues, commenta Peabody en s'avançant dans le hall tandis qu'Eve descendait l'escalier. C'est Connors qui a choisi, pas vrai ?

— Qui d'autre ? Puisque de toute évidence, livrée à moi-même, je commettrais des fautes de goût à effrayer les enfants et faire rougir les masses populaires.

— On ne monte pas ?

— Non, répliqua Eve en enfilant son manteau sous l'œil de Summerset. Aujourd'hui, tout le monde démarre aux aurores. J'espère que mon véhicule est là où je l'ai laissé, ajouta-t-elle à l'intention du majordome. Sans quoi, je vous émascule.

— Ce tas de ferraille que vous appelez votre véhicule est devant la maison, à notre grande honte.

— Peabody.

Eve indiqua la porte et attendit que Peabody soit sortie.

— Si elle se pointe ici, je veux le savoir. Compris ?

— Oui.

Elle fonça dehors sans chapeau, sans gants, sans écharpe.

— Première adresse, aboya-t-elle en s'installant au volant.

Peabody la lui donna, se racla la gorge.

— La nuit a été dure ?

— Comme souvent.

— Si vous avez envie d'en parler ou de vous défouler, c'est à cela que servent les coéquipières.

— Il y a une femme.

131

— Impossible.

En d'autres circonstances, la spontanéité de Peabody l'aurait rassurée.

— Il y a une femme, répéta-t-elle. Avec qui il a eu une liaison sérieuse il y a très longtemps. Elle est de retour, et elle prend des initiatives. Il ne voit pas les choses ainsi. Il est complètement dupe de ses stratagèmes. Nous avons un problème.

— Vous êtes sûre que…

Le regard d'Eve suffit à la convaincre.

— Bon, d'accord, vous êtes sûre de ce que vous avancez. D'emblée, je dirais qu'il ne vous tromperait sous aucun prétexte. Mais si c'est elle qui mène la danse… Je vous conseille de lui parler, de lui montrer de quel bois vous vous chauffez. On pourrait la coller dans une navette pour la Sibérie.

— Excellente idée.

Eve s'arrêta au carrefour, se frotta le visage.

— Malheureusement, c'est hors de question. Elle est intouchable. Je ne sais pas quelle attitude adopter. Le pousser dans ses retranchements ? Me tenir à distance ? Je ne connais pas les tactiques. Je crois que j'ai déjà tout gâché.

— Dallas ? Vous devriez lui dire combien cette histoire vous blesse.

— Jamais je n'ai eu à lui avouer quoi que ce soit de ce genre. Il devine toujours mes sentiments. Ça me fout en l'air, ajouta-t-elle en secouant la tête. Et ça fout en l'air notre couple. Et je dois mettre ça de côté et me concentrer sur mon boulot.

Elle résuma sa conversation avec Lissy Foster.

— En conclusion, le poison a été rajouté à la boisson avant qu'elle soit apportée à l'école, vraisemblablement dans une autre Thermos, identique à celle de Craig.

Peabody réfléchit.

— L'empoisonnement est une méthode plus souvent utilisée par les femmes que par les hommes.

— Selon les statistiques, oui.

— D'après Lissy, Mirri Hallywell connaissait sa recette. Et si elle l'avait délibérément sabotée ? Lissy deviendrait son alibi.

— C'est tiré par les cheveux, mais plausible, admit Eve.

— Ou alors, Lissy a pu procéder à une modification... Non, ça ne colle pas.

— Si on veut que la balle rebondisse, il faut la lancer. Gardons cela dans un coin de notre tête.

Eve se gara le long du trottoir. Quand elle descendit de sa voiture, le regard dédaigneux du portier lui remonta le moral.

— Vous ne pouvez pas laisser ce tas de boue ici, madame.

Elle lui agita son insigne sous le nez.

— Vous allez surveiller ce tas de boue comme si c'était un XR-5000 flambant neuf. Et vous allez prévenir... Qui sommes-nous venues voir, Peabody ?

— Les Ferguson.

— Vous allez prévenir les Ferguson que nous souhaitons avoir une petite conversation avec eux.

— M. Ferguson est parti tôt ce matin. Un petit-déjeuner d'affaires. Mme Ferguson est là.

— Qu'est-ce que vous attendez pour l'avertir de notre visite ?

Il grimaça, mais s'exécuta et les laissa monter.

Pour trouver un véritable chaos.

Eileen Ferguson avait un enfant d'un âge indéterminé calé sur la hanche. La bouche maculée d'une espèce de gelée rose, il était vêtu d'un pyjama à motifs de dinosaures hilares.

Quelle idée de déguiser ainsi ses gamins ? songea Eve.

Au loin s'élevait une cacophonie de cris, d'aboiements et de gloussements, de joie ou de terreur, difficile à dire. Eileen portait un pull rouille, un pantalon large noir et des mules roses qui ressemblaient à des barbes à papa. Ses cheveux châtains étaient rassemblés en queue-de-cheval, et son regard noisette paraissait étrangement calme vu le niveau de bruit.

— Je suppose que c'est au sujet de Craig Foster, dit-elle en guise d'accueil. Entrez. À vos risques et périls, précisa-t-elle en s'effaçant. Martin Edward Ferguson, Dillon Wyatt Hadley, enchaîna-t-elle sans élever la voix, cessez immédiatement, sans quoi je démonte ce chien et je jette les pièces détachées dans la benne de recyclage. Excusez-moi. Puis-je vous offrir un café ?

— Non, merci.

— C'est un bâtard mi-chien, mi-droïde, expliqua-t-elle en les précédant dans le salon. Je l'ai acheté sur un coup de tête pour l'anniversaire de Martin. Et voilà le résultat.

Eve constata cependant que le silence était revenu.

— Asseyez-vous. J'installe Annie dans son siège.

Le siège en question était une chaise haute multicolore, équipée de dizaines de boutons éclatants et de joujoux qui bipaient, ronronnaient, vibraient.

— Il paraît que M. Foster a été empoisonné, reprit Eileen en s'asseyant à son tour. Est-ce vrai ?

— Nous avons établi avec certitude que M. Foster avait ingéré une substance toxique, en effet.

— Dites-moi : est-ce prudent que j'envoie ces enfants à l'école ?

— Nous n'avons aucune raison de penser que les élèves sont en danger.

— Dieu soit loué ! Je ne voudrais pas qu'il leur arrive quoi que ce soit, mais, franchement, je ne tiens pas vraiment à me retrouver coincée à la maison avec les quatre sur les bras.

— Quatre ? s'exclama Eve, submergée par la compassion. Seul Martin figure sur la liste de l'école.

— Je suis de garde cette semaine.

— C'est-à-dire ?

— C'est moi qui assure le transport… Martin, Dillon, qui habite juste au-dessus, Callie Yost, qui devrait arriver d'une minute à l'autre, et Macy Pink. Nous passons la chercher en chemin. Je les dépose, je vais les chercher à la fin de la journée. En cas d'annulation des

134

cours ou de vacances (et elles sont nombreuses !), je les occupe... Les parents se relaient chaque semaine.

— Vous avez signé le registre le jour du décès de M. Foster, peu après 8 heures. Vous êtes restée sur les lieux une quarantaine de minutes.

— Oui, je suis arrivée tôt, je les ai laissés à la garderie. Ensuite, j'ai dû monter ma douzaine de muffins chez la nutritionniste pour obtenir son feu vert.

— Les parents ou les élèves apportent souvent de la nourriture ?

— C'est toujours compliqué. Mais c'était l'anniversaire de Martin, et j'avais une autorisation. Il faut remplir un formulaire, préciser le genre de nourriture et dresser la liste des ingrédients, au cas où certains souffriraient d'allergies. Sans oublier les restrictions culturelles ou parentales.

Eileen marqua une pause et entreprit de sortir des vêtements minuscules d'un panier à linge pour les plier.

— C'est contraignant, mais le règlement est strict. La directrice et la nutritionniste doivent donner leur accord. Cela fait, j'ai payé le jus de fruits – j'avais oublié le mien à la maison. Ensuite, je me suis rendu compte que j'avais pris le cartable de Callie à la place du sac à langer d'Annie. J'ai dû retourner à la garderie faire l'échange. C'est là que j'ai découvert qu'Annie empestait *L'Eau d'Annie*. Je l'ai changée. Je pense que le tout a pu durer une quarantaine de minutes.

— Pendant ce laps de temps, qui avez-vous vu ? À qui avez-vous parlé ?

— Eh bien, Laina, la nutritionniste ; Lida Krump, l'éducatrice responsable de la garderie et son assistante, Mitchell. J'ai aussi croisé Mme Mosebly dans le couloir et nous avons échangé quelques mots. J'ai aperçu Craig Foster qui entrait dans la salle des professeurs. Je l'ai salué de loin. Je regrette de ne pas m'être attardée, mais on se dit toujours que ce sera pour la prochaine fois.

— Vous le connaissiez bien ?

— Ni plus ni moins que ses collègues. Nous nous rencontrions parfois dans le quartier, et lors des réunions parents-enseignants, deux fois par trimestre. On peut prendre rendez-vous par ailleurs, si nécessaire. C'est le cas pour Martin.

— Martin avait des soucis avec M. Foster ?

— À vrai dire, Martin appréciait énormément M. Foster. Et réciproquement.

— Mais il vous convoquait régulièrement.

— Oh, oui, répondit-elle avec un petit rire. Martin est qualifié d'« exubérant », ce qui, en jargon enseignant, signifie enfant terrible. Nous avons opté pour un établissement privé afin qu'il soit le mieux encadré possible. C'est plutôt efficace.

— Et les autres enseignants ? Reed Williams, par exemple.

— Je le connais, bien sûr.

Son ton était désinvolte, mais elle avait détourné brièvement les yeux.

— Le voyiez-vous en dehors de l'école, madame Ferguson ?

— Non. Pas moi.

— Mais d'autres, si.

— C'est possible. Je ne vois pas le rapport avec Craig.

— Les détails sont importants. Nous avons cru comprendre que M. Williams était un cavaleur.

Elle poussa un soupir.

— Il m'a fait des avances – très subtilement. Mais quand un homme tâte le terrain, on le sent. La plupart d'entre eux comprennent vite quand une femme n'est pas intéressée. Il n'a pas insisté. Je n'ai jamais eu à me plaindre de lui.

— Mais d'autres, si ?

— Je sais qu'il a tenté sa chance avec Jude Hadley. Elle m'a avoué qu'ils avaient bu un verre ensemble. Elle est divorcée. Mais elle a décidé qu'elle n'avait pas envie d'aller plus loin. D'autant que j'avais aperçu Williams avec Allika Straffo.

— Où… ?

— À la fête de fin d'année de l'école. C'était juste…

Elle changea de position, mal à l'aise.

— J'ai remarqué la façon dont ils se dévisageaient. À un moment, il lui a effleuré le bras. Discrètement. Elle a rougi. Il est sorti, et quelques secondes plus tard, elle a disparu à son tour. Ils sont revenus séparément dix ou quinze minutes plus tard. Elle avait ce regard, vous savez, embrumé. S'ils ne se sont pas envoyés en l'air, je dévore ce droïde-chien tout cru.

— Intéressant, commenta Eve, quand Peabody et elle ressortirent, quelques minutes plus tard. Allika Straffo, mère de la fillette qui découvre la victime, coucherait avec Williams, qui a eu l'occasion de tuer Foster.

— Et Foster menaçait de dénoncer Williams, d'où un risque pour Allika Straffo ? D'accord, mais je vois mal Williams en arriver au meurtre par peur d'être accusé d'une liaison avec la mère d'une élève.

— Straffo est mariée à un homme puissant. Et si c'était elle qui avait pris peur ?

— Elle n'a pas mis les pieds dans le bâtiment le jour J.

— Sa fille était là.

— Voyons, Dallas ! Vous l'imaginez chargeant sa gamine de jouer les meurtrières ?

— Et si la gamine en question avait cherché à protéger sa mère ?

— Une seconde ! s'écria Peabody en grimpant dans la voiture. Primo, nous parlons d'une fillette de dix ans.

— Ce ne serait pas la première fois qu'une enfant tue. Eve n'avait que huit ans quand elle avait tué son père. Quand elle l'avait poignardé à de multiples reprises.

— Oui, dans un accès de peur, de panique, de rage. Mais d'ordinaire, une gentille petite bourgeoise de dix ans ne verse pas de la ricine dans le chocolat chaud de son professeur d'histoire. Ce serait un peu exagéré, non ?

— Certes. Peut-être ne se doutait-elle pas qu'elle l'empoisonnait. Sa mère lui dit : « Si on essayait un nouveau jeu ? Si on faisait une farce à M. Foster ? »

— J'ai du mal à avaler un tel scénario.

En effet, décida Eve. C'était tiré par les cheveux. Et cependant...

— Cela vaut la peine de lui rendre une petite visite.

Le triplex des Straffo couronnait un somptueux immeuble avec vue sur la rivière et vastes terrasses.

Le portier et le chef de la sécurité étaient de parfaits snobs, mais compétents.

La porte de l'appartement leur fut ouverte par une jeune femme au visage criblé de taches de rousseur et à la tignasse couleur carotte. Elle avait un fort accent irlandais, et Eve ne put s'empêcher de penser à Connors.

— Madame arrive tout de suite. Elle termine son petit-déjeuner avec Rayleen. Que puis-je vous proposer ? Du thé ? Du café ?

— Rien, merci. De quelle région d'Irlande êtes-vous ?

— Mayo. Vous connaissez ?

— Non.

— C'est magnifique. Vous verrez si vous avez la chance de vous y rendre. Donnez-moi vos manteaux, voulez-vous ?

— Ce n'est pas la peine, répondit Eve en la suivant dans le vaste hall à droite duquel partait un escalier monumental tandis qu'une suite d'arcades menait à diverses pièces.

— Depuis combien de temps êtes-vous au service des Straffo ?

— Six mois. Je vous en prie, installez-vous.

D'un geste, elle leur indiqua les canapés jumeaux aux coussins moelleux. Des flammes bleues dansaient dans la cheminée, assorties aux étoffes. Des cubes transparents renfermant de somptueux bouquets servaient de tables basses.

— Vous êtes sûres que vous ne voulez rien boire ? Il fait affreusement froid, aujourd'hui. Ah ! Voilà madame. Et notre princesse.

Allika était blonde, comme sa fille. Elle avait des yeux bleu foncé et un teint laiteux. Elle portait un pull moulant et un pantalon gris qui mettait en valeur ses longues jambes. Elle tenait sa fille par la main.

138

Rayleen affichait une expression enthousiaste.

— Maman, ce sont les dames de la police qui sont venues à l'école. Voici le lieutenant Dallas et l'inspecteur Peabody. Vous êtes là pour nous expliquer ce qui est arrivé à M. Foster ?

— Nous y travaillons.

— Rayleen, va chercher ton manteau, tu vas être en retard.

— Je ne peux pas rester ? Je pourrais présenter un mot d'excuse, dire que j'avais rendez-vous chez le médecin.

— Pas aujourd'hui.

— Mais c'est moi qui l'ai découvert. Je suis témoin.

Rayleen fit la moue. Allika prit son visage entre ses mains et l'embrassa sur la joue.

— Sois gentille, ma chérie, et va avec Cora. À tout à l'heure.

La fillette exhala un profond soupir.

— J'aurais préféré rester, marmonna-t-elle, avant d'obéir à sa mère et d'aller rejoindre Cora.

— Vraiment, j'admire la façon dont elle tient le coup, commenta la mère. Cela dit, elle a fait des cauchemars, cette nuit. C'est égoïste de ma part, je suppose, mais j'aurais préféré que ce soit quelqu'un d'autre qui trouve M. Foster. Vous avez du nouveau ? enchaîna-t-elle. Quelque chose dont vous ne vouliez pas parler devant Rayleen ?

— Pouvez-vous nous dire si vous, votre fille ou votre mari avez eu des problèmes avec M. Foster ?

— Des problèmes ? Non. C'était son professeur préféré. Elle était première de sa classe. Rayleen est une élève brillante. Elle adore l'école.

— Quand avez-vous vu M. Foster pour la dernière fois ?

— Euh… ce devait être lors de la dernière réunion parents-professeurs, en novembre. Non, non, excusez-moi, je me trompe. C'était à la fête de fin d'année, en décembre. Ce jour-là, les deux dernières heures de cours sont supprimées. L'orchestre et la chorale nous offrent un petit spectacle. C'est… intéressant, ajouta-t-elle avec un sourire. Après le spectacle, il y a un goûter. J'ai discuté avec M. Foster. Rayleen lui a offert un cadeau. Une tasse à café qu'elle avait faite au cours de poterie. Cette histoire est tellement tragique. J'aimerais tant la garder à la maison.

Elle se tritura les doigts.

— Mais Ray tient à aller en classe, et mon mari insiste pour que la vie continue comme avant. J'ai la majorité contre moi. Ils ont probablement raison, mais il n'empêche que c'est dur de l'envoyer là-bas après ce qui s'est passé.

— M. Foster vous a-t-il jamais parlé de M. Williams?

— M. Williams?

Elle eut un frémissement, mélange de surprise, de culpabilité, de peur.

— Pas que je me souvienne. Pourquoi?

— Vous vous entendez bien avec M. Williams.

— Je m'entends bien avec tout le personnel de l'école.

— Il y en a que vous fréquentez plus volontiers que d'autres.

— Je n'apprécie guère le sous-entendu. D'ailleurs, je ne le comprends pas, articula-t-elle en se levant. Je pense que vous devriez y aller, à présent.

— Bien sûr, fit Eve en se levant à son tour. Nous allons faire un saut au bureau de votre mari.

— Attendez! Attendez… Je ne sais pas ce que vous avez entendu dire ou ce que vous croyez, mais…

Elle jeta un coup d'œil autour d'elle, inspira calmement.

— Cela ne vous concerne en rien.

— Tout ce qui touche à Craig Foster nous concerne.

— Ma vie privée… Vous n'avez aucune raison de faire part à Oliver de… de ces ragots.

— Foster était-il au courant de votre liaison avec Reed Williams? Vous a-t-il menacés, Williams ou vous, de vous dénoncer?

— Ce n'était pas une liaison, c'était… un… un moment d'égarement. J'ai rompu il y a des semaines.

140

— Pourquoi ?

— Parce que je suis retombée sur terre.

Elle repoussa ses cheveux en arrière.

— Je... à l'approche des fêtes, j'ai tendance à déprimer. Notre fils, Trevor, est mort il y a trois ans, le matin de Noël.

— Je suis désolée, madame Straffo, intervint Peabody. Comment est-ce arrivé ?

— Il...

Allika se rassit.

— Nous passions les vacances dans notre demeure du Connecticut. Trevor avait à peine deux ans. Il attendait avec impatience le Père Noël. Il s'est levé très tôt. Il faisait encore nuit et il... il est tombé dans l'escalier. Tant de marches pour un si petit garçon. Il avait dû courir... Il a glissé et s'est brisé la nuque.

— Je suis désolée, répéta Peabody. Je ne pense pas qu'il existe quoi que ce soit de pire pour des parents.

— Je me suis effondrée. Il m'a fallu des mois de traitement avant de retrouver un semblant d'équilibre. Mais je ne serai plus jamais la même. Nous avions Rayleen, et elle avait besoin de nous. Nous avons vendu la maison du Connecticut. Rayleen mérite de mener une existence aussi normale que possible.

— Vous avez eu une aventure avec Williams parce que vous étiez déprimée, insista Eve.

— Ce n'est pas une excuse, je sais. J'en étais consciente. Aux alentours des fêtes, je souffre horriblement, et je me replie sur moi-même. Reed... cette histoire m'a aidée à refouler la douleur. C'était excitant. Stupide, aussi. Mon mari et moi avons changé depuis la disparition de Trevor. Mais nous nous efforçons de préserver notre couple. J'ai agi bêtement, égoïstement, et s'il l'apprend, il en sera profondément blessé. Je ne le souhaite pas.

— Et si Foster vous avait dénoncés ?

— Il n'était pas au courant. Je ne vois pas comment il aurait pu l'être. Il ne m'a jamais fait la moindre réflexion. J'ai commis une erreur, mais ce n'était qu'une histoire de sexe. Deux fois, pas plus.

— Williams vous a-t-il dit quoi que ce soit au sujet de Foster ?

— Nous ne discutions pas beaucoup. C'était très physique, très superficiel.

— Vous en a-t-il voulu quand vous avez rompu ?

— Pas du tout – et je me suis sentie d'autant plus stupide. Si vous estimez devoir en avertir Oliver, j'aimerais avoir une chance de m'expliquer avec lui avant.

— Ce n'est pas mon intention pour l'instant. Si je change d'avis, je vous préviendrai.

— Merci.

Dallas et Peabody réussirent à interroger les autres parents qui s'étaient rendus à l'école ce jour-là, mais ces entretiens ne leur apportèrent rien de solide. Elles regagnèrent le centre-ville.

— Selon vous, combien de fois Allika Straffo a-t-elle fauté depuis son mariage ? lâcha Eve.

— Je pense que c'était la première fois. Elle m'a paru trop nerveuse, trop coupable. D'après moi, Williams a flairé sa vulnérabilité et fait le premier pas. Et Foster ignorait tout de cet épisode.

Eve glissa un coup d'œil à Peabody.

— Qu'est-ce qui vous le fait croire ?

— Ce type était trop droit. Je ne l'imagine pas discuter tranquillement avec Allika à la fête de fin d'année après l'avoir surprise avec Williams. Elle aurait senti qu'il savait. Non, elle a commis une erreur, point final.

— C'est donc cela, l'adultère ?

Peabody se trémoussa sur son siège.

— Bon, d'accord, c'est une trahison, et une insulte. Elle a trahi et insulté son mari avec Williams. Désormais, elle devra vivre avec cela sur la conscience. Connors ne vous trahira ni ne vous insultera jamais de cette manière.

— Il ne s'agit pas de moi.

— Non, mais cette histoire empiète sur la vôtre dans votre esprit. Ça ne devrait pas être le cas.

Ça l'était, et Eve n'aimait pas cela.

De retour au Central, elle lut le rapport du labo. On n'avait trouvé aucune trace de ricine dans la mixture qu'elle avait prélevée chez les Foster. Ce qui confirmait que le poison avait été apporté sur les lieux.

Elle revint sur la chronologie des événements, y rajouta les détails glanés au cours de la matinée. Que d'allées et venues! songea-t-elle.

Il lui manquait un lien avec le poison.

Elle ferma les yeux, les rouvrit, relut ses notes, se leva pour faire quelques pas, s'immobilisa.

Son esprit vagabondait. Elle avait besoin d'un petit remontant. Elle ouvrit le clapet à l'arrière de son ordinateur pour y récupérer la barre chocolatée qu'elle y avait dissimulée.

Elle n'y était plus.

— Merde!

Le voleur de friandises avait de nouveau sévi.

Une fois de plus, elle envisagea de lui tendre un piège. Une microcaméra, une gourmandise et vlan! Pris la main dans le sac.

Mais ce n'était pas ainsi qu'elle voulait remporter la victoire. C'était là une guerre stratégique, pas technologique.

Cet épisode lui occupa l'esprit plusieurs minutes, puis elle se ressaisit et contacta le bureau du Dr Mira.

Elle recopia ses fichiers, en envoya un exemplaire au commandant Whitney avec un mot pour l'avertir de son intention de solliciter l'aide de la psychiatrie.

Elle s'assit, ferma de nouveau les yeux, songea qu'un café ne lui ferait pas de mal. Et s'assoupit.

Elle était dans la chambre, à Dallas. La pièce était glaciale, les néons rouges du club d'en face clignotaient. Elle tenait le couteau entre ses mains ; ses mains couvertes de sang. L'homme qui lui avait donné la vie gisait à ses pieds. Le monstre qui l'avait battue, violée, torturée.

Elle sentait l'odeur du sang, l'odeur de la mort.

Son bras fracturé plaqué contre la poitrine, elle reculait, tournait les talons pour s'enfuir.

La porte était ouverte. Deux silhouettes ondulaient sur le lit. Avec grâce. La lumière nimbait leurs corps. Il avait les cheveux noirs, brillants. Elle connaissait chacun des traits de son visage, la courbe de ses épaules, la ligne de son dos.

La femme sous lui gémissait de plaisir.

Jamais la douleur n'avait été aussi insupportable. Elle suintait à travers ses pores, vibrait dans tous ses muscles.

Derrière elle, son père mort ricanait.

— Tu ne t'attendais tout de même pas à ce qu'il te soit fidèle ? Regarde-le. Regarde-la. Tu ne lui arrives pas à la cheville. Tout le monde triche, ma fille. Vas-y. Venge-toi. Tu sais comment faire.

Elle baissait les yeux. Le couteau était dans sa main, la lame rouge et visqueuse.

9

Bravant le regard assassin de l'assistante, Eve fonça directement dans le bureau de Mira.

Comme toujours, cette dernière lui apparut calme et posée. Ses cheveux blonds avaient poussé et ondulaient autour de son visage fin qu'ils mettaient encore davantage en valeur. Elle portait un ravissant tailleur gris brouillard, qui rehaussait le bleu de ses yeux, des anneaux en argent aux oreilles et une superbe chaîne tressée ornée d'un pendentif transparent.

Eve se demanda si Connors aurait trouvé qu'elle passait bien à l'écran. Oui, certainement.

— Eve, la salua Mira avec un sourire. Je suis navrée, je n'ai pas encore eu le temps de lire votre rapport.

— Je me suis glissée entre deux rendez-vous.

— Ce n'est pas un souci. Racontez-moi, ajouta-t-elle en allant vers l'autochef. Un dossier difficile ?

— La plupart le sont.

— Vous semblez particulièrement fatiguée.

— Je tourne en rond. La victime était professeur d'histoire dans une école privée.

Pendant que Mira programmait son thé préféré, Eve lui résuma les faits. Elles s'assirent l'une en face de l'autre, leur tasse à la main.

— Le poison implique une certaine froideur, observa Mira. On évite de se salir les mains. Aucun contact physique n'est nécessaire. C'est un crime dépourvu de passion, en général. Le plus souvent accompli par des femmes. Naturellement, il existe des exceptions.

— Je n'arrive pas à mettre le doigt sur le mobile. Pourquoi ? Pour s'assurer de son silence ? Apparemment, il savait qu'un de ses collègues s'envoyait en l'air avec des mères d'élèves.

— Ce qui aurait pu lui valoir une sanction disciplinaire, voire un renvoi. La ricine... c'est un peu démodé, exotique, même. Moins efficace que d'autres produits, mais plus simple à se procurer quand on a quelques connaissances en sciences.

— En l'occurrence, ça a très bien marché.

— En effet. Donc, ce meurtre a été soigneusement planifié, puis exécuté. Ce n'est pas le résultat d'un accès de folie passagère. C'est calculé. Bien sûr, il est possible que le poison se soit trouvé dans l'environnement du tueur et que ce soit sa facilité d'accès qui ait induit ce choix. D'après ce que vous m'avez dit, la victime ne se sentait nullement menacée, n'est-ce pas ?

— Craig Foster n'a pas failli à ses habitudes. Personne autour de lui n'a mentionné le moindre écart.

— J'aurais tendance à penser que l'assassin a ruminé son ressentiment, sa colère ou son mobile, tout en continuant à vivre normalement. Le meurtre était quelque chose qui devait être accompli. Il n'éprouvait pas le besoin de regarder sa victime mourir, ni de la toucher ou de lui parler. Il se moquait qu'elle risque, selon toute probabilité, d'être découverte par des enfants.

Mira réfléchit quelques instants.

— Si c'est un parent, il me semble que c'est quelqu'un qui place ses besoins et ses désirs au-dessus de ceux de sa progéniture. Si c'est un enseignant, c'est quelqu'un qui considère les élèves comme des numéros.

— Il n'est pas en quête de gloire ou de célébrité. Il n'est pas fou.

— Non. C'est un individu organisé, capable de se plier à un emploi du temps.

— Je vais revérifier les biographies du personnel. Si je m'en souviens bien, l'emploi du temps est la base même du système scolaire. Et quelqu'un, à l'intérieur du système, connaissait particulièrement bien celui de la victime.

Eve se leva, arpenta la pièce.

— En outre, le personnel est censé être présent. Quoi de plus normal que d'arriver à l'heure pour faire son boulot ? Quelques parents ou baby-sitters passent déposer un enfant ici ou là, un objet, ou rencontrer un enseignant. Mais l'assassin devait se douter que si son nom apparaissait de manière exceptionnelle sur le registre des entrées, nous nous pencherions sur son cas.

— Peut-on entrer sans signer ce registre ?

— C'est toujours possible, et il faudra vérifier. Mais c'est plus risqué qu'utile.

Eve se rassit, se remit debout. Son agitation alerta Mira.

— Je parie que ce salaud s'est entraîné avant d'agir.

Elle fourra les mains dans ses poches, jongla distraitement avec une poignée de crédits.

— En tout cas, merci de m'avoir reçue.

— Je vais lire le dossier, afin de vous dresser un profil plus précis, fit Mira.

— Merci.

— À présent, dites-moi ce qui ne va pas.

— Je viens de vous le dire. J'ai un macchabée sur les bras. Aucune piste.

— Vous n'avez pas confiance en moi, Eve ?

Connors lui avait posé la même question la veille, sur le même ton patient. Le cœur d'Eve se mit à battre à toute allure.

— Il... il y a une femme.

Mira connaissait suffisamment Dallas pour deviner que son désarroi n'avait rien à voir avec le meurtre.

— Asseyez-vous.

— Je ne peux pas. C'est une femme qu'il a connue autrefois. Ils ont eu une liaison. Peut-être même l'a-t-il aimée. Je pense que oui. Mon Dieu ! Elle est de retour, et il... Je ne sais pas quoi faire. Je gâche tout. Je ne peux pas m'en empêcher.

— Le soupçonnez-vous de vous tromper ?

— Non.

Elle se frotta les tempes.

— En fait, une partie de moi a envie de vous répondre : «Pas encore», et l'autre : «C'est grotesque.» Mais elle est là, et elle... elle n'est pas comme les autres.

— Sachez d'abord que, selon mon point de vue personnel et professionnel, Connors vous aime à un point tel qu'il n'y a pas de place pour une autre. Et je suis d'accord, il n'est pas du genre à vous tromper. Non seulement parce qu'il vous aime, mais parce qu'il a du respect pour vous – et pour lui-même. À présent, parlez-moi d'elle.

— Elle est belle. *Vraiment* belle. Elle est plus jeune, plus jolie et a plus de classe que moi. Elle a aussi de plus gros seins. Je sais, ça paraît idiot.

— Certainement pas. Je la déteste.

Eve laissa échapper un rire et essuya furtivement une larme.

— Mouais. C'est gentil. Elle se prénomme Magdelana. Il l'appelle parfois Maggie.

Elle plaqua la main sur son estomac.

— J'en suis malade. Je n'arrive plus à manger ni à dormir.

— Eve, il faut absolument en parler avec lui.

— Nous en avons discuté. Mais nous n'avons fait que tourner en rond et nous énerver l'un l'autre, avoua-t-elle en fourrageant dans ses cheveux, tiraillée entre la frustration et la peur. Je ne sais pas sur quelles ficelles tirer. Summerset m'a mise en garde contre elle.

— Summerset ?

— Incroyable, non ? rétorqua-t-elle, presque amusée par l'air surpris de Mira. En fait, il me préfère à elle en ce qui concerne Connors. Du moins, pour l'instant.

— Voilà qui ne m'étonne pas du tout. En quoi la trouve-t-il dangereuse ?

— Il prétend que c'est une manipulatrice. Elle aurait largué Connors comme une vieille chaussette il y a douze ans.

— Il était très jeune.

Eve hocha la tête.

— Plus on est jeune, moins on est blindé, plus la blessure est vive, observa-t-elle. Le pire, c'est que c'est elle qui l'a quitté. Il est resté sur une impression d'échec. Et la voilà qui ressurgit.

Elle se percha au bord d'une chaise.

— Nous étions dans un restaurant très chic. Un dîner d'affaires auquel je suis arrivée en retard, bien entendu. Cette enquête m'était tombée dessus, je n'avais pas eu le temps de me changer. Bref... Elle l'a interpellé. Il a tourné la tête. Une créature de rêve : fourreau rouge, chevelure blonde. Et là, il y a eu cette lueur dans ses yeux. Il ne regarde personne d'autre que moi de cette manière. Oh, ç'a duré une fraction de seconde ! Mais je l'ai vue.

— Je vous crois.

— Il y a de l'électricité entre eux. C'est palpable.

— Vous savez à quel point les souvenirs peuvent être puissants, Eve. Mais se rappeler certains sentiments ne signifie pas qu'ils existent.

— Il a déjeuné avec elle.

— Hmm.

— Il ne m'a rien caché. Non, non. Il m'a expliqué qu'elle sollicitait ses conseils pour des investissements. Mais elle m'a dit... elle est passée au Central.

— Elle est venue vous voir ?

Au comble de l'énervement, Eve se releva, effectua quelques pas.

— Elle voulait m'inviter à boire un verre, bavarder. Mais ses paroles n'avaient rien à voir avec ses pensées, avec ses intentions. Ça paraît ridicule, non ?

— Pas du tout, assura Mira d'un ton posé. Vous avez l'habitude de déceler les non-dits.

— D'accord, souffla Eve. D'accord, elle me sondait, elle a semé quelques graines. À l'entendre, Connors et elle vont travailler ensemble. Elle joue avec moi, et je suis incapable de l'envoyer promener.

— Ce n'est pas cela qui résoudra votre dilemme. C'est à Connors de la remettre à sa place. Lui avez-vous confié votre désarroi ?

— Je me sens suffisamment stupide comme ça. Il n'a rien à se reprocher. Il ne peut rien au fait qu'ils aient un passé commun. Elle en est consciente, et elle va s'en servir. Ensuite… je suppose qu'il devra faire un choix.

— Doutez-vous de son amour ?

— Non. Mais il l'a aimée avant moi.

— Vous voulez un conseil ?

— Probablement, après tout ce que je viens de vous raconter.

Mira se leva, s'approcha, et posa les mains sur ses bras.

— Rentrez chez vous. Dormez. Prenez un sédatif s'il le faut, mais reposez-vous. Après quoi, ayez une conversation avec Connors. Dites-lui que vous vous en voulez de votre réaction, que vous souffrez, que vous savez bien qu'il n'a rien fait. Les sentiments ne sont pas toujours rationnels. C'est le propre des sentiments. Vous êtes en droit d'en éprouver, et lui, d'en connaître la teneur.

— En théorie, cela semble une attitude raisonnable. Sauf que ce soir, je participe à cette fichue émission.

— Mais oui, bien sûr ! La première de *Maintenant*. Dennis et moi allons la regarder.

Elle eut un geste rare, un geste qu'Eve autorisait rarement. Elle lui caressa les cheveux, puis se pencha et l'embrassa sur la joue.

— Vous serez parfaite. Et quand ce sera terminé, quand vous aurez eu une bonne nuit de sommeil, vous parlerez à Connors. Peut-être en effet aura-t-il un choix à faire, mais je sais, sans l'ombre d'un doute, que ce sera vous.

— Elle parle couramment le français et l'italien.

— La garce.

Eve parvint à rire puis, paupières closes, fit ce qu'elle n'avait jamais fait : elle appuya le front contre celui de Mira.

— D'accord, murmura-t-elle. D'accord.

Rassérénée en dépit de la migraine qui lui forait le crâne, Eve regagna son département. Peabody était à son poste de travail, en train de parler avec une petite femme brune. Elle lui tapota le bras et se leva.

— Voici le lieutenant, justement. Dallas, je vous présente Laina Sanchez. Nous pourrions peut-être nous isoler dans la salle de repos ?

— Bien sûr.

Tandis que Laina se levait péniblement, Dallas constata qu'elle était enceinte.

— J'ai pensé qu'il valait mieux que je vienne, expliqua-t-elle d'une voix rauque teintée d'un léger accent. J'ai bavardé avec Hallie après que vous l'avez interrogée. C'est l'inspecteur Peabody qui m'a questionnée à l'école le jour où... le jour de la mort de Craig. C'est donc à elle que je me suis adressée.

— Vous avez bien fait.

Baxter et Trueheart étaient dans la salle de repos en compagnie d'un garçon maigrichon chaussé de lunettes noires.

Un funkie-junkie, décida Eve. Sans doute un des indics de Baxter. Elle tenta de se remémorer les affaires sur lesquelles ils travaillaient, pendant que Peabody offrait une boisson à Laina.

Ah, oui ! Un homicide souterrain. Un touriste retrouvé mort dans les galeries obscures qui couraient sous la ville.

Baxter lui jeta un bref coup d'œil, et elle comprit qu'il était sur une piste. Enfin quelqu'un à qui la chance souriait.

Elle se contenta d'une bouteille d'eau, le café étant imbuvable. Une fois installée, elle laissa Peabody lancer la machine.

— Nous apprécions beaucoup votre initiative, Laina. Lieutenant, Laina a pris le métro pour venir jusqu'ici. Je lui ai promis que nous la ferions reconduire en voiture chez elle. Ce n'est pas un problème, j'espère ?

— Pas du tout.

— Laina, voulez-vous répéter au lieutenant tout ce que vous m'avez raconté ?

— Très bien. Il m'arrive souvent de donner un coup de main à Hallie. Je sais qu'elle vous en a parlé, et que c'est interdit. Mais cela m'aide à arrondir mes fins de mois. Elle m'a dit que vous étiez allées la trouver... Pour commencer, sachez que nous nous sommes rencontrées dans les cuisines ce matin-là. Nous avons bu un café et bavardé un moment. Nous devions modifier le menu d'un client.

Elle changea de position, posa la main sur son ventre.

— D'après Hallie, vous l'avez questionnée à propos de M. Williams. Vous vouliez savoir s'ils avaient une relation plus... personnelle. Ce n'est pas le cas puisqu'elle n'aime pas les hommes. Mais nous avons aussi évoqué ce qu'elle ne vous a pas dit, parce qu'elle est mon amie.

— Vous avez eu une aventure avec M. Williams ?

Laina s'empourpra et referma les doigts sur la petite croix suspendue à son cou.

— Non ! Je suis mariée. Pour mon mari comme pour moi, cela implique qu'il y a des frontières à ne pas franchir. Pour M. Williams, les frontières sont moins nettes. Il a flirté avec moi. Cela me mettait mal à l'aise, mais je le pensais inoffensif. Puis, un jour, il m'a touché les seins.

Eve attendit.

— Et ?

— Je lui ai tapé sur la main avec une cuillère ! s'exclama Laina, indignée. Très fort. Il a trouvé ça drôle. Il n'en ai pas parlé à mon mari. Il n'aurait pas trouvé cela drôle du tout. Je n'ai rien dit à personne, car j'avais peur de perdre ma place.

— Il a continué à vous harceler ?

— Il m'a invitée à dîner, à boire un verre, à coucher avec lui. Il m'a touchée une autre fois, et je l'ai giflé. Cela ne l'a pas découragé pour autant. J'aurais dû le dénoncer, mais quand je l'en ai menacé, il s'est contenté de hausser les épaules. Il est dans l'établissement depuis bien plus longtemps que moi. Ce serait sa parole contre la mienne. Il m'accuserait de l'avoir allumé, et je serais renvoyée.

— Qu'avez-vous fait ?

— Rien. J'ai honte de l'avouer, mais je n'ai rien fait. Il est parti, j'ai continué à travailler. J'ai pleuré. Je n'ai pas pu m'en empêcher. Sur ce, Craig est arrivé. Il m'a demandé ce qui n'allait pas. J'ai refusé de le lui dire, mais je pense qu'il a compris. Par la suite, M. Williams ne m'a plus jamais importunée. À mon avis, Craig lui a ordonné de me laisser tranquille.

Elle poussa un soupir, but une gorgée d'eau.

— J'aurais dû vous raconter tout cela l'autre jour, inspecteur Peabody. Cela ne m'a pas traversé l'esprit. J'étais sous le choc du décès de Craig. Un homme si charmant.

— Quand est-ce arrivé ? Le jour où Craig vous a découverte en larmes ?

— Avant les vacances de fin d'année. Il y a des semaines. Je doute que cela ait le moindre rapport avec cette tragédie. Mais Hallie m'a vivement encouragée à vous en parler. Je préférerais que mon mari n'en sache rien. Il m'en voudrait de ne pas m'être confiée à lui, il serait furieux contre M. Williams. Il provoquerait un scandale à l'école.

— Nous n'avons aucune raison de mettre votre mari au courant, madame Sanchez. Toutefois, si vous estimez avoir été victime de harcèlement sexuel de la part de M. Williams, vous devriez porter plainte. Vous n'êtes sûrement pas la première. Vous devriez prendre un avocat et le traîner devant les juges.

— Personne ne me croirait.

— Moi, je vous crois.

Eve resta assise un moment, pendant que Peabody s'occupait de trouver un moyen de transport pour Laina. Williams, songea-t-elle. Il n'était pas fiché pour violences, mais c'était un prédateur sexuel. Entre l'agression physique et le meurtre, il n'y avait qu'un pas.

Quoi qu'il en soit, ce salaud méritait qu'on lui botte les fesses.

Elle se levait quand Baxter se dirigea vers elle.

— Dallas…

Il inclina la tête.

— Vous avez une sale tête.

— Allez vous faire cuire un œuf.

— J'ai une touche sur l'affaire Barrister.

— Le touriste de l'Ohio, c'est bien cela ?

— D'Omaha. C'est du pareil au même. Le respectable citoyen que Trueheart est en train de raccompagner s'est présenté spontanément comme témoin.

— Cette loque est un de vos indics ?

— Parfaitement, répliqua Baxter en posant le derrière sur la table. Il a assisté à la scène, il a tergiversé un jour ou deux, puis il m'a contacté. La victime est tombée dans un souterrain au coin de Broadway et de la 38e Rue. *Le Brasier infernal.* Vous connaissez ?

— Ouais. Une boîte sadomaso. Pseudo-sacrifices humains toutes les nuits. J'y passe souvent pour me détendre après une journée difficile.

Baxter sourit.

— Tout à fait votre style. Bref, la victime déboule, belle montre, chaussures cirées, air hautain. Il loue une esclave, s'offre un kit de luxe.

— De luxe ?

— Chaînes, fouets, bâillons, mini-Taser, laisse, collier.

— Pas de costume ?

— Les costumes, c'est dans le kit super-luxe. Mais il a demandé un box à vitrine, pour pouvoir se donner en spectacle à la foule.

— Sympa.

— Il veut un petit remontant avant de s'envoyer en l'air, alors il fonce sur Sykes.

Baxter alla se programmer un café.

— Vous en voulez ?

— Non. Je peux vivre sans avaler cette eau de vaisselle.

— Il veut un échantillon gratuit – vous vous rendez compte ? Sykes l'envoie paître, mais le type insiste. Il a

154

du fric à dépenser, mais il veut goûter d'abord. Sykes, qui a déjà pris sa dose, lui répond : «Je vais te faire goûter, connard, tu vas me dire ce que tu penses de ça!» Sur ce, il lui flanque une dizaine de coups de poignard dans le lard.

Eve attendit que Baxter revienne s'asseoir.

— C'était clair et net.

— Là-dessus, Sykes ramasse le cadavre, le traîne hors du club et l'abandonne en bas de l'escalier de la galerie souterraine de Broadway. Et deux étudiants en quête d'aventures underground trébuchent dessus.

— Une fable urbaine. Vous savez où trouver Sykes?

— Il a plusieurs terriers en plus du dernier connu. Je vais déjà tenter celui-là... J'envisage de laisser à Trueheart la responsabilité de l'interrogatoire, une fois qu'on aura serré Sykes. Qu'il se fasse un peu les dents.

Eve pensa au jeune officier, à son visage angélique. Cela lui ferait du bien, d'autant que Baxter serait là pour rectifier le tir en cas de besoin.

— À vous de voir. Prévenez la brigade des Stups après avoir clôturé le dossier.

— C'est mon intention. Ah! Euh... Merde!

— Quoi?

— C'est ce qu'on dit à un comédien juste avant son entrée en scène. *Maintenant*. L'émission de Nadine.

— Seigneur! marmonna-t-elle avant de s'éloigner au pas de charge.

Peabody était devant les distributeurs automatiques, totalement absorbée par les produits en vente.

— Barre énergétique ou barre gourmande? Certes, la barre énergétique est plus équilibrée, mais la barre gourmande est délicieuse et me procurera un grand bonheur jusqu'à ce que la culpabilité s'en mêle. Que choisir?

— Vous allez opter pour le faux chocolat et le sucre. À quoi bon vous torturer?

— Je vous en prie, lieutenant, c'est la procédure. Va pour la barre gourmande. Vous en voulez?

Ce qu'elle voulait, c'était la friandise qu'elle avait cachée dans son bureau. Malheureusement, c'était impossible.

— Après tout, pourquoi pas ?

Tandis que l'appareil crachait son jingle « barre gourmande » et sa liste de composants nutritionnels, Dallas et Peabody savourèrent leur sucrerie.

— Je veux qu'on m'amène Williams ici pour un interrogatoire. Nous allons envoyer une paire d'uniformes particulièrement intimidants à l'école.

— Excellent. Un peu effrayant, mais c'est une façon de dire que vous n'avez pas le temps d'aller le chercher vous-même.

— Réservez la salle B. Baxter et Trueheart ont un témoin à interroger. Nous leur laisserons la salle A. Occupez-vous des uniformes… Ces machins ne vous filent pas la nausée ? ajouta Eve en examinant sa confiserie.

— Si ! Justement, ça fait partie du plaisir.

Eve lui tendit le reste de la sienne.

— Éclatez-vous. Pendant ce temps, je vais essayer d'obtenir un nouveau mandat pour fouiller le domicile de Williams.

Eve joignit Cher Reo, apprit que la jolie blonde était déjà dans l'édifice. Elle lui proposa de se retrouver dans son bureau, où le café était de première qualité.

— On aurait tendance à penser que le rythme ralentirait par ce temps, observa Reo. Mais en dépit du froid et de la neige, les gens continuent à se violer, à se voler et à s'arracher les yeux.

Elle but une gorgée de café, la savoura.

— Voilà qui me rend fière d'être new-yorkaise, ajouta-t-elle.

— L'hiver n'empêche pas les voies de fait, commenta Eve. Au sujet de mon professeur d'histoire assassiné.

Elle lui exposa les faits, quémanda son besoin d'un mandat de perquisition.

— Sanchez va-t-elle porter plainte ?

— Aucune idée. Pour l'heure, elle craint qu'en apprenant la nouvelle, son mari ne s'en prenne à Williams.

Cela dit, elle est venue ici, et elle a annoncé la couleur : ce type chasse dans l'enceinte de l'établissement.

— Le soupçonnez-vous de s'intéresser aux élèves ?

— C'est possible, bien que pour l'heure rien ne me permette de l'affirmer. J'ai l'impression que la victime a pris Williams entre quat'z'yeux. Sans quoi, il n'aurait jamais fichu la paix à Sanchez. Selon d'autres déclarations, Craig l'aurait surpris en situation compromettante avec quelqu'un. Cette école est une bénédiction – salaires conséquents, privilèges en veux-tu en voilà, décor et mobilier flambant neufs. Pour Williams, c'est aussi un buffet sexe à volonté.

— Mince, murmura Reo avant de vider sa tasse. Comment se fait-il que je ne tombe jamais sur des types aussi sympas ?

— Si vous l'inculpez, peut-être pourrez-vous devenir correspondants.

— Le rêve !

— Si la victime menaçait son standing, Williams a peut-être voulu éliminer le danger.

— Son casier est vierge ?

— Oui, mais il faut bien commencer un jour. Ça mérite un mandat, Reo.

— Possible. Je m'en occupe. Mais que cet individu soit un porc ne fait pas forcément de lui un meurtrier. Apportez-moi des preuves.

Sur ce, elle se leva, se dirigea vers la porte. Sur le seuil, elle se retourna et lança :

— Au fait, j'ai hâte de vous voir avec Nadine ce soir.

Eve laissa échapper un soupir douloureux. Puis elle se secoua et prit contact avec Feeney, capitaine de la Division de Détection électronique, et ami.

Son visage apparut à l'écran – un peu joufflu, les yeux pochés, sa touffe de cheveux roux striés de gris en bataille.

— J'ai besoin d'un homme de terrain, attaqua-t-elle après l'avoir salué. Peabody ne m'ayant pas encore énervée aujourd'hui, je prendrais volontiers McNab, si tu peux t'en passer. Un boulot sur site. J'attends le mandat.

— Qui est mort ? Quelqu'un que je connais ?

— Un prof. École privée. Empoisonnement à la ricine.

— Ah, oui, j'ai eu vent de cette affaire. L'éducation est un boulot risqué. Je te prête mon gars.

— Merci. Ah ! Euh… Feeney, ta femme t'a-t-elle un jour tourmenté au sujet de… d'autres femmes ?

— Lesquelles ?

— Bon, d'accord. Disons, à l'époque où tu me formais, où nous travaillions en équipe, où nous étions assez proches.

— Attends une seconde ! Tu serais une femme ?

Malgré elle, elle se mit à rire et se traita d'idiote.

— Un point pour toi. McNab n'a qu'à nous rejoindre au parking dans un quart d'heure. Merci encore.

De la pointe de ses longs cheveux blonds aux semelles de ses aéro-bottines violettes, McNab était un défilé de mode à lui tout seul. Il portait une parka orange qui lui battait les mollets et un bonnet orné de zigzags bicolores. Une multitude de minuscules perles en argent ornaient les lobes de ses oreilles.

En dépit de ses choix vestimentaires discutables, c'était un type droit et sérieux. Il avait des doigts de fée et le regard acéré.

Il se vautra sur la banquette arrière. À en juger par les gloussements de Peabody et les mouvements qu'Eve apercevait dans son rétroviseur, il avait glissé la main entre la portière et le siège passager pour chatouiller sa colocataire.

— Gardez vos mains pour vous, inspecteur.

— Désolé. Votre coéquipière a le don de briser ma volonté.

— Continuez ainsi et ce sont vos doigts que je vais briser.

L'immeuble de Williams ne disposait pas de portier, mais le système de sécurité était efficace. Tous trois durent présenter leur insigne, qui fut dûment scanné avant qu'ils ne puissent pénétrer dans le hall de taille modeste. Eve le parcourut du regard tout en comptant les caméras de surveillance.

— Cinquième E, annonça Peabody.

Ils s'engouffrèrent dans l'un des deux ascenseurs.

— C'est un bon cran au-dessus de l'appartement de la victime.

— Williams enseigne depuis bientôt quinze ans. Il a sa maîtrise. Il empoche facilement le quadruple de Foster. Sans compter les cours particuliers qu'il donne probablement en douce.

Peabody et McNab se prirent subrepticement la main, le temps d'atteindre le cinquième étage.

— Enregistrement, ordonna Eve tout en sortant son passe-partout. Dallas, lieutenant Eve ; Peabody, inspecteur Delia ; McNab, inspecteur Ian. Nous pénétrons chez Williams, Reed, avec un mandat en bonne et due forme.

Elle déverrouilla les serrures.

— McNab, vous allez vérifier tous ses échanges électroniques : correspondance, communications, achats en ligne. Tout.

Elle fronça les sourcils. Sans être immense, la salle de séjour aurait cependant facilement contenu le studio de la victime. Rien d'excitant à première vue. Canapé noir, chromes étincelants, appareils de divertissement dernier cri.

Les tableaux accrochés aux murs étaient d'une sobriété toute moderne : simples ronds ou lignes droites de couleurs vives sur fond blanc. Les stores étaient baissés. Eve se dirigea vers la kitchenette. Ici encore, tout était lisse et brillant. Blanc, rouge et noir. Équipement ménager haut de gamme.

— Peabody, occupez-vous de la cuisine. S'il fait joujou avec du poison, il est peut-être assez stupide ou arrogant pour en conserver ici. Je vais dans la chambre.

Impressionnant, dut-elle admettre. Le lit en était l'élément central, une vaste surface drapée d'une étoffe rouge qui semblait mouillée. Il était flanqué de part et d'autre de deux tapis en fausse fourrure noire.

Elle s'attarda sous le miroir lumineux fixé au plafond, et savamment incliné. Quel cliché ! Ici, les œuvres d'art consistaient en une collection de dessins au crayon figurant des couples copulant dans toutes les positions imaginables.

Elle souleva le couvre-lit, découvrit des draps en satin noir sur un matelas rempli de gel, qui ondulait sous la pression des doigts.

Beurk.

Les tiroirs de la table de chevet contenaient toute une panoplie de sex-toys ainsi que deux ou trois substances illégales classées comme « drogues du viol ». Elle glissa le tout dans un sachet et le scella.

— Tu me facilites sérieusement la tâche, observat-elle en s'approchant de l'armoire.

Williams rangeait ses tenues de travail d'un côté : costumes, vestes de sport, chemises, pantalons. Le reste, en face, était nettement plus extravagant.

— Dallas, venez voir ce que je…

McNab s'arrêta net, et siffla.

— Waouh ! Les Sexcapades !

Il examina l'un des dessins.

— Ces deux-là sont complètement désarticulés, fit-il remarquer en se grattant la gorge avant de se pencher pour les étudier sous un angle différent.

— Que vouliez-vous me montrer ?

— Hein ? Oh, pardon… Le sexe est une véritable religion pour ce type. Il passe un temps fou sur son ordinateur : chats, sites Web… tous érotiques. Il achète aussi quantité de gadgets.

— Oui, il en a une jolie collection. Ainsi que des produits illicites tels que du Whore ou du Rabbit.

L'expression amusée de McNab s'évanouit.

— Il correspondait avec la victime ? voulut-elle savoir.

— Pas sur cet appareil.

— Il a fait des recherches sur des poisons ? La ricine ou d'autres ?

— Rien. Je pourrais creuser, mais il faudrait que j'emporte la machine. Tous ses dossiers de boulot sont aussi là : préparations de cours, carnet de notes. Rien ne m'a semblé louche au bout du compte.

Soudain, il leva la tête.

— Je parie qu'il a dissimulé une caméra là-haut.

— Une caméra.

Étrécissant les yeux, Eve suivit la direction de son regard.

— Une caméra ? Vraiment ?

— Je parie deux contre un. Vous voulez que je jette un coup d'œil ?

— Je vous en prie. Je passe à côté, dans la salle de bains. Ne touchez pas au tiroir à babioles.

— Oh ! lieutenant Rabat-joie.

10

Ils ne trouvèrent rien qui puisse relier Williams au meurtre de Foster, mais amplement de quoi lui compliquer l'existence. Eve expédia une équipe sur place pour achever le travail, puis prépara son interrogatoire.

— Nous commencerons par le crime. Nous lui poserons les questions de routine, dit-elle à Peabody. Il n'a pas jugé utile de prévenir son avocat. Il est sûr de lui.

— Si vous voulez mon avis, ce type pense avec sa queue la plupart du temps.

— Très juste. Et nous allons en profiter. À en juger par les disques que McNab a dénichés, il a une prédilection pour les séances à plusieurs. On le cuisine à propos de la victime, puis on lui met sous le nez les drogues confisquées chez lui, et on réattaque sur Foster.

Il leur faudrait se montrer habile, songea Eve en se rendant à la salle d'interrogatoire. Le déstabiliser.

— Il était temps ! Vous savez depuis combien de temps je patiente ? lâcha Williams dès qu'elles entrèrent. Vous avez pensé à ma réputation professionnelle en m'obligeant à quitter ma classe entre deux molosses de la police ?

— Nous aborderons le sujet de votre réputation professionnelle dans un moment. Pour l'instant, je dois vous citer vos droits.

— Mes droits ?

Il tressaillit comme s'il avait reçu une décharge électrique.

— Je suis en état d'arrestation ?

— Pas du tout. Cependant, il s'agit d'un interrogatoire officiel, et nous avons une procédure à respecter, destinée à vous protéger. Voulez-vous quelque chose à boire ? Un café – il est ignoble –, un soda ?

— Je veux en finir au plus vite et m'en aller d'ici.

— Nous tâcherons d'être rapides.

Elle brancha le magnétophone, récita le code Miranda révisé.

— À présent, j'aimerais revenir sur votre emploi du temps le jour du décès de Craig Foster.

— Seigneur ! J'ai déjà signé ma déposition. J'ai coopéré.

— Il s'agit d'un homicide, lui rappela Eve. Qui a eu lieu dans une école. Des mineurs sont impliqués et en ont été affectés.

Elle eut un geste désabusé.

— Nous sommes en quête de détails. Les gens les oublient souvent, c'est pourquoi nous multiplions les interrogatoires.

— Nous sommes désolées pour le dérangement, ajouta Peabody avec un sourire compatissant. Mais nous devons faire les choses à fond.

— Bien, bien. Tâchez d'être plus efficaces cette fois-ci.

Impudent, nota Eve. Habitué à intimider les filles.

— Nous ferons de notre mieux. D'après vos propres déclarations et plusieurs autres, vous avez vu et/ou parlé avec la victime à deux reprises au moins le jour de sa mort. Est-ce exact ?

— Oui, oui. Dans la salle de fitness, puis dans la salle des professeurs, juste avant le début des cours.

— De quoi avez-vous discuté dans la salle de fitness ?

— De rien. Je vous l'ai dit.

Eve parcourut ses notes.

— Mmm. Mais vous aviez eu l'occasion de bavarder auparavant.

— Forcément ! Nous étions collègues.

— Des conversations pas vraiment amicales ?

— Je ne comprends pas.

Eve croisa les mains et le gratifia d'un sourire engageant.

— Je vais être plus claire. Quand M. Foster vous a remonté les bretelles pour avoir pêché vos proies sexuelles dans le bassin scolaire et parental, diriez-vous qu'il s'agissait de conversations amicales.

— Je considère cette question comme insultante.

— D'après nos renseignements, vous auriez harcelé certaines femmes et en auriez séduit d'autres. Nombre d'entre elles ont trouvé vos avances et votre comportement insultants.

De nouveau, elle sourit.

— Allons, Reed, vous savez aussi bien que moi de quoi il retourne. Ces femmes n'ont pas porté plainte. L'attention que vous leur portiez les flattait, les excitait. Vous ne les avez pas violentées. C'était consensuel, et Foster, si j'ai bien compris, s'est mêlé de ce qui ne le regardait pas.

Williams aspira une grande bouffée d'air.

— À mon tour d'être clair. Je n'ai jamais nié avoir du succès auprès des femmes. Rien ne m'interdit d'en profiter avec mes collègues ou les parents de mes élèves. Sur le plan de l'éthique, ça peut être contestable.

— En fait, il est formellement interdit d'avoir des relations sexuelles dans des locaux scolaires, alors que des mineurs sont présents. En conséquence, si vous en avez eu pendant les heures ouvrables, dans l'enceinte de l'établissement (où, je vous le rappelle, vous conserviez une importante quantité de préservatifs), vous avez commis un crime.

— Vous vous fichez de moi !

— Je pinaille, je vous l'accorde, mais je dois respecter la loi. Je peux solliciter l'indulgence du procureur sur ce point, mais il me faut un enregistrement détaillé des faits.

— Je n'ai jamais eu de relations sexuelles avec qui que ce soit dans un endroit auquel les élèves avaient accès.

— C'est un atout. Mais vous avez eu des relations sexuelles dans un endroit auquel la victime avait accès. Exact ?

— Peut-être, mais nous parlons d'un homme adulte. Pouvez-vous être plus précise en ce qui concerne les femmes que j'aurais insultées ?

— Je ne peux pas vous communiquer leur nom. Il est évident qu'elles étaient consentantes. Dieu sait pourquoi elles se lamentent maintenant.

— Selon moi, c'est parce que le meurtre les a bouleversées, intervint Peabody. Ces femmes ne sont pas habituées à parler aux flics, les mots ont tendance à aller plus vite que leurs pensées. Nous devons impérativement approfondir la question, monsieur Williams. Non pas que nous aimions particulièrement ce genre de mission. Chacun mène sa vie comme il l'entend dans ce domaine, selon moi. Mais nous n'avons pas le choix.

— J'ai eu des relations sexuelles, personne n'a souffert. Rideau.

— Mais Craig Foster désapprouvait votre comportement, insista Eve.

— Pour un type qui avait une épouse canon, il était plutôt puritain.

— Vous avez tenté de la séduire, elle aussi ?

— J'ai tâté le terrain quand il est arrivé parmi nous. Ils venaient de se marier, elle ne voyait que lui. Le temps ayant passé, j'aurais peut-être essayé de nouveau. Mais il y en a tant d'autres. Et je suis doué.

— Je n'en doute pas. Craig en était peut-être vaguement jaloux. Qu'en pensez-vous ?

Williams haussa les sourcils.

— Je n'y ai jamais songé sous cet angle-là, mais pourquoi pas ? Probablement, même. C'était un type sympathique, et un professeur remarquable, je dois le reconnaître. Nous nous entendions plutôt bien, tant qu'il ne mettait pas le nez dans mes affaires.

— Vous a-t-il menacé ?

— Pas vraiment.

— Mais encore ?

Williams leva les yeux au ciel.

— J'ai eu droit à un sermon.

— Ce sermon vous a-t-il incité à cesser ces activités ?

— Disons que j'ai été plus discret. Et plus sélectif... Pas de quoi fouetter un chat.

— Vous n'avez pas craint qu'il vous dénonce à Mosebly ?

Il arbora un sourire serein.

— Il n'en aurait jamais eu le cran. Il détestait faire des vagues. Pour moi, ce n'était pas un problème.

Eve tira sur le lobe de son oreille.

— C'en était peut-être un pour lui, surtout s'il savait que vous aviez parfois recours à des substances illicites.

— Quoi ?

— Nous avons trouvé des psychotropes dans le tiroir à gadgets de votre table de chevet. Oh ! Aurais-je oublié de vous signaler qu'avec les informations et les déclarations rassemblées, nous avons obtenu un mandat pour fouiller votre domicile ?

— C'est scandaleux ! C'est un piège !

— Voici le mandat, poursuivit Eve, en poussant vers lui la copie. Nous considérons d'un très mauvais œil la consommation ou la possession de ce genre de produits. Le procureur aussi. Et je mettrais ma main à couper que le conseil d'administration du Cours Sarah le prendrait très mal.

Quelques gouttes de transpiration perlèrent au front de Williams.

— Ce n'est pas tout, enchaîna-t-elle. Je ne peux m'empêcher de me demander si quelqu'un qui est capable de se procurer des substances illégales n'est pas aussi en mesure de se procurer du poison dans le but d'éliminer une menace. Il vous a mis la pression, pas vrai ?

Elle se leva, passa derrière lui, se pencha par-dessus son épaule.

— Ce connard qui vous assommait avec ses discours pudibonds. Tout allait bien : collègues, mamans, baby-sitters... Pour un type comme vous, c'était un jeu d'enfant. Il risquait de mettre en péril votre emploi. Non, votre carrière.

— Mais non, pas du tout.

— Bien sûr que si. D'autres étaient peut-être au courant, ou avaient deviné votre manège, mais ils détournaient le regard. Celui-ci avait décidé d'agir. Jour après jour, il guettait vos moindres mouvements. Ce minable qui déjeunait d'un pique-nique maison à son bureau presque tous les jours. Ancré dans ses habitudes. Ennuyeux. Et une épine dans votre pied. Où avez-vous obtenu la ricine, Reed ?

— Je n'en ai jamais eu. Je ne savais même pas ce que c'était avant ce drame. Je n'ai tué personne.

— Vous deviez être furieux que Mirri Hallywell préfère passer du temps à étudier avec lui plutôt que de s'envoyer en l'air avec vous dans votre grand lit rouge. Quelle insulte ! Vous deviez vous débarrasser de lui. Vous n'aviez pas le choix. Vous avez donc quitté votre classe à un moment où vous le saviez absent de sa salle, et vous avez résolu le problème. Vite fait, bien fait.

— C'est un mensonge ! C'est de la folie. Vous êtes dingue !

— Il existe des moyens d'alléger votre peine, Reed. Dites qu'il vous faisait chanter. Qu'il vous harcelait. Que c'était lui ou vous. Que vous deviez vous protéger.

— Je ne suis pas allé dans sa salle ce jour-là. Je ne l'ai pas tué, pour l'amour du ciel ! D'ailleurs, j'étais accompagné quand je suis sorti de ma classe. J'ai un témoin.

— Qui ?

Il ouvrit la bouche, la referma, fixa la table.

— Je veux un avocat. Je ne dirai plus rien.

— Entendu. Vous êtes en état d'arrestation pour possession et distribution de substances illicites : vos films le prouvent. Vous pouvez contacter votre avocat avant qu'on vous mette en cellule.

Eve réfléchit longuement à cet entretien, mit à jour son tableau magnétique dans son bureau. Elle avait des photos des flacons confisqués dans la table de chevet de Williams. Laina Sanchez, Allika Straffo, Eileen Ferguson, Mirri Hallywell. qui d'autre avait-il approché ? Qui avait succombé à ses charmes ? Qui l'avait repoussé ?

Elle allait devoir visionner tous les films enregistrés dans la chambre. Quel pied ! Au moins McNab épluchait-il les disques de surveillance de l'immeuble des trois derniers jours. Encore qu'elle doute qu'il obtienne grand-chose.

Elle avait beau s'imbiber de café, c'était sans effet. Elle était éreintée. Elle fit une demande pour avoir accès aux comptes bancaires de Williams.

Elle vérifia ses messages, s'aperçut que Nadine Furst l'avait appelée à deux reprises pour lui rappeler l'heure de son passage à l'antenne, lui conseiller de porter une tenue adéquate et lui demander si elle avait des pistes pour l'affaire Foster.

Et Connors ? Pourquoi n'avait-il pas appelé ?

Il devait lui en vouloir de l'avoir envoyé promener avant de partir.

Elle s'assit, se mit à bouder. Peabody passa la tête dans l'entrebâillement de la porte.

— L'avocat de Williams est arrivé. Devinez qui c'est.

— Vous vous fichez de moi.

— Je n'en sais rien puisque je ne vous ai pas encore dit...

— Oliver Straffo ? Je rêve !

Peabody afficha une expression maussade, vexée qu'Eve lui ait volé son scoop.

— Il est pourtant là, en chair et en os. Il a conseillé à son client de ne plus prononcer un mot tant qu'ils ne se seraient pas consultés. À présent, il veut nous voir.

— Mmm...

Eve jeta un coup d'œil sur le tableau, où elle avait affiché la photo d'Allika Straffo.

— Ça pourrait être intéressant.

Qui savait quoi ? Elle tergiversa, pensa à Allika, à sa fille. Comment le découvrir sans que les choses explosent à la figure d'innocents ?

Straffo était peut-être en droit de savoir que sa femme avait couché avec une ordure comme Williams. Mais ce n'était pas son rôle à elle de dénoncer une femme volage, à moins que ce ne soit indispensable à la clôture de son enquête.

— Des œufs, marmonna Peabody tandis qu'elles se dirigeaient vers la salle d'interrogatoire.

— Quoi ? Vous voulez des œufs ?

— Non. Nous *marchons* sur des œufs. Soyez très, très prudente…

Elle constata immédiatement que Williams avait retrouvé son assurance. Son puissant avocat n'y était sans doute pas étranger. Vêtu d'un coûteux costume de coupe classique, ce dernier était assis à la table, les mains croisées.

Il ne s'exprima qu'une fois le magnétophone en marche.

— L'un de mes associés est en train de rédiger une requête pour invalider votre mandat et déclarer votre fouille illégale.

— Vous allez être déçu.

Il esquissa un sourire, le regard glacial.

— Nous verrons. Quoi qu'il en soit, vos tentatives pour impliquer mon client dans le meurtre de Craig Foster sont grotesques. Aimer le sexe n'est pas un crime.

— La victime savait que votre client s'adonnait à ses « penchants » dans l'enceinte de l'établissement, pendant les heures de cours. Ce qui, comme vous le savez, est interdit.

— C'est un délit mineur.

— Qui pourrait lui valoir un renvoi. Voire la suppression de sa licence pour enseigner dans cet État.

— Vos accusations ne reposent sur rien, Dallas. Vous soupçonnez un comportement répréhensible. Rien ne vous permet d'affirmer que mon client et la victime se sont disputés. Je peux d'ailleurs – et je n'y manquerai pas – vous fournir les déclarations de leurs collègues selon lesquelles ils étaient en bons termes. Rien ne vous autorise non plus à rattacher l'arme du crime à mon client. Personne ne l'a vu pénétrer dans la salle de classe de la victime ce jour-là, parce qu'il n'y est pas allé, tout simplement. Il n'était pas seul durant les quelques minutes où il s'est absenté. Nous vous communiquerons le nom de la personne avec qui il était. N'ayant encore pu la contacter, je préfère attendre avant de vous dévoiler son identité. Toutefois, nous sommes persuadés qu'elle acceptera de coopérer.

— Vous aviez tout le temps et de nombreuses occasions de vous rendre dans cette salle et de revenir, dit Eve à Williams. Et vous aviez un mobile.

— Je...

— Reed, l'interrompit Straffo.

Williams n'insista pas.

— Tout ce dont vous disposez, lieutenant, c'est d'une perquisition et d'une saisie discutables, qui ne vous ont pas permis d'établir un quelconque lien entre mon client et ce meurtre.

— La perquisition comme la saisie sont tout ce qu'il y a de légitime. Les habitudes détestables de votre client ont poussé la victime à le sermonner. Il l'a déclaré officiellement.

— Ils ont discuté, après quoi ils ont poursuivi leur relation à la fois professionnelle et amicale.

Straffo referma le dossier auquel il n'avait pas même jeté un coup d'œil durant tout l'entretien.

— Si nous en avons terminé, je souhaiterais que mon client soit retenu dans un endroit approprié jusqu'à sa libération.

— Votre fille est élève dans cette école. C'est une des fillettes qui ont découvert Foster. Vous avez vu les photos de la scène du crime ? Vous comptez défendre un homme soupçonné d'être à l'origine de cette horreur ?

Le visage de marbre, Straffo déclara froidement :

— D'une part, tout le monde a le droit d'être défendu. D'autre part, je connais M. Williams depuis plus de trois ans. Je suis convaincu de son innocence.

— Il avait des psychotropes dans sa table de chevet. Il a la réputation de s'envoyer en l'air dans l'école quand votre fille s'y trouve.

— Ce ne sont que des rumeurs.

— C'est ça, oui ! Est-ce le genre de professeur que vous souhaitez pour votre enfant ?

— Cette conversation n'a pas lieu d'être, lieutenant.

Il se leva, ferma sa mallette.

— J'aimerais que mon client soit conduit en lieu sûr en attendant que la requête soit approuvée.

Eve regarda Straffo droit dans les yeux.

— Peabody, emmenez-moi cet abruti. Vous savez, Straffo, parfois on n'a que ce que l'on mérite.

La requête fut rejetée. Eve se rendit au tribunal pour assister à la bataille entre Straffo et Reo. Le mandat fut déclaré valable, la perquisition aussi, de même que l'arrestation de Williams pour possession et distribution de substances illicites.

Ce fut Straffo qui remporta la victoire dans le combat « libération sous caution » contre « détention préventive ».

À la sortie, Reo haussa les épaules.

— C'est donnant donnant. Trouvez-moi de quoi l'inculper pour meurtre, Dallas, et je me ferai un plaisir de le jeter en prison.

— J'y travaille.

— Straffo va vouloir négocier et mon patron acceptera.

Anticipant la réaction d'Eve, elle leva la main.

— C'est le système, Dallas, vous le savez aussi bien que moi. À moins de prouver qu'il a donné cette saloperie à quelqu'un à son insu, il s'en tirera avec une amende, une thérapie obligatoire et la liberté conditionnelle.

— Et sa licence d'enseignant ?

— Vous voulez à tout prix l'écrabouiller ?

Eve songea à Laina Sanchez, en larmes dans la cuisine.

— Oui.

Reo opina.

— Je m'en occuperai. Vous feriez mieux de vous dépêcher. Vous passez à l'antenne dans moins de deux heures.

— Merde.

Pendant qu'Eve prenait à contrecœur le chemin des studios de Channel 75, Connors rangeait ses affaires pour l'y rejoindre afin de la soutenir. En priant pour que sa présence n'ait pas l'effet inverse.

Il n'avait aucune idée de la manière dont elle allait réagir et cela le dépassait. Elle était certes imprévisible, mais il la connaissait bien. Ses humeurs, leur rythme, ses gestes, son ton.

Et voilà que tout à coup, elle lui apparaissait brouillée.

Il devait absolument arranger cela. Mais sous aucun prétexte il ne brouillerait sa propre image dans le but de rendre insignifiante quelque offense absurde et imaginaire à laquelle elle se cramponnait.

Elle l'avait mis en garde, questionné. Elle avait douté de lui, l'avait fait se sentir coupable alors qu'il n'avait rien à se reprocher.

Il pensa à la main de Magdelana sur sa cuisse, à sa suggestion. Il lui avait cloué le bec, non ? Sans détour.

En d'autres circonstances, il aurait probablement raconté ses manœuvres à Eve et ils en auraient ri ensemble. Cette fois, il lui avait semblé évident qu'il valait mieux se taire.

Ce qui ne faisait que décupler son sentiment de culpabilité.

Merde ! Il réclamerait sa confiance, songea-t-il en allant se planter devant la fenêtre. C'était non négociable. Il plongea la main dans sa poche, en quête du bouton gris qu'il emportait partout avec lui.

Le sien. Comme elle était sienne depuis qu'il avait posé les yeux sur elle pour la première fois. Rien ni personne ne lui avait jamais fait pareille impression. Il la revoyait dans son affreux uniforme gris, son regard de flic rivé sur lui. Rien ni personne ne l'avait jamais conquis comme Eve, et cela n'arriverait plus jamais.

Il pouvait supporter la colère entre eux. Cela faisait partie de leur caractère. Mais il n'était pas certain de supporter ce gouffre qui se creusait entre eux. Ils allaient devoir trouver le moyen de jeter un pont par-dessus.

Comme il pivotait, son communicateur bipa. Un appel interne.

— Oui, Caro.

— Je suis désolée, je sais que vous devez partir dans quelques instants. Mais j'ai une Mlle Percell qui demande à vous voir. Elle dit que c'est personnel. Je ne sais pas comment elle s'est débrouillée pour amadouer les agents de la sécurité. Elle est dans la salle d'attente.

Il faillit demander à son assistante de l'envoyer balader. Si quelqu'un était capable d'intimider Magdelana, c'était bien Caroline. Mais se servir d'une femme pour le débarrasser d'une autre à cause des soupçons infondés d'une troisième lui paraissait lâche.

Pas question de se laisser mener par le bout du nez. Pas même par la femme qu'il aimait.

— Ce n'est pas grave. Faites-la entrer. Que ma voiture soit prête dans dix minutes.

— Entendu. Ah! Dites à Dallas que nous la regarderons.

— J'attendrai que ce soit terminé. Tout ce ramdam l'exaspère. Merci, Caro.

Il se passa la main dans les cheveux, regarda autour de lui. Quel chemin parcouru! L'heure était venue, supposait-il, d'expliquer clairement à Magdelana qu'il ne reviendrait en arrière sous aucun prétexte.

Elle entra, rayonnante, un manteau de fourrure drapé sur le bras, sa blonde chevelure cascadant sur les épaules.

— Regarde-toi! Regarde-moi tout ça! s'exclama-t-elle en jetant son vêtement sur un fauteuil.

Connors croisa le regard de Caro, hocha la tête. L'assistante s'éclipsa discrètement et ferma la porte derrière elle.

— L'antre d'un grand manitou, à la fois luxueux et confortable, élégant et totalement masculin. C'est tout toi, non ?

Elle s'avança vers lui, les mains tendues.

Il les serra brièvement dans les siennes. Impossible de l'éviter, sous peine de les ridiculiser tous les deux.

— Comment vas-tu, Maggie ?

— Là, tout de suite ? Je suis terriblement impressionnée… Qu'est-ce que tu fais au juste, ici ?

— Ce que j'ai à faire et ce que je choisis de faire. En quoi puis-je t'être utile ?

— Offre-moi un verre.

Elle se percha sur l'un des accoudoirs de canapé, croisa ses longues jambes, repoussa ses cheveux en arrière.

— J'ai fait du shopping. Je suis rompue.

— Navré, mais je m'apprêtais à partir.

Elle eut une petite moue.

— Ah. Un rendez-vous d'affaires, je suppose. Tu as toujours été un acharné du boulot. J'ai du mal à comprendre. Enfin…

Elle décroisa les jambes, se leva, s'approcha de la baie vitrée.

— La vue est splendide. Mais je t'aurais plutôt imaginé en Europe.

— New York me convient.

— Apparemment, oui. Je voulais te remercier. J'ai rencontré certaines des personnes que tu m'as recommandées. Il est encore un peu tôt pour l'affirmer, mais je pense que tout se passera à merveille. Sans toi, je n'aurais pas su par où commencer.

— Je suis certain que tu te serais débrouillée. Dis-moi, tu n'as pas perdu une minute : les magasins, les réunions, une visite au Central.

Magdelana tressaillit, pivota pour lui faire face.

— Elle t'en a parlé. C'est ce que je craignais. Je ne sais pas quelle mouche m'a piquée – enfin, si, je sais. J'étais curieuse, j'avais envie de la connaître. Ça s'est assez mal passé.

— Vraiment ?

— J'ai tout gâché, pas de doute. Elle m'a détestée avant même que je franchisse le seuil. Après coup, j'ai compris…

Elle sourit, écarta les bras.

— L'ex-amoureuse de son mari qui déboule pour l'inviter à boire un verre. Je parie qu'elle a eu envie de me gifler.

— Eve gifle rarement. Un bon coup de poing, c'est davantage son style.

— Je suis désolée. J'étais complètement à côté de la plaque. Et elle m'a paru si… dure que je me suis braquée. Je ne sais pas comment me faire pardonner. Vous vous êtes disputés à cause de moi ?

— Je t'avais prévenue que tu ne l'aimerais pas.

— Tu avais raison, comme d'habitude. Encore une fois, pardon. En un sens, je pense que j'étais en quête de contacts, de connaissances. D'amis. J'espérais que nous nous entendrions, toutes les deux. Après tout, toi et moi, c'est de l'histoire ancienne.

Une lueur s'alluma dans ses prunelles, sa voix se fit douce, charmeuse, comme elle ajoutait :

— N'est-ce pas, Connors ?

— Absolument.

— Bien… Elle a peut-être peur que la flamme se ranime. J'avoue que j'y comptais un peu. Je ne pense pas que je doive m'excuser auprès d'elle, si ?

— Non. Ce ne serait pas sage. Je te souhaite bon vent, Maggie, mais si tu cherches des contacts, des connaissances ou des amis par mon intermédiaire, je vais te décevoir. Cela agace ma femme.

Elle haussa les sourcils, esquissa une espèce de rictus, se ressaisit.

— Ma foi, on dirait qu'elle t'a dompté.

— Elle me rend heureuse. Je m'en vais, Maggie.

— Oui, tu me l'as déjà dit. Merci encore de m'avoir aidée… Je ne te retiens pas, ajouta-t-elle, la voix légèrement tremblante.

Elle récupéra son manteau.

— Puisque tu pars, je pourrais peut-être descendre avec toi.

— Naturellement.

Il l'aida à enfiler son manteau, s'empara du sien.

— Tu as une voiture ?

— Oui, je te remercie. Connors...

Elle secoua la tête.

— Je te le répète, je suis navrée. Avant qu'on ne se sépare définitivement, je dois t'avouer que je regrette de ne plus avoir une place dans ton cœur.

Elle lui pressa la main, s'écarta.

Connors avertit son assistante par communicateur qu'il quittait le bureau et escortait Mlle Percell jusqu'à la sortie. Puis il traversa la pièce, enclencha un mécanisme dissimulé dans la moulure. Le mur s'ouvrit sur un ascenseur privé.

— Pratique ! s'esclaffa Magdelana telle une femme cherchant désespérément à paraître désinvolte. Tu as toujours adoré les gadgets. Il paraît que tu as une maison superbe.

— Nous sommes confortablement installés. Rez-de-chaussée, ordonna-t-il.

— Je n'en doute pas. Ta femme doit apprécier le... confort.

— À vrai dire, elle a eu du mal à s'y habituer.

— J'ai peine à l'imaginer.

— L'argent ne signifie pas la même chose à ses yeux qu'aux nôtres.

— Et que signifie-t-il aux nôtres ? souffla-t-elle en levant les yeux vers lui.

— La liberté, bien sûr, le pouvoir, et le confort. Mais plus que tout, c'est le jeu, non ?

— Nous nous sommes toujours compris.

— Oh que non, rétorqua-t-il.

Ils émergèrent dans le hall, et il lui prit machinalement le coude pour aller jusqu'à la porte. Sa limousine glissa le long du trottoir, suivie de celle de Magdelana. Il l'accompagna à sa voiture, et elle se tourna vers lui, les yeux brillants.

— Peut-être ne nous comprenions-nous pas. Mais nous avons vécu de bons moments, non ?

— En effet.

Comme elle levait les mains vers son visage, il enroula doucement les doigts autour de ses poignets.

— Au revoir, Maggie.

— Au revoir, Connors.

Des larmes perlèrent à ses cils tandis qu'elle s'engouffrait dans sa voiture.

Il la suivit un instant du regard, puis monta dans la sienne pour aller retrouver sa femme.

11

Eve fut accueillie à Channel 75 par une assistante pleine d'énergie prénommée Mercy qui la guida à travers un labyrinthe de couloirs tout en parlant à la vitesse d'une mitraillette.

— Tout le monde est positivement surexcité! Nadine est une vedette, et la chaîne est enchantée qu'elle ait accepté de rester avec nous et de lancer cette émission. Vous avoir comme première invitée, c'est un méga plus. Toutes les deux, vous êtes le top du top.

Mercy avait des cheveux roses retenus par des barrettes en forme de papillons et un piercing au-dessus du sourcil gauche.

— Je vais d'abord vous présenter le producteur, le réalisateur et le régisseur principal. Ensuite, nous irons directement au maquillage. Demandez-moi ce que vous voulez. Je suis à vous pour toute la durée du show – café, thé, eau, plate ou pétillante, soda? Nadine m'a dit que vous aviez un faible pour le café. On fait un saut chez le réalisateur.

— Je ne veux pas… commença Eve, mais elle fut pratiquement poussée dans le bureau, où on lui serra la main avant de la propulser dans un autre box pour répéter le rituel.

L'air était tellement chargé d'électricité qu'elle en avait la migraine.

Sans cesser de babiller, Mercy l'entraîna au maquillage, où d'immenses glaces brillamment éclairées dominaient un interminable comptoir croulant sous un assortiment de pots, tubes, brosses et autres instruments de torture.

Une femme l'attendait derrière un énorme fauteuil noir, le sourire aux lèvres.

— Mon Dieu ! souffla Eve.

— Vous vous connaissez toutes les deux, pas vrai ? s'exclama Mercy. Trina, je laisse le lieutenant Dallas entre tes mains de magicienne et je vais lui chercher un café. Nadine en a prévu du spécial, rien que pour elle. Tu veux quelque chose ?

Trina, les cheveux rassemblés en fontaine au sommet du crâne, les yeux d'un vert surnaturel, s'empara d'une charlotte bleu royal.

— Une bouteille d'eau plate, s'il te plaît.

— Je reviens tout de suite !

— Dallas, vous êtes dans un état pitoyable, déclara Trina.

— Je vis un cauchemar, murmura Eve. Je vais me pincer jusqu'à ce que je me réveille.

— Vous avez les yeux cernés, on dirait que vous avez pris des coups toute la journée. Je vais vous arranger ça.

— Pourquoi êtes-vous là ?

— Primo, parce que je suis la meilleure et que Nadine le sait. Deuzio, pour vous. Parce que, sans vous, je n'aurais jamais travaillé pour Nadine.

Trina secoua la charlotte tel un matador agitant sa cape devant le taureau.

— Vous avez de la chance que ce soit moi, enchaîna-t-elle. Parce qu'en plus d'être la meilleure, je vous connais, et que, donc, vous aurez l'air d'être vous-même.

— C'est déjà le cas.

— Non. Vous ne ressemblez à rien. Mais je vais retrouver votre véritable visage. Et je vous promets qu'on ne vous prendra pas pour une pute.

Rares étaient les personnes ou les situations qui effrayaient Eve. Trina était l'exception qui confirmait la règle. Comme si elle en était consciente, celle-ci sourit, tapota le dossier du fauteuil.

— Installez-vous. Ce ne sera pas long.

— Je suis armée, grogna Eve en s'exécutant.

— J'ai du mal à croire que vous rentrez à peine de vacances… Mmm… la coupe mériterait un petit rafraîchissement.

— Doux Jésus !

— Comment se fait-il que vous n'ayez pas rendu visite à Mavis et à son adorable poupon depuis votre retour ?

— Je n'ai pas eu le temps.

— Votre meilleure amie vient d'avoir un bébé, rétorqua Trina en se penchant en avant. Vous savez, j'ai dû user de tous les subterfuges pour l'empêcher de venir ce soir. Il fait trop froid pour sortir un nourrisson. Vous devez le trouver, le temps.

— D'accord. Compris.

— Belle est le plus magnifique des bébés, je vous assure.

Se redressant, Trina lui enfonça les pouces dans le bas de la nuque, puis lui massa les épaules.

— Comme d'habitude, vous n'êtes qu'un paquet de nœuds.

Eve ferma les yeux. Elle entendit Mercy revenir, jacasser comme une pie, repartir. Elle perçut des cliquetis et des ronronnements divers tandis que Trina lui tripotait les cheveux. Elle sursauta quand le fauteuil bascula en arrière.

— Vous devez vous reposer ! décréta Trina.

De nouveau, Eve ferma les yeux. Courage, s'exhorta-t-elle, tout cela serait bientôt terminé. Ce n'était pas la fin du monde.

Elle s'assoupit. Quand elle refit surface, elle entendit des murmures autour d'elle. Quelque chose lui chatouillait la figure. Elle sentit sa présence avant de le voir.

— J'ai presque fini, annonça Trina. Sa tenue est parfaite – j'imagine que c'est vous qui l'avez choisie –, mais je vais jeter un coup d'œil à l'autre, au cas où. De toute manière, la styliste ne va pas tarder.

— Je refuse de me changer, marmonna Eve.

— Enfin de retour !

Trina redressa le fauteuil.

— Bonjour, la salua Connors. Tu as l'air reposé.

— Un miracle ! s'écria Trina. Juste un petit coup de brosse… Non, on verra ça plus tard. J'ai deux ou trois trucs à vérifier, et Nadine m'attend pour ses retouches. La loge des invités est en face.

Eve s'examina dans la glace. Comme promis, elle se reconnut. En mieux.

— Ça va, concéda-t-elle.

— *Ça va ?* répéta Trina. Là, au moins, vous semblez rentrer de vacances. Ne renversez rien sur cette veste.

— Je la surveille, promit Connors.

Il lui prit la main et ils gagnèrent la loge des invités. Sur l'écran mural géant défilait l'émission en cours de la chaîne. Un généreux plateau de fromages, de fruits et de petits pains était à leur disposition sur la table basse qu'entourait un assortiment de divans et de fauteuils vert océan.

— Je ne m'attendais pas à te voir.

Connors haussa un sourcil.

— C'était la moindre des choses. C'est une grande soirée.

— Et tu as apporté une tenue de rechange, au cas où j'aurais sali celle que j'avais sur moi.

— C'est compté dans le service.

— Je te croyais fâché contre moi.

— Et réciproquement.

Cette fois, il lui prit les deux mains et les porta à ses lèvres.

— Si on parlait d'autre chose ? J'ai ruminé toute la journée, j'en ai assez.

— Tu m'as affirmé un jour que les Irlandais adoraient ruminer.

— C'est vrai. Mais ça suffit pour aujourd'hui. Je suis heureux d'être auprès de toi.

Le cœur d'Eve s'allégea.

— Je t'aime, souffla-t-elle.

Il l'attira contre lui, lui embrassa tendrement le visage avant de capturer ses lèvres. Elle l'enlaçait lorsque la voix de Nadine leur parvint :

— Je vous prêterais volontiers mon bureau, mais Dallas est déjà passée au maquillage.

Eve s'attarda un instant dans les bras de Connors, avant de s'écarter.

— Impeccable, déclara la journaliste en tournant autour d'elle. Solide, alerte, intelligente, séduisante. Flic jusqu'au bout des ongles. Je me réserve le côté glamour.

— Cela vous va si bien, intervint Connors. Vous êtes radieuse, Nadine.

— N'est-ce pas ?

En riant, elle secoua son carré blond, tournoya pour leur laisser admirer son tailleur bleu électrique et ses talons hauts, qui mettaient en valeur une chaîne de cheville en diamants.

— Je ne pensais pas avoir le trac, mais je l'ai, avoua-t-elle. Tout le monde attend beaucoup de cette première émission, Dallas. Je veux que l'entretien soit le plus spontané possible, mais j'aimerais tout de même que nous revenions sur un ou deux points.

— Je vous laisse.

— Non, non, Connors. Vous courez plus vite que moi… si jamais elle prend ses jambes à son cou. Asseyez-vous.

— Je vous sers à boire ? À manger ?

— Plus tard, murmura Nadine en plaquant la main sur son estomac. J'ai une boule, là.

— Je ne comprends pas, intervint Eve. Vous êtes pourtant habituée à ce genre d'exercice.

— C'est ce que je ne cesse de me répéter, mais cette fois, c'est un peu différent. Donc…

Nadine se percha au bord d'un fauteuil comme si c'était elle qui s'apprêtait à fuir.

— Nous devons évoquer l'affaire Icove. C'est grâce à elle que j'ai obtenu le feu vert pour ce concept. Mais je ne m'attarderai pas dessus. J'en reparlerai après la parution du livre et de la vidéo. Nous aborderons le sujet du marché noir des bébés. À propos de bébés, Belle mérite bien son prénom. Elle est superbe, n'est-ce pas ?

Eve se trémoussa, mal à l'aise.

— Sûrement, oui.

— Nous diffuserons mes interviews de Tandy et de Mavis. Nous parlerons de ce que vous faites et de comment vous le faites. Que pourrez-vous me dire au sujet de l'homicide Foster ?

— L'enquête est en cours.

Nadine demeura impassible.

— Il me faut davantage – les pistes que vous suivez, les voies que vous explorez, les protagonistes, la scène, la victime. Le titre *Maintenant* n'a pas été choisi au hasard. Et je serai forcée de vous poser quelques questions sur Connors.

Nadine ne laissa pas à Eve le temps de protester.

— Je ne peux pas recevoir le flic de Connors sans l'interroger sur son mari. Ne vous inquiétez pas, je ne serai pas indiscrète.

Elle adressa à Connors un regard interrogateur et amusé. Il se contenta de secouer la tête en riant.

— Je vous demanderai comment vous parvenez à concilier vie professionnelle et vie privée. Si le fait d'être mariée vous a poussée à modifier vos méthodes, à considérer votre métier sous un autre angle... ce genre de choses.

Elle consulta sa montre.

— Trina viendra vous voir dans quelques minutes. Mercy vous conduira dans le studio. Dallas... je vous remercie !

— Attendez la fin de l'émission. Mes réponses ne vous plairont peut-être pas.

— Merci ! insista-t-elle en se levant et en se tournant vers Connors. Une bise, camarade ? Ici, précisa-t-elle en se tapotant la bouche. Pour la chance.

Il lui effleura les lèvres.

— À mes trente pour cent de parts.

— Que Dieu vous entende.

Dans l'ensemble, tout se passa bien, du point de vue d'Eve. Cela dit, elle avait du mal à comprendre ce qu'il y avait d'excitant à rester assis devant une photo de la ville, sous des projecteurs brûlants, les robocams se faufilant partout tels des serpents.

On lança la musique du générique. Nadine inspira à fond tandis qu'un technicien entamait le décompte avec ses doigts. Puis la présentatrice fixa l'un des robots.

— Bonsoir. Je suis Nadine Furst et vous regardez *Maintenant*.

Comme prévu, elles évoquèrent rapidement l'affaire Icove, résolue l'automne précédent. Oui, Eve estimait justifiées les lois interdisant le clonage humain. Non, elle ne pensait pas que les clones étaient responsables des actes des Icove.

Elle regarda attentivement l'interview de Tandy Applebee avec son mari et leur bébé, puis celle de Mavis en compagnie de Leonardo et de Belle. Les larmes aux yeux, toutes deux parlèrent de leur amitié, de la manière dont Eve avait sauvé la vie de Tandy et de son fils – Quentin Dallas Applebee – et démantelé un réseau de trafic de nourrissons quelques heures à peine avant la naissance.

— Que ressentez-vous ? lui demanda Nadine.

— J'ai fait mon boulot.

— C'est tout ?

Eve changea de position. Qu'avait-elle à perdre ?

— Parfois, on s'implique davantage sur un plan personnel. Ce n'est pas recommandé, mais ça arrive. En l'occurrence, ce fut le cas. Mavis et moi sommes de vieilles amies, elle s'entend bien avec ma coéquipière. C'est elle qui nous a poussées à rechercher Tandy. On pourrait presque dire que c'est l'amitié qui, en définitive, nous a permis d'établir un lien entre les deux affaires, et de les résoudre en même temps. Mais il ne s'agit pas uniquement de clore des dossiers, il s'agit de rendre justice. J'ai fait mon travail.

— Un travail exigeant, dangereux. Vous êtes mariée à un homme puissant et fort occupé. Comment réussissez-vous à équilibrer vie professionnelle et vie privée ?

— L'équilibre ne se fait pas toujours, mais j'ai épousé un homme qui le comprend. Beaucoup de flics rencontrent des… difficultés dans leur vie personnelle, parce que notre métier demande d'y consacrer de longues heures, et que les imprévus ont une fâcheuse tendance à bouleverser les emplois du temps. On rate parfois des dîners ou des rendez-vous.

— Ce qui paraît secondaire, intervint Nadine. Mais en réalité, ces dîners, ces rendez-vous sont aussi les composants d'une vie à soi.

— Pour le conjoint civil, cela peut devenir insupportable au quotidien. Pour nous, c'est notre métier. J'ai beaucoup de chance.

Elle porta le regard sur Connors, debout derrière une rangée de caméras.

— Oui, beaucoup de chance.

Nadine annonça une page de publicité. Trina se précipita vers elle en agitant ses pinceaux.

— Bravo, murmura Nadine.

— C'est bientôt fini ?

— Presque.

Elle se garda de lui avouer l'émotion qu'elle avait ressentie quand Eve avait tourné les yeux vers Connors. Partenaire à trente pour cent ? songea Nadine. Tu parles ! Ce bref instant à lui seul ferait bondir l'Audimat jusqu'à la stratosphère.

— Parlons un peu de votre actualité, proposa ensuite la présentatrice. Le meurtre de Craig Foster, un professeur d'histoire. Que pouvez-vous nous dire ?

— L'enquête est en cours.

Ton neutre, visage impassible, constata Nadine. Le flic dans toute sa splendeur. Le contraste était parfait.

— Vous avez affirmé par le passé que pour connaître un assassin, il fallait connaître la victime. Parlez-nous de Craig Foster. Qui était-il ?

— Tout le monde s'accorde à dire que c'était un jeune enseignant dévoué, un mari aimant et un bon fils. Un homme ancré dans ses habitudes. Il était économe, responsable et ordinaire dans le sens où son travail et son existence le satisfaisaient.

— Qu'est-ce que cela vous apprend sur son meurtrier ?

— Je sais qu'il connaissait et comprenait les habitudes de Craig Foster, qu'il s'en est servi pour le tuer, pour éliminer un mari, un fils, un professeur. Qu'il a agi non sur une impulsion, mais après avoir mûrement réfléchi et s'être soigneusement préparé.

— Ce qui rend ce crime particulièrement odieux, c'est qu'il a été commis dans une école fréquentée par des élèves de six à treize ans. Ce sont deux fillettes qui ont découvert le corps.

— Odieux ? Le meurtre par définition – par nature – est un crime odieux. Qu'il ait été commis dans ce lieu n'est pas un hasard.

Nadine se pencha en avant.

— Pouvez-vous développer ?

— Les habitudes de la victime. Il a suffi au meurtrier d'observer et de noter les rituels quotidiens de sa cible, de connaître son emploi du temps. La présence d'élèves, de professeurs, de personnel administratif allant et venant à travers tout l'établissement était un atout. Il en a profité.

— Qu'en est-il de vos suspects ? Vous avez interrogé un certain nombre de personnes. Aujourd'hui, vous avez interrogé Reed Williams, l'un de ses collègues.

— En effet. Nous avons questionné M. Williams et l'avons inculpé pour une autre affaire. Il n'est pas accusé du meurtre de M. Foster.

— Mais il est votre principal suspect ?

— L'enquête est en cours, répéta Eve. Je ne peux malheureusement rien vous dire de plus à ce stade.

Nadine fit encore deux ou trois tentatives, mais Eve resta campée sur ses positions. Quand le réalisateur lui signala l'heure, Nadine se pencha une fois de plus en avant.

— Si l'assassin nous regarde en ce moment, qu'auriez-vous envie de lui dire ?

— Que ma coéquipière et moi rendrons justice à Craig Foster. Que nous avons une tâche à accomplir et que nous irons jusqu'au bout. Qu'il profite bien d'être assis devant son écran, parce qu'une fois derrière les barreaux, il n'en aura plus l'occasion.

— Merci, lieutenant Dallas. C'était Nadine Furst, conclut-elle, face à la caméra. Bonne fin de soirée.

— Tu as été parfaite, la rassura Connors comme ils quittaient enfin les studios.

— À en juger par la danse de Saint-Guy de Nadine dès que les caméras se sont éteintes, j'en déduis que ce n'était pas mal.

— Irréprochable, insista-t-il. Hormis une erreur de pronom.

— Hein ?

— Tu as dit : « J'ai beaucoup de chance. » Tu aurais dû dire : « Nous avons beaucoup de chance », mon Eve adorée. Nous.

— Sans doute. Où est ta voiture ? s'enquit-elle en scrutant le parking.

— Je l'ai renvoyée afin de rentrer à la maison avec ma femme.

— Dans ce cas, tu prends le volant.

Elle marqua une pause.

— Je suis contente que tu sois venu.

Elle s'installa, allongea les jambes, soupira.

— Ce cirque met Nadine en joie. Il faut vraiment de tout pour faire un monde.

— C'est vrai. D'aucuns doivent se demander comment tu fais ce métier jour après jour. Alors, ce Reed Williams ? C'est lui, ton coupable ?

— Il est en tête de liste pour l'instant. La cerise sur le gâteau, c'est qu'il a pris Oliver Straffo comme avocat.

— Un peu cher pour un enseignant.

— Williams se débrouille sur le plan financier. Mais c'est la fille de Straffo qui a découvert le corps. Ce type est soupçonné d'avoir tué Foster, dans l'école de sa gamine, et il le représente. Les bras m'en tombent.

— Peut-être Straffo est-il convaincu de son innocence.

— Possible. Straffo ignore que sa propre épouse a eu une aventure avec Williams. Ce dernier aime chasser, et a une prédilection pour les collègues et les mères d'élèves. Il n'a aucune moralité, et consomme de la drogue. Nous en avons trouvé dans le tiroir de sa table de chevet. Pour l'heure, il est accusé de possession et de distribution de substances illicites. C'est là-dessus que Straffo a répondu à son appel. Ça m'embête.

— Les avocats font ce qu'ils ont à faire, lieutenant.

— Certes, mais imagine que tu aies un enfant et que tu apprennes que l'un de ses profs s'envoie en l'air dans l'enceinte de l'école et qu'il consomme des substances interdites par la loi. Tu te précipiterais pour le défendre ?

— A priori, non. Mais peut-être que Straffo n'a pas davantage de moralité.

— Je parie qu'il aurait réfléchi à deux fois s'il avait su que son client avait sauté sa femme.

— Tu as l'intention de le lui révéler ?

Eve pensa à Allika, rongée par la peur et la culpabilité.

— Pas à moins que cela n'ait un rapport avec l'affaire. Si je parviens à prouver que Williams a tué Foster parce que celui-ci était au courant de cette liaison, oui, je mettrai Straffo au courant.

— Tu es sûre qu'il ne l'est pas déjà ?

— Non. C'est pourquoi je l'ai à l'œil, lui aussi. Mais il était à son cabinet à 8 h 30 ce matin-là. Il avait une réunion avec ses associés jusqu'à 9 heures. Puis il est revenu dans son bureau avec son assistante et plusieurs autres personnes. Il y est resté jusqu'à midi.

— Ta méfiance à son égard m'étonne un peu. Après tout, ce n'est pas Foster qui se faisait sa femme. En revanche, si ç'avait été Williams la victime…

Elle haussa les épaules.

— On peut imaginer que Foster ait été assassiné pour protéger une réputation. Williams me paraît le suspect le plus plausible. Mais je ne pense pas que Straffo aurait apprécié qu'on rende publique l'infidélité de son épouse. C'est mauvais pour l'image, ajouta-t-elle en bâillant.

— Si j'étais dans la position de Straffo, lieutenant, c'est toi que je viserais ainsi que ton amant. Pas quelque témoin innocent.

— Et réciproquement, riposta-t-elle malgré elle. Quoi qu'il en soit, nous allons continuer à cuisiner Williams. Euh, à propos… on me harcèle pour que nous rendions visite à Mavis et au bébé.

— D'accord.

— C'est tout ? D'accord ?

— Pourquoi pas ? Nous avons survécu à la naissance. Un poupon enveloppé dans une couverture rose, ce n'est rien après une pareille épreuve.

— Si tu le dis. Peabody prétend qu'on doit apporter un cadeau. Un nounours ou un truc de ce genre.

— Ça ne devrait pas être difficile.

— Dans ce cas, tu n'as qu'à t'en charger.

Comme il s'esclaffait, elle lui lança un regard de biais. Et un flot de bonheur la submergea. Elle posa la main sur la sienne alors qu'ils franchissaient le portail.

— Je propose que nous options pour l'équilibre que nous avons évoqué avec Nadine, reprit-elle. Pour une fois, ni enquête, ni boulot, ni obligations. Juste toi et moi.

— Hmm, ma combinaison favorite.

Quand ils sortirent de la voiture, elle fit le premier pas, s'accrocha à son cou, effleura ses lèvres d'un baiser. D'un coup, toutes ses craintes s'envolèrent.

Il n'y avait plus que lui, songea-t-elle comme ils pénétraient dans la maison. Et elle. D'un accord tacite, ils se dirigèrent vers l'ascenseur privé. Une fois dans la cabine, ils se débarrassèrent mutuellement de leurs manteaux. Rien de frénétique dans leurs gestes, non, une fluidité, une tranquille assurance emplie de sérénité.

Un rayon de lune éclairait la chambre. Ils se déshabillèrent l'un l'autre entre deux baisers, deux tendres caresses.

Le cœur d'Eve avait retrouvé sa place et battait à l'unisson de celui de Connors.

— Tu m'as manqué, chuchota-t-elle en l'étreignant.

— *A ghra*, murmura-t-il, et un frisson la parcourut.

Quand ils s'allongèrent sur le lit, elle s'enroula autour de lui et soupira.

— Mon amour, répéta-t-il en irlandais.

Ils se fondirent l'un dans l'autre, membres entrelacés, bouche contre bouche, emportés par l'exquise spirale du plaisir.

Plus tard, tandis qu'ils reposaient blottis l'un contre l'autre, apaisés, assouvis, elle murmura :

— Quelle chance nous avons.

Elle l'entendit rire tout bas dans l'obscurité avant de glisser dans le sommeil.

12

Il était fou de rage. Il n'en revenait pas qu'elle aille jusqu'au bout. Elle bluffait. Forcément.

Reed Williams enchaînait les longueurs dans la piscine. Il avait tout tenté : le charme, la colère, les menaces. Mais Arnette était demeurée inébranlable.

Ou avait fait semblant. L'hypocrite.

Oui, se répéta-t-il en faisant demi-tour, elle bluffait. Encore cinq longueurs. Qu'elle marine un peu.

Il était pourtant certain qu'elle prendrait sa défense ou, du moins, qu'elle tenait assez à son propre poste pour protéger le sien.

Tout ça, à cause de ce putain de flic. Une gouine, probablement, en couple avec sa coéquipière. De vraies salopes !

Comme la plupart des femmes. Le secret, c'était de savoir les manipuler.

Or, il était expert dans cet art.

Il était capable de faire face à n'importe quelle situation.

Il s'était occupé du cas de Craig, non ? Le pauvre type.

Elles n'avaient aucun moyen de l'accuser du meurtre de Craig, d'autant qu'il avait Oliver Straffo dans la poche.

Quelle ironie ! La femme de Straffo n'avait rien d'exceptionnel, mais sa détresse et sa culpabilité avaient donné une certaine saveur à leur brève partie de jambes en l'air au cours de la fête de fin d'année, et de leur unique cinq à sept chez lui.

Il n'allait tout de même pas donner sa démission pour cela. Et si Arnette lançait une procédure de licenciement... il l'avait prévenue. Il ne tomberait pas seul.

Il le lui rappellerait. Elle finirait par se calmer.

À bout de souffle, il s'agrippa au bord du bassin et ôta ses lunettes.

Il sentit une petite piqûre dans la nuque, agita la main, comme pour chasser un moustique. Ses doigts étaient engourdis.

Son cœur se mit à battre très fort, sa gorge se serra. Tandis que sa vision se brouillait, il crut distinguer une silhouette. Il voulut appeler au secours, tenta de sortir de l'eau, mais ses mains dérapèrent et il se cogna le menton sur le béton.

Il ne ressentit aucune douleur.

Affolé, il lutta pour garder la tête à la surface. Il s'étrangla, battit des bras, s'ordonna de flotter. Le temps de retrouver ses esprits.

— Je vais vous aider, proposa son meurtrier.

Le bout du manche du filet lui toucha l'épaule. Il suffisait de maintenir la pression.

Jusqu'à ce qu'il ait cessé de se débattre.

Eve émergea de la douche en pleine forme. Elle avait l'impression d'avoir ressuscité. Ouf! Le cauchemar avait pris fin.

Dieu merci, elle ne s'était confiée qu'à quelques personnes. Quelle idée de se rendre malade pour une blondasse manipulatrice et contente d'elle! Magdelana Percell appartenait désormais au passé, se promit-elle.

Elle attrapa un négligé et décida qu'elle avait suffisamment faim pour engloutir un véritable petit-déjeuner à l'irlandaise. Après quoi, elle filerait au Central.

Elle reprendrait l'affaire Foster depuis le début. Elle avait l'esprit si encombré par ses soucis personnels, peut-être avait-elle raté un détail important.

Dans le coin salon, Connors buvait son café en étudiant les derniers rapports financiers disponibles. Galahad se frottait la tête contre son bras, comme pour lui réclamer à manger.

— Tu as nourri ce gros patapouf ? s'enquit-elle.

— Oui, bien qu'il essaie de faire croire le contraire. Je t'attendais… Tu as perdu du poids, ces derniers jours.

— C'est possible.

— En ce qui te concerne, ma jauge est infaillible, dit-il en s'approchant pour l'embrasser. Que dirais-tu d'un petit-déjeuner à l'irlandaise ?

— Parfait.

Le sourire aux lèvres, elle alla jusqu'à son armoire. Quel bonheur d'être de nouveau sur la même longueur d'onde !

— On pourrait peut-être faire un saut chez Mavis et Leonardo, suggéra-t-elle. Je peux l'appeler pour savoir si ça ne pose pas de problème.

— Entendu.

Il mit les informations avant d'aller programmer l'autochef.

— Un nounours, tu as dit ?

— C'est une idée de Peabody.

— Je propose de confier cette mission à Caro. Je suis certain qu'elle se débrouillera mieux que nous. Fais-moi savoir si tu préfères que je te rejoigne au Central ou directement chez eux.

Elle fixait son holster quand il pivota vers elle.

— Dommage que tu n'aies pas pu apparaître à l'émission de Nadine ainsi. En manches de chemise, l'arme au côté. Sexy et dangereuse.

Eve ricana, puis s'assit pour enfiler ses boots.

Connors posa leurs assiettes sur la table, fusilla Galahad du regard en signe d'avertissement.

— Sexy, répéta-t-il, tandis qu'Eve venait le rejoindre. Dangereuse. Et à moi.

— Bas les pattes, camarade. Je suis armée.

— C'est ainsi que je te préfère. Si on cédait aux clichés pour la Saint-Valentin ? Un dîner aux chandelles, des litres de champagne, un tour sur la piste de danse et des heures d'ébats sexuels inventifs ?

— Je pourrai sans doute me rendre disponible.

La Saint-Valentin ? s'interrogea-t-elle. C'était quand, déjà ?

Il rit aux éclats, devinant son désarroi.

— C'est le 14, mon trésor sentimental. Après-demain. En cas d'imprévu au boulot, on se contentera d'un repas tardif, et plus si affinités.

— C'est noté.

Elle posa la tête sur son épaule, rata les deux premières phrases du présentateur. Quand il prononça le nom de Connors – puis le sien –, elle faillit ne pas l'entendre.

Mais Connors s'était raidi. Elle se tourna vers l'écran et reçut un coup en plein cœur.

Connors se tenait face à Magdelana, penché sur elle, une esquisse de sourire éclairant son visage. Visage que Magdelana encadrait des deux mains.

… Magdelana Percell, récemment divorcée de Georges Fayette, un entrepreneur français fortuné. Il semble que Mlle Percell ait une prédilection pour les hommes riches, puisqu'elle a été vue en train de déjeuner avec Connors il y a peu aux Trois Sœurs, *ici même, à New York. Toujours selon notre source, ils se seraient régalés de salades de saison et de conversation intime. Reste à savoir si le lieutenant Eve Dallas, l'un des policiers les plus réputés de New York et épouse de Connors depuis un an et demi, mène l'enquête.*

— Bordel de merde, grommela Connors. Quel tissu de conneries. Je suis navré qu'ils…

Il se tut brusquement, car Eve s'était écartée. Elle était livide.

— Seigneur, Eve, tu ne vas tout de même pas…

— Il faut que j'aille bosser.

— Merde ! Je n'ai rien à me reprocher. Tu devrais le savoir sans que j'aie à te le dire. Je l'ai escortée hors de l'immeuble. Elle est passée à l'improviste au bureau, je lui ai accordé moins de dix minutes avant de la mettre dehors. Si tu veux savoir, je m'en suis voulu de ma mesquinerie, mais je préférais la blesser plutôt que toi.

— J'aimerais que tu me laisses tranquille, articula-t-elle.

— Merde ! Merde, Eve. Dois-je être jugé et condamné sous prétexte qu'un crétin s'est servi de sa vidéo portable au moment M ? Comment peux-tu me croire capable de t'humilier – ainsi que moi-même, d'ailleurs – de cette manière ?

— C'est fait. Mais là n'est pas le problème.

— Je ne vais pas demander pardon pour avoir aidé une femme à monter dans sa voiture en pleine rue, et en plein jour !

Il fourragea dans ses cheveux, geste qui trahissait sa contrariété.

— Tu es trop intelligente pour te laisser avoir. Tu sais pertinemment que certaines personnes n'aiment rien tant que traîner dans la boue les gens comme nous. Et tu m'accuserais de…

— Je ne t'ai pas accusé.

— Oh que si ! Ton attitude seule est une accusation. J'aurais préféré que tu m'insultes plutôt que de te voir cette expression. Crevons l'abcès une fois pour toutes et finissons-en !

— Non. Non. Je m'en vais.

Elle récupéra sa veste.

— Je n'ai pas envie d'être avec toi pour le moment. Je n'ai pas la force de me disputer avec toi. Je n'arrive pas à réfléchir. Je n'ai pas d'arguments. Tu l'emporteras si c'est ce que tu veux parce que je n'ai pas d'arguments à t'opposer.

— Ce n'est pas une question de victoire ou de défaite, insista-t-il, sa colère cédant devant sa détresse. Tu dois me croire, Eve. Dis-moi que tu as confiance en moi.

Elle était au bord des larmes. Elle n'allait pas pouvoir se retenir beaucoup plus longtemps. Elle enfila son vêtement.

— Nous en parlerons plus tard.

— Réponds à cette unique question, Eve. Crois-tu que je pourrais te tromper avec elle ?

Rassemblant son courage, elle lui fit face.

— Non. Je ne le pense pas. Mais j'ai peur. Peur que tu la regardes. Puis que tu me regardes. Et que tu aies des regrets.

Il fit un pas vers elle.

— Eve.

— Si tu ne me laisses pas partir maintenant, ça ne s'arrangera jamais.

Elle quitta la pièce, dévala l'escalier. Elle entendit Summerset l'interpeller, mais continua de courir.

— Votre manteau !

Comme elle ouvrait brutalement la porte, Summerset le lui drapa sur les épaules.

— Il fait très froid. Eve, dit-il si doucement que ses dernières défenses faillirent céder. Allez-vous la laisser vous manipuler tous les deux de cette manière ?

— Je n'en sais rien. Je...

Son communicateur bipa.

— Oh, Seigneur... Bloquer la vidéo, ordonna-t-elle. Ici, Dallas.

— Dispatching, Dallas, lieutenant Eve...

Elle se rua vers sa voiture tout en enfilant son manteau.

Comme elle démarrait, elle sentit que Connors l'observait depuis la fenêtre de leur chambre.

Debout devant le corps de Reed Williams, Eve chassa de ses pensées tout ce qui n'était pas son travail. Eric Dawson – qui avait découvert Williams et plongé pour tenter de le sauver – était dans les vestiaires avec un flic en uniforme.

Les secouristes appelés sur les lieux avaient essayé en vain de le ranimer après les interventions de Dawson, puis de l'infirmière Brennan.

La scène de crime était donc polluée. Et Reed Williams, mort.

Elle s'accroupit, examina l'hématome et la lacération peu profonde au menton. Hormis cela, il était intact. Il portait un maillot noir. Une paire de lunettes flottait au milieu du bassin.

Peabody n'étant pas encore arrivée, elle retourna le corps, étudia avec attention le dos, les jambes, les épaules.

— Aucun traumatisme visible, en dehors de la coupure au menton et de quelques égratignures que la victime se sera faites en voulant se hisser hors de la piscine. Aucun signe de lutte.

Elle se leva, entreprit de faire le tour du bassin.

— Aucune trace visible de sang.

Sourcils froncés, elle scruta les alentours en quête d'une arme susceptible d'avoir causé la blessure au menton.

— La victime se tient tout au bord. Quelqu'un lui porte un coup. La victime tombe à l'eau. Elle perd conscience et se noie ? Possible, mais l'ecchymose n'est pas assez sévère. Possible tout de même.

Elle poursuivit son tour, revint sur ses pas, s'accroupit de nouveau près du corps. À l'aide de microlunettes et d'une lampe de poche, elle s'attarda sur la lésion.

— Cela ressemble plus à une écorchure qu'à une coupure. Il était peut-être déjà dans l'eau. Oui, c'est sûrement cela. La victime effectue ses longueurs. S'accroche au rebord pour reprendre son souffle. Glisse, se cogne sur le béton. Mais pourquoi ? Par maladresse ? Williams n'avait pas l'air malhabile. S'est-il noyé tout seul, ou l'y a-t-on aidé ?

Elle secoua la tête.

— Pas de peau sous les ongles. Il est propre comme un sou neuf. Comment réagit-on si quelqu'un tente de vous noyer ? On se débat, on griffe. Imaginons que je sois au bord de la piscine, et qu'un type costaud, qui s'entraîne régulièrement, soit dans l'eau. Je lui heurterais la tête contre le bord du bassin. Facile de croire à un accident.

Le front plissé, elle palpa l'arrière du crâne de Williams. Rien.

Non, songea-t-elle. Jamais de la vie.

— Emballez-le et étiquetez-le, ordonna-t-elle. L'autopsie permettra de préciser la cause du décès. Demandez à Morris de s'en occuper en priorité. Je veux que les techniciens passent le bord au peigne fin. Je cherche du sang ou de la peau.

Elle se dirigea vers les vestiaires. Dawson, en tenue de jogging, buvait un café fumant. Eve s'adressa à l'agent.

— L'inspecteur Peabody ne va pas tarder. Amenez-la-moi.

— Oui, lieutenant.

— Monsieur Dawson.

— Il flottait, bredouilla-t-il, les mains tremblantes. Il flottait. Au début, j'ai cru qu'il... se reposait. Puis j'ai vu que non.

— Monsieur Dawson, je vais enregistrer cet entretien, le prévint Eve. M. Williams était donc déjà dans le bassin quand vous êtes arrivé ?

— Oui, il...

Dawson inspira à fond, posa sa tasse.

— En fait, je le cherchais. J'avais croisé Arnette – la directrice –, et elle m'avait demandé de prendre la place de Reed en quatrième heure aujourd'hui – normalement, je surveille une séance d'étude. Elle m'a annoncé qu'il était suspendu et qu'elle s'apprêtait à entamer les démarches pour le licencier, à moins qu'il ne présente sa démission d'ici vingt-quatre heures. J'étais bouleversé.

— Vous étiez ami avec M. Williams ?

— Ici, tout le monde s'entend bien. Il n'y a jamais eu le moindre problème. Jusqu'à ce que... Mon Dieu !

Il baissa la tête, se pinça la racine du nez.

— J'ai accepté de donner le cours, mais je souhaitais en parler avec lui, savoir où il en était du programme. Elle m'a répondu qu'il était probablement en train de vider ses casiers. J'ai jeté un coup d'œil dans la salle des professeurs, mais il n'y était pas. Je suis descendu au gymnase. Son casier était encore activé, mais il n'était pas sur les appareils. Je suis donc allé à la piscine...

— Et là, qu'avez-vous vu ?

— Il flottait, la face tournée vers le fond. Je me suis dit tout d'abord que... et puis, quand je me suis rendu compte de… j'ai plongé. Je l'ai retourné et tiré jusqu'au bord. J'ai dû sortir le premier, puis le hisser. Je lui ai fait du bouche-à-bouche. Je ne sais pas combien de temps. Il ne respirait pas. J'ai appelé Carin – l'infirmière – par l'interphone. Je lui ai demandé d'avertir les secours et de me rejoindre immédiatement.

— Ce qu'elle a fait.

— Oui. Elle a fait son possible. Les secouristes aussi. Mais il était parti.

— Où sont vos chaussures ?

— Mes chaussures ?

Il baissa les yeux sur ses pieds nus.

— J'ai plongé dans la piscine tout habillé. L'agent m'a autorisé à me changer, mais j'ai oublié de mettre mes chaussures. Peut-être que si j'étais arrivé une ou deux minutes plus tôt. Si je n'étais pas passé d'abord par la salle des professeurs…

— Vous avez fait ce que vous pouviez, monsieur Dawson.

— Je l'espère. J'ai failli me noyer quand j'avais dix ans. Nous passions nos vacances en famille, au bord de la mer. Je me suis trop éloigné. Impossible de revenir. Le courant m'entraînait de plus en plus loin. C'est mon père qui m'a secouru. Il m'a grondé, puis il a fondu en larmes. Je n'ai jamais oublié. J'ai eu si peur. C'est une mort horrible.

— La plupart le sont.

Elle lui posa encore quelques questions, mais si c'était lui le responsable de la mort de Williams, elle avalerait son insigne.

Elle le libéra donc, puis décida de fouiller de nouveau le casier de Williams. Costume, chemise, cravate, mocassins. Il avait prévu de se faire beau. Ce n'était pas vraiment l'attitude d'un homme sur le point de remettre sa démission.

Peut-être avait-il un autre rendez-vous ? Elle ne découvrit rien d'insolite dans sa trousse de toilette. Elle s'emparait de sa mallette quand elle reconnut le pas énergique de Peabody.

— C'est Williams notre macchabée, lui annonça-t-elle sans se retourner. Découvert flottant dans la piscine, le visage tourné vers le fond. Une égratignure et un bleu au menton. Je suppose qu'il s'est blessé en s'agrippant au rebord. Rien de plus.

— À première vue, ça ressemble à un accident.

— Ça ressemble oui. Mais ça n'en est pas un, ou alors, je me fais nonne. À en juger par le contenu de sa mallette, il avait l'intention de donner ses cours aujourd'hui, ajouta Eve en faisant face à Peabody. Le témoin affirme que Williams était suspendu, et qu'il serait licencié s'il ne donnait pas sa démission dans les vingt-quatre heures.

— Pourtant, il vient, il utilise les locaux de l'école. Selon toute apparence, il comptait se battre jusqu'au bout. Qui a-t-il croisé ce matin ?

— Nous n'allons pas tarder à le savoir, mais je mise sur Mosebly.

La directrice était dans son bureau. Elles ignorèrent l'assistante aux yeux rougis. Mosebly allait et venait dans la pièce, un casque sur la tête. Elle leva la main, invitant Dallas et Peabody à patienter.

— Oui, bien sûr. La police est ici. Je vous contacte le plus vite possible.

Elle se débarrassa de son accoutrement.

— Le président de notre conseil d'administration, expliqua-t-elle en se frottant le front. Nous traversons un moment difficile. Si vous voulez bien m'accorder une minute, je dois m'occuper d'annuler les cours pour aujourd'hui.

— Personne ne sort d'ici, décréta Eve.

— Je vous demande pardon ? Nous venons de perdre un autre de nos professeurs. Vous n'allez pas exiger des élèves qu'ils...

— Personne ne quitte ce bâtiment sans mon autorisation. Et personne n'y entre sans mon autorisation. Quelle heure était-il quand vous avez parlé avec M. Williams, ce matin ?

— Excusez-moi, j'ai une migraine épouvantable.

Elle ouvrit un tiroir, prit une petite boîte en émail dont elle sortit un cachet. Elle l'avala après s'être versé un verre d'eau.

Eve devina qu'en plus de soulager son mal de tête, cela lui laissait le temps de décider quoi dire et comment le dire.

— J'ai pointé vers 7 heures. Pour être franche, le décès de Craig Foster a suscité une énorme inquiétude parmi les parents. J'ai dû organiser plusieurs réunions d'information. Je suis venue plus tôt aujourd'hui pour combler mon retard en matière de tâches administratives.

— Et entreprendre les démarches pour licencier Reed Williams, enchaîna Eve.

— Oui.

Elle pinça les lèvres.

— Je n'avais pas le choix. Il était accusé de possession de substances illicites, et plus ou moins soupçonné du meurtre de Craig. De toute évidence, il présentait un risque pour nos élèves. Ce que je lui ai dit sans détour hier, lorsqu'il est passé à l'école.

— Hier ? Il s'est présenté après son audience préliminaire ?

— En effet. Au départ, je lui avais proposé de prendre un congé, mais il a insisté pour continuer comme si de rien n'était. La plupart des enfants étaient déjà partis, mais, craignant une scène, je l'ai prié de me suivre dans mon bureau.

Mosebly se passa la main dans les cheveux, rajusta sa veste de tailleur.

— Pour tout vous avouer, ce fut extrêmement désagréable. Je lui ai expliqué que je voulais à tout prix éviter un scandale. Trois parents ont déjà retiré leurs enfants de notre établissement et réclamé un remboursement. Le jour où l'on révélerait publiquement qu'un de nos professeurs avait été arrêté...

Les mots moururent sur ses lèvres et elle soupira.

— Comment l'a-t-il pris ? s'enquit Eve.

— Mal. J'ai le pouvoir de suspendre un enseignant, mais pour le renvoyer, c'est plus compliqué. Il en était conscient. Il est parti en clamant qu'avec l'aide de son avocat et de son représentant syndical, il réduirait en miettes toute tentative de licenciement.

— Ce qui ne vous a pas plu.

— En effet. Nous aurions sans doute fini par obtenir gain de cause, mais à quel prix ? Le taux d'inscription aurait chuté.

— Votre trésorerie aussi.

— Naturellement. Sans argent, nous sommes dans l'incapacité de fournir à nos élèves l'éducation qu'ils souhaitent et méritent.

— Pourtant, il est revenu aujourd'hui. Vous êtes-vous querellée avec lui ce matin à la piscine ? Vous êtes allée nager, madame Mosebly.

La directrice cligna des yeux.

— Votre serviette encore humide était dans la corbeille à linge du vestiaire. Côté femmes. Une seule serviette.

— Comme je vous l'ai déjà dit, je nage souvent le matin. Oui, j'ai aperçu Reed alors que je sortais du bassin. Et oui, nous avons eu un échange assez vif. Je lui ai ordonné de quitter les lieux. Il m'a rétorqué qu'il allait piquer une tête, puis prendre un café avant de commencer ses cours.

— Il défiait votre autorité.

— Il s'est montré d'une suffisance et d'une arrogance détestables. J'étais furieuse, c'est vrai. Cependant, quand je l'ai laissé, il était bien vivant. Je me suis douchée, habillée, puis je suis montée directement ici afin d'appeler le président du conseil d'administration.

— Quelle heure était-il ?

— Environ 8 heures. Après lui avoir fait un compte rendu de la situation, je suis allée trouver Eric – Dawson – pour lui demander d'assurer la quatrième heure de Reed. J'ai parlé aussi avec Mirri et Dave, et je leur ai confié à chacun une des classes de Reed.

Elle se tut, haussa les épaules.

— Ce problème réglé, j'avais l'intention d'attendre Reed à la porte du vestiaire, et de lui offrir une dernière chance de partir dignement. S'il avait refusé, j'aurais, comme me l'avait conseillé le président du conseil, appelé la sécurité afin qu'on l'escorte jusqu'à la sortie. Je ne savais pas que Mlle Brennan avait appelé les urgences. Quand les secouristes sont arrivés, je suis tombée des nues…

— Vous connaissez la routine. Il me faut les noms de toutes les personnes présentes dans le bâtiment entre 7 heures et 8 h 30 ce matin. Ma coéquipière et moi-même les interrogerons.

— Mais… c'était un accident.

Eve eut un mince sourire.

— C'est ce que vous aviez dit à propos de Foster.

Les membres du personnel présents sur les lieux étaient à peu près les mêmes que la première fois, nota Eve. Elle fut toutefois fort intéressée de découvrir qu'Allika Straffo était arrivée avec sa fille à 7 h 32 et n'était repartie qu'à 8 h 12.

D'après son estimation, Williams était décédé à 7 h 50.

Elle réfléchit à ces éléments tout en se préparant à interroger Mirri Hallywell.

— C'est épouvantable, attaqua celle-ci. On a l'impression que cette école est maudite.

— Si j'en crois le registre, vous avez pointé à 7 h 15. C'est tôt.

— Encore le club d'art dramatique. Nous avions une réunion avant le début des cours. Dans l'auditorium. Présentation de quelques extraits de *Notre Ville*, suivie d'un débat.

— J'aurai besoin d'une liste de toutes les personnes qui ont assisté à cette séance.

— Bien sûr. J'étais la seule de l'équipe enseignante.

— Avez-vous quitté le théâtre pendant la rencontre ?

— Non. J'y suis restée de 7 h 30 à 8 h 15. Un peu avant 7 h 30, d'ailleurs, car je devais installer le matériel, et probablement un tout petit peu plus tard, puisque j'ai dû ranger. Je n'ai appris le décès de Reed qu'une fois de retour dans ma salle.

— Vous saviez que Williams avait été arrêté hier.

— Tout le monde était au courant. Ça ne m'a pas étonnée outre mesure. Je ne devrais probablement pas dire cela, mais, au fond, j'étais soulagée. Il le méritait, non ? Enfin, de là à mourir comme il est mort. C'est horrible. Je ne comprends pas comment une telle chose a pu arriver.

— Nous allons bavarder avec la charmante et fragile Mme Straffo, annonça Eve en prenant le volant. Je me demande comment elle a réagi en apprenant que son mari devait défendre le type avec qui elle s'est envoyée en l'air. Et ce qu'elle a fichu dans l'établissement pendant trois quarts d'heure ce matin.

— Elle ne figurait pas sur la liste des parents ayant assisté à la réunion d'Hallywell.

Peabody changea de position, regarda droit devant elle.

— Comment ça va ?

— Quoi, comment ça va ?

— Je… euh… ce matin, en prenant mon petit-déjeuner, je suis tombée par hasard sur le reportage au sujet de cette blondasse et de Connors. C'est vraiment n'importe quoi.

— Dans ce cas, pourquoi aborder le sujet ?

— Désolée.

— Cela ne concerne en rien notre enquête. C'est clair ?

— Bien sûr.

Après un silence pesant, Eve reprit :

— Je ne peux pas me permettre de ruminer là-dessus pour le moment.

— D'accord. Je ne dirai qu'une seule chose : tout ça, ce sont des conneries.

— Merci. Alors, pourquoi Mme Straffo a-t-elle accompagné sa fille à l'école aujourd'hui ? Où était la baby-sitter ?

— La jeune fille au pair qui loge à leur étage ? Bonne question.

Eve se gara devant l'immeuble.

— Nous allons donc la poser.

Elle dut menacer le portier, qui tentait de leur barrer le chemin.

— Mme Straffo a mis son appartement en mode privé. Portes et communicateurs. Elle ne veut pas être dérangée.

— Écoutez, mon vieux, je ne sais combien les Straffo vous donnent pour vos étrennes, mais est-ce que ça vaut le coup de se retrouver en garde à vue pour obstruction à la justice ? Ceci est un insigne. Passez-le au scanner et laissez-nous entrer.

— Je fais juste mon boulot.

— Comme nous tous, riposta Eve. Avez-vous vu la jeune fille au pair, ce matin ?

— Cora ? Elle est sortie vers 9 heures. Les courses. Elle m'a signalé que Mme Straffo était souffrante. Elle n'est pas encore rentrée.

— Et Mme Straffo ? À quelle heure est-elle rentrée ?

— Vers 8 h 30, peut-être un peu plus tard. Elle était très pâle.

— À pied ou en voiture ?

— À pied. Elle a emmené la petite à l'école. C'est à dix minutes. Elles étaient pressées. La gamine craignait d'être en retard pour une réunion.

— N'est-ce pas la baby-sitter qui l'emmène et la ramène, d'habitude ?

— La plupart du temps, si. Mais c'est parfois M. ou Mme Straffo.

Tout en montant à l'appartement, Eve réfléchit. Allika Straffo avait mis un quart d'heure pour effectuer le trajet de retour. Elle avait donc marché sans se hâter. Elle était montée, avait donné une liste de courses à la jeune fille au pair. Puis elle s'était enfermée chez elle.

Elle voulait être seule.

Eve appuya sur le bouton de la sonnette. Une lumière clignota sur le tableau de sécurité. Un ordinateur se mit en marche.

Nous sommes désolés. La famille Straffo a activé son mode privé. Si vous souhaitez laisser votre nom et vos coordonnées, nous vous rappellerons dès que possible.

Eve brandit son insigne devant l'objectif.

— Police. Désactivez le mode privé et priez Mme Straffo de nous ouvrir.

Un instant, je vous prie. Nous vérifions votre identité... ID acceptée. Veuillez patienter...

Eve était sur le point de frapper du poing contre la porte quand celle-ci s'ouvrit. Le portier avait raison. Allika Straffo n'était pas dans son assiette. En tenue d'intérieur, elle avait le teint cireux, les yeux cernés.

— Ça ne peut pas attendre ? gémit-elle. Je suis malade.

— Vous étiez suffisamment en forme, ce matin, pour accompagner votre fille à l'école. Que vous est-il arrivé ? Serait-ce le fait que votre mari va défendre votre amant qui vous met dans cet état ?

— Ce n'est pas mon amant. J'ai commis une erreur. Je vous en supplie, laissez-moi tranquille.

— Navrée, riposta Eve, en posant la main sur la poignée avant qu'Allika puisse lui claquer la porte au nez. Avez-vous réparé votre erreur tout à l'heure ?

— Je suis fatiguée, murmura-t-elle, les larmes aux yeux. Je suis souffrante, épuisée. Je veux oublier tout cela... Entrez, soupira-t-elle.

Elle pivota sur ses talons et alla s'écrouler sur un canapé, dans le salon, la tête entre les mains.

— Quelle idiote j'ai été. Je n'aurais jamais dû le laisser me toucher. Quel prix est-ce que je vais devoir payer, à présent ?

— Il vous a réclamé de l'argent en échange de son silence ?

— De l'argent ? Non, non. Mais qu'il ait osé appeler Oliver, et le convaincre de le représenter ? Quel genre d'homme faut-il être ? Et tous ces flacons retrouvés dans sa chambre ? Comment être sûre qu'il ne m'a pas droguée ? J'en ai la nausée.

— Donc, vous êtes allée le trouver ce matin ?

— C'était mon intention. Je voulais savoir ce qu'il avait révélé à mon mari, essayer de l'inciter à prendre un autre avocat.

Eve s'assit.

— Je propose que nous enregistrions cet entretien afin que tout le monde soit protégé. Je vais vous citer vos droits.

— Mais…

— Vous êtes mariée à un homme de loi. Vous connaissez la procédure. Enregistrement.

Eve récita le code Miranda révisé, sans quitter Allika des yeux.

— Vous avez accompagné votre fille à l'école ce matin. Vous y êtes arrivées aux alentours de 7 h 30.

— Oui. Je me suis dit que si Reed était là… J'ai vu sur le registre qu'il l'était. J'ai accompagné Rayleen à l'auditorium. Je pensais que Reed était au gymnase, mais je ne l'y ai pas trouvé. J'ai décidé d'aller jeter un coup d'œil dans la piscine. Je les ai entendus alors que je m'apprêtais à entrer dans les vestiaires.

— Qui ?

— Reed et la directrice. Ils se disputaient violemment. Elle lui a annoncé qu'il était fichu, qu'il ne faisait plus partie du personnel. Que s'il refusait de donner sa démission, elle le licencierait.

— Pas de quoi vous bouleverser, je suppose.

— Je ne l'étais pas. J'ai tourné les talons pour repartir. Je ne tenais pas à ce que Mme Mosebly me surprenne. Mais là… il a lancé en riant presque : « Essaie donc, Arnette. »

Elle frémit.

— Je ne l'avais jamais entendu s'exprimer d'une voix aussi dure, impitoyable. Avec moi, il était toujours doux et charmant, même quand je lui ai avoué que j'avais commis une erreur. Tandis que là…

— Qu'avez-vous entendu d'autre ?

Allika s'humecta les lèvres.

— Il lui a dit qu'il ne serait pas le seul à se retrouver sur le carreau. Qu'il ne se laisserait pas faire. Que le conseil d'administration ne serait pas ravi d'apprendre qu'elle avait baisé avec lui – c'est le terme qu'il a utilisé. Qu'elle avait baisé avec lui, un membre de son équipe enseignante, dans cette piscine. Sur le territoire sacré de l'école. Et dans son bureau. Il a commencé à décrire ce qu'ils avaient fait ensemble, et j'ai eu envie de vomir.

— Et Mosebly ? Comment a-t-elle réagi ?

— Je n'en sais rien. J'ai couru jusqu'aux toilettes les plus proches et j'ai rendu mon petit-déjeuner.

Paupières closes, elle pressa les doigts sur sa bouche.

— J'avais tellement honte. Je me dégoûte. Voilà le genre d'homme avec qui j'ai trahi mon mari. Il va profiter de la situation. Il a engagé Oliver parce qu'il sait que je suis trop lâche pour avouer ma faute à mon époux. Il sait que je garderai le silence. Comme la directrice, probablement. Il ne lui reste plus qu'à s'attaquer à sa prochaine conquête.

— Ce sera difficile. Il est mort.

Allika fixa Eve, puis ses yeux se révulsèrent et elle s'affaissa telle une poupée de chiffon.

13

Quand elle revint à elle, Allika sombra dans l'hystérie : sanglots, spasmes, tremblements. Était-ce la culpabilité ? Le choc ? Un grand numéro de comédienne ? Eve décida de réserver son jugement quand la jeune fille au pair arriva, les bras chargés de provisions.

— Qu'est-ce qui se passe ? Ô mon Dieu, c'est Rayleen ?

— La petite va bien, assura Eve tandis que Cora posait ses paquets et se précipitait vers Allika. Calmez-la. Donnez-lui un sédatif s'il le faut. Nous poursuivrons cet entretien plus tard.

— M. Straffo ?

— Que je sache, il est en pleine forme, lui aussi. Quand vous en aurez fini avec Mme Straffo, revenez ici. J'ai quelques questions à vous poser.

— Entendu. Chuuut... murmura Cora d'une voix apaisante. Venez avec moi. Tout va s'arranger.

— Tout s'écroule ! sanglota Allika tandis que Cora l'aidait à quitter le canapé. Il est mort. Mon Dieu, il est mort !

Cora croisa le regard d'Eve.

— Encore un professeur, dit celle-ci.

— Seigneur ! Venez... venez vous allonger un moment.

Cora choisit l'ascenseur plutôt que l'escalier. Quand les portes de la cabine se refermèrent, elle tenait Allika par la taille.

— Peabody, appelez Mosebly, ordonna Eve. Convoquez-la au Central. Soyez aimable, désolée pour le dérangement. Vous connaissez la chanson.

— Compris.

Comme Peabody sortait son communicateur de sa poche, Eve se dirigea d'un pas désinvolte vers l'escalier. Simple vérification concernant un éventuel témoin, un éventuel suspect. Parfaitement compréhensible. Parfaitement légal.

Et si elle prenait son temps, jetait un œil dans chaque pièce depuis le seuil, elle ne commettrait aucune infraction.

Elle inspecta ce qu'elle supposa être le bureau de Straffo. Spacieux, décoré avec goût. Jolie vue. Stores baissés. Un canapé trop étroit pour y faire la sieste. Un lieu entièrement consacré au travail.

En face, une espèce de boudoir meublé d'un secrétaire alambiqué, d'un fauteuil. Tissus dans les tons pastel. Une ravissante cheminée au-dessus de laquelle trônait une série de photos encadrées. La petite, la famille, le couple – plus jeune – souriant à la vie. Pas un seul portrait du fils.

Ici aussi, les stores étaient baissés, mais les fenêtres étaient ornées de rideaux vert clair. Un petit tabouret, un service à thé, des fleurs.

La pièce suivante servait de salle de jeu. Le domaine des enfants, songea Eve. Jouets, minimeubles, couleurs vives. Du rose partout.

La fillette avait son propre ordinateur, son écran mural, son service à thé disposé sur une table entourée de chaises. Un coin bureau spécialement conçu pour une écolière. Des dessins sur les murs. La chambre attenante était très, très fille, tout en frous-frous roses et blancs.

Eve poursuivit son exploration, passa devant une porte à travers le battant de laquelle elle entendit la voix de Cora murmurer des paroles de consolation à Allika.

La chambre d'amis était digne d'un quatre étoiles.

L'étage se composait donc de trois chambres, trois salles de bains, d'une salle de jeu, d'un boudoir, d'un bureau.

Cora réapparut enfin, posa l'index sur ses lèvres, ferma doucement la porte derrière elle.

— Pas d'isolation phonique, chuchota-t-elle en faisant signe à Eve de la suivre vers l'escalier.

— C'est curieux, dans un appartement aussi luxueux.

— La patronne n'a rien voulu savoir, paraît-il. Elle veut entendre Rayleen, la nuit. Ils ont perdu un fils, vous savez.

— Oui, je suis au courant.

— J'ai suivi votre conseil : je lui ai donné un sédatif. Elle devrait dormir deux ou trois heures. Je lui ai proposé d'appeler son mari, mais elle a refusé catégoriquement et s'est mise à pleurer de plus belle. Je ne sais pas quoi faire.

— Tout allait bien entre eux, ces derniers jours ?

— Eh bien... elle est sur les nerfs. Dans la mesure où vous êtes de la police, je ne pense pas dévoiler un secret en affirmant qu'elle lui en voulait d'assurer la défense de ce professeur qu'on a arrêté. Ils se sont disputés à ce sujet, hier. Elle était bouleversée, elle lui a demandé comment il réagirait si cet homme était accusé du meurtre de M. Foster. Il lui a rétorqué qu'elle n'avait pas à s'immiscer dans ses affaires... C'était la première fois que je les entendais se quereller depuis mon arrivée. Je suis montée voir ce que faisait Rayleen. Elle travaillait à son bureau, comme chaque soir avant le dîner. Elle écoutait de la musique au casque.

— Et ce matin ?

— L'atmosphère était tendue. De même qu'hier soir, pendant le repas. Mais le sujet n'a pas été évoqué tant que Rayleen et moi étions dans les parages.

Cora jeta un coup d'œil sur les sacs qu'elle avait déposés précipitamment dans l'entrée.

— Cela ne vous ennuie pas que je range les provisions ?

— Allez-y, répondit Eve.

Elle ramassa un sac, invita d'un signe Peabody à l'imiter.

En passant, elle aperçut la salle à manger – tout en noir et argent –, agrémentée d'une vaste terrasse.

— C'est Mme Straffo qui a emmené Rayleen à l'école ce matin, commença Eve.

— Merci de votre aide. Oui, c'est exact. L'un ou l'autre s'en charge régulièrement. En général, ils me préviennent. Mais aujourd'hui, juste après le départ de son mari, Mme Straffo m'a annoncé qu'elle prenait le relais.

Elle acheva de remplir placards et réfrigérateur.

— Puis-je vous offrir quelque chose, à vous et à votre coéquipière, lieutenant ? Un thé, peut-être ?

— Non, merci.

— Si cela ne vous ennuie pas, je vais m'en préparer un. J'en ai besoin. Encore un décès à l'école, dites-vous. Jamais deux sans trois... Je sais, c'est une superstition idiote. Mais bon. Je devrais peut-être aller chercher Rayleen, non ? Mais je ne peux pas laisser sa mère seule.

— Nous allions contacter son père.

— C'est sans doute la meilleure solution.

Elle prit sa tasse dans l'autochef, poussa un soupir.

— Quelle histoire !

— Dans quel état était Mme Straffo à son retour de l'école ?

— Elle était pâle, elle m'a avoué qu'elle ne se sentait pas bien.

Cora se jucha sur un tabouret.

— Elle m'a donné une liste de courses à faire et a déclaré qu'elle ne voulait être dérangée sous aucun prétexte.

— Vous faites souvent les courses ?

— Bien sûr. C'est prévu dans mon contrat. Mais n'allez pas croire qu'elle me traite en esclave. Ce n'est pas du tout le cas.

Eve pensa à la salle de jeu-chambre à l'étage.

— Vous passez beaucoup de temps avec Rayleen.

— Oui, et elle est adorable. La plupart du temps... ajouta Cora en riant. Mais Mme Straffo s'en occupe aussi énormément. C'est une femme charmante, et son mari est très gentil. Cela dit, je ne comprends pas qu'il ait insisté pour défendre cet homme alors que cela bouleverse visiblement son épouse. Et voilà qu'il est mort. Elle me l'a dit quand je l'ai aidée à s'allonger. La pauvre, ses nerfs ont lâché.

Comme elles quittaient l'immeuble, Peabody annonça à Eve que Mme Mosebly avait accepté de se rendre au Central.

Les nerfs d'Eve faillirent lâcher à leur tour lorsqu'elle traversa la salle de la brigade, peu après. Conversations interrompues, regards de biais... Personne ne la félicita pour sa prestation de la veille à l'émission de Nadine. Parce que ce n'était pas ce qui les intéressait, songeat-elle en fonçant dans son bureau et en se retenant de claquer la porte. Ce qui les intéressait, c'était l'histoire du mari du lieutenant avec une superbe blonde.

Elle commanda un café, constata qu'elle avait plusieurs messages de Nadine, de Mavis, de Mira... et du présentateur amateur de ragots. Qu'il grille en enfer, celui-là !

Eve décida de n'écouter que le message de Mira.

— Eve, je vous ai adressé un profil plus détaillé. Si vous souhaitez me parler de problèmes plus personnels, n'hésitez pas à me joindre. Je serai disponible.

— Non, je ne veux pas en parler, grommela Eve.

Elle décida que le moment était venu d'aller voir son supérieur pour un compte rendu oral. Le rapport écrit viendrait plus tard. Ensuite, elle prendrait des nouvelles auprès de Morris. S'offrirait le luxe d'un deuxième passage dans l'appartement de Williams. Demanderait à Feeney de prendre en charge les appareils électroniques.

Elle savait quoi faire, comment s'y prendre.

Pour le reste, sa vie personnelle, elle était perdue.

L'assistante de Whitney évita soigneusement son regard.

— Vous pouvez y aller, lieutenant. Il vous attend.

Whitney était assis à son bureau. Épaules larges, mains immenses. Visage sombre, regard intense.

— Lieutenant.

— Commandant. Je pense qu'il existe un lien entre l'homicide Foster et la mort par noyade de Reed Williams.

Il se cala dans son fauteuil pour l'écouter.

— Vous n'avez pas jugé utile de convoquer Allika Straffo au Central pour interrogatoire.

— Pas tout de suite. Nous n'obtiendrions rien d'elle, commandant. Il me semble plus profitable de faire pression sur Mosebly. Si toutes deux ont un mobile et eu l'occasion, j'imagine mieux Mosebly enfonçant la tête de la victime sous l'eau. Elles avaient autant à perdre l'une que l'autre, mais le ton de la déclaration de Straffo avant d'apprendre la mort de Williams est plutôt convaincant. Elle aurait pu profiter du délai entre le meurtre et...

— S'il s'agit d'un meurtre.

— Oui, commandant, s'il s'agit d'un meurtre, elle se serait probablement préparée à l'interrogatoire. Je ne l'élimine pas de ma liste, mais Mosebly correspond mieux à mon hypothèse.

— Et Foster ?

— Il est possible que Williams l'ait empoisonné. Williams avait horreur qu'on le pousse dans ses retranchements. Or, Foster l'avait sermonné au moins une fois au sujet de ses frasques sexuelles. Nous savons maintenant que Williams a eu une relation avec Mosebly. Si nous pouvons prouver que Foster était au courant... La menace était plus grave sur Mosebly que sur Straffo. La découverte de Foster mettait en péril sa position, son autorité. Personne n'apprécie que ses problèmes privés soient révélés publiquement, surtout par ses subordonnés.

— Certes, admit-il, les yeux droit dans les siens. Dans ce cas, allez-y.

— Bien, commandant.

— Mon épouse et moi avons regardé la nouvelle émission de Nadine Furst hier soir.

Il ébaucha un sourire.

— Vous vous en êtes bien sortie. Vous avez fait honneur à notre département. Le préfet Tibble est aussi de cet avis.

— Merci, commandant.

— C'est excellent pour nos relations publiques. Dallas, je sais combien il est difficile d'être sous les projecteurs et de surmonter les désagréments qu'entraîne

216

inévitablement la notoriété. Si vous avez la sensation d'être tiraillée au point que cela vous gêne dans votre travail, n'hésitez pas à m'en parler.

— Cela n'affectera en rien mon travail.

Il opina.

— J'aimerais, si possible, assister à l'interrogatoire de Mosebly, en observateur. Sinon, je visionnerai l'enregistrement à la première occasion. Vous pouvez disposer.

Comme elle se levait, il ajouta :

— Dallas ? Les médisances sont une forme odieuse et insidieuse de divertissement. C'est peut-être pour cela que les gens ont tant de mal à y résister. Un bon flic sait que les ragots peuvent être utiles. Il sait aussi que, le plus souvent, ils sont une déformation de la vérité destinée à servir les buts de celui qui les répand. Vous êtes un bon flic.

— Oui, commandant. Merci.

Cela partait d'un bon sentiment, elle le savait, mais elle n'en éprouva pas moins de la gêne.

Elle avait presque atteint son bureau quand son communicateur bipa. Elle vit sur l'écran que Connors avait cherché à la joindre.

Elle faillit effacer purement et simplement le message, se ravisa : ce serait lâche et mesquin. Ravalant un juron, elle l'écouta.

Son visage apparut, ses yeux bleus fixant les siens.

— Lieutenant. Je ne veux pas te déranger, mais si tu pouvais me consacrer un peu de temps dans la journée, ce serait bien. Si c'est impossible – ou si tu es trop têtue pour te rendre disponible –, je compte sur toi ce soir. À la maison. Je conclurai par ceci : tu m'exaspères, et pourtant je t'aime de toutes mes forces. Tu as intérêt à me donner de tes nouvelles, Eve, sans quoi je te botte les fesses.

Elle fourra l'appareil dans sa poche.

— On va voir qui bottera les fesses de qui, camarade.

Mais son cœur s'était serré. De plaisir ou de douleur ? Elle n'aurait su le dire.

— Hé, Dallas ! lança Baxter en quittant son poste de travail pour la rejoindre. Bravo pour votre prestation chez Nadine.

— Vous avez quelque chose à me dire en rapport avec une enquête, inspecteur ?

— Pas vraiment. Je voulais juste… Écoutez, Dallas, ne faites pas attention à…

Elle lui claqua la porte au nez, non sans avoir remarqué son expression compatissante.

Mettant un couvercle sur ses émotions, elle s'assit et se concentra sur la rédaction de son rapport jusqu'à ce qu'on lui signale l'arrivée d'Arnette Mosebly.

Quand elle pénétra dans la salle d'interrogatoire, Mosebly la foudroya du regard.

— Franchement, lieutenant, vous auriez pu me recevoir dans votre bureau.

— Vous ne l'avez pas vu. Il y a à peine la place pour deux personnes, encore moins pour trois. Je vous remercie d'être venue.

— Je tiens à coopérer, à la fois en qualité de citoyenne et de directrice du Cours Sarah. Plus vite ce dossier sera clos, mieux cela vaudra pour l'école.

— Elle compte beaucoup à vos yeux.

— Naturellement.

— Accordez-moi quelques instants pour m'installer. Enregistrement. Entretien avec Mosebly, Arnette, conduit par Dallas, lieutenant Eve ; en présence de Peabody, inspecteur Delia, au sujet du décès de Williams Reed, ce jour… Madame Mosebly, êtes-vous ici de votre plein gré ?

— Absolument. Je vous ai dit que j'étais prête à coopérer.

— Et nous l'apprécions. Pour assurer votre protection, je vais vous citer vos droits…

— Mes droits ? Mais je…

— C'est la routine, coupa Eve. Encore une fois, nous vous sommes reconnaissantes de vous être déplacée.

— Nous sommes tous en état de choc. Deux morts, presque coup sur coup…

— Vous faites allusion à Craig Foster, assassiné au sein de l'établissement que vous dirigez.

— Oui. C'est tragique.

— Excusez-moi, puis-je vous offrir un café ?

— C'est gentil, mais non, merci.

— Vous connaissiez bien ces deux hommes, enchaîna Eve.

— Oui.

Mosebly croisa les mains sur la table. Ses ongles étaient parfaitement manucurés, et laqués d'un joli vernis corail.

— Ils enseignaient dans l'école dont je suis la directrice.

— Savez-vous que Reed Williams a été interrogé à propos de la mort de Foster ?

Elle serra les dents, affichant une expression sévère qui devait effrayer ses élèves.

— Nous l'avons tous été. Mais il a été inculpé pour d'autres délits.

— Possession de substances illicites, dont deux sont le plus souvent utilisées dans les crimes sexuels.

— Les drogues du viol, murmura Mosebly. C'est ignoble. Je respectais Reed en tant que professeur, mais j'ai été terriblement choquée d'apprendre…

— Vous avez vu M. Williams à ce sujet.

— Oui, confirma-t-elle en avançant le menton, le regard hautain. Quand il a été inculpé, j'ai prévenu le conseil d'administration. Il a été décidé que Reed serait immédiatement suspendu et que je lui demanderais de remettre sa démission. S'il s'y refusait, je devais entamer une procédure de licenciement.

— C'est compliqué et souvent difficile. Et quelle publicité défavorable pour l'école vu les circonstances !

— Certes. Mais je n'avais guère le choix. Les élèves sont notre priorité.

Peabody remplit un gobelet d'eau et le tendit à Mosebly.

— Certains parents ont déjà retiré leurs enfants, intervint-elle. Et j'imagine que vous avez dû en rassurer d'autres. Le conseil d'administration vous a sans doute aussi tapé sur les doigts.

— Il m'a soutenue, assura Mosebly.

— Si Williams avait fait une scène, ce n'aurait peut-être pas été le cas. Vous savez ce que c'est, lieutenant. Un individu commet une faute, puis tente de couler le navire entier avec lui.

— Mmm, acquiesça Eve. Il ne veut pas tomber seul, et se moque des dégâts que son attitude entraînera. Vous avez déclaré un peu plus tôt que vous aviez vu Williams et parlé avec lui ce matin, à la piscine.

— En effet. Je sortais quand il est entré. Je lui ai rappelé – fermement – qu'il était suspendu. Je lui ai demandé une fois de plus de donner sa démission et je l'ai prévenu des conséquences s'il n'obtempérait pas.

— Comment a-t-il réagi ?

— Il m'a répliqué qu'il faisait confiance à son avocat et à son représentant syndical. J'ai tourné les talons pour aller prévenir notre président. J'avais décidé de faire appel à la sécurité pour escorter M. Williams jusqu'à la sortie.

— Vous l'avez laissé barboter dans le bassin ? Alors qu'il venait de défier votre autorité ? s'étonna Eve.

— Je pouvais difficilement l'en sortir toute seule.

— Évidemment, marmonna Eve, sourcils froncés, en feuilletant le dossier devant elle. Vous ne mentionnez pas de dispute violente.

— J'ai peut-être haussé le ton, mais notre échange n'a rien eu de violent.

— Vraiment ? Quand je discute, je m'emporte. Surtout lorsqu'on me menace. Ça non plus, vous ne l'avez pas précisé. Qu'il vous avait menacée.

Mosebly tressaillit, détourna le regard.

— Je ne me souviens pas qu'il l'ait fait.

— Quelqu'un vous a entendus. Il vous a menacée, Arnette. Il vous a dit qu'il n'hésiterait pas à révéler que vous aviez fricoté ensemble dans cette piscine, et dans votre bureau. À votre avis, comment le conseil d'administration aurait-il accueilli cette nouvelle ? Combien de temps auriez-vous conservé votre poste de directrice si Williams avait parlé ?

— C'est absurde ! protesta-t-elle en avalant sa salive et en décroisant les mains pour les poser à plat sur la table. Vous m'insultez.

— Je vous avoue que je me suis demandé comment une femme comme vous, si dévouée, si fière de l'école qu'elle dirige, pouvait garder une ordure comme Williams dans son équipe. Je me suis posé la question. Vous deviez savoir.

— Il n'y a jamais eu aucune plainte...

— Voyons, Arnette, vous étiez forcément au courant de ses activités extrascolaires. Mais comment le sanctionner alors que vous aviez couché avec lui ?

— La situation était délicate, renchérit Peabody. Difficile pour vous de tout révéler au conseil. Il ne vous restait plus qu'à vous taire et à tolérer son comportement.

— Ce qui vous permettait de préserver votre réputation, ajouta Eve en se levant pour se percher au bord de la table. Ainsi que celle de votre établissement. Foster vous a-t-il confié en douce que Williams harcelait Laina Sanchez ? Vous a-t-il demandé quoi faire ?

— Je... je crois que je vais exiger la présence de mon avocat avant de poursuivre cet interrogatoire.

— Aucun problème. Mais réfléchissez. Peabody, selon vous, comment le conseil d'administration réagira-t-il en apprenant que Mme Mosebly a besoin d'un avocat ?

Peabody fit la moue, secoua la tête.

— Mal. Très mal même.

Mosebly leva la main.

— Tout cela est ridicule. Mettons les choses au clair ici et maintenant. Inutile d'impliquer un avocat ou le conseil d'administration.

— Vous êtes sûre, Arnette ?

— Oui. Je... je vais vous dire ce que je sais. Craig est venu me trouver l'an dernier. Il était bouleversé et soucieux. Il m'a raconté que Reed harcelait Laina, qu'il avait eu des gestes inconvenants. Il m'a expliqué qu'il avait mis Reed en garde, mais ayant appris que celui-ci avait un comportement inapproprié avec d'autres membres du personnel, il souhaitait que je le sanctionne.

— L'avez-vous fait ?

— J'ai convoqué Reed. Il n'a pas manifesté le moindre repentir, mais il a laissé Laina tranquille. Il était en colère contre Craig. En ce qui me concerne, il était amusé, car nous avions eu une brève aventure à l'époque où j'avais pris mon poste. Une erreur stupide, un moment d'égarement. Cela n'aurait jamais dû arriver, et je m'étais juré que ça ne se reproduirait plus.

— Mais...

— Le mois dernier, alors que j'effectuais mes longueurs comme chaque matin, il a plongé dans la piscine. Nous... bref, inutile de vous faire un dessin.

Elle baissa les yeux, but longuement.

— J'étais furieuse contre moi-même, mon manque de jugement, de contrôle. Aujourd'hui, je me rends compte que ça s'est passé parce qu'il m'avait droguée.

Elle releva la tête, et Eve vit qu'elle mentait.

— Il m'a fait avaler cette drogue du viol, et la première fois aussi, j'en suis sûre. Je me suis sentie coupable, mais je ne l'étais pas. Personne ne l'est, dans ces conditions.

— Comment s'y est-il pris pour vous la faire ingérer ?

— Il... m'a offert une bouteille d'eau, si je me souviens bien.

— Vous vous êtes interrompue entre deux longueurs, vous avez fait du surplace dans le bassin et bu de l'eau ?

— Apparemment, je n'ai pas été très claire. Quand il est apparu, je suis sortie de l'eau. Bien que nous n'ayons pas de problème à travailler ensemble, j'évitais de me retrouver seule avec lui dans ce genre de situation. Je me sentais mal à l'aise.

— Ça ne vous a pas empêchée d'accepter la bouteille d'eau qu'il vous offrait.

— J'avais soif. Ensuite, j'ai eu une sorte de bouffée de chaleur, un vertige. J'ai du mal à me rappeler précisément... Nous étions de nouveau dans l'eau, et il... je...

Mosebly se couvrit le visage de ses mains et se mit à pleurer.

— J'ai tellement honte !

— J'imagine, oui. En supposant que nous vous croyions, que s'est-il passé quand il en a eu fini avec vous ?

— Comment pouvez-vous être aussi insensible ?

— Des années de pratique, répondit Eve. Peu avant sa mort, Craig Foster a confié à sa femme qu'il avait vu Williams en compagnie de quelqu'un avec qui il n'aurait pas dû être. Je parie qu'il s'agissait de vous. Foster venait nager régulièrement.

— Il nous a surpris, avoua Mosebly en fermant les yeux. Après... Reed a éclaté de rire en disant que, cette fois, Craig en avait pris plein les yeux. C'était horrible.

— Qu'avez-vous fait ?

— Rien. *Rien !* J'espérais que Reed avait menti, qu'il cherchait à me faire peur.

— Du coup, la mort de Craig Foster vous arrange sacrément.

— M'arrange ? explosa Mosebly, le regard luisant de colère. La mort de Craig est une tragédie sur le plan personnel et un désastre potentiel pour notre établissement !

— Mais ce drame a sauvé votre peau. Plus personne n'était au courant de votre... incartade, hormis Williams. Il s'est tu parce qu'il aimait son boulot et son terrain de jeu.

Eve passa derrière Mosebly et se pencha par-dessus son épaule.

— Mais si son emploi avait été en péril, il n'aurait pas hésité à vous traîner dans la boue. Vous et l'école. Vous êtes une femme forte, en bonne santé, Arnette. Une athlète. Je suis sûre que vous auriez pu noyer un homme, surtout dans un élan de rage.

— Il était vivant quand je l'ai quitté. Vivant, insista-t-elle en attrapant le gobelet d'une main tremblante. Oui, j'étais furieuse, mais je suis partie. Il pouvait toujours me menacer de révéler au conseil d'administration que nous avions eu des rapports sexuels, mais comment pouvait-il le prouver ? C'était sa parole contre la mienne. La parole d'un toxicomane qui avait séduit ou tenté de séduire plusieurs membres du personnel, contre celle de la directrice à la réputation intacte. J'étais décidée à le licencier.

— Je vous crois. Et il est bel et bien parti, n'est-ce pas ?

— Je n'ai tué personne. J'ai été victime de viol. J'ai droit à un minimum de respect, à une thérapie. Je requiers les deux. Si vous associez mon nom à ces viols de manière officielle, je porterai plainte contre ce département. À moins de m'accuser d'un crime rattaché à mon viol, vous devez préserver mon anonymat. J'exige de rencontrer une psychologue. Je ne peux plus répondre à vos questions, je suis à bout.

— À la demande du sujet, fin de l'interview. Peabody. « Je m'occupe de la psy. Entre nous, lança-t-elle juste avant de sortir, vous êtes une insulte à toutes les femmes violées. D'une manière ou d'une autre, on vous coincera.

Mosebly se raidit.

— C'est incroyable ! C'est toujours la victime que l'on culpabilise.

Eve pensa à son enfance, aux sévices qu'elle avait subis.

— Vous n'êtes la victime de personne.

— La garce ! La menteuse ! marmonna Peabody en fonçant dans le couloir. Si je ne me retenais pas, je lui arracherais les yeux.

Quand elle s'immobilisa devant les distributeurs, Eve crut qu'elle allait flanquer un grand coup de pied dedans. Mais Peabody sortit une poignée de crédits de sa poche pour s'acheter un tube de Pepsi et un soda sans calories.

— Qu'est-ce qui vous fait croire que c'est une menteuse ?

— Voyons, Dallas !

— Non, je suis curieuse.

Peabody s'adossa contre l'une des machines.

— Vous l'avez déstabilisée en l'accusant d'avoir eu des relations sexuelles avec Williams. Elle se croyait à l'abri. C'est là que les rouages se sont mis à tourner. On les entendait presque. *Clic ! Clic ! Clic !* La salope ! enchaînat-elle après avoir bu goulûment. Elle a profité du fait que Williams avait été arrêté pour possession de substances illicites. Elle était à côté de la plaque, Dallas. Elle n'a jamais été violée. Pas de honte, pas de peur, pas de colère, aucune des réactions qu'on rencontre d'ordinaire chez une victime d'abus sexuels. Son conseil d'administration tombera peut-être dans le panneau, mais pas moi.

Peabody reprit son souffle.

— Williams était une ordure, mais dans son genre, elle n'est pas mieux. C'est une manipulatrice, une lâche et une hypocrite.

— Quelle magnifique journée, déclara Eve en posant la main sur l'épaule de Peabody. Oui, c'est une garce. La séance de natation synchronisée avec Williams, c'est elle qui l'a voulue. Difficile de le prouver, cependant, vu qu'il est hors compétition, désormais, mais nous savons ce que nous savons. Cela dit, la garce est-elle une meurtrière ?

— Probablement. Elle avait un mobile et l'occasion dans les deux cas.

— Nous aimerions que ce soit elle, convint Eve. Nous serions enchantées de l'inculper pour deux homicides volontaires. Malheureusement, nous manquons d'éléments. Il ne nous reste plus qu'à compter sur notre instinct infaillible et à prouver que Williams a été assassiné.

— Ah, ouais ! grogna Peabody en se voûtant légèrement. J'avais oublié cette petite étape.

— C'est en sautant les étapes qu'on se retrouve le nez dans la poussière. Direction, la morgue.

14

Eve se précipita dans son bureau pour récupérer son manteau. Elle s'immobilisa, donna un léger coup de pied à son fauteuil. Elle ne répondrait pas à ces messages. Elle n'était pas une sainte.

Enfilant son vêtement, elle se dirigea droit vers le poste de travail de Baxter. Il lisait un rapport de la police scientifique en buvant du mauvais café.

— J'ai vu que vous aviez réglé l'affaire du souterrain. Homicide involontaire. C'est Trueheart qui a conduit l'entretien ?

— Oui. Il s'est bien débrouillé.

Elle jeta un coup d'œil vers le box où l'adorable Trueheart remplissait des paperasses.

— Trueheart.

Il fit pivoter son siège, cligna des yeux.

— Lieutenant.

— Beau travail sur l'interrogatoire Sykes.

Il s'empourpra.

— Merci, lieutenant.

— C'est moi qui lui ai tout appris, se vanta Baxter avec un grand sourire.

— Avec un peu de chance, il s'en remettra. Quant à vous, pour tout à l'heure, j'apprécie votre compassion. Restons-en là.

— Compris.

Satisfaite, elle s'en alla.

— Heureux de vous revoir, fit Morris en guise d'accueil. Puis-je vous offrir un rafraîchissement ?

Il arborait un costume couleur d'étain avec une chemise violette et une cravate gris foncé. Il avait rassemblé ses cheveux en une longue queue-de-cheval.

Eve posa les yeux sur le cadavre de Williams.

— Je préférerais un verdict. Homicide.

— J'ai des brownies au chocolat. Faits maison par les doigts magiques de ma déesse du Sud.

Eve étrécit les yeux, entendit Peabody saliver. Sa déesse du Sud ?

— L'inspecteur Coltraine ?

Morris plaqua la main sur son cœur et en mima les battements. Décidément, songea Eve, tous les hommes tombaient sous le charme des blondes à gros seins !

Morris remua les sourcils.

— Notre déesse cuisine pour se détendre, semble-t-il.

— Ah ! Vous êtes amoureux, Morris ?

— Qui ne le serait pas ?

— Je mangerais volontiers un demi-brownie.

Morris gratifia Peabody d'un sourire éclatant.

— Dans mon frigo personnel, là-bas. Servez-vous.

Il se tourna vers Eve et ajouta :

— Meurtre ou accident ? À vous de juger.

— Meurtre.

Il s'écarta un peu, indiqua le corps.

— Que voyons-nous ? Une blessure superficielle sous le menton.

— Il s'est cogné sur le bord de la piscine. Les techniciens ont prélevé un peu de peau sur le béton. Il a dû se faire mal, mais de là à s'assommer et à se noyer...

— Mmm... Quelques lésions sans gravité dans le dos.

— Infligées quand on l'a hissé hors de l'eau. Post mortem.

— En effet, en effet, ma brillante élève. Nous avons un individu en excellente forme physique – hormis le fait qu'il soit mort, bien sûr. D'après vos notes préliminaires, c'était un nageur aguerri. Il n'y a aucune trace de lutte. Pourtant, vous êtes convaincue qu'il s'agit d'un homicide.

— Parfaitement.

— Telle que je vous connais, si vous m'avez envoyé ce macchabée, c'est pour une raison précise. Nous avons réagi en conséquence. Nous n'avons pas encore reçu le rapport toxicologique, mais ça ne devrait pas tarder.

— Qu'a-t-il ingurgité, selon vous, et comment ?

— Approchez.

Il lui tendit une paire de lunettes, pointa le doigt vers le bas du crâne de la victime, à l'endroit où il avait rasé une partie de ses cheveux. Elle se pencha dessus.

— Une seringue, murmura-t-elle. Invisible à l'œil nu.

— Parlez pour vous.

Elle jeta un coup d'œil à Morris, et sourit.

— Excepté le vôtre. Je n'avais rien remarqué. J'ai examiné le corps, les doigts, les orteils, j'ai même vérifié la langue, l'intérieur des joues, mais j'ai raté ça. Bravo.

— J'ai mangé un brownie entier, confessa Peabody.

— Qui pourrait vous le reprocher ? riposta Morris en lui tapotant le bras comme elle les rejoignait.

— Peabody, nous avons notre homicide. La victime effectue ses longueurs. S'arrête en apercevant quelqu'un. S'agrippe au bord du bassin. Dit quelque chose du genre : « Quoi de neuf ? » Mais son meurtrier n'a pas le temps de bavarder. Il doit se dépêcher. Il prend un risque, mais comme pour Foster, c'est un risque calculé. Il lui suffit de se pencher, d'enfoncer l'aiguille.

Elle ôta les lunettes, imagina la scène.

— Il faut que ce soit rapide. Pas d'empoisonnement, cette fois. Un fourmillement dans la nuque, et la victime lâche le bord, s'égratigne le menton. Oui, le meurtrier l'a neutralisé. Avec un de ces produits que les médecins utilisent pour atténuer la douleur. On est réveillé, conscient, mais on ne sent plus rien, on ne peut plus bouger.

— Une fois de plus, je suis d'accord avec vous, déclara Morris. Je suis persuadé que le rapport toxicologique mentionnera la présence d'une substance paralysante standard. Puissante, efficace, et dont l'effet est assez temporaire.

— Pas assez pour lui. Il a dû se débattre, tenter de maintenir la tête hors de l'eau, voire de flotter. À deux mètres de l'endroit où les techniciens ont prélevé la peau, il y a une échelle. Il aura cherché à l'atteindre. On peut supposer que le tueur a été obligé de l'aider un peu, d'accélérer le processus avant une arrivée imprévue. J'ai remarqué dans le coin une collection de manches très longs : filets, balais. Très pratique.

— Le monstre, souffla Peabody.

Mais Eve fronça les sourcils.

— Morris, pensez-vous que ce genre de produit puisse avoir sa place dans l'infirmerie d'une école privée ?

— Ils ont probablement des analgésiques de base, oui, mais pas ça.

— On peut donc en conclure que l'assassin l'a apporté avec lui. Une fois de plus, la thèse du geste impulsif, du crime passionnel est à éliminer. Tout a été préparé, soigneusement planifié.

Elle lancerait des calculs de probabilités, reviendrait sur chaque détail, chaque déclaration. Mais pour l'heure, elle devait se concentrer sur Williams.

« Tu étais une ordure, songea-t-elle, mais pas un meurtrier. Celui qui t'a supprimé est le même que celui qui a supprimé Foster. »

Sur l'ordre de Dallas, Peabody déposa une requête pour un mandat de perquisition au domicile d'Arnette Mosebly. En route pour l'école, Eve pianota sur son volant.

— Peabody, rappelez Reo. Je veux aussi un mandat pour fouiller la demeure des Straffo.

— Vous croyez vraiment qu'Allika Straffo pourrait être notre coupable ?

— J'imagine que les belles femmes savent jouer la comédie, se poser en victimes. Et je pense qu'Oliver Straffo est un vrai dur. Il découvre que sa femme fricote avec le professeur. Il apprend que Foster est au courant et envisage de révéler l'affaire. Règle d'or : protéger sa réputation et épargner sa fierté.

— C'est un peu tiré par les cheveux.

— Ah bon ?

Eve poussa un soupir.

— Si j'avais eu vent du reportage qu'ils ont diffusé ce matin, j'aurais été tentée de pourchasser l'opérateur, le reporter, le réalisateur et de leur arracher les yeux. J'aurais préféré les agresser physiquement que de subir une telle humiliation.

— Je comprends. Euh… puis-je savoir pourquoi cette traînée de Magdelana ne figure pas parmi vos cibles ?

— Je l'aurais gardée pour la fin, répliqua Eve, les mains crispées sur le volant. Mais n'en parlons plus. J'ai évoqué cet incident pour illustrer une possibilité que nous devons envisager. Straffo est avocat et, soyons honnêtes, il excelle dans son domaine. Il planifie, calcule, échafaude des stratégies. En tant que défenseur, il sait en général que s'il se démène ainsi, c'est pour libérer un coupable.

— Il n'a aucune morale.

— Nous sommes flics, nous nous plaisons à critiquer ces gens-là. Mais c'est leur métier. C'est leur boulot, tout simplement, et c'est la loi. Seulement, il faut être solide pour négocier la liberté d'un meurtrier, d'un violeur ou d'un trafiquant de drogue. Conclusion : il correspond au profil et nous devons creuser la question.

Peabody consulta brièvement ses notes.

— Il n'a pas signé le registre de l'école, ce matin.

— Il y a toujours moyen de contourner la sécurité. Il va falloir examiner de plus près le système de l'établissement.

Elle aurait volontiers demandé à Connors son aide. Mais, pour une fois, elle se passerait de l'assistance de son consultant civil.

Une fois à l'école, elle débloqua les codes avec son passe-partout puis, les mains dans les poches, étudia le dispositif.

Élèves et membres du personnel devaient poser le pouce sur un écran tactile. Toutes les empreintes des personnes autorisées étaient fichées. Les visiteurs subissaient un contrôle d'identité avant d'entrer. Leurs sacs étaient fouillés.

Dans un lieu comme celui-ci, les détecteurs devaient fonctionner quatre-vingt-dix fois sur cent. Dans les écoles publiques qu'elle avait fréquentées, quatre-vingt-dix fois sur cent, ils n'avaient *pas* fonctionné.

L'argent était la garantie d'un certain niveau de sécurité.

Cela dit, un enfant de cinq ans doué pour l'informatique était sans doute capable de débloquer le système sans problème.

— On va demander à la DDE d'intervenir.

Le martèlement de ses talons sur le carrelage résonnait dans les couloirs déserts. Une école vide, c'était un peu comme une maison hantée, songea-t-elle. Si l'on tendait l'oreille, on pouvait entendre l'écho des voix, les bruits de pas. Des générations d'enfants avaient dû fouler le sol de ces corridors.

Elle s'arrêta devant l'infirmerie, déverrouilla la porte. À l'intérieur, derrière un étroit comptoir, trônaient un ordinateur et un tabouret. Quatre chaises et deux lits recouverts de draps blancs amidonnés complétaient le mobilier.

Sous le comptoir étaient rangées les fournitures de base : pommade à l'arnica, poches à glace, thermomètres, désinfectants et compresses stériles.

Dans un tiroir, impeccablement alignés, elle découvrit une collection d'instruments destinés à prendre la tension, écouter les battements du cœur, examiner gorge ou oreilles. Elle réprima un frisson. La médecine, sous quelque forme que ce soit, la mettait mal à l'aise.

Tous les médicaments – analgésiques pour enfants et pour adultes, remèdes contre les nausées, pastilles contre la toux – étaient à l'abri dans une armoire à pharmacie. Seuls, un passe-partout comme le sien ou une empreinte digitale et un code permettaient de l'ouvrir.

Elle n'y découvrit rien de particulièrement intéressant, sinon des seringues emballées individuellement.

De toute évidence, Mlle Brennan était du genre consciencieux.

L'ordinateur étant bloqué, Eve décida de le confier à la DDE.

— Ça flanque un peu la chair de poule ici, pas vrai ? commenta Peabody dans son dos.

— Comme dans toutes les écoles. Vous avez relevé quelque chose dans le bureau de Mosebly ?

— Rien. Mais j'ai étiqueté le matériel électronique et pris les disques. Elle a un petit stock de cachets antidouleur et de calmants. J'ai aussi étiqueté les machines de son assistante. Au cas où.

— Parfait. Retournons dans les vestiaires de la salle de gym. Histoire d'égayer l'atmosphère, je propose qu'on inspecte les casiers des gamins.

— Tous ? Ça va nous prendre des heures !

— Alors ne perdons pas une minute.

Eve aurait pu demander du renfort, et regrettait presque de ne pas l'avoir fait. Elles récoltèrent une montagne de disques, assez de friandises et d'en-cas salés pour remplir les étalages d'un Huit à Huit, des jeux électroniques, des pommes pourries.

Lampes de poche, brosses à cheveux, rouge à lèvres, fournitures d'art plastique, un vieux sandwich. Brouillons, esquisses, emballages, moufles, écharpes, gants et bonnets.

Photos, DVD, chaussettes puantes, lunettes de soleil dernier cri, lunettes de soleil cassées, petite monnaie, crayons mordillés à la pelle.

Un sac de poppers et trois joints.

— Mon Dieu ! s'exclama Peabody en secouant la tête. Le plus vieux d'entre eux a à peine treize ans !

Eve nota les numéros de casiers, confisqua les drogues.

— Quand j'étais en sixième, le champion des dealers avait huit ans. Il s'appelait Zipper.

— La première fois que j'ai vu un popper, j'avais seize ans, avoua Peabody.

Elle se tut comme le communicateur d'Eve sonnait.

— Dallas.

— Ici, Reo. J'ai votre mandat pour Mosebly. Ça n'a pas été facile. Je travaille encore sur celui pour Straffo. Mais n'y comptez pas d'ici ce soir.

— Nous commencerons par Mosebly. Merci.

Elle raccrocha.

— Peabody, trouvez-moi les noms des possesseurs de substances illicites d'après leur numéro de casier. Ne les fichez pas. Je veux leur parler d'abord.

— On prévient les parents ?

— Non. On rencontre les enfants. Mieux, je vais les confier à l'inspecteur Sherry, de la brigade des Stups.

— Aïe ! Les pauvres !

— Les pauvres, oui. Elle va leur ficher la pétoche, et c'est très bien.

Eve consulta sa montre.

— Je suggère qu'on rassemble une équipe pour nous donner un coup de main chez Mosebly.

— C'est bientôt la fin du service, déclara Peabody en se frottant les mains avec allégresse. De qui voulez-vous gâcher la soirée ?

— Baxter et Trueheart viennent de clore un dossier. Prévenez-les. Et McNab pour l'électronique, s'il est disponible.

Mosebly était furieuse de voir son espace envahi par une armada de flics. Un très bel espace, dans un beau quartier, nota Eve. Les cadres de l'éducation privée s'en sortaient bien, surtout quand ils étaient divorcés et sans enfants.

L'avocate à ses côtés s'arrêta sur chaque syllabe du mandat, et ne se priva pas de critiquer les méthodes de la police et son manque de sensibilité.

Eve fut amusée de découvrir que sous ses tailleurs sobres, Mosebly – à en juger par le contenu de ses tiroirs – avait un faible pour la lingerie sexy, voire vulgaire. Amusée, aussi, de constater que la directrice avait une prédilection pour les romans populaires.

À sa grande déception, cependant, elle ne trouva ni drogues, ni poisons, ni produits paralysants.

Ils repartirent les bras chargés de cartons. Eve tendit le reçu à l'avocate. Contre toute attente, Mosebly fondit en larmes juste avant qu'elle ne referme la porte derrière elle.

— Mettez tout ça dans mon véhicule, commanda-t-elle. Je vais le transporter jusqu'au Central et le faire enregistrer. Baxter et Trueheart, vous êtes libres.

— Si on allait manger un morceau, mon jeune apprenti ? proposa Baxter en posant le bras sur les épaules de Trueheart. Je connais un endroit tout près d'ici où la nourriture laisse à désirer, mais où les serveuses sont à croquer.

— Eh bien... si vous voulez, je peux vous aider à porter et à cataloguer tout ce que nous avons saisi, lieutenant.

Eve refusa d'un signe de tête.

— Allez manger et vous rincer l'œil, Trueheart. Peabody, je vous dépose au Central, McNab et vous.

— Entendu.

Elle se retint de lui suggérer qu'il aurait été plus malin qu'ils prennent un taxi tous les deux et se chargent des cartons, dans la mesure où elle-même n'habitait qu'à quelques pâtés de maisons de là.

Sur le trajet, Eve se réfugia dans ses pensées. Apparemment, sa coéquipière et son illuminé de l'informatique s'étaient mis en congé. Ce qui les préoccupait par-dessus tout, c'était de décider s'ils allaient commander une pizza ou un plat asiatique.

Dans le parking souterrain du Central, Peabody descendit de la voiture.

— On va vous donner un coup de main pour monter tout ça, Dallas, proposa-t-elle. Ensuite, si ça vous dit, on vous invite à partager avec nous des nouilles sautées et une bière chinoise.

Merde, songea Eve. Elle devait être en piteux état.

— Non, non, laissez. Allez-y sans moi. Je vais en profiter pour avancer un peu. À demain.

— Vous en avez au moins pour trois voyages, intervint McNab en sortant son communicateur. J'appelle deux uniformes.

Eve voulut objecter, y renonça en haussant les épaules. McNab avait raison. À quoi bon perdre son temps et son énergie ?

— Vous êtes sûre que vous ne voulez pas manger avec nous ? Vous n'avez même pas goûté les brownies de Morris, tout à l'heure.

— Je grignoterai un truc ici.

Peabody hésita, mais n'osa pas insister.

— Si vous changez d'avis, nous sommes à cent mètres, au *Pékin Sud*.

Elle ne reviendrait pas sur sa décision, mais après avoir étiqueté toutes les pièces, elle se rendit compte qu'elle ne travaillerait pas davantage. Elle était à bout, vidée.

Mais elle redoutait de rentrer chez elle.

Elle atterrit là où elle avait sans doute toujours su qu'elle atterrirait. Chez Mavis.

Eve avait vécu dans cet immeuble à une époque. Un immeuble dont Connors était le propriétaire. Mavis et Leonardo avaient emménagé dans son ancien appartement. Quelques mois auparavant, ils avaient conclu un accord avec Connors afin de louer le logement voisin, d'abattre les murs mitoyens, de monter des cloisons.

Mavis était une star de la musique, Leonardo, un styliste de mode réputé. Ils auraient pu s'offrir une maison somptueuse dans un quartier à la mode. Mais c'était ici qu'ils voulaient vivre, avec Peabody et McNab comme voisins.

En montant, Eve songea qu'elle n'avait jamais été attachée à cet appartement. Pas plus qu'à ceux qui l'avaient précédé, du reste. Ce n'était qu'un endroit où s'habiller et se reposer entre deux services.

Elle avait essayé de garder ses distances vis-à-vis de la luxueuse demeure de Connors. En vain. Elle en adorait chaque pièce, même celles qu'elle n'avait pas encore visitées. Elle adorait l'immense étendue de pelouse, les plates-bandes de fleurs, les arbres, la façon dont il utilisait l'espace.

Et voilà qu'elle était de retour à la case départ, traînant les pieds à l'idée de retrouver son nid. Et l'homme qu'elle aimait.

Ce fut Leonardo qui lui ouvrit. Dans son regard, elle décela une lueur de compassion. Il l'enveloppa de ses bras, et Eve ravala un sanglot.

— Je suis tellement content de te voir, dit-il en lui caressant le dos. Mavis est en train de changer Belle. Entre… Un verre de vin?

Elle commença par refuser. L'alcool, le ventre vide, le stress. Et puis zut!

— Avec plaisir.

Il lui prit son manteau sans lui demander – Dieu merci! – comment elle allait ni où était Connors.

— Si tu allais rejoindre Mavis et Belle? Je t'apporte ton verre.

— Où sont…

— Dans la nursery.

Il lui sourit. Il avait un visage large, le teint cuivré. Sa tenue d'intérieur consistait en un pantalon-jupe bleu électrique et un pull satiné blanc.

— Vas-y, murmura-t-il en la poussant légèrement. Sous l'arche, à droite, puis à gauche. Mavis sera aux anges.

En franchissant le seuil de la nursery, elle pensa à la chambre de Rayleen Straffo, avec ses frous-frous roses et blancs. Ici, il y avait certes du rose et du blanc. Mais aussi du bleu, du jaune, du vert, du mauve.

C'était l'arc-en-ciel de Mavis.

Le berceau était un tourbillon de couleurs, de même que le siège à bascule qu'Eve lui avait offert pour la naissance. Les étagères croulaient sous les poupées et les peluches. Sur les murs, des fées dansaient autour d'arbres lourds de fruits et de fleurs.

Le plafond était constellé d'étoiles scintillantes.

Penchée sur la table à langer, Mavis fredonnait:

— Fini le popo de Bêla Eve. Tu as le popo le plus joli de l'histoire des popos, mais le derrière de ma ravis-

sante Belle est tout propre, tout brillant. Ma douce et
tendre Belle. Tu sais que maman t'aime, ma jolie Bel-
larina.

Elle souleva sa fille, qui portait une robe rose et des
nœuds en forme de fleurs dans sa touffe de cheveux
noirs, roucoula, effectua une sorte de pirouette.

Et aperçut Eve.

Son visage s'illumina, et Eve se reprocha de ne pas
être venue plus tôt.

— Popo? commenta-t-elle. Tu dis popo, maintenant?

— Dallas!

Elle se précipita vers son amie et l'étreignit de son
bras libre. Elle sentait le talc et le lait parfumé.

— Je ne t'avais pas entendue.

— J'arrive à l'instant.

Au prix d'un effort qui lui coûta moins qu'elle ne
l'avait craint, elle contempla le nourrisson.

— Elle est plus grande. Elle a l'air un peu plus...

Mavis haussa un sourcil.

— Tu allais dire humain.

— D'accord, d'accord. Mais c'est la vérité. Elle a pris
un peu de toi et un peu de Leonardo. Comment te sens-
tu?

— Fatiguée, heureuse, larmoyante, surexcitée. Tu
veux la tenir?

— Non.

— Juste une minute. Tu peux chronométrer.

— Je risque de la casser.

— Mais non! Tiens. Assieds-toi d'abord, si ça te rassure.

Piégée, Eve évita le fauteuil arc-en-ciel au profit d'un
rocking-chair rose bonbon. Elle rassembla tout son
courage lorsque Mavis déposa le bébé dans ses bras.

Au moins, elle était propre, songea Eve.

— Je n'aime pas la façon dont elle me fixe. On dirait
qu'elle complote quelque chose.

— Elle essaie de te cerner, c'est tout.

Mavis se tourna vers Leonardo, qui venait d'apparaître avec leurs verres.

Comparée à lui, elle apparaissait minuscule. Une petite boule d'énergie coiffée d'une toison folle, aujourd'hui couleur d'abricot mûr. Elle portait une combinaison imprimée de grenouilles guillerettes coordonnées à ses chaussons.

— Tu devrais la bercer.

— Je n'ose pas bouger.

À cet instant précis, Belle fit la lippe, fronça le nez et laissa échapper un hurlement.

— C'est bon, ça suffit, décréta Eve. Viens la chercher, Mavis.

— Elle a faim, c'est tout. Je m'apprêtais à la nourrir, mais j'ai dû la changer d'abord.

Au grand soulagement d'Eve, Mavis reprit sa fille et alla s'installer dans le fauteuil arc-en-ciel. Puis, à sa grande stupéfaction, elle tira sur l'une des grenouilles, révélant un sein bombé. Belle s'y accrocha telle une sangsue affamée.

— Waouh !

— Voilà, mon bébé. Le train de lait de maman est en gare.

— Vous vous en sortez bien toutes les deux.

— Nous formons une équipe hors pair. Leonardo, mon amour, tu nous laisses entre filles ?

— Pas de problème, fit-il en venant embrasser la mère et la fille. Mes beautés. Mes anges. Si vous avez besoin de moi, je suis dans mon atelier.

Il posa un verre près de Mavis, tendit le sien à Eve.

Seuls les bruits de succion de Belle se firent entendre dans le silence qui suivit.

— Alors, commença Mavis, pourquoi n'ai-je pas encore entendu parler d'une salope blonde noyée dans l'East River ?

Eve posa son verre. Et fondit en larmes.

— Désolée, souffla-t-elle une fois calmée. La crise couvait depuis un moment, je suppose… Je ne devrais pas être là. Je vais faire tourner ton lait.

— Pas de danger. Raconte-moi ce qui se passe.

— Je n'en sais rien. Il… elle… Merde, Mavis. Merde !

239

— Ne me dis pas que Connors la saute, parce que c'est impensable. Il ne ferait jamais ça. Pas lui.

— Non, il ne la saute pas. Mais ils ont été amants autrefois.

— Je détroussais les passants. Tu m'arrêtais.

— C'est différent.

— Bien sûr.

Eve lui raconta la robe rouge, la manière dont Connors l'avait regardée, la visite de Magdelana au Central…

— Cette garce cherchait à te déstabiliser.

— Elle y est parvenue. Mission accomplie.

— Quel genre de fille est-ce ?

— Belle à couper le souffle, intelligente, sexy, sophistiquée. Polyglotte, riche, sûre d'elle.

Eve se leva pour arpenter la pièce.

— Elle est parfaite pour lui.

— Tu parles !

— Tu sais ce que je veux dire, Mavis. L'image. Elle est tout le contraire de moi. C'est une antimoi.

— Tant mieux. Génial !

— Tant mieux ? Génial ? Comment cela ?

— Parce que si vous vous ressembliez, on pourrait penser – j'insiste sur le conditionnel – que Connors t'a choisie parce que tu la lui rappelais. Parce que tu étais le genre de femme pour qui il craquait. Mais ce n'est pas le cas. C'est pour *toi* qu'il a craqué, pas pour un genre de femme. Je parie que ça la rend folle dingue.

— C'est… Oh ! Je ne comprends rien à ces affaires de femmes. Elle serait folle dingue parce que je suis son contraire ? En d'autres termes, parce que Connors aurait en quelque sorte cessé de la chercher à travers d'autres ?

Mavis cala Belle sur son épaule et lui tapota le dos.

— Elle est habituée à gagner. Ma main au feu qu'elle bave de jalousie chaque fois qu'elle y pense. Pas vrai, Bellissima ?

En guise de réponse, Belle rota bruyamment.

— Bravo, ma fille. C'est pour cette raison qu'elle a procédé à cette mise en scène !

— Cette mise en scène ?

Une lueur d'incrédulité dansa dans les iris émeraude de Mavis.

— Mon Dieu, Dallas, comment as-tu pu passer à côté ? Je ne suis plus dans la partie depuis des années, mais je reconnais une machination à dix kilomètres. Tu as bien regardé ce film ?

— Je... j'étais bouleversée.

— Une seconde. Je vais coucher Belle. Tu prends ton verre, et nous allons visionner l'enregistrement.

Eve n'en avait aucune envie, mais la curiosité l'emporta. Une fois dans le séjour, Mavis brancha l'écran mural, lança la fonction rediffusion et programma l'extrait en question.

— À présent, concentre-toi comme le flic que tu es et non comme la femme blessée... Il baisse les yeux sur elle, oui, parce qu'elle lui parle en levant la tête vers lui. Elle s'assure qu'il la regarde pendant que la caméra tourne. Là, tu as vu ? La façon dont elle s'est déplacée pour que la caméra puisse zoomer sur leurs deux visages. Et là, elle tourne légèrement la tête pour que l'objectif capte l'expression songeuse qu'elle vient de plaquer sur ses traits. C'est habile, mais évident si on y prête attention. Elle joue la comédie. À toi comme à lui... Va donc lui botter les fesses.

— Le problème, c'est que si je l'agresse, ça lui donnera du poids.

— Merde, souffla Mavis. Tu as raison.

— Deuxième problème : il a des sentiments pour elle. Ce qui lui donne déjà du poids. Et elle le sait.

— Tu es de l'autre côté de la balance, Dallas. Elle n'a pas la moindre chance.

— C'est possible, mais jusqu'ici, c'est elle qui a mené la barque. Je souffre, Mavis, et il ne s'en rend pas compte.

— Oblige-le.

Mavis alla chercher le manteau de son amie.

— Il est temps de mettre un terme à son manège, Dallas... Connors a appelé environ une demi-heure avant ton arrivée.

— Vraiment ?

— L'air parfaitement décontracté. Il m'a demandé des nouvelles du bébé. Je n'aurais peut-être rien remarqué si je n'avais pas été attentive. Mais, crois-moi, tu n'es pas la seule à souffrir ce soir.

15

Connors tendit la main vers son communicateur, se traita d'imbécile, et tourna les talons. Il n'appellerait plus ni Eve ni ses amis.

Il en avait assez.

Elle rentrerait quand elle rentrerait. Ou ne rentrerait pas.

Bon Dieu, où était-elle ?

Pourquoi lui infligeait-elle ce supplice ? Il n'avait rien fait pour mériter cela.

Mais la manière dont elle l'avait regardé ce matin-là demeurait gravée dans sa mémoire, dans son cœur, dans ses entrailles.

Il lui avait vu cette expression à deux ou trois reprises par le passé, mais jamais à cause de lui.

Cette détresse, il l'avait sentie le jour où ils avaient pénétré dans cette fichue chambre d'hôtel où elle avait souffert le martyre. Et chaque fois qu'elle s'arrachait à un cauchemar.

Elle devait pourtant savoir qu'il préférerait se couper la main plutôt que de la mettre dans cet état. Elle le connaissait.

C'était sa faute, et elle avait intérêt à revenir au plus vite pour qu'ils crèvent l'abcès une bonne fois pour toutes. Elle pourrait se défouler sur lui si cela la soulageait. Une grosse colère, voilà qui devenait indispensable.

Nom de nom, où était-elle passée ?

Il estimait sa propre fureur justifiée – et devait lutter pour ignorer qu'elle masquait la peur panique qu'Eve l'ait quitté pour toujours.

Il ne la laisserait pas faire. Si elle croyait pouvoir s'enfuir comme ça, il avait un scoop pour elle. Il la pourchasserait, et la ramènerait de force à la maison, à sa place.

Il avait besoin d'elle, bordel!

Tel un lion en cage, il arpenta le salon en priant pour que le bip de la télécommande au fond de sa poche lui signale enfin l'ouverture du portail. Et le retour d'Eve.

— Voulez-vous que je vous apporte quelque chose à manger? proposa Summerset depuis le seuil de la pièce.

— Non.

— Aucune nouvelle?

— Aucune. Et inutile de monter sur vos grands chevaux. Je n'y suis pour rien.

Une boule de fourrure sauta des bras du majordome.

— Vous n'avez rien fait non plus pour l'empêcher.

— Empêcher quoi? s'écria Connors en faisant volte-face. La métamorphose soudaine de mon épouse en une mégère jalouse?

— Sa perspicacité face aux manœuvres d'une femme rusée. Que vous reconnaîtriez vous-même si vous ne vouliez pas à tout prix avoir raison.

— Vous délirez. Il n'y a rien de perspicace à imaginer que je pourrais lui préférer Maggie. Quant à ses éventuelles manœuvres…

— Le reportage est tombé à pic.

— Que voulez-vous dire?

— L'horaire était soigneusement choisi, l'ensemble parfaitement exécuté, rétorqua froidement Summerset. Elle a toujours été habile.

— C'était une mise en scène? Dans quel but?

— Vous êtes ici tout seul, furibond, inquiet pour Dallas, pour votre mariage.

Summerset ignora le chat, qui exécutait des «huit» autour de ses jambes.

— Je suppose que le lieutenant vit le même enfer.

— N'importe quoi… Qu'est-ce que Magdelana a à y gagner?

— Un châtiment et un divertissement.

— Un châtiment pour *quoi* ?

Connors se dit qu'il devenait fou.

— Je vous rappelle que c'est elle qui m'a largué. Elle qui m'a trahi.

— Je ne l'ai pas oublié. Je suis heureux de constater que vous non plus.

— J'en ai par-dessus la tête d'entendre parler de Magdelana dans cette maison, lança Connors, avant de quitter la pièce au pas de charge.

Pour se défouler, il descendit mettre un droïde boxeur en miettes. Il eut beau s'épuiser à cette tâche, il en émergea à peine soulagé. Il prit une douche, se changea, se commanda du café dans son bureau. Il allait travailler. Si elle n'était pas là d'ici une heure, il...

Il n'avait aucune idée de ce qu'il ferait.

Quand il vit la lumière dans le bureau de Dallas, il en eut le vertige. Cette brève manifestation de faiblesse ne servit qu'à raviver sa colère. Il fonça dans la pièce, prêt pour le combat.

Eve était devant son ordinateur. Paupières closes, elle avait les yeux cernés et les traits tirés.

— Lieutenant.

— Je bosse.

— Ça attendra. Ordinateur : terminer la session.

— Hé !

— Est-ce ainsi que tu règles les problèmes ? Que tu me punis pour les crimes dont tu as décidé que j'étais coupable ? Sans daigner m'accorder un entretien ?

— Écoute, je suis fatiguée, j'ai besoin de...

— Moi aussi, bordel de merde !

Eve se rendit compte qu'il avait l'air épuisé, ce qui était très rare chez lui.

— Alors va te coucher. Je...

— Si tu as l'intention de te braquer, réfléchis. Réfléchis bien, répéta-t-il d'une voix dangereusement calme.

Un frémissement la parcourut.

— Je vais programmer un café.

— Tu peux attendre, comme je t'ai attendue la moitié de la nuit.

Il s'approcha d'elle, ses yeux bleus lançant des éclairs.

— Comment suis-je censé savoir que tu n'es pas morte dans une ruelle sombre ?

Elle n'avait pas pensé un seul instant qu'il imaginerait un tel scénario. Elle n'avait pas cherché à le punir ; juste à tenir le coup jusqu'à la fin de la journée. Elle secoua la tête.

— Tu devrais avoir confiance en ma capacité à me débrouiller.

— Alors que tu n'as pas confiance en moi ? Tu n'as ni le droit ni aucune raison de m'imposer une telle épreuve.

— Et réciproquement.

— Pardon ?

Il abattit les mains sur le bureau, se pencha vers elle.

— Qu'est-ce que tu me reproches ? Sois précise.

— Tu l'as regardée.

Il la dévisagea, stupéfait.

— Et alors ? Je ne suis pas aveugle. J'ai regardé des dizaines de femmes. Castre-moi.

— Épargne-moi le ton ironique. Tu l'as *regardée* et l'espace d'une seconde, tu lui as donné ce qui est censé m'appartenir.

— Tu te trompes.

— Sûrement pas ! rétorqua-t-elle en se levant pour plonger son regard dans le sien. J'ai un sacré sens de l'observation, je connais ton visage, tes yeux. Je sais ce que j'ai vu.

— Et ta formation de flic te dit que c'est une raison pour sombrer dans une jalousie irrationnelle ?

— Il ne s'agit pas de jalousie. Je le regrette, d'ailleurs. J'aurais voulu que ce soit aussi stupide, aussi mesquin, aussi simple. Mais ce n'est pas de la jalousie. C'est de la peur.

Elle s'effondra sur son siège.

— J'ai peur.

Ahuri, Connors se redressa.

— Je n'en crois pas mes oreilles. Comment peux-tu dire des choses pareilles ? Ne t'ai-je pas dit et répété, et prouvé que tu étais tout pour moi ?

Elle s'efforça de rester calme, chercha ses mots.

— Elle n'est pas comme les autres. Le lien a son importance. Tu le sais, je le sais. Elle aussi, ce qui est pire. Le lien, votre passé commun... C'est tellement palpable qu'aujourd'hui tout le monde m'a considérée avec pitié. Je me suis sentie humiliée parmi mes propres hommes.

— Et que fais-tu de notre lien, Eve? De notre histoire, à toi et à moi?

Elle ravala un sanglot. Connors savait qu'elle luttait pour ne pas pleurer, et cela ne faisait que rendre la situation pire encore.

Il alla se planter devant la fenêtre, fixa la nuit. Ils ne crèveraient pas l'abcès une bonne fois pour toutes, réalisa-t-il. Ils éplucheraient les couches une par une, puis ils aviseraient.

— Tu veux savoir ce que c'était et comment c'était autrefois, et ce que c'est aujourd'hui?

— Je sais...

— Tu crois savoir, rectifia-t-il. Et tu n'as peut-être pas complètement tort... Je vais te l'expliquer. J'avais vingt-trois ans, j'étais à Barcelone pour le boulot. J'avais déjà beaucoup de succès dans le milieu et dans les affaires. Cela m'amusait d'avoir un pied de part et d'autre de la ligne. L'ombre et la lumière. Un mélange intéressant.

Il marqua une pause, reprit:

— C'est là, à Barcelone, que nos chemins se sont croisés, avec un projet en commun.

Il revoyait la scène, le bar bruyant, les néons multicolores. C'était une soirée tiède de septembre.

— Elle est entrée dans l'établissement où je surveillais ma cible depuis un moment. Elle a surgi, la tête haute, en robe rouge. Elle m'a jeté un coup d'œil et a foncé droit sur ma cible. Quelques minutes plus tard, il lui offrait à boire. Elle était douée. Je l'ai à peine vue lui piquer sa clé magnétique.

Il se détourna de la fenêtre.

— C'étaient des rubis... Le clou d'une exposition dans une galerie d'art. Il fallait trois clés pour ouvrir la vitrine;

j'en avais deux. Elle lui a pris la sienne, elle s'est éclipsée dans les toilettes où elle en a fait une copie, puis elle est revenue glisser la carte dans sa poche. Ni vu ni connu. Désormais, ni elle ni moi n'aurions accès aux joyaux. J'étais furieux.

— Naturellement.

— J'ai attendu qu'elle me contacte, ce qu'elle a fait dès le lendemain. Nous avons fait le boulot en équipe, finalement, et nous sommes restés ensemble un certain temps. Elle était jeune, téméraire, passionnée. Nous aimions vivre à cent à l'heure, voyager, surfer sur la vague.

— Tu étais amoureux d'elle ?

Il traversa la pièce pour aller leur servir un verre de vin.

— Je l'ai cru, oui. Elle était capricieuse, imprévisible. Elle me menait par le bout du nez. Mes entreprises légitimes l'ennuyaient. Elle n'a jamais compris ma démarche. Ce qui l'intéressait, c'était le jeu, l'argent, les paillettes. Elle ne savait pas ce que c'était que de sortir de nulle part, puisqu'elle était issue d'une famille aisée. Elle en voulait toujours davantage.

— Et toi ? Que voulais-tu ?

— Elle, bien sûr. Mais aussi le respect, le pouvoir, les boucliers et les armes qui me permettraient de ne plus jamais être de nouveau rien. Tu comprends ?

— Oui.

— Elle avait d'autres ambitions. La faille était là.

Il l'avait décelée très vite.

— Pourtant, nous avons continué à travailler ensemble, à nous amuser. Jusqu'à l'épisode de Nice. Nous visions une collection exceptionnelle qui comptait entre autres deux Renoir. C'étaient ces tableaux qui nous intéressaient. Nous avions un acheteur. Nous avons passé des semaines sur ce projet, Maggie travaillant de l'intérieur à séduire le directeur de la galerie.

Eve leva la main pour l'interrompre.

— Elle couchait avec lui ? Ça ne te dérangeait pas ? De savoir qu'elle était avec un autre ?

— C'était pour la bonne cause, et il était deux fois plus âgé qu'elle. Le jeu en valait la chandelle.

Le cœur d'Eve s'allégea.

— Elle ne t'appartenait pas. Tu ne l'as jamais vue comme étant à toi.

— Tu pensais le contraire ?

— Oui.

Il se percha sur le bord de son bureau.

— J'avoue que mes sentiments à son égard étaient complexes. Et vice versa, je pense. À cause de ces sentiments et parce que j'étais convaincu que nous étions sur la même longueur d'onde, j'ai cru pouvoir lui faire confiance. Je me suis trompé.

Il but une gorgée de vin.

— La veille du jour *j*, elle n'est pas revenue à la villa que nous avions louée. Pas plus que le lendemain matin. Je craignais qu'elle n'ait eu un problème, qu'on ne l'ait démasquée. Puis j'ai appris qu'elle s'était enfuie avec le directeur de la galerie. Non seulement elle m'avait plaqué pour lui, mais si j'avais mené notre projet à son terme comme prévu, une armée de gendarmes m'aurait cueilli à mon arrivée.

— Elle t'avait balancé.

— Comme je te l'ai dit, elle était capricieuse. De mon côté, j'étais furieux, blessé. Mon orgueil en avait pris un coup. Elle m'avait dupé comme nous en avions dupé tant d'autres ensemble avant cela.

— Pourquoi ne l'as-tu pas recherchée ?

Connors contempla sa femme un instant.

— Cela ne m'est jamais venu à l'esprit. Elle m'avait trahi, point final. Pas question de lui donner cette satisfaction. J'ajouterais, en m'autorisant un bond en avant de plusieurs années, que j'avais la ferme intention d'aller te chercher, toi, si tu n'étais pas rentrée à la maison dans l'heure. Pas une seconde il ne m'est venu à l'esprit de ne pas le faire.

Elle inspira un bon coup avant de demander :

— Et les Renoir ?

Il esquissa un sourire.

— J'ai fini par mettre la main dessus, bien sûr. Trois ans plus tard. Et durant ces trois années, et après, j'ai enchaîné les aventures. Mais je n'étais pas amoureux.

— Et tu ne l'avais pas oubliée.

— Pas complètement, concéda-t-il. Elle avait laissé un vide en moi. Un vide que je ne voulais pas prendre le risque de combler.

— Elle… elle avait beaucoup d'influence sur toi. C'est peut-être cela que je ressens. Qui me gêne.

— Je ne le nie pas. Je disais que je ne l'avais pas complètement oubliée, mais au bout de quelques semaines, je ne pensais plus à elle. Tu comprends ?

— Oui.

— J'avais du travail. J'aime travailler. J'avais de l'argent. Le pouvoir, le respect. J'ai construit cette maison, et bien d'autres choses. J'étais attentionné envers mes conquêtes, mais elles n'ont jamais représenté à mes yeux plus qu'un plaisir passager.

— Elle t'a profondément meurtri.

— Oui. Et en la revoyant, tout m'est revenu, je me suis souvenu de ces sentiments compliqués qui ont fait qu'elle a été capable de me blesser.

— Cela m'aide que tu me dises tout cela, souffla Eve.

— C'est difficile à admettre. Mais en t'affirmant qu'il n'y avait plus rien entre nous, je ne mentais pas. Pourtant… pour être tout à fait franc avec toi, je me rappelle encore cette superbe jeune femme en robe rouge se faufilant dans le bar bondé, il y a plus de douze ans. La magie de l'instant. C'est peut-être cela que j'ai vu durant une seconde, l'autre soir. Un souvenir. Je ne peux pas effacer totalement le contenu de ma mémoire, Eve.

— Non, non. C'est vrai. Je…

— Laisse-moi terminer, l'interrompit-il en posant la main sur la sienne. Après son départ, j'avais ce grand vide en moi. J'aurais pu continuer à vivre avec. Je n'étais pas malheureux. Puis, un jour, j'ai éprouvé une sorte de picotement à la base de la nuque, une onde de chaleur. Je me suis retourné, et tu étais là.

Il mêla ses doigts aux siens.

— Tu étais là, et mon univers entier a basculé. Tu étais tout le contraire de ce dont je rêvais, de ce que j'espérais, désirais. Un flic, pour l'amour du ciel ! Un flic en gris, mal fringué. Dès cet instant, le vide en moi a commencé à se combler. Malgré moi.

« Elle est à l'origine de ce vide que tu as comblé. Tu comprends le lien – ce lien qui t'inquiétait tant ? Tu comprends que ce que j'ai pu éprouver pour elle n'est rien. C'est si pâle, si faible comparé à ce que j'éprouve pour toi.

Cette fois, les larmes se mirent à couler. Il les regarda rouler sur ses joues et se demanda si elle s'était rendu compte qu'elle pleurait.

— Elle a fait partie de ma vie. Tu *es* ma vie. Si j'ai un regret, c'est que tu aies pu, ne fût-ce qu'un instant, croire différemment. Ou que je l'aie permis.

— Quand je t'ai vu avec elle sur l'écran…

— Je disais au revoir à la femme que j'avais connue autrefois, ainsi qu'à l'homme que j'étais à l'époque, je pense. C'est tout. Ne pleure pas, chuchota-t-il en essuyant ses larmes d'une caresse.

— Je me sens ridicule.

— Tant mieux. Moi aussi.

— Je t'aime… Je t'aime tant que c'en est effrayant, avoua-t-elle en s'accrochant à son cou.

— Je sais, murmura-t-il, et elle le sentit trembler contre elle. Ne m'abandonne plus jamais ainsi, je t'en supplie.

— Je ne t'ai pas abandonné.

— Une partie de toi m'avait délaissé, fit-il en s'écartant, le regard assombri par l'émotion. Et c'était insupportable.

— Je n'irai nulle part. Nous n'irons nulle part. De toute façon, ajouta-t-elle en s'efforçant de sourire, tu me ramènerais ici de force.

— Un peu, oui !

— Dis-moi, tu t'es battu ? s'étonna-t-elle en sentant sous sa main ses phalanges écorchées.

— Avec un droïde. Ça semble tellement bien marcher pour toi quand tu es en colère contre moi.

— Tu devrais suggérer à tes chercheurs d'en inventer un qui se régénère ou je ne sais trop. Et tu devrais soigner ça, ajouta-t-elle en déposant un baiser sur ses doigts meurtris.

— Tu viens de le faire. Comme tu as l'air fatigué, mon Eve adorée, dit-il en lui caressant la joue. Et je parie que tu n'as rien mangé de la journée.

— Je n'ai pas pu. Morris m'a pourtant offert des brownies maison.

— Que dirais-tu d'une soupe ?

— Je suis trop lasse.

— Entendu. Au lit, alors.

Il lui entoura la taille du bras et l'entraîna vers leur chambre.

— Tu vas me laisser participer à ton enquête ?

Elle réalisa qu'elle l'en avait totalement évincé.

— Oui. Tu pourrais m'être utile. J'ai des questions concernant un système de sécurité.

— Je suis ton homme.

Elle lui sourit.

— Oui, tu l'es.

Elle sombra dans un sommeil profond. Aux premières lueurs de l'aube, elle fut réveillée par la bouche de Connors sur la sienne. Douce, brûlante, avide. Un soupir de bonheur lui échappa. Dans le silence et l'obscurité, ils firent l'amour avec une infinie tendresse, s'offrant mutuellement réconfort et apaisement.

Comme elle se blottissait contre lui, il murmura :

— J'aurais dû te laisser dormir.

— Sûrement pas. Je me sens trop bien... À propos, quelle heure est-il ?

— Bientôt 6 heures.

— Tu dois sans doute te lever.

— Je n'ai aucune envie de bouger.

Elle sourit dans le noir.

— Je meurs de faim.

252

— Pas possible ?

— Tu n'imagines pas à quel point. Je ne dirais pas non à un brownie.

— Ce n'est pas de cela que ton organisme a besoin.

— Si tu veux qu'on recommence, camarade, il me faut d'abord un café.

Ils s'étaient retrouvés, songea-t-il.

— Hier matin, le chat a englouti l'essentiel de deux petits-déjeuners irlandais. Que dirais-tu de remettre ça aujourd'hui ?

— Tu n'as rien avalé, toi non plus ?

— Non.

De nouveau, elle sourit, satisfaite de savoir qu'il avait souffert autant qu'elle. Elle se hissa sur le coude et le contempla.

— Mangeons donc. Et copieusement.

Ils prirent leur petit-déjeuner dans le lit, assis en tailleur, les assiettes disposées entre eux. Elle avala ses œufs comme si ces derniers allaient être interdits dans l'heure.

Elle avait repris des couleurs, nota Connors. Et ses cernes s'étaient estompés. Cependant, quand elle leva les yeux sur lui, il devina que quelque chose la tracassait.

— Quoi ? fit-il.

— Je ne veux pas tout gâcher, mais un détail me préoccupe.

— Je t'écoute.

— La robe rouge.

— Merde.

Elle agita sa fourchette.

— Non, non… Laisse-moi aller jusqu'au bout, d'accord ? D'après ce que tu m'as raconté, la première fois que tu l'as vue, elle avait une robe rouge. Et elle portait un fourreau rouge le soir où elle a ressurgi de nulle part. Simple coïncidence, selon toi ?

— Eh bien, je doute qu'elle se soit habillée en rouge pendant toutes ces années uniquement au cas où nos chemins se croiseraient de nouveau.

— Réfléchis. Ôte tes œillères cinq minutes. Et ne t'énerve pas.

— J'ai du mal, avoua-t-il en se vengeant sur une pomme de terre sautée. Où veux-tu en venir ?

— C'est simple : elle a tout manigancé. Elle n'était pas dans ce restaurant par hasard, Connors. En robe rouge. Elle savait que tu y serais, et comptait provoquer un choc. Tu te souviens de moi, mon cœur ?

— Enfin, comment aurait-elle su où je...

Les mots moururent sur ses lèvres.

Au prix d'un effort surhumain – dont elle se félicita –, Eve parvint à ne pas se lever pour exécuter une danse de la victoire.

— Tu as avoué toi-même qu'elle était habile. Et tu lui as sûrement enseigné toutes sortes de trucs. Tu connaissais le type qui l'accompagnait, tu avais fait des affaires avec lui. Si tu es prêt à y consacrer un peu de temps, ce n'est pas si compliqué de découvrir où Connors a réservé une table.

— En effet.

— Le lendemain matin, elle t'appelle chez toi, te propose un déjeuner – donne-moi quelques conseils, en souvenir du bon vieux temps. Je parie qu'elle s'est répandue en excuses pour le mal qu'elle t'avait fait il y a douze ans.

Elle marqua une hésitation, se lança :

— Et ne me dis pas qu'elle ne t'a fait aucune avance. Ne serait-ce pour que tâter le terrain.

— Le terrain n'était pas réceptif.

— S'il l'avait été, elle serait déjà six pieds sous terre.

— Ma chérie, je te reconnais bien là.

— Tâche de ne pas l'oublier, riposta-t-elle.

Ayant dévoré tout son bacon, elle lui en piqua une tranche.

— Je suis certaine que ça l'a vexée. Sans parler du fait que c'est l'antimoi.

— L'anti quoi ?

— Trop compliqué. Laisse tomber. Mais quand tu as refusé son offre de te montrer ses seins...

— Qui sont très jolis, si je m'en souviens bien.

— Tais-toi !

Il sourit, et un flot de bonheur envahit Eve.

— Bref, comment a-t-elle réagi quand tu l'as gentiment envoyée promener ?

— Elle a noyé sa déception dans un cocktail.

— Pas du tout. Elle a couru au Central pour me poignarder. Puis elle a comploté ce faux reportage. Mavis a dit...

— Mavis ?

— Je suis passée chez eux, hier soir. Mais j'ai complètement oublié le nounours.

— Moi aussi, tu m'as oublié.

— Non. J'avais besoin de voir Mavis, de parler avec elle.

Connors lui caressa le genou.

— Dont acte.

— Mavis a monté son lot d'escroqueries par le passé. Elle ne manquait pas de talent. Elle a repéré le stratagème de Magdelana, alors que j'étais passée à côté. Mais quand elle l'a démonté sous mes yeux, ça m'a semblé évident. Elle est à l'origine de cette vidéo, Connors. Si tu la regardes de nouveau, tu verras. Elle s'est positionnée par rapport à la caméra, elle a même triché pour que son visage soit mieux mis en valeur. Ce ne sont pas des images volées par un plouc à l'affût de sensationnel. C'est elle qui a monté le coup.

— Summerset a dit la même chose, et je l'ai envoyé balader, alors même qu'une petite voix me soufflait : « Bien sûr qu'elle en est capable. »

— Elle cherche à te récupérer. Elle a essoré deux hommes fortunés, a accumulé un joli magot. Mais toi, tu es la récompense suprême. Elle a commis une erreur autrefois en lâchant la proie pour l'ombre. Aujourd'hui, tu es... donne-moi le nom d'un très gros oiseau.

— Une autruche ?

— Bof... En tout cas, tu es le gros oiseau dans un nid en or, et elle veut sa part. Il ne lui reste plus qu'à se débarrasser de moi. Avec un peu de chance...

— C'était peut-être son intention, mais, comme je te l'ai dit, j'ai tué le poussin dans l'œuf. Du coup, elle s'est ruée sur toi pour te déstabiliser. Et elle y est parvenue. Je te promets que je lui ai fait clairement comprendre que toi et moi formions une entité, et qu'il n'était pas question que ça change.

— Elle espérait peut-être réussir à te convaincre du contraire. Entre-temps, elle nous pourrit l'existence. Elle n'a rien à perdre.

— Ça doit l'amuser, convint-il. Le quotidien, ou ce qu'elle perçoit comme tel, l'ennuie. À ses yeux, le mariage n'est qu'un moyen d'atteindre un but. Un gadget.

— Comment retourner la situation à mon avantage ? demanda Eve. Ou du moins y mettre un terme ?

— Je suis désolé. Je m'en veux d'avoir manqué de clairvoyance.

— Elle a mal calculé son coup, assura Eve en lui prenant la main.

— Oh, que oui !

— N'empêche que je lui botterais bien les fesses.

— Serait-ce inconvenant si je demandais la permission d'assister à la scène ?

— Décidément, les hommes sont tous des voyeurs, soupira Eve. Je pense que le mieux, c'est de l'ignorer.

— Je suis d'accord.

— En attendant, je dois décrocher, murmura-t-elle, comme son communicateur bipait. Bloquer l'image. Dallas.

— Reo, une fois de plus. J'ai votre mandat pour perquisitionner le domicile Straffo. Dur combat ! Toutefois, le juge demande à ce qu'il ne prenne effet qu'à partir de 8 heures ce matin.

— Entendu. Merci, Reo.

— Trouvez-moi quelque chose, Dallas. Sans quoi, Straffo médiatisera l'affaire.

— Vous pouvez compter sur moi.

— Oliver Straffo ? s'enquit Connors lorsqu'elle eut coupé la communication. Tu le soupçonnes d'avoir assassiné ce professeur ?

— Ces professeurs. Depuis hier, ils sont deux. Notre principal suspect a été tué.

Décidément, il avait un train de retard, se dit-il.

— Si nous débutions notre journée comme nous la finissons souvent ? suggéra-t-il. Parle-moi de ton enquête.

Elle lui exposa les faits pendant qu'ils prenaient leur douche. Ils s'habillèrent et se rendirent tranquillement dans le bureau d'Eve. Comme ils y entraient, le communicateur de Connors sonna. Il jeta un coup d'œil sur l'écran, fourra l'appareil dans sa poche.

— C'est ainsi que tu as l'intention de la traiter ?

— Pour l'instant. Donc, ton hypothèse, c'est que Straffo a éliminé Foster parce que celui-ci savait que sa femme le trompait.

— Ce n'est pas une hypothèse, mais une possibilité. On peut aussi imaginer l'épouse de Straffo dans le rôle de la meurtrière, avec le même mobile. Ou Mosebly, parce que Foster était au courant de sa propre liaison avec Williams.

— Ce n'est plus une école, c'est un bordel.

— Il se peut aussi que Williams ait supprimé Foster pour préserver sa carrière et sa réputation. Qu'ensuite, l'un ou l'autre des Straffo ou Mosebly ait éliminé Foster. Je m'apprêtais à lancer un calcul de probabilités hier soir, mais une chose en a entraîné une autre.

— Tu aimerais que je vérifie si Straffo a pu contourner la sécurité dans les deux cas.

— Si la flèche commence à pointer dans sa direction, ce serait un atout supplémentaire pour moi.

— Je m'en charge. Cependant, il me semble qu'en tuant Foster, l'assassin a mis la charrue avant les bœufs. Tes trois propositions présentent Williams comme le principal danger

— Je sais, mais d'après mes informations, Williams n'a proféré aucune menace envers Mosebly jusqu'à cette matinée fatale. Réfléchissons. Foster met les pieds dans le plat. Williams se dit : « Qu'il aille au diable », et le tue. Ou encore...

— L'un des Straffo panique. Ou Mosebly... Non. Trop d'Indiens, pas assez de chefs.

— Pardon ?

— Tu as une liste de suspects, mais aucun d'entre eux ne ressort vraiment du lot.

— Oui. Ça tient à peine debout. En ce qui concerne Foster, le mobile n'est pas clair. Il avait un sens aigu de la morale, mais il n'était pas du genre à semer la zizanie. Un témoin l'a vu en train de discuter avec Williams dans la salle des professeurs, le matin de sa mort. D'après ce que je sais de Foster, il n'aurait pas accepté de discuter avec Williams s'ils avaient été sérieusement fâchés.

— Il a prévenu la directrice que Williams harcelait Sanchez, lui rappela Connors.

— Oui, mais ce n'était qu'une tape sur les doigts. Foster lui avait déjà demandé de la laisser tranquille. Williams n'a pas insisté. Le problème a été résolu. À présent, je sais que Foster a surpris Mosebly et Williams en pleins ébats dans la piscine de l'école. Or, quand il en a parlé avec sa femme, il n'a pas révélé l'identité de Mosebly.

Connors tourna autour du tableau, examina la photo de la directrice.

— Elle est impressionnante. C'est une figure d'autorité. La nutritionniste appartenait au petit personnel. Les avances de Williams l'ont mise mal à l'aise, mais pas Mosebly, de toute évidence.

— Parce que, contrairement à ce qu'elle prétend, elle n'a jamais été violée. Mais pourquoi éliminer Foster s'il a décidé de se taire ? Pourquoi déposer un scandale sur son propre perron ?

Eve secoua la tête, perplexe.

— J'en reviens donc à la vengeance, la protection, ou, tout bêtement, à un coup de colère. Et aucune de ces propositions ne me satisfait.

— Tu vas finir par en trouver une qui te convienne. Tu n'étais pas dans ton assiette.

— Tu as sans doute raison. Voyons un peu ce que va nous apprendre la fouille chez les Straffo.

16

En attendant Peabody et McNab, Dallas se mit au travail. Elle était préoccupée. Son enquête était au point mort.

Les mobiles demeuraient obscurs.

Ses calculs de probabilités n'avaient rien donné, même pour ses principaux suspects, Allika Straffo se retrouvant tout en bas de la liste.

Pourtant, Eve était intriguée. Elle avait la sensation que cette femme n'était pas uniquement coupable d'un écart conjugal. Que savait-elle ? À quoi pensait-elle ? Qu'est-ce qui la rendait si vulnérable et nerveuse ?

La mort d'un enfant. Un tel drame pouvait-il provoquer des dommages si profonds qu'on ne s'en remettait jamais ? Peut-être. Mais Oliver Straffo semblait avoir surmonté sa douleur.

Sans doute était-ce différent pour une mère.

Mais il leur restait une fille, bien vivante et en bonne santé.

Apparemment, cela n'avait pas suffi à Allika pour retrouver son équilibre. La petite, les succès professionnels de son mari, le triplex, la jeune fille au pair, ce n'était jamais assez. Elle avait trébuché, et Williams s'était trouvé là pour la rattraper.

Et si ce n'était pas la première fois ?

— Et alors ? marmonna Eve.

Se retournant, elle aperçut Connors à la porte de communication de leurs bureaux respectifs.

— Et alors ? répéta-t-elle. Si Allika était une habituée de ce genre d'incartade, le mari perspicace qu'est Oliver Straffo n'en aurait-il pas détecté les signes ?

— Toutes sortes de gens trompent leur conjoint sans que l'autre s'en aperçoive. Ou accepte de regarder la vérité en face. Ou encore, ajouta-t-il, se soucie particulièrement de le savoir.

— Il est orgueilleux. Il est impliqué dans cette affaire. S'il avait été au courant, il ne serait pas resté indifférent. Et si c'était la première fois, serait-il allé jusqu'à tuer un innocent ? Alors que sa fille risquait d'en être affectée ? Non, ça n'a aucun sens, décida-t-elle. D'un autre côté, s'il savait, pourquoi avoir consenti à défendre l'homme pour lequel sa femme l'a trahi ? Et comment alors expliquer qu'il ait retourné sa veste le lendemain et assassiné ce salaud ?

— Peut-être pour que le flic chargé de l'enquête se pose précisément cette question.

— Mouais. C'est réussi… Au tribunal, il est redoutable. Il prévoit tout, il a le don de déformer la… Attends une seconde. Et s'il avait accepté de plaider la cause de Williams dans l'intention délibérée de perdre ?

— Il s'engage parce qu'il veut que son client soit déclaré coupable. C'est malin. Et impossible à prouver.

— Je le répète, il est rusé. Il a tenté de faire annuler le mandat de perquisition de Williams. Il devait savoir que Reo l'enverrait promener.

Connors but une gorgée de café.

— Un joli plan de vengeance, bien propret.

— Pourquoi supprimer le client si vous comptez le faire coffrer de toute façon ?

Connors posa sa tasse.

— Tu tournes en rond, lieutenant.

— Oui, parce que je pressens quelque chose.

Elle se leva.

— J'ai besoin de mon tableau.

— Je me suis demandé si tu avais mis celui-ci à jour, fit-il en s'approchant d'elle pour glisser les bras autour de sa taille. Notre petit différend t'a retardée.

— Je rattraperai le temps perdu.

Ils le rattraperaient ensemble, rectifia-t-elle. C'était l'un des intérêts de former une équipe soudée. Elle l'enlaça à son tour.

— Que penses-tu de la sécurité?

— C'est un système basique. Tu avais raison sur ce point. Facile à contourner.

Serrés l'un contre l'autre, ils tournèrent la tête vers le tableau magnétique.

— Franchir le portique avec une arme serait plus compliqué, mais possible, à condition de connaître le dispositif. Je vais examiner les disques, au cas où quelqu'un les aurait bloqués une seconde ou deux.

— McNab allait s'en charger. Tu as ton propre boulot.

— Je te dois du temps.

— Ooooh! s'exclama Peabody, sur le seuil. Désolée. Bonjour! Contente de vous voir, ajouta-t-elle, le visage fendu d'un large sourire.

— N'enlevez pas votre manteau, nous partons. À plus tard! lança Eve à Connors.

Il la retint pour l'embrasser brièvement.

— Ooooh! répéta Peabody.

— À tout à l'heure, lieutenant. Bonjour, Peabody, McNab.

— Salut! Comment va?

— Je t'interdis de leur adresser la parole, ordonna Eve en fonçant vers la porte. Ils vont te supplier de leur offrir des viennoiseries. Suivez-moi, vous deux! Et cessez de sourire ainsi, vous me faites peur.

— Nous sommes heureux. Tout baigne, n'est-ce pas?

— Avancez, grogna Eve, avant de ralentir légèrement. Pour conclure cet épisode, je tiens à vous remercier de votre soutien.

— C'est le rôle des amis, et des coéquipiers.

— C'est vrai, mais merci quand même.

Elle hésita tandis qu'ils descendaient l'escalier.

— Allez-y avec McNab, Peabody. Je vous rejoins.

Elle attrapa son manteau, que Summerset avait posé sur le pilastre.

— C'est arrangé, lui confia-t-elle. Elle ne lui causera plus aucun problème.

— Ni à vous?

— Ni à moi.

— Je suis ravi de l'apprendre.

— Je sais. Et j'apprécie.

— Votre pitoyable véhicule est devant le perron.

— Allez vous faire cuire un œuf, espèce d'épouvantail.

— Enfin, fit-il en souriant. Tout est redevenu normal.

Elle ricana et sortit.

Straffo les accueillit en personne. Il n'avait pas jugé utile de convoquer son propre avocat, alors qu'il en avait le droit. Par fierté, sans doute, se dit Eve.

Elle fut un peu étonnée de constater qu'il n'avait pas expédié ailleurs sa femme, sa fille et la jeune fille au pair. Là encore, par fierté, probablement. Pour leur montrer qui menait la barque.

Il lut soigneusement le mandat, prenant tout son temps, le visage impassible. Mais il bouillonnait de rage.

— Tout est en ordre, déclara-t-il en croisant son regard. Je compte sur vous pour procéder aussi vite et respectueusement que possible. Le moindre dégât vous serait imputable.

— Dont acte. L'enregistrement démarre. L'inspecteur McNab s'occupera des appareils électroniques. Si certains ont besoin d'être confisqués, il vous remettra des reçus. Souhaitez-vous rester sur les lieux le temps de l'opération ?

— Certainement.

— Tant mieux, ce sera plus pratique. Baxter, Trueheart et vous vous occuperez du rez-de-chaussée. Peabody, avec moi.

Elle se dirigea vers l'escalier, croisa Allika, qui tenait Rayleen par la main.

— Excusez-moi, lieutenant ? dit la fillette.

Eve s'arrêta, la regarda.

— Oui ?

— Vous allez fouiller ma chambre ?

— Nous allons fouiller toutes les pièces.

— Waouh ! Est-ce que je pourrais…

— Rayleen ! intervint son père d'un ton sec. Laisse la police accomplir son travail.

Plus excitée qu'intimidée, Rayleen baissa les yeux.

— Oui, papa.

Eve commença par le troisième étage où se trouvait un grand living meublé de deux vastes canapés confortables, d'énormes fauteuils et d'un écran mural géant.

Sur le manteau de la cheminée était alignée une collection d'urnes en cuivre et de portraits dans des cadres assortis. La famille à la plage, Rayleen posant dans son uniforme flambant neuf, Rayleen en tutu rose, le couple en tenue de soirée.

Derrière une cloison, elle découvrit une salle de gym bien équipée, avec vue sur la ville.

Il y avait aussi une kitchenette comprenant un mini-réfrigérateur, un mini autochef et deux tabourets devant un comptoir miniature.

Dans la salle de bains, une baignoire à remous et une douche à vapeur.

Pas d'espace travail.

Eve inspecta placards, tiroirs, coussins, vérifia le dos des tableaux.

— Rien à signaler, déclara-t-elle à Peabody. McNab devra jeter un coup d'œil sur l'électronique.

— C'est le sanctuaire familial, observa Peabody. Plutôt chic. Ils utilisent davantage cette pièce que le grand salon. C'est plus cosy. En bas, c'est pour les réceptions.

— Je suis d'accord.

Eve pivota vers la cheminée, examina rapidement les photos.

— Passons à l'étage en dessous.

Elles se séparèrent, Peabody se rendant dans le bureau de Straffo pendant qu'Eve s'attaquait au boudoir d'Allika. Là encore, sur le manteau de la cheminée, des photos de famille.

Intéressant.

Ici, tout était terriblement féminin. Magazines et disques de mode, de décoration, de conseils parentaux.

Cubes pense-bêtes rappelant un certain nombre d'obligations : mots de remerciements, cadeaux à acheter, invitations à prévoir. Des obligations auxquelles devait se consacrer l'épouse d'un homme puissant et reconnu dans son milieu.

Des tâches qu'Eve n'exécutait jamais.

Qui s'en chargeait ? se demanda-t-elle. Connors en personne ? Summerset ? Caro ?

Allika tenait trois agendas : un pour elle, un pour son mari, un pour sa fille.

Tout y était noté : les parties de golf de Straffo, ses dîners d'affaires (si elle devait y assister ou non), ses rendez-vous chez le coiffeur, le médecin, le tailleur, ses voyages. Un voyage en famille était prévu pour les vacances scolaires de mars.

Eve compara cet emploi du temps à celui d'Allika. Shopping, déjeuners, séances chez l'esthéticienne, restaurants avec son mari, des clients, des amis...

Elle constata que ni l'un ni l'autre n'avait de rendez-vous précis au moment des meurtres.

Le planning de la petite la stupéfia : cours de danse deux fois par semaine, réunions de socialisation (pardon ?) trois fois par semaine avec d'autres enfants. Melodie Branch était notée pour le jeudi après-midi de 15 h 30 à 16 h 30. Une semaine chez l'une, une semaine chez l'autre.

À partir du mois de mars, elle avait entraînement de foot une fois par semaine. Ses matinées du samedi étaient consacrées à une étrange activité intitulée « animation intellectuelle » suivie, une semaine sur deux, d'une participation en tant que bénévole à l'association *De la part des enfants*.

Restaient les goûters d'anniversaires, les excursions avec l'école, les réunions du club d'art dramatique, les rendez-vous chez le médecin, les visites de musées, les allées et venues à la bibliothèque et les sorties familiales.

L'emploi du temps de Rayleen était plus chargé que ceux de ses deux parents réunis.

Pas étonnant qu'ils aient besoin d'une jeune fille au pair, se dit Eve. Pourtant, curieusement, Allika avait eu le statut de mère professionnelle de la naissance de Rayleen au décès de son frère.

Eve confisqua les trois agendas. Elle voulait prendre le temps de les étudier de près, de vérifier les noms, les lieux.

Elle fureta dans le secrétaire. Papier à lettres monogrammé – Allika rédigeait donc la plupart de ses invitations et de ses mots à la main. Une sélection de cartes classées par événement : anniversaires (humour, bouquet de fleurs, jeunesse), condoléances, félicitations... Disques vierges, bloc-notes, répertoire, un dossier rempli d'articles de décoration.

Eve se rappela ceux que Peabody avait découverts chez Lissy Foster. Elles avaient un point en commun. Tiens ! Tiens ! Elle se promit de creuser le sujet.

· Allika conservait les cartes et les courriels de ses amies ou de sa fille. Toutes celles de Rayleen étaient fabriquées par ses soins : beaux papiers, jolies couleurs, certaines à la main, d'autres à l'ordinateur.

Ne sois pas si triste, maman ! suppliait l'une d'entre elles, en grosses lettres soigneusement calligraphiées, au-dessus d'un dessin représentant un visage féminin ruisselant de larmes.

À l'intérieur, la femme souriait, la joue posée contre celle d'une fillette. Des frises de fleurs multicolores ornaient les bords, celle du haut surmontée d'un arc-en-ciel. *Je serai toujours là pour te redonner le sourire. Je t'aime, ta Rayleen*, lut Eve.

Allika avait inscrit la date au dos de la carte. Le 10 janvier 2057.

Dans l'armoire, elle découvrit des fournitures d'arts plastiques, une blouse, des boîtes transparentes remplies de billes, perles, pierres et autres rubans.

Sur l'étagère du haut, derrière des cartons, Eve aperçut une superbe boîte recouverte de tissu et munie d'un loquet incrusté de brillants.

Elle l'ouvrit. Le fils décédé.

Allika conservait là toutes les photos de son enfant. Le nourrisson enveloppé d'une couverture bleue dans les bras de sa maman, le jour de sa naissance. Le petit bonhomme avec sa sœur, ses parents… Il y avait aussi un échantillon de sa couverture, une boucle de cheveux, un chien en peluche, un cube en plastique.

Eve pensa à la boîte à souvenirs que Mavis et Leonardo leur avaient offerte pour Noël. Elle avait entre les mains la boîte à souvenirs d'Allika, dédiée à son fils.

S'y plongeait-elle souvent ? S'attardait-elle sur les photos ? Frottait-elle le morceau de couverture contre sa joue ?

Elle la rangeait au fond de son placard. Cachée.

Pourquoi ?

Eve examina chaque pièce, puis remit la boîte à sa place avant d'aller retrouver Peabody, qui en avait presque terminé avec le bureau de Straffo.

— On arrive au bout, annonça-t-elle. McNab a commencé par la chambre des parents, pour qu'on ne se bouscule pas ici. Il a saisi des disques, des fichiers. Mais rien ne lui a sauté aux yeux.

— Avez-vous découvert quoi que ce soit sur le bébé ? Celui qui est mort ?

— Qui ? Ah ! Ah oui, j'avais oublié. Non, rien du tout.

Peabody s'immobilisa, fronça les sourcils.

— Rien du tout, répéta-t-elle. C'est bizarre, non ?

— Un détail m'a frappée : dans son boudoir, Allika a une collection d'articles de revues de décoration. Lissy en avait aussi.

— Exact… Ce pourrait être une piste. Remarquez, ajouta Peabody en haussant les épaules, moi aussi, j'en ai plein.

— Ça ne coûte rien de se renseigner. Il suffit de demander à Lissy si elle connaît Allika, lui montrer une photo.

— Entendu. Tout de suite ?

— Oui, ce sera fait.

Elle rejoignit McNab.

— Du nouveau ?

— Pas grand-chose pour l'instant. Ils me paraissent réglo. Beaucoup de correspondance, mais rien de louche. Les données sont essentiellement privées : relevés bancaires, emplois du temps, comme pour les autres ordinateurs. Idem pour celui de la nounou. Elle écrit à sa famille et ses amis en Irlande environ deux fois par semaine. Elle raconte la vie des Straffo, et parle de la môme. Des banalités.

— Continuez à chercher.

Eve se rendit vite compte que Monsieur et Madame avaient un faible pour les beaux tissus et les coupes classiques. Le dressing était spacieux, ordonné… et bourré à craquer.

Les paires de chaussures, chacune dans une boîte en plastique translucide, étaient disposées selon leur type et leur couleur. Les vêtements étaient regroupés par couleurs et par thèmes : tenues décontractées, de travail, de cocktail, de soirée.

S'ils aimaient les gadgets sexuels, ils s'en étaient débarrassés avant la perquisition. Les tiroirs des tables de chevet contenaient livres-disques, blocs pense-bêtes et minilampes de poche.

Dans sa commode, Allika dissimulait de la lingerie fine très provocante ainsi que diverses huiles et crèmes pour le corps. Sous ses petites culottes, Eve tomba sur des médicaments : anxiolytiques, antidépresseurs, somnifères.

Elle empocha un comprimé de chaque.

— Lissy n'a reconnu ni le nom ni la photo d'Allika, vint lui annoncer Peabody.

— Un coup d'épée dans l'eau.

— Oui. Dallas, je sais que nous devons garder un certain recul, mais cette femme, Lissy, me brise le cœur. Elle m'a demandé où nous en étions. J'ai dû me contenter de la réponse standard. Elle s'y est accrochée comme à une bouée de sauvetage.

— Il ne nous reste plus qu'à aller jusqu'au bout, Peabody, afin de lui donner ce qu'elle attend.

Abandonnant sa coéquipière, Eve partit à la recherche de l'un des deux Straffo. Oliver allait et venait, un casque sur les oreilles, en pleine communication, tandis qu'Allika feignait de lire une revue. Dès qu'il aperçut Eve, il coupa court à la conversation.

— Vous avez terminé ?

— Non. L'appartement est grand. Cela prend du temps. Vous avez un coffre-fort dans le dressing de votre chambre. Veuillez l'ouvrir, s'il vous plaît.

Il pinça les lèvres. Comme Allika faisait mine de se lever, il l'invita d'un geste à rester où elle était.

— J'y vais… Avez-vous fini, là-haut ?

— La voie est libre.

— Allika, dès qu'elles arriveront, tu devrais demander à Cora d'emmener Rayleen au troisième.

— Très bien.

Il passa près d'elle et lui effleura l'épaule, son expression se radoucissant. Il aime sa femme, songea Eve. Qu'est-ce que cela signifie ?

Il ne parla que lorsqu'il fut certain qu'Allika ne les entendrait pas.

— Comment réagiriez-vous si on retournait votre maison de cette manière ?

— Nous avons deux corps sur les bras, Straffo. Vous connaissiez les deux victimes et l'une d'entre elles était votre client…

— Je les connaissais, en effet. Vaguement. Qu'est-ce que vous vous imaginez ? Que je suis mécontent du programme scolaire de Rayleen et que, pour y remédier, j'ai décidé d'éliminer ses professeurs un par un ?

— J'ai du mal à concevoir que vous ayez pu accepter de défendre un minable comme Williams. Si je savais pourquoi, nous aurions peut-être évité ceci.

— C'est mon métier, riposta-t-il d'un ton sec.

— Chacun le sien, Straffo.

Il entra dans la chambre, ignora Peabody pour se diriger droit vers le coffre-fort.

— Vos collègues ont déjà examiné le contenu de celui de mon bureau, précisa-t-il en tapant la combinaison sur le clavier.

— Je vous en remercie.

Ce coffre-ci était rempli de bijoux. Les siens et ceux de son épouse. Montres contemporaines et anciennes, pierres étincelantes, perles. Eve ne décela ni double fond ni compartiments secrets.

Satisfaite, elle s'écarta.

— C'est bon. Vous pouvez refermer.

Il s'exécuta.

— Vous en avez encore pour longtemps ?

— Environ deux heures. J'aimerais vous poser une question. Parmi toutes vos photos de famille, je n'en ai pas vu une seule de votre fils. Pourquoi ?

Une lueur vacilla dans ses prunelles.

— C'est douloureux, répondit-il. Et privé.

Sur ce, il pivota sur ses talons et quitta la pièce. Eve le suivit des yeux, songeuse.

— Peabody, dites à Baxter et à Trueheart de s'occuper de la chambre d'amis. Vous prendrez la salle de bains pendant que je fouille la chambre de la petite.

Le plus incroyable, songea Eve, c'était qu'en dépit de son agenda surchargé, Rayleen trouvait le temps d'utiliser son espace personnel. C'était visible au nombre d'œuvres d'art en cours, à tous ses devoirs sur disques, soigneusement rangés dans un classeur rose. Le calendrier en papier orné de deux adorables chiots était ouvert à la date du jour.

Elle collectionnait aussi les photos. Ses camarades de classe en uniforme, parfaitement alignés face à l'objectif. En vacances avec papa et maman, le teint hâlé et les cheveux malmenés par le vent. En tenue de fête.

Quelques plantes vertes poussaient dans les pots roses et blancs disposés sur le rebord de sa fenêtre. Apparemment, Rayleen ne se lassait pas de ces couleurs. Ou n'avait pas son mot à dire.

Sa garde-robe était le reflet de celle de ses parents. Tenues de danse, chaussons ; short et maillot de foot, baskets. Trois uniformes identiques, une palette de vêtements avec chaussures assorties, pour toutes les circonstances imaginables...

Une forêt de rubans, bandeaux, barrettes et autres élastiques multicolores, méticuleusement rangés dans un tiroir.

L'énorme coussin sur son lit était recouvert d'une housse brodée à la gloire de la *Princesse Rayleen*, de même qu'un épais peignoir rose et ses mules assorties.

Elle avait son propre agenda où figuraient toutes ses activités, tous ses rendez-vous, et un répertoire incluant les coordonnées de ses amies, de quelques proches et les divers numéros de son père.

Eve les glissa dans un sachet.

— Vous avez le droit d'emporter ça ?

Elle se retourna lentement, bien qu'elle ait entendu Rayleen entrer.

— Qu'est-ce que tu fabriques ici ?

La gamine eut un sourire espiègle.

— Je vous en supplie, ne le dites à personne. Je voulais juste voir comment vous vous y preniez. Plus tard, je travaillerai peut-être dans la police.

— Vraiment ?

— Papa pense que je ferais une bonne avocate. Maman espère que je me lancerai dans les arts. J'aime bien la danse, mais je préférerais être criminaliste. C'est le terme qu'on emploie pour désigner ceux qui analysent les preuves que vous récoltez. C'est très important comme métier. Ce que je ne comprends pas, c'est en quoi mon agenda peut être une preuve.

— C'est justement pour cela que je suis flic et pas toi.

Elle eut une moue boudeuse.

— Ce n'est pas très gentil.

— Je ne suis pas gentille. Je confisque certains objets parce que j'ai besoin de les examiner en toute tranquillité. Ton père aura des reçus pour tout ce que nous emporterons.

— Ça m'est égal, rétorqua Rayleen en haussant les épaules. De toute manière, je connais les numéros et les codes de tout le monde par cœur. J'ai une excellente mémoire des chiffres.

— Tant mieux pour toi.

— J'ai lu votre biographie. Vous avez résolu beaucoup d'affaires. Quand ces hommes ont pénétré dans une maison et tué toute la famille sauf une petite fille, par exemple. Elle s'appelait Nixie.

— Elle s'appelle toujours Nixie.

— Elle vous a fourni des indices ? Elle vous a aidée ?

— Oui, répondit Eve avant d'ajouter : Tu ne devrais pas aller retrouver ta mère ?

Rayleen s'approcha d'une glace, étudia son reflet, regonfla ses boucles.

— J'essaie de vous en trouver, des indices, vous savez. J'étais là. Je suis très observatrice. Je pourrais aussi vous aider.

— Si quoi que ce soit te revient, fais-le-moi savoir. Et maintenant, du balai !

La fillette rencontra le regard d'Eve dans le miroir, pivota.

— C'est *ma* chambre.

— C'est ma perquisition. Dégage.

Rayleen plissa les yeux, afficha une expression où l'arrogance se mêlait à la colère, et croisa les bras d'un air de défi.

— Non.

Eve s'approcha d'elle, la saisit par l'épaule et la poussa hors de la pièce.

— Il ne faut jamais me contrarier, conclut-elle tranquillement avant de refermer la porte.

Par précaution, elle la verrouilla. Puis elle se remit à l'ouvrage. Jusqu'à ce que Peabody vienne frapper.

— Pourquoi avez-vous fermé à clé ? s'étonna celle-ci.

— J'avais la gamine dans les pattes.

— Je vois. Les gars ont commencé à charger les cartons. Ils sont tous étiquetés. Les reçus sont prêts. Malheureusement, nous ne sommes tombés sur aucun flacon de poison dans le placard à épices, aucune lettre de menace dans la bibliothèque. Et vous ?

— Quelques trucs. Ce qui me manque, en revanche, c'est le journal intime de la princesse.

— Qui vous dit qu'elle en tient un ?

— Elle l'a évoqué au moment de l'assassinat de Foster. Il est introuvable.

— Les gamins sont doués pour cacher les choses.

— Et je suis douée pour les trouver. Quand elles sont là…

Peabody fronça les sourcils, balaya la pièce du regard.

— Remarquez, elle n'a que dix ans. C'est un peu jeune pour confier ses peines d'amour à un cahier.

— Elle est particulièrement dégourdie. Je ne serais pas étonnée qu'elle note ses impressions au quotidien : ce que maman a dit à papa, ce qu'a raconté tel ou tel professeur. Cette môme a l'esprit vif. Et c'est une bêcheuse.

Peabody sourit.

— Aucun enfant ne trouve grâce à vos yeux.

— Ça va sans dire. Mais Rayleen a la tête sur les épaules. Si elle est énervée ou triste, je parie qu'elle l'écrit quelque part. Où ? Mystère.

— McNab découvrira peut-être un fichier masqué dans son ordinateur. Si elle est à ce point intelligente, elle se sera débrouillée pour que ni ses parents ni la nounou ne puissent y accéder.

— Qu'il le recherche en priorité.

— D'accord. Tout de même, Dallas, ça me paraît un peu tiré par les cheveux.

Dallas se détourna, examina de nouveau la photo de la famille en vacances.

— Peut-être. Ou peut-être pas.

17

Une fois tous les éléments confisqués au domicile des Straffo enregistrés, Eve réquisitionna une salle de conférences. Là, avec l'aide de Peabody, elle les regroupa selon les pièces dans lesquelles ils avaient été récupérés, puis composa des sous-groupes en fonction de leurs propriétaires ou utilisateurs respectifs.

Elle installa son tableau magnétique, y fixa les photos des divers objets.

Elle examina l'ensemble, arpenta la pièce.

— Lieutenant, s'il vous plaît, j'ai besoin de manger.

Eve jeta un coup d'œil à sa partenaire.

— Pardon ?

— De la nourriture, Dallas. Il faut que je mange avant d'avaler ma langue. Je peux nous commander un en-cas, ou descendre en vitesse à la cantine.

— Allez-y.

— Génial. Qu'est-ce que vous voulez ?

— Coffrer ce salaud.

— À manger, Dallas. Miam-miam.

— Aucune importance, à condition que ce soit accompagné d'une bonne dose de caféine. Elle avait une boîte remplie de photos.

— Pardon ?

— Allika. Dans son boudoir. J'ai trouvé une boîte dans l'armoire, pas tout à fait cachée, mais presque. Elle était pleine de photos de son fils. Elle y conserve aussi des jouets, une boucle de ses cheveux, un bout de sa couverture.

— Mon Dieu ! souffla Peabody. La pauvre femme. Ce doit être horrible.

— Pas une seule photo du gamin ne figure parmi celles qui sont exposées un peu partout, mais elle en a une pleine boîte.

Eve revint se planter devant le tableau, étudia de plus près la partie consacrée au bureau d'Oliver Straffo.

— Chez lui, je n'ai rien vu de ce genre.

Peabody la rejoignit, s'efforça de voir ce qu'elle voyait.

— J'ai un cousin qui s'est noyé enfant. Sa mère s'était débarrassée de toutes ses affaires. Toutes, sauf une chemise, qu'elle avait dissimulée dans son panier à couture. J'imagine qu'on peut difficilement prévoir comment les gens vont réagir à la mort de leur enfant. Je reviens tout de suite avec votre caféine.

Elle s'éclipsa avant qu'Eve puisse la retenir.

Restée seule, celle-ci se remit à arpenter la pièce en réfléchissant.

Le garçonnet était mignon, rigolo. Il souriait tout le temps. Heureux, bien entouré, songea-t-elle en s'attardant sur l'une des photos de la boîte d'Allika qu'elle avait copiée, et qui montrait les quatre Straffo hilares devant l'objectif. Les enfants au milieu, flanqués des parents.

Ils se touchaient les uns les autres. Proches, unis.

Elle la compara à celle qu'elle avait saisie dans la chambre de Rayleen. La fillette seule entre papa et maman. Allika avait beau sourire, ses traits paraissaient tendus, son regard, triste.

Elle souffrait.

Cherchait-elle à combler le vide qu'elle ressentait en multipliant rendez-vous mondains, rituels, obligations ? En se gavant de médicaments et en trompant son mari ?

Ne sois pas triste, maman !

Intelligente, cette Rayleen. Vive, perspicace, agaçante. Elle s'était renseignée sur elle, savait tout de sa carrière de flic, de ses enquêtes. Ce n'était pas très compliqué, certes, mais l'initiative était intéressante venant d'une gamine de dix ans.

Nixie, se rappela-t-elle. En voilà une autre qui l'avait frappée par son intelligence, son discernement. Son courage. Elle aussi avait perdu un frère – et même sa famille tout entière. En une nuit, son univers avait basculé dans l'horreur.

Rayleen semblait aussi curieuse que Nixie. Peut-être était-ce une question de génération.

À leur âge, Eve commençait à peine sa scolarité. S'interrogeait-elle autant ? Probablement, mais elle n'avait personne à qui s'adresser. Les huit premières années de son existence, ses questions lui avaient surtout valu un coup de poing dans la figure. Ou pire.

Elle avait appris à se taire, à observer, à découvrir les réponses seule dans son coin.

Il se passait quelque chose d'étrange dans cette maison, conclut-elle. Derrière la perfection apparente, elle pressentait une faille. Désormais, elle n'avait plus peur de poser des questions. Encore fallait-il savoir lesquelles…

Tout en grignotant un prétendu sandwich composé d'un filet de poulet reconstitué entre deux tranches de pain cartonné, elle lança un calcul de probabilités.

Elle était consciente d'aller à la pêche en fonction de diverses hypothèses, mais surtout de son instinct.

L'ordinateur lui apprit que son instinct ne valait rien, ce qui ne l'étonna guère. Elle lui proposa une nouvelle hypothèse en omettant certains détails et fut déclarée géniale.

— Ce serait trop beau !

Elle s'adossa à son fauteuil. Bien entendu, l'exercice était aussi absurde qu'inutile. Mais, au moins, elle avait satisfait sa curiosité.

Intriguée, elle expédia une copie des résultats à Mira en lui demandant son avis. Elle en transféra une autre sur son ordinateur à la maison, puis rassembla ses affaires avant d'aller prévenir Peabody.

— Je rentre travailler chez moi.

— La journée est presque finie.

— Et alors ?

— Rien. Rien du tout.

— Je ferai un saut à l'école en chemin. Dites à McNab d'approfondir au maximum ses analyses sur les appareils personnels de Straffo. Je veux tout savoir.

— Euh… demain, nous sommes en congé. Vous, moi, tout le monde. En plus, c'est la Saint-Valentin.

— Au secours ! Vous serez d'astreinte, inspecteur. Soyez donc prête à dissimuler en vitesse la tenue débile que vous porterez pour le plaisir de ce pervers de McNab.

Peabody opina, l'air grave.

— J'ai un imperméable que je réserve à cet effet, lieutenant.

— Beurk ! Ne partez pas d'ici avant d'avoir rédigé votre rapport. Envoyez-moi une copie chez moi, ainsi que vos notes, vos impressions, votre opinion.

— Je parie que vous êtes sur une piste.

— Pas sûr. Entre vos séances d'expression physique auxquelles je préfère ne pas penser, arrangez-vous pour revérifier les dossiers des élèves – carnets scolaires, problèmes éventuels, réunions avec les parents. Le grand jeu.

— Je suis censée chercher quoi ?

— Vous me le direz quand vous l'aurez trouvé.

Eve s'éloigna, passa devant les automates auxquels elle jeta un regard plein de regret. Elle aurait volontiers pris un Pepsi, mais elle refusait de se servir de ces fichues machines.

Plutôt que de s'engouffrer dans l'ascenseur, elle emprunta l'escalier pour gagner le parking, où elle sortit son communicateur.

Elle commença par contacter Caro, l'assistante de Connors.

— Lieutenant, comment allez-vous ? fit-elle avec un sourire chaleureux.

— Pas trop mal. Pouvez-vous…

Elle s'interrompit. Elle avait tendance à oublier la convivialité minimale requise.

— Et vous, comment allez-vous ? reprit-elle.

— Très bien. Je tenais à vous remercier de nous avoir prêté votre maison au Mexique. Reva et moi y avons passé un merveilleux week-end mère/fille. L'endroit est magnifique. Le temps était parfait. Cela nous a fait un bien fou.

— Ah...

Elle n'était pas au courant.

— Tant mieux, ajouta-t-elle.

Sauf que, du coup, elle se devait de demander des nouvelles de Reva.

— Comment se porte Reva ?

— Bien. Elle a recommencé à sortir. Je suis ravie de la voir reprendre goût à la vie. Je suppose que vous voulez parler à Connors ?

Ouf ! songea Eve. Elle avait surmonté l'épreuve.

— S'il est occupé, vous pouvez juste lui transmettre un message.

— Ne quittez pas, je vérifie.

Vaguement épuisée par cette conversation, Eve monta dans sa voiture. Un instant plus tard, les yeux bleus de Connors transperçaient l'écran.

— Lieutenant.

Dieu, qu'il était beau !

— Désolée si je t'ai interrompu en pleine réunion mondiale.

— C'était ce matin.

— Épatant. Je quitte le Central. Je fais un crochet par l'école.

— Dans quel but ?

— Je n'en suis pas certaine. J'ai besoin de revoir les scènes de crime.

Le sourire de Connors lui fit chavirer le cœur.

— Tu veux de la compagnie ?

— Et tes affaires interplanétaires ?

— Tout est sous contrôle. Je te retrouve là-bas.

— Génial. À tout de suite.

— Lieutenant ?

— Quel bordel, cette circulation, grommela-t-elle en se glissant dans le flot des voitures. Quoi ?

— Je t'aime.

— J'ai entendu ça quelque part. D'après les rumeurs, c'est réciproque. Ah ! Maxibus à la noix ! Je te laisse.

Elle fourra son communicateur dans sa poche et fila en direction du nord de la ville. Parvenue à sa destination, elle dut se battre pour dénicher un endroit où se garer, puis poursuivre à pied jusqu'à l'école.

Elle était à une cinquantaine de mètres quand elle l'aperçut. Grand, mince, les pans de son long manteau noir flottant au vent. Le véhicule dont il venait de descendre repartit – il avait donc prévu de rentrer avec elle. Il se retourna. Comme la toute première fois. Comme s'il avait senti sa présence.

Son regard intense se riva au sien et, comme la toute première fois, le cœur d'Eve bondit dans sa poitrine.

Ce n'était pas son style, pourtant, à certains moments, il fallait savoir s'abandonner à l'émotion de l'instant. Elle le rejoignit, agrippa les revers de son manteau et réclama ses lèvres en un baiser brûlant.

Il l'attira contre lui.

— Enfin, te voilà, murmura-t-il.

— Oh, oui, me voilà.

Elle s'écarta légèrement.

— Tu embrasses comme un dieu. Fais-nous entrer.

Il haussa un sourcil.

— Quoi ? Tu me suggères de pénétrer par effraction dans un établissement scolaire ?

— Je t'en donne l'ordre, en tant qu'expert consultant civil.

— J'adore quand tu brandis ton autorité. Ça m'excite.

— Au boulot, camarade.

Il s'approcha de l'entrée, extirpa un petit appareil électronique de sa poche. Il y inséra un code, puis le pointa en direction du tableau de sécurité.

Le verrou céda sans l'ombre d'une protestation.

— Prétentieux.

— J'ai eu deux ou trois minutes pour examiner le système hier soir. Par anticipation, j'avais concocté un petit programme… Après toi, je t'en prie.

— Et à l'intérieur ? s'enquit-elle.

Il tapa un nouveau code.

— Et voilà. Tu aurais pu te servir de ton passe-partout. J'en déduis donc que tu voulais savoir si l'on pouvait s'introduire dans les lieux facilement sans autorisation. Et sans être détecté.

— En gros, oui. Pour quelqu'un n'ayant pas ton « éducation », est-ce que ce serait difficile ?

— Plus que pour moi, vu que j'étais le premier de la classe dans ce domaine. Cela étant, ce dispositif n'est pas très compliqué. En revanche, le fait que tu portes une arme risque de nous poser problème. Accorde-moi une minute pour neutraliser le détecteur de métaux.

— Je t'en prie.

— Le ou les tueurs ont très bien pu entrer avec un flacon de poison ou une seringue, murmura-t-elle. Cet appareil n'aura rien décelé.

— Tu peux y aller.

Connors scruta les alentours.

— Que sommes-nous venus chercher ?

— Je ne sais pas exactement.

— Nous ne sommes, hélas, pas là pour jouer au professeur qui a infligé une retenue à la mauvaise élève, j'imagine ?

— En effet. Les écoles vides sont encore plus effrayantes que pleines, observa-t-elle en enfonçant les mains dans ses poches.

— Les spectres des élèves d'antan... De satanées prisons, pas vrai ?

Elle rit, le gratifia d'un coup de coude dans les côtes.

— Oh, oui !

— Ce n'est pas que j'y aie passé beaucoup de temps. Du moins, pas avant que Summerset me prenne sous son aile. Question présence en cours, il était intraitable.

— Les établissements publics que j'ai fréquentés ne ressemblaient en rien à celui-ci.

Elle s'immobilisa sur le seuil d'une classe dont la porte était ouverte.

— Mon seul souci, c'était d'en sortir.

— Après quoi, tu t'es précipitée à l'école de police.

— C'était différent.

— Parce que c'était ton choix.

Il lui effleura le bras, compréhensif.

— Et un besoin, ajouta-t-il.

— Oui. Au diable l'accord des participes passés, les ramifications sociopolitiques des Guerres urbaines, la géométrie. Calculer des surfaces, des périmètres, ça me fichait mal au crâne. Pourtant, je pense en termes de géométrie : angles, trajectoires, distance la plus courte entre deux points...

Elle commença à gravir l'escalier.

— La salle de la première victime. C'est le... Merde, comment on appelle ça, déjà?

— Quoi?

— Le milieu d'un espace, répondit-elle en traçant une forme dans les airs.

— Ça dépend. S'il s'agit d'un cercle, c'est le centre, tout simplement. Ou alors, toujours en prenant le cercle comme exemple, tu penses peut-être à l'angle central, celui dont le sommet se situe au centre. Tout angle au centre coupant le cercle en deux arcs, nous pouvons conclure que...

— Aïe! Aïe! Aïe!

Il sourit, haussa les épaules.

— J'ai toujours eu une passion pour la géométrie.

— Tu es cinglé.

Elle grogna.

— Du coup, j'ai oublié ce que je faisais.

— C'est peut-être la tangente que tu cherches, enchaîna-t-il, imperturbable. Le point de tangente sera le point où une ligne intersecte le cercle en un point précis, et en un point seulement.

— Tais-toi!

— Naturellement, s'il s'agit d'un triangle, dans ce cas...

— Assez !

— Tu sais ce qui m'intéressait encore plus que la géométrie ? Déterminer les angles morts des caméras de surveillance. D'ailleurs, mes connaissances en géométrie m'y ont aidé. Puis plaquer une ravissante créature contre un mur…

Il l'attrapa par les bras, la fit pivoter sur elle-même, la poussa contre la cloison et captura ses lèvres avec ferveur.

— On jouera plus tard, protesta-t-elle.

— Ce que tu peux être romantique ! Mais revenons à nos moutons. Je crois comprendre où tu veux en venir. Au fond, c'est une question d'intersections et d'entre-deux.

— D'entre-deux ?

— Je m'explique. Prenons un point : la salle de classe de ta première victime. Il est situé entre les autres. Et aussi, je pense, là où tes lignes dans le premier théorème intersectent.

— Je t'en supplie, simplifie, sans quoi mon esprit va se détacher de mon corps, et je préfère réserver ça au sexe. Donc, la salle de Foster, enchaîna-t-elle. Elle est restée vide pendant au moins cinquante minutes à deux reprises ce jour-là : avant le début des cours et durant la quatrième heure. L'assassin a donc eu amplement le temps d'y pénétrer, de verser le poison dans la Thermos ou tout bêtement de remplacer celle-ci. Je vais d'ailleurs creuser cette question ce soir. La chance me sourira peut-être. La tasse était gravée au nom de Craig. Bref…

Elle effectua quelques pas.

— D'autres cours ont lieu pendant ce temps, notamment chez la seconde victime. Par ici, ajouta-t-elle en poussant la porte de la salle de Williams. En quatrième heure, Williams a quitté ses élèves quelques minutes. Pour aller aux toilettes, soi-disant.

— Ce qui te donne un segment d'un point à un autre. L'occasion et le mobile.

— Oui. Reste le moyen. Je ne peux pas rattacher le poison à Williams. Où se l'est-il procuré ? Pourquoi ce choix ? Le responsable de la maintenance effectue une réparation dans les toilettes. Il est blanc comme neige. Casier vierge, aucun mobile, bien noté dans son travail, marié, père de trois enfants, et deux petits-enfants inscrits dans l'établissement.

— Mais il représente une autre intersection.

— Oui, oui. Il voit et il est vu par Mosebly, Hallywell, Williams et Dawson. Puis Rayleen Straffo et Melodie Branch. Ils se croisent les uns les autres à un moment. Dawson, quant à lui, passe devant nos deux témoins, tandis qu'à l'étage en dessous, Hallywell surprend deux autres élèves.

— Ils représentent ton inconnue. Supposons qu'un individu non identifié ait emprunté une droite parallèle. Un segment qui n'en interceptait aucun autre, mais arrivait directement à ton point central.

— L'outsider. Allika ou Oliver Straffo, par exemple. Tous deux auraient pu – à condition de le planifier – contourner la sécurité, atteindre la salle de Foster lorsqu'il n'y était pas, exécuter la tâche et repartir. Moins de six minutes suffisent : j'ai chronométré le parcours.

Elle se tut, marcha en rond. Poussa un soupir.

— Ils ne prenaient pas de grands risques. Leur fille étant dans l'école, n'importe quel prétexte pour justifier leur présence serait passé comme une lettre à la poste.

— Personne ne les a vus.

— Non. Straffo a effectué des allées et venues à son cabinet ce matin-là. Quand il était dans son bureau, sa porte était fermée. S'est-il éclipsé en douce ? C'est possible. Allika faisait du shopping. Même topo. Toutefois, elle a été vue dans les locaux le jour de la mort de Williams. Elle a signé le registre, elle a traîné dans les parages.

— Si elle avait décidé d'éliminer des enseignants, pourquoi emprunter une droite parallèle la première fois et pas la seconde ?

— Pourquoi, oui? Si elle avait été là le jour où Foster est mort, personne n'aurait trouvé cela étrange. N'importe quelle excuse aurait marché.

Elle se dirigea vers la salle de Foster. Le revit gisant sur le sol.

— Ces meurtres ne sont ni impulsifs ni passionnels. Ils sont intelligemment conçus. Allika me paraît beaucoup trop émotive. Straffo, en revanche, est solide, maître de lui. Et pourtant...

— Il y a quelque chose chez elle qui te tracasse.

— Oui. Mais j'ai besoin d'y réfléchir encore un peu avant d'en parler. Donc... Foster revient, entre, ferme sa porte et s'installe comme à son habitude pour déjeuner en travaillant. Il boit un très mauvais chocolat chaud. Il aurait pu s'en sortir s'il avait été soigné à temps. Mais l'assassin avait parié que ce ne serait pas le cas.

Une fois de plus, elle imagina Foster, vivant, cette fois.

— Il s'assied. Envoie un petit courriel à sa femme. Décide de peaufiner son interrogation-surprise. Il boit. Il meurt.

— Dans d'atroces souffrances.

— Dans d'atroces souffrances, répéta Dallas. Là-dessus, deux gamines quittent leur séance d'étude au rez-de-chaussée, montent à l'étage, croisent l'homme d'entretien, puis Dawson, à qui elles montrent leur laissez-passer. Elles entrent.

— Une question. Pourquoi Dawson ne semble-t-il pas affoler ton radar?

— Pas de mobile, pas de vibrations. Prof depuis vingt-cinq ans, dont quinze ici. Il ne fait pas de vagues. C'est le genre tortue.

— Lent et constant.

— Exactement.

— Je continue: tu sembles avoir pratiquement éliminé Mosebly de ta liste de suspects. Elle avait pourtant un mobile.

Eve se passa la main dans les cheveux, ressortit dans le couloir.

— Oui. Je peux me tromper, mais je ne la vois pas dans le rôle de la meurtrière. Deux crimes de suite sur sa terre sacrée, sous son nez? Un cauchemar. En comparaison, la révélation éventuelle de ses frasques sexuelles n'est rien. Elle doit faire face à une véritable hémorragie d'élèves, elle est harcelée par les médias. Non, je ne la sens pas. Elle crie au viol, la garce, mais de là à... Où en étais-je?

— Les deux fillettes pénètrent dans la salle.

— C'est ça. Si elles étaient arrivées un quart d'heure plus tôt, Foster aurait eu une chance de s'en sortir. Mais il était mort. Elles rebroussent chemin en poussant des hurlements. Dawson déboule, constate le drame, appelle la directrice.

— Une série d'événements assez prévisible.

— N'est-ce pas? À présent, analysons le cas de Williams.

Ils descendirent, traversèrent la salle de gym, gagnèrent la piscine.

— Pas mal, commenta Connors.

— Chic et choc. Ici, Williams croise Mosebly. Allika Straffo est à côté. Selon ses déclarations, elle était à la recherche de Williams. Pour reprendre tes termes, elle suit une droite parallèle à celle de Williams et de Mosebly, elle les entend se quereller.

De l'endroit où elle se trouvait, Eve avait une vue sur les issues et les différents accès au bassin – personnel, élèves.

— Elle s'en va, Mosebly s'en va. Mosebly croise Hallywell, Dawson. Dawson décide de parler avec Williams et, pour la deuxième fois de la semaine, découvre un corps.

— Drôle de coïncidence.

— Mmm. Mais l'infirmière (qui était aussi présente sur les deux scènes de crime) et lui restent à la périphérie. Quelqu'un d'autre a réussi à atteindre le centre de ces deux cercles sans être repéré. Les deux fois, ajouta Eve, l'œil rivé sur la surface de l'eau.

— Tu es certaine que c'était le même assassin ?

— Oui. Je suis presque sûre de savoir qui c'est, mais le pourquoi m'échappe. Or, dans cette affaire, le mobile est essentiel.

— Tu peux développer ?

Elle secoua la tête.

— Pas tout de suite. Je souhaite d'abord en discuter avec Mira. Pour l'heure, je me fie à mon instinct. Il me faut du concret. Je vais donc m'attaquer au problème de la Thermos.

— On va faire des courses ?

— Juste rendre visite à quelques-uns des distributeurs qui vendent ce modèle dans un rayon de dix pâtés de maisons.

Comme souvent, le travail des flics était fastidieux, répétitif. Eve interrogea vendeurs, gérants de magasins, bavards impénitents et grincheux. L'objet en question était un modèle très apprécié. Un excellent rapport qualité-prix, lui répéta-t-on indéfiniment. Pratique, joli, résistant.

— Nous avons été obligés d'en commander d'urgence deux semaines avant Noël, expliqua un sous-directeur surexcité. C'est le cadeau de dernière minute idéal. Nous les avions mises en promotion. Elles se sont vendues comme des petits pains. Et ça continue ! Pour la Saint-Valentin, nous proposons de graver une inscription à l'intérieur d'un cœur. Gratuitement, bien sûr.

— C'est adorable. Vous avez des archives, je suppose. Je m'intéresse à un de ces modèles au nom de « Craig ».

— Je vais me renseigner. Si ç'a été payé par carte, on a forcément des traces. Pas en espèces. Mais les gens paient rarement en espèces, parce qu'une fois dans le magasin, ils se laissent tenter par d'autres articles.

— Hum.

Eve parcourut les lieux du regard, vit Connors errer dans les allées, s'attarder devant les rayons. Comme toute personne adepte du shopping.

— Je suis vraiment désolé, annonça l'homme, l'air sincère. Nous n'avons vendu aucune Thermos de ce modèle – ni d'un autre, d'ailleurs – gravée au nom de « Craig » ces trente derniers jours.

— Remontez encore de trente jours.

— Ah! Euh…

Il parut désemparé.

— Cela risque de prendre quelques minutes. Je dois consulter l'autre ordinateur, qui contient nos données de l'année dernière. Je vous prie de m'excuser.

— Pas de problème. Je patiente.

Se retournant, elle constata que Connors ne se contentait pas d'admirer. Elle le rejoignit.

— Qu'est-ce que tu fabriques?

— J'achète un truc.

— Comment? Pourquoi? Tu possèdes déjà six exemplaires de tout.

Il se contenta de sourire, s'empara du sac que lui tendait la caissière.

— Merci… Alors? Du nouveau?

— Non. Il vérifie. Je ne m'attends pas à un miracle. Le tueur aura payé en espèces. Pas de traces. C'est facile : on arrive en coup de vent, on choisit une Thermos, on demande l'inscription gratuite, on tend un billet et on ressort. Ni vu ni connu.

L'adjoint du directeur réapparut.

— Je suis navré, je n'ai rien trouvé. Si vous voulez, je peux interroger les caissières.

— Entendu. Merci. Contactez-moi si vous découvrez quelque chose, dit-elle en lui remettant sa carte.

Connors et elle quittèrent la boutique.

— Retour à la case départ, marmonna-t-elle. Mais il fallait le faire.

— Tiens, fit Connors en sortant une paire de gants du sac. Pour remplacer ceux que tu as perdus.

— Je ne les ai pas perdus ! se défendit-elle. Je les ai juste égarés.

— Bien sûr. Ceux-ci sont à mettre maintenant. Ceux qui sont là-dedans, ajouta-t-il en indiquant le sac, resteront dans ta voiture, au cas où.

— Et quand ceux du sac auront disparu à leur tour ?

— On repartira de zéro. À présent veux-tu que nous allions dîner ou que nous nous remettions au travail ?

— On pourrait manger en bossant.

— Une solution qui nous convient à tous les deux, observa-t-il en lui entourant les épaules du bras. Je prends le volant.

Elle avait choisi le traiteur, elle lui laissa donc le soin de commander le dîner. Elle aurait dû se douter qu'il opterait pour du poisson. Elle ne s'en plaignit pas, car il était bien cuisiné, accompagné d'un mélange de riz et de légumes grillés. Et, surtout, d'un bon verre de vin blanc.

Elle lui raconta la fouille du domicile des Straffo. Elle voulait son avis, ses impressions, son sentiment.

— C'est triste.

— Quoi ?

— Qui. La femme de Straffo. Ce qui me frappe, c'est qu'elle tient les agendas de tout le monde. Elle a besoin de savoir qui fait quoi, où et quand. Pour éviter tout conflit entre son emploi du temps et ceux de son mari et de sa fille. Et puis, cette boîte à souvenirs... Une façon d'entretenir la mémoire de son fils, de la commémorer. Toute seule dans son coin. C'est terrible. Ce doit être insupportable pour une mère de perdre son enfant. Tu m'as dit aussi qu'elle cachait ses médicaments. Cela signifie qu'elle ne veut pas que son mari soit au courant. Pourquoi ? Est-ce qu'elle craint de l'inquiéter ? De le décevoir ? Du coup, elle a ses petits secrets.

— Oh, que oui.

— Et tu crois qu'ils s'appliquent aussi à ces meurtres ? De quelle manière ?

Elle aff>icha la photo d'Allika sur l'écran mural.

— Le statu quo est vital pour elle. Elle a rompu avec Williams. Certes, elle avait trompé son mari... Ajouter la photo d'Oliver Straffo, ordonna-t-elle. Cette histoire l'a secouée, elle a eu la sensation de perdre pied. Elle se débrouille pour paraître sereine, mais elle est écorchée vive. D'où les antidépresseurs.

— Je ne vois pas le rapport avec ton enquête.

— Tout est lié. Elle perd un enfant.

Eve afficha une photo de l'enfant.

— Il est mignon, non ? observa Connors.

— Oui. Dans cette maison, je sens qu'il y a eu un avant et un après. C'est visible dans les regards. Ils ont mal, mais ils luttent, chacun à sa manière. Un jour, elle trébuche, elle trompe Oliver. Il le devine plus ou moins. Il sait sans doute qu'elle a rompu, il ne dit donc rien. L'essentiel, c'est de sauver les apparences, de maintenir l'équilibre. Ils ont vécu une épreuve abominable, ils ne peuvent pas s'infliger ni imposer à leur fille les affres d'un divorce.

Elle ajouta le portrait de Rayleen à la série.

— Et voilà que deux meurtres leur sautent à la figure. Elle est bouleversée et terrorisée. Il est fermé comme une huître et furieux.

— Et la fillette ?

— Elle est fascinée.

— Les enfants ne manquent pas de sang-froid. La mort ne les concerne pas. Ils sont assez innocents pour se croire intouchables. Du coup, elle les attire.

— Est-ce de l'innocence ?

— C'est l'enfance, je suppose.

Il remplit leurs verres.

— Tellement différente de la tienne ou de la mienne, murmura-t-il.

— En tout point, oui. Connors ?

— Oui ?

Elle marqua une hésitation.

— Je me demande si nous pouvons rester objectifs face à une entité familiale comme celle-là. Mais je sais que certaines réponses se trouvent dans cette maison. J'ai l'intention de les découvrir. Je vais analyser chacun des segments de ce carré qui s'est transformé en triangle. La mère, le père, la fille.

Elle dessina un triangle dans les airs.

— Chacun sait quelque chose. Quelque chose qui les lie et les sépare à la fois. À moi de les décortiquer, un par un.

18

Après le dîner, Eve lança une recherche avec recoupements sur tous les noms référencés dans les répertoires confisqués chez les Straffo. Pendant que l'ordinateur travaillait, elle dressa un tableau des emplois du temps.

Intersections, songea-t-elle. Parallèles. Mais ici, il s'agissait d'un triangle, pas d'un cercle.

Elle en dessina un sur un bloc-notes, traça une ligne horizontale en son milieu.

— Comment appellerais-tu ceci ?

Connors se pencha par-dessus son épaule.

— Ce que je vois là, c'est un segment dont les extrémités sont les milieux de deux côtés d'un triangle. Un segment qui est parallèle au troisième côté – dont la longueur est égale à la moitié dudit troisième côté.

— Beurk ! Beurk ! Beurk ! Moi, ce que je vois, c'est une sorte de boîte au milieu d'un triangle. Un lien en provenance d'une autre source.

— Aussi, oui.

Comme il s'éloignait en direction de la cuisine, elle se leva pour mettre à jour son tableau. L'ordinateur lui signala qu'il avait achevé sa tâche.

— Afficher les résultats, commanda-t-elle.

Elle pivota alors que Connors revenait avec un plateau.

— On vient de manger !

— C'est exact.

Il déposa le plateau sur une table, s'empara d'une assiette qu'il lui présenta.

— Et voici un brownie maison.

Le cœur d'Eve fondit littéralement.

— Décidément, rien ne t'échappe !

— Tu pourras remercier Summerset plus tard.

— Mouais.

— C'est moi qui lui ai demandé de le confectionner.
Tu peux donc me remercier aussi.

Connors balança l'assiette sous son nez, se tapota les
lèvres de l'index.

Elle leva les yeux au ciel, pour le principe. Puis elle se
pencha, l'embrassa sur la bouche et attrapa le gâteau.

— Pas question que j'embrasse Summerset ! le pré-
vint-elle. Oh, Seigneur, c'est divin... Il en reste ?

— Peut-être.

— Je ferais mieux de me limiter. Ce chocolat vaut
bien une dose de Zeus, décréta-t-elle en revenant à son
écran. Nom de nom ! Je savais bien que j'avais raison.

— Au sujet de... ? Harmon, Quella, cinquante-huit
ans, née à Taos, Nouveau-Mexique. Deux mariages,
deux divorces, pas d'enfants. Profession : artiste, lut-il
à voix haute.

— Quelle sorte d'artiste ?

Inclinant la tête, il poursuivit sa lecture.

— Bijoux et accessoires de mode, joaillerie, travail
du cuir... Ah ! Travail du cuir...

— Précisément ! Si ce n'est pas là notre source de
ricine, j'embrasse Summerset. Les graines de ricin pous-
sent sur des terres sauvages, arides. Je parie qu'elles sont
nombreuses au Nouveau-Mexique. Et je parie que notre
artiste utilise l'huile pour préparer ses peaux.

— C'est fort probable. Et quel est le lien entre Quella
Harmon et tes victimes ?

— C'est la tante d'Allika Straffo, du côté maternel.
Nous avons donc le moyen. Ordinateur, chercher dans
les agendas des trois individus Straffo toute trace de
voyage effectué au Nouveau-Mexique au cours des six
derniers mois. Non, de l'année. Et/ou, pour toute cette
période, de toute mention de visite de Harmon, Quella,
à New York.

Recherche en cours…

— Tu crois que Straffo a prélevé un échantillon de ricine chez cette femme, à son insu, et l'a rapporté à New York, puis s'en est servi pour empoisonner Foster.

— Exactement.

— D'accord, Eve, tu as sans doute là le moyen. Mais tu as perdu le mobile en route, non ? Car, à moins que l'ordinateur ne révèle un contact avec cette personne au cours des deux derniers mois, ça aurait eu lieu avant la liaison d'Allika et de Williams, avant que Foster soit au courant.

— Hum. Les parallèles…

Tâche achevée. Straffo, Oliver, Allika et Rayleen ont emprunté une navette commerciale à destination de Taos, Nouveau-Mexique, le 26 novembre. Retour à New York, par navette commerciale, le 30 novembre…

— C'est-à-dire avant qu'Allika couche avec Williams, d'après leurs déclarations, commenta Connors. Non ?

— Si, admit Eve en affichant un sourire amer.

— Conclusion : à moins d'être doté de pouvoirs extrasensoriels, quelle raison Straffo aurait-il eue de rapporter du poison *avant* que son épouse le trompe ?

— À l'époque, ce n'était peut-être pas encore une substance dangereuse, mais un simple sac de graines. Tout ici repose sur la planification et les possibilités. Les occasions. La curiosité.

Tout en parlant, elle retourna vers son tableau.

— Ordinateur, imprimer données affichées sur le disque dur, ordonna-t-elle en déplaçant photos, listes, notes.

En cours…

Connors s'approcha à son tour, étudia les documents tandis qu'elle allait récupérer les sorties papier.

Elle était sur une piste sérieuse. Elle avait modifié la disposition des éléments. Les avait de toute évidence arrangés selon un schéma qu'elle visualisait dans son esprit. Ou ressentait au plus profond d'elle-même.

Son esprit était à la fois labyrinthique et linéaire, fluide, souple et obstinément rigide. Il en était impressionné, sans toujours en comprendre les rouages. Quant à son instinct, il était quasiment infaillible.

Il s'écarta, s'efforça de prendre du recul, de se concentrer dans l'espoir de suivre son raisonnement. Soudain, il se figea.

— Tu n'es pas sérieuse.

— Tu as vu ?

— Je crois voir où tu veux en venir. Mais j'ai du mal à saisir ce qui te pousse dans cette direction.

— Quoi ? Tu ne penses pas qu'une gamine de dix ans puisse tuer de sang-froid ? N'oublie pas que j'en avais huit quand j'ai tué.

— Ce n'était pas un meurtre, loin de là. Tu as agi pour sauver ta peau. Tu as éliminé un monstre. Là, nous parlons d'une enfant qui aurait délibérément et froidement planifié le meurtre de deux adultes !

— Voire plus.

Elle sortit de son dossier une photo de Trevor Straffo et l'accrocha au centre de son triangle.

— Doux Jésus, Eve !

— Peut-être qu'il est tombé dans l'escalier. Peut-être. Peut-être qu'on l'a aidé. Peut-être n'était-ce qu'un tragique accident, dans lequel sa sœur était impliquée.

À présent, elle fixait les yeux violets de Rayleen Straffo.

— Ils sont excités, ils courent. L'un d'entre eux trébuche sur l'autre, ou se prend les pieds dans le tapis. Peu importe. Mais tu sais quoi ?

Elle pivota vers Connors, le regard indéchiffrable.

— Je n'en crois rien. À mon avis, c'est elle qui l'a poussé. Je pense qu'elle l'a attiré hors de son lit pendant que les parents dormaient. Chut ! Pas un bruit. Le Père Noël est en bas ! Si on allait voir ?

— Mon Dieu, souffla Connors.

— Quand il atteint l'escalier, elle le bouscule. Exit le petit frère qui a envahi son territoire. Qui s'est immiscé au centre du cercle.

— Comment peux-tu penser une chose pareille ? Elle était tellement jeune à l'époque.

— Elle avait sept ans. Elle avait été sous les feux de la rampe pendant cinq de ces sept années. Désormais, elle devait partager la scène. Au début, c'est amusant, on joue avec le bébé. Mais petit à petit, on est délaissée. Les parents ne prêtent pas suffisamment attention à Rayleen. La princesse.

— C'est monstrueux.

— Tuer est monstrueux. La mère sait tout, murmura Eve. Elle est terrifiée, elle en est malade, elle cherche par tous les moyens à échapper à l'horreur. Elle n'y parvient pas.

— Tu sembles très sûre de toi.

— Je l'ai senti. Je le sais. Mais entre savoir et prouver, il y a de la marge.

— Admettons que tu aies raison à propos du petit, concéda Connors au prix d'un effort surhumain. Pourquoi Foster ? Pourquoi Williams ? À cause de l'aventure de sa mère ?

— J'en doute. Ce n'est pas son problème. Elle n'est pas directement concernée. Le hic, c'est que je ne sais pas pourquoi. J'ai demandé à Peabody d'examiner les dossiers des élèves de Foster. Peut-être l'a-t-il surprise en train de tricher ou de voler ?

Mais ça ne collait pas, se dit-elle, agacée.

— Nous avons trouvé un peu de drogue dans les casiers. Peut-être qu'elle en consomme ou qu'elle en distribue. Elle a très bien pu le supprimer parce qu'elle se sentait menacée par lui, parce qu'elle craignait qu'il ne bouscule son petit monde parfait.

Eve se mit à arpenter la pièce de long en large.

— Le point de vue de Mira me serait utile. Selon moi, cette môme correspond au profil. Mais j'ai besoin de l'appui de Mira. Par ailleurs, j'irai m'entretenir avec

Allika demain. Je dois essayer de la miner, de forcer le bouclier derrière lequel elle se retranche. Ce dont je dispose est insuffisant, parce qu'à moins que je ne sois complètement cinglée, cette petite a tué trois personnes dans sa première décennie. Et elle est loin d'avoir atteint ses limites.

— Comment veux-tu qu'elle sache ce qu'est la ricine, sans parler de s'en servir ?

— Elle est intelligente. Suffisamment pour écouter, observer, et vérifier sur le Net.

— Et le produit paralysant qu'on a injecté à Williams. Comment aurait-elle mis la main dessus ?

— Elle est bénévole dans une association appelée *De la part des enfants*. Tu sais ce qu'ils font ? Ils rendent visite aux malades, en pédiatrie, en gériatrie, ils éclairent les journées des vieillards et des infirmes. Qui irait soupçonner une si charmante fillette, si dévouée ? Il me faut son journal intime.

— Tu es certaine qu'elle en possède un ?

— Elle a commis l'erreur de l'évoquer lors du tout premier interrogatoire, afin de braquer les projecteurs sur elle. Tous ces « je ». *J*'ai vu, *j*'ai trouvé, *je* pense, *je* sais. Sur le moment, je n'y ai pas fait attention plus que ça.

Eve pinça les lèvres.

— Elle non plus. Comment pouvait-elle deviner que j'irais mettre le nez dans ses affaires personnelles ? Tout est dans son journal intime, c'est évident. Qui est là pour la féliciter, sinon elle-même ? La seule façon d'y parvenir, c'est de l'écrire. Elle s'en est débarrassée avant qu'on fouille leur domicile, c'est tout.

Une fois de plus, Eve tourna autour du tableau, repérant des détails, les dissociant, les réorganisant différemment.

— Elle en a eu tout le temps pendant que papa montrait ses muscles d'avocat, reprit-elle. Elle est assez maligne pour avoir pris les devants. Peut-être me suffira-t-il de prouver, pour l'instant, qu'elle *avait* bien un journal.

— Tu sembles bien calme.

— J'ai intérêt. J'ai laissé couler. Je n'osais pas y croire. C'est tellement abominable. Je ne voulais pas imaginer que cette gamine avec ses jolies boucles blondes pouvait être une meurtrière. J'avais tort. Si je veux rendre justice aux morts, je dois rassembler toutes les ficelles et les nouer en un nœud impeccable. Personne ne voudra accuser une fillette au visage angélique de trois homicides prémédités.

— Si tu as raison… crois-tu qu'il y en ait eu d'autres ?

Eve exhala bruyamment, tout en affichant manuellement la photo d'identité de Rayleen.

— L'idée m'a traversé l'esprit. Et s'il y en avait eu d'autres ? Des enfants hospitalisés, des vieillards. Elle a un planning infernal. Combien de personnes croise-t-elle chaque jour, chaque semaine, chaque mois ? Y a-t-il eu un autre accident, un autre décès, un autre meurtre jamais élucidé ? Je finirai par le découvrir.

— Elle doit être très, très malade.

— Je ne sais pas ce qu'elle est, mais je sais que je ferai mon possible pour qu'elle soit punie à la mesure de ses actes.

Elle le dévisagea, se raidit.

— Tu penses que je devrais éprouver de la pitié pour elle ?

— Sincèrement, je n'en sais rien. Je ne sais pas quoi penser. Mais le fait est que tu es convaincue – et ta démonstration est parfaitement étayée – que cette *enfant* a tué de sang-froid.

Il se planta devant son triangle, sa galerie de portraits de famille.

— Permets-moi de jouer l'avocat du diable. Supposons que l'un ou les deux parents soient les coupables, et qu'elle soit au courant.

— Je n'omets pas cette éventualité.

— Eve.

Il pivota vers elle, l'intensité de son regard contrastant avec la douceur de la main tandis qu'il lui caressait les cheveux.

— J'ai besoin de te le demander : est-ce qu'une partie de toi souhaite que ce soit elle ?

— Non. Au contraire ! C'est justement pour cela que j'étais partie sur d'autres pistes. Mais aujourd'hui, dans sa chambre de petite fille parfaite, j'ai été forcée de revenir sur terre. Je ne m'apitoierai pas sur elle, Connors. En revanche, j'en ai la nausée.

Il posa son front contre le sien.

— D'accord. D'accord. En quoi puis-je t'être utile ?

— Peux-tu te mettre dans la tête d'une meurtrière de dix ans ?

— Je peux tenter le coup.

— Si tu tenais un journal intime, et si tu étais suffisamment rusé pour savoir que tu dois le sortir de la maison, où le dissimulerais-tu ?

Elle fit quelques pas, enchaîna :

— Elle suit des cours de danse. Elle a peut-être un casier là-bas ? Ou un coin dans un de ces établissements médicalisés où elle se rend avec l'association. L'école, c'est trop risqué. Elle a…

— Qui est sa meilleure amie ?

Eve plissa les yeux.

— Je voterais volontiers pour Melodie Branch. Celle qui a découvert Foster avec elle. Elles se rencontrent régulièrement. Peabody et moi irons l'interroger demain, ainsi qu'Allika. Je dois absolument parler avec Mira.

— Eve, il est presque 23 heures.

— Et alors ? Merde, marmonna-t-elle comme il se contentait de lui adresser un regard plein de douceur. Entendu, j'attends demain matin. Au fond, ce n'est pas plus mal. Ça me laissera le temps de rédiger mon rapport, de réfléchir. Il va falloir jouer des coudes pour obtenir une autorisation d'interrogatoire officiel.

Elle regagna son bureau, s'assit.

— J'aime autant te le demander afin de pouvoir passer à autre chose : Magdelana a-t-elle essayé de te contacter depuis son dernier appel ?

— Non.

— Tu as songé à la façon dont tu allais t'y prendre quand elle finira par te joindre ?

— Oui, et quand cela arrivera, je m'en occuperai. Elle ne nous causera plus le moindre souci, Eve. Tu as ma parole.

— Tant mieux. Bon ! J'en ai sans doute pour plusieurs heures.

— J'ai du boulot de mon côté.

— C'est toujours d'accord pour demain ? Le dîner aux chandelles suivi d'ébats sexuels effrénés ?

— J'avais noté « ébats sexuels inventifs » sur mon agenda. Je remplacerai par « effrénés ».

— Et pourquoi pas les deux ?

Il la contempla avec amour.

— Ma Valentine !

Elle s'attendait à un cauchemar, pourtant elle fut prise de court. Elle ne s'était pas préparée à se voir comme autrefois – petite et menue – au milieu de la chambre rose et blanc de Rayleen.

Elle avait horreur des poupées, elle ne supportait pas leur regard vide. Mais il faisait doux dans la pièce, l'air sentait délicieusement bon.

Le lit semblait tout droit sorti d'un conte de fées. Un lit de princesse. Rien de mal ne pouvait vous arriver dans un lit comme celui-là.

Elle s'en approcha, sans oser le toucher. Elle tendit la main, hésita. Si elle avait l'audace d'y toucher, il la battrait.

— Vas-y. Tu peux même t'allonger dessus si tu veux.

Elle se retourna vivement. Ce n'était pas lui. C'était une fillette, comme elle. Mais différente. Elle avait les cheveux soyeux, un joli visage au teint laiteux. Elle souriait.

— C'est ma chambre.

— Tu es la princesse, murmura Eve.

Le sourire de la fillette s'élargit.

— Oui. Je suis la princesse. Tout, ici, m'appartient. Si je te donne la permission de toucher, tu peux tou-

cher. Si je t'interdis de toucher et que tu touches quand
même, je te ferai jeter dans le donjon. Où il fait tout le
temps noir.

— Je n'ai touché à rien !

— Il faut que tu me demandes d'abord. C'est moi qui
te donnerai la permission. Ou pas.

La ravissante petite fille se dirigea vers une table sur
laquelle était disposé un service à thé rose et blanc.

— Si nous buvions un chocolat chaud ? Je demande
à mes domestiques de m'en préparer quand cela me
plaît. Tu aimes le chocolat chaud ?

— Je ne sais pas, je n'en ai jamais bu. C'est bon ?

Rayleen remplit une tasse.

— Mortel ! s'esclaffa-t-elle. Si je t'ordonne de boire,
tu dois obéir. Tu es dans ma chambre et je suis la princesse. Maintenant, je dis que tu dois boire.

Obéissante, Eve s'exécuta.

— C'est… c'est délicieux. Je n'ai jamais rien goûté de
tel. Je peux en avoir encore ?

— D'accord.

Une lueur dansait dans les prunelles de Rayleen. L'estomac noué, Eve la regarda verser le liquide. Un liquide
écarlate. Du sang.

Ravalant un cri, Eve lâcha la tasse. Le sang se répan-
dit sur la moquette blanche.

— Regarde ce que tu as fait ! Tu vas me le payer !

Rayleen posa la chocolatière, tapa deux fois dans ses
mains.

Il surgit, le sourire aux lèvres, le regard luisant de
cruauté.

— Non. S'il vous plaît ! Je ne l'ai pas fait exprès ! Je
vais tout nettoyer. Non ! Non !

— Je te cherchais, ma fille, dit le père d'Eve.

Le coup de poing la propulsa à terre. Puis il se jeta
sur elle. Elle se débattit, poussa un hurlement quand
l'os de son bras cassa comme un crayon. Rayleen
observait la scène en buvant son chocolat.

— Je ne connais qu'un moyen pour arrêter ça,
annonça-t-elle. La mort résout tout. Tue-le, tue-le. Tue-le !

La voix de Rayleen était de plus en plus aiguë, de plus en plus excitée.

— Tue-le !

Découvrant un couteau dans sa main, Eve fit ce qu'elle lui ordonnait.

— *Chuuut !* Tout va bien, Eve, ce n'était qu'un cauchemar. Réveille-toi. Je suis là. Près de toi.

— C'était du sang. Du rose, du blanc, du rouge. Tout ce sang.

— C'est fini, à présent. Je suis près de toi, murmura-t-il en la berçant doucement.

Il continua de lui caresser les cheveux même après qu'elle eut cessé de trembler.

— Je suis désolée, souffla-t-elle.

— Tu n'as pas à l'être, mon cœur.

— Tu crois que c'est une projection, Connors ? Que lorsque je regarde cette enfant, je vois tout ce que je n'ai jamais eu, jamais senti, jamais su ? Que j'éprouve une espèce de jalousie ? Un truc complètement tordu ? Et que j'ai réagi de la même façon avec Magdelana ?

Il s'écarta légèrement, commanda la lumière à dix pour cent.

— Non. Jamais de la vie. Si tu as eu des doutes à propos de Magdelana, c'est ma faute. Tu vois les choses telles qu'elles sont, Eve. Tu ne te voiles jamais la face, même quand tu en aurais envie.

Elle soupira, se blottit contre lui.

— Merci.

— Tu vas réussir à te rendormir, tu crois ?

— Oui.

Comme souvent après une nuit de cauchemars, Eve se réveilla épuisée. Dès 8 heures, cependant, elle était douchée, habillée, et prête à affronter la journée.

— Par où vas-tu commencer ? s'enquit Connors.

— Mira et Whitney me contacteront dès qu'ils auront lu le rapport que je leur ai envoyé hier soir. Entre-temps, je vais m'attaquer à la meilleure amie. Avec un peu de chance, c'est à elle que Rayleen a confié son journal.

Elle se percha sur l'accoudoir du canapé, dans le coin salon, pour boire son second café.

— Ensuite, j'irai voir Allika. Straffo a une partie de golf à 9h30, suivie d'un déjeuner au club. À 9 heures, la gamine a un rendez-vous d'« animation intellectuelle », avant d'aller visiter un musée. Allika doit les retrouver, la fille au pair et elle, à 13 heures. Elle prend le relais : déjeuner au *Zoologie*, puis séance mère-fille chez le coiffeur.

— Rude journée.

— En effet. J'espère trouver Allika seule chez elle dans la matinée. En fonction des résultats, soit je file chercher sa fille, soit je rencontre Mira et/ou Whitney d'abord. Le plus dur, ce sera l'interrogatoire. Son père va intervenir, les services de protection infantile aussi. Il faudra que je sois bien armée.

— Rude journée pour toi aussi.

— Il me restera sûrement des forces pour le dîner aux chandelles et les ébats sexuels effrénés.

Il s'esclaffa, se dirigea vers son dressing, revint avec une boîte enveloppée dans du papier rouge et ornée d'un gros nœud de satin blanc.

— Tiens ! C'est pour toi.

— Oh, non !

— Oui, je sais. C'est un cadeau. Très irritant. Ouvre-le quand même.

Elle ôta le papier, souleva le couvercle, découvrit une autre boîte à l'intérieur, en or brossé. Elle l'ouvrit. Dans l'écrin de velours bordeaux était niché un long flacon mince, incrusté de diamants et de rubis.

Elle le souleva, examina le liquide ambré qu'il contenait.

— Potion magique ?

— Possible. C'est du parfum. Le tien. Conçu uniquement pour toi, selon ta peau, ton style, tes préférences... Dis-moi ce que tu en penses ajouta-t-il en en appliquant une goutte sur son poignet.

Elle le sentit, fronça les sourcils, le sentit de nouveau. La fragrance était subtile, sobre.

— Alors ?

— C'est agréable. Plus encore... cela prouve une fois de plus combien tu me connais.

Pour lui faire plaisir, elle en mit un peu dans le creux de sa gorge.

— Le flacon est une véritable œuvre d'art.

— Naturellement.

Elle alla le poser sur sa commode, suffisamment en retrait pour que Galahad ne risque pas de le renverser. Puis elle revint vers Connors et lui présenta son cou.

— Ton avis ?

— C'est tout à fait toi, déclara-t-il avant de l'embrasser. Ma seule et unique Valentine.

— Garde ton charabia pour plus tard. Il faut que j'y aille. Peabody devrait arriver d'un instant à l'autre.

— On se retrouve pour dîner à 20 heures, à moins d'un contretemps ?

— 20 heures. Je me débrouillerai pour me libérer à 19 h 30.

Bien qu'ayant lu le rapport d'Eve avant de venir, Peabody avait un mal fou à accepter l'hypothèse d'une meurtrière miniature.

— Je sais bien que dans certains établissements des zones difficiles, professeurs et élèves subissent des attaques. Mais, en général, ce sont des enfants à problèmes.

— Sous prétexte que celle-ci porte un bel uniforme et vit dans un triplex, vous la croyez immunisée.

— Non, mais le contexte est très différent. Et nous parlons de vengeances, d'actes de violence impulsifs. Alors que dans le cas présent, il s'agit d'homicides prémédités, froidement exécutés, sans mobile vraiment clair.

— Le mobile finira par apparaître.

— Dallas, j'ai épluché les archives de Foster. Celles de Williams. J'ai relevé une poignée de sanctions disciplinaires, convocations des parents pour indiscipline, notes en chute libre et autres retards à répétition. Mais Rayleen Straffo est une élève modèle.

— Elle a peut-être trafiqué les dossiers.

— Ma parole, vous voulez sa peau.

Peabody grimaça, et enchaîna promptement :

— Désolée, ce n'est pas ce que j'ai voulu dire. J'ai du mal à vous suivre. Je ne suis pas du tout sur la même longueur d'onde que vous.

— Attaquons-nous à ces interrogatoires. L'une de nous deux changera peut-être d'avis.

Le communicateur du tableau de bord se mit à clignoter alors qu'Eve se garait devant l'immeuble de Melodie Branch.

— Dallas.

Le visage de Mira apparut à l'écran.

— Dallas, je viens de lire votre rapport. Nous devons en discuter. Longuement.

— Je m'en doutais. Pour l'instant, c'est impossible, je m'apprête à réinterroger l'un des témoins.

— Pas Rayleen Straffo.

— Non. Si vous voulez, je peux vous voir – en présence du commandant, car je suis certaine qu'il tiendra à être là – cet après-midi.

— Parfait. Je le contacte sur-le-champ. Je préférerais que vous ne parliez pas avec Rayleen tant que nous ne nous serons pas vues.

— Elle a un emploi du temps surchargé. Ça peut attendre. Si je comprends bien, mon approche vous rend sceptique.

— Nous en discuterons tout à l'heure, mais, oui, je suis soucieuse. Soyez très prudente, Eve.

— Je ferai de mon mieux, répondit-elle avant de couper la communication. On dirait que Mira est de votre côté, Peabody.

— Ce n'est pas la question, Dallas.

— Non. Vous avez raison.

Pourtant, elle descendit de voiture et se dirigea vers l'entrée de l'immeuble avec la ferme intention d'inciter une petite fille à trahir sa meilleure amie.

19

C'est Angela Miles-Branch elle-même qui leur ouvrit.
Elle portait un élégant pantalon en tweed, un col roulé
en angora couleur sable et des bottes à petits talons
assorties à son pull.

Elle les précéda dans un salon très contemporain,
décoré avec goût.

— Je suppose que c'est au sujet de la situation à
l'école. Melodie est dans sa chambre. Elle ne m'adresse
plus la parole.

— Vraiment? fut tout ce qu'Eve trouva à dire.

— Je l'ai retirée du Cours Sarah. Je refuse d'envoyer
ma fille dans un établissement où deux crimes ont été
commis. Elle me reproche de ne pas envisager le problème de son point de vue, à savoir que je la prive de
ses amies et de son univers.

Visiblement à bout de nerfs, Angela se laissa choir
dans un fauteuil.

— Bien entendu, elle n'a pas son mot à dire.

Elle laissa échapper un soupir, repoussa une mèche
de cheveux.

— C'est affreux d'avoir dix ans et de penser que votre
monde a volé en éclats. Je lui laisse le temps de bouder
dans son coin et de ruminer sa colère contre moi.

— Apparemment, vous faites pour le mieux, commenta Peabody. Les enfants ont souvent du mal à le
comprendre.

— Je vous remercie. Je ne suis pas la seule à avoir
pris cette initiative ou à l'envisager sérieusement. J'espère que quelques-unes de ses camarades se retrouve-

ront avec elle au Cours West Wide, où je l'ai inscrite hier. D'ici là...

Les mots moururent sur ses lèvres. Elle leva les mains, les laissa retomber.

— Melodie a-t-elle été en contact avec ses amies ? demanda Eve.

— Bien sûr. Nous essayons tous de maintenir un semblant de normalité. Ce n'est pas facile.

— Rayleen Straffo, par exemple ?

— Essentiellement. Elles sont très proches, encore plus depuis qu'elles ont vécu cette expérience traumatisante. Rayleen est venue ici jeudi, comme toutes les semaines. Allika et moi avons décidé de ne pas changer le rythme des visites hebdomadaires. Et Melodie a dîné chez les Straffo hier soir.

— Deux jours de suite ? C'est assez rare, non ?

— En effet. Pour être franche, je n'étais pas mécontente de me débarrasser de Melodie pendant quelques heures après notre violente dispute à propos de la nouvelle école.

— Nous aimerions lui parler.

— Lieutenant, je sais que vous faites ce que vous avez à faire et, croyez-moi, je vous y encourage. Mais je tiens à préserver ma fille. Elle fait des cauchemars toutes les nuits.

— Nous éviterons d'évoquer le drame. C'est une autre piste que nous souhaitons explorer.

— Très bien. Mais je vous préviens, vu son humeur, vous n'obtiendrez peut-être rien. Je vais la chercher.

Angela se leva et quitta la pièce. Eve entendit des voix étouffées, au loin, celle de la mère, impatiente, celle de la fille, empreinte de défi.

Un instant plus tard, la fillette pénétra dans le salon, l'air morose.

— Assieds-toi, Melodie, ordonna sa mère. Si tu es aussi impolie avec le lieutenant Dallas et l'inspecteur Peabody que tu l'as été avec moi, attends-toi à être privée de sortie pendant les deux semaines à venir.

Melodie haussa les épaules et s'assit en gardant les yeux fixés sur le sol.

— Ce n'est pas ma faute si M. Foster et M. Williams sont morts. Mais c'est moi qu'on punit.

— Ne recommençons pas, je t'en prie, dit Angela d'une voix lasse.

Eve décida de frapper fort.

— Melodie, j'ai besoin du journal intime de Rayleen.

La fillette tressaillit.

— Pardon ? Je ne comprends pas.

— Bien sûr que si. Rayleen t'a confié son journal. J'en ai besoin.

— Je ne l'ai pas.

— Mais elle en tient un.

— Elle... je n'en sais rien. Un journal, c'est privé.

— Tu en as un ?

— Oui, madame. Et c'est privé.

Elle adressa un regard implorant à sa mère. Celle-ci se percha sur l'accoudoir de son fauteuil et posa une main réconfortante sur son épaule. Quels que soient leurs différends, elles faisaient front.

— C'est vrai, renchérit Angela. Melodie sait qu'elle peut écrire ce qu'elle veut dans son journal et que personne ne le lira. Je ne comprends pas où vous voulez en venir.

— L'intimité, c'est important, concéda Eve. L'amitié aussi. Je suppose qu'entre amies, vous partagez vos pensées. As-tu lu le journal de Rayleen ?

— Non, elle n'aurait pas... euh... Peut-être qu'elle n'en a pas.

Eve sauta sur l'occasion.

— Elle te l'a remis jeudi quand elle est venue ici. Que t'a-t-elle demandé d'en faire ?

— Elle est juste venue jouer. On ne peut pas aller à l'école parce que M. Williams s'est noyé dans la piscine, expliqua Melodie, les larmes aux yeux. Tout ça, c'est nul, et maintenant, Rayleen et moi, on ne sera plus dans la même classe. C'est ma meilleure amie. Les meilleures amies restent ensemble.

— Melodie, sais-tu ce qu'est un mandat de perquisition ? Je peux en obtenir un, enchaîna Eve, tandis que la fillette se voûtait. Cela me donnera le droit de fouiller ta chambre. Ça m'ennuierait d'en arriver là.

— Lieutenant, vous plaisantez! s'exclama Angela, choquée.

— J'ai besoin de ce journal, Melodie. Je passerai ta chambre au peigne fin s'il le faut.

— Vous ne le trouverez pas! Parce que Ray...

Elle se tut, agrippa la main de sa mère.

— J'ai promis, maman. On ne doit pas briser une promesse.

— Non, ma chérie. Mais ne t'inquiète pas, la rassura Angela avant d'ajouter à l'adresse d'Eve : Rayleen a des ennuis?

— J'en saurai davantage quand je me serai plongée dans son journal. C'est dans l'intérêt de Melodie.

— Attendez.

Angela ferma les yeux un instant. Puis elle souleva le menton de sa fille pour l'obliger à la regarder.

— Mon trésor, il faut que tu dises la vérité à la police. C'est important.

— J'ai promis!

— La vérité est aussi importante qu'une promesse. Réponds-moi, mon cœur, as-tu le journal de Rayleen?

— Non! Non! Je le lui ai rendu hier soir! Je ne l'ai eu qu'une journée, et je ne l'ai pas lu. Il est fermé à clé. Mais même sans ça, je ne l'aurais pas lu. J'avais *prêté serment*!

— Bien, ma chérie. Bien. Elle ne l'a pas, lieutenant. Je peux vous assurer qu'elle ne ment pas.

— Melodie, que t'a dit Rayleen quand elle te l'a confié?

— Que la police allait venir fouiner dans ses affaires.

— Mon Dieu! souffla Angela. Vous avez fouillé l'appartement des Straffo? Je n'étais pas au courant. J'ai laissé Melodie y aller. Je...

— N'ayez aucune crainte pour votre fille, l'interrompit Eve. Continue, Melodie, je t'écoute.

— Elle m'a juste demandé de le garder et de ne le dire à personne. C'est un journal intime, c'est secret. Je le lui ai rapporté hier, comme prévu. Maintenant, elle va être furieuse contre moi parce que j'ai cafté.

— Mais non, murmura distraitement Angela, les yeux rivés sur Eve. Tout va s'arranger, ne t'en fais pas

Elle se leva, hissa sa fille sur ses pieds.

— Je te félicite d'avoir dit la vérité. C'était la seule chose à faire, et la plus difficile. Va donc te chercher un Fizzy à la cerise. Je te rejoins dans un instant.

— Pardon d'avoir été méchante avec toi, maman.

— C'est fini, mon ange. Va nous chercher un Fizzy.

Reniflant, Melodie hocha la tête et s'éloigna en traînant les pieds.

— Je ne comprends pas en quoi ce journal peut vous intéresser, avoua Angela dès qu'elle fut sortie.

— C'est un élément qui requiert toute notre attention.

— Je ne vous poserai aucune question à ce sujet, mais j'aimerais que vous me disiez s'il est préférable que Melodie évite les Straffo. Je veux savoir si Rayleen et sa famille présentent un danger pour ma fille.

— Je ne pense pas qu'elle risque quoi que ce soit, mais peut-être serez-vous plus à l'aise si vous réduisez momentanément les contacts. Je vous demanderai de ne parler à personne de cet entretien ni de ce qui vient de s'y dire.

— Je crois que je vais l'emmener en week-end prolongé. Elle peut ne commencer l'école que mardi.

— Excellente idée, approuva Eve. Je ne fais pas autorité en matière d'enfants, madame Miles-Branch, mais mon petit doigt me dit que votre fille est une perle.

— C'est vrai. Je vous remercie.

Eve laissa à Peabody une chance de s'exprimer dans l'ascenseur. Comme elle ne disait rien, elle attendit qu'elles soient dans la voiture pour lui demander :

— Pensées ? Commentaires ? Questions ?

— Je suppose que je suis en train d'en faire l'inventaire, avoua Peabody. Je dois dire qu'a priori, cela me paraît plutôt innocent, voire normal, pour une gamine, de dissimuler son journal intime ou de le confier à sa meilleure amie.

— Et a posteriori ?

— C'est ce qui vous intéresse, j'ai bien compris. Le fait que ce journal existe et que Rayleen ait pris soin de le sortir de la maison avant la perquisition donne un certain poids à votre théorie.

Eve décela cependant une note de scepticisme dans sa voix.

— Mais vous restez convaincue que c'est un truc de filles.

— J'ai du mal à l'envisager autrement, reconnut Peabody.

— Et si elle avait seize ans ? Ou vingt-six ?

— Il y a une énorme différence, Dallas, vous le savez.

— C'est ce j'essaie de décider, répliqua Eve en se garant devant l'immeuble des Straffo.

Ce fut Allika qui leur ouvrit. Les yeux cernés, les traits tirés, elle semblait ne pas avoir dormi depuis plusieurs nuits. Elle était encore en robe de chambre.

— Vous ne pouvez pas nous laisser tranquilles ? supplia-t-elle.

— Nous avons à vous parler, madame Straffo. Nous préférons le faire à l'intérieur, en privé. Il ne s'agit pas d'un interrogatoire, mais d'un entretien. Avez-vous des raisons de vous y opposer ?

— Il faut que je prévienne mon mari.

— Vous éprouvez le besoin d'être accompagnée d'un avocat ?

— Il n'est pas seulement avocat, glapit-elle. Excusez-moi, j'ai la migraine. J'essayais de me reposer avant d'aller chercher ma fille.

— Nous sommes désolées de vous déranger, mais nous n'avons pas le choix. Si vous tenez à ce que votre mari soit présent, pourquoi ne pas lui suggérer de nous retrouver au Central ? Cette conversation prendra ainsi un tour officiel.

— Cela ressemble presque à une menace.

— Toutes les trois ici, ou à quatre au Central. À vous de décider.

— Très bien, finissons-en. Vous autres policiers avez le don de faire en sorte que les victimes se sentent coupables.

Elle fonça dans le salon, se laissa tomber sur le canapé.

— Que voulez-vous ?

— Nous avons des raisons de penser qu'un objet en rapport avec notre enquête a été soustrait avant la perquisition.

— C'est ridicule. Rien n'est sorti d'ici, et rien de ce que contient cet appartement n'a jamais eu le moindre *rapport* avec votre enquête.

— Votre fille a emporté son journal intime.

— Je vous demande pardon ? s'écria Allika, un soupçon de peur dans la voix. En quoi le journal de Rayleen peut-il vous intéresser ?

— Elle s'en est débarrassée le temps de la fouille, et l'a récupéré aussitôt après. Savez-vous où il est ?

— Non.

— L'avez-vous lu ?

— Certainement pas. Nous respectons l'intimité de chacun, dans cette demeure.

— Nous avons besoin de ce journal, madame Straffo.

— Qu'est-ce qui ne tourne pas rond, chez vous ? Comment pouvez-vous accuser une enfant d'une chose aussi horrible ?

— Je ne l'ai accusée de rien. Qu'a-t-elle à se reprocher, selon vous ? De quoi est-elle capable, Allika ?

Eve se pencha vers elle.

— Qu'est-ce qui vous terrifie au point de vous rendre malade, insomniaque ?

— J'ignore de quoi vous parlez.

Elle tripota les plis de sa robe de chambre.

— Il faut que ça cesse.

— C'est mon objectif. Vous savez aussi bien que moi que cela ne peut plus durer.

— Partez. Sortez d'ici tout de suite.

Eve profita de son avantage pour appuyer sur un autre point sensible.

— Pourquoi cachez-vous toutes les photos de votre fils ? Pourquoi avez-vous conservé un morceau de sa couverture, son chien en peluche ? Pourquoi, Allika ?

— C'était mon bébé. Mon petit garçon.

Elle fondit en larmes.

— Pourtant, aucun portrait de lui n'est exposé avec les autres. Pourquoi ?

— C'est douloureux. C'est trop dur pour…

— Pour Rayleen. Elle déteste ça, n'est-ce pas ? Elle ne supporte pas que son père ou vous accordiez votre attention à un autre enfant qu'elle. Elle veut être au centre de votre univers. Elle n'a jamais aimé partager.

— C'est naturel pour une aînée de jalouser un nouveau venu dans la famille. Une période d'adaptation est nécessaire. Les rivalités entre frères et sœurs sont normales.

— Je pense que ça allait bien au-delà. Pour finir, à Noël, elle a décidé de remédier à la situation. Elle l'a sorti de son lit, entraîné jusqu'en haut de l'escalier. C'est bien cela ?

— C'était un accident ! hoqueta Allika en se cachant le visage entre les mains. Un accident. Elle dormait. Nous dormions tous. Ô mon Dieu, je vous en supplie, arrêtez !

— Non, elle ne dormait pas. Vous le savez.

— Elle n'a jamais eu l'intention de… Ce n'est pas possible qu'elle ait…

— Racontez-moi ce qui s'est passé ce matin-là, Allika.

— Je vous le répète, nous dormions tous profondément.

Elle laissa retomber ses mains. Elle était blême, le regard hanté.

— Combien de temps espérez-vous garder votre secret avant de craquer ? insista Eve. Combien de temps croyez-vous pouvoir masquer votre désespoir en avalant des cachets, en vous réfugiant dans un tourbillon d'activités ? Dans le mensonge ? Jusqu'au prochain Reed Williams ?

— Non. Non. C'est arrivé une fois, c'était une erreur.

— Vous savez que vous ne pouvez pas continuer à vivre avec ce drame sur la conscience, Allika. Parlez-moi. Dites-moi ce qu'elle a fait à votre petit garçon. À votre bébé.

— Elle n'avait que sept ans.

Peabody prit le relais. Elle vint s'asseoir près de la jeune femme.

— Vous êtes sa maman, vous cherchez à la protéger. Vous voulez faire ce qu'il y a de mieux pour elle.

— Oui, bien sûr. Oui.

— Vous vouliez aussi protéger Trevor. Nous révéler la vérité, c'est ce qu'il y a de mieux à faire pour eux deux.

— Mes bébés.

— Qu'est-il arrivé ce matin de Noël, Allika ? reprit Eve.

— Les enfants se réveillent toujours aux aurores ce jour-là, murmura-t-elle, les joues ruisselantes de larmes. C'est naturel. Ils sont surexcités. Rayleen s'est ruée dans notre chambre juste avant l'aube et a bondi sur le lit. Elle était tellement heureuse. Nous nous sommes levés, et Oliver a annoncé qu'il allait chercher Trevor.

Elle pressa la main sur sa bouche.

— L'année précédente, pour son premier Noël, il avait à peine un an, il ne comprenait pas ce qu'était Noël. Mais là, à deux ans... Oliver a dit qu'il allait le réveiller et qu'on descendrait tous ensemble voir si le Père Noël était passé.

— Où était Rayleen ? demanda Eve.

— Elle est restée près de moi pendant que j'enfilais ma robe de chambre. Elle sautillait d'impatience, le visage radieux. Et j'ai remarqué... j'ai remarqué qu'elle portait les mules roses que j'avais déposées devant la cheminée, la veille. Celles qu'elle avait repérées dans une vitrine et qu'elle désirait si fort.

Allika se tut, vidée.

— Rayleen portait les mules, dit Eve.

— Elles étaient marquées à son prénom, tout en paillettes. Elle adorait qu'on mette son prénom partout. J'ai commencé à lui dire qu'elle n'aurait pas dû descendre sans nous. Son papa et moi lui avions promis de nous lever dès qu'elle serait réveillée. À cet instant, Oliver a poussé un cri. Il a hurlé, comme si on lui arrachait le cœur, et je l'ai entendu dévaler l'escalier. Je me suis précipitée sur le palier. Et j'ai vu... mon bébé. En bas des marches, Oliver tenait notre bébé dans ses bras. Je me suis précipitée vers eux. Il était froid. Mon petit garçon. Il avait du sang sur le visage, et il était glacé.

— Comment a réagi Rayleen?

— Je n'en sais rien. Je... Tout est brouillé dans ma mémoire. Oliver pleurait. Je crois que j'ai voulu lui reprendre Trevor, mais il le serrait si fort. Si fort... Je... je me suis précipitée sur le communicateur pour appeler les secours. Ray...

— Qu'a-t-elle fait?

Paupières closes, Allika frémit.

— Elle jouait déjà avec la maison de poupée qu'Oliver et moi avions déposée sous le sapin. Elle était là, en pyjama, avec ses mules roses, en train de s'amuser. Comme si de rien n'était.

— C'est alors que vous avez compris.

— Non. Non. Elle était si jeune. Elle ne se rendait pas compte. C'était forcément un accident.

Non, songea Eve. Ce n'en était pas un. Et cette femme se laissait ronger par les remords, jour après jour, parce qu'elle le savait.

— Allika, si votre appartement est dépourvu d'isolation sonore, ce n'est pas parce que vous craignez que quelque chose n'arrive à Rayleen. C'est parce que vous avez peur de Rayleen, et de ce que vous pourriez ne pas entendre.

— C'est ma fille.

— Il y a quelques mois, vous avez rendu visite à votre tante, au Nouveau-Mexique. Elle travaille le cuir. Elle utilise l'huile extraite de graines de ricin pour préparer ses peaux.

— Mon Dieu, taisez-vous! Taisez-vous!

— Rayleen a-t-elle passé du temps avec elle ? À l'observer, à lui poser des questions ? Elle est d'une nature très curieuse. Elle aime savoir.

— Craig Foster était son professeur préféré.

— Pourtant, vous vous interrogez. Quant à Williams... Rayleen est bénévole dans une association et rend régulièrement visite aux malades dans les hôpitaux. Elle est intelligente. Elle a parfaitement pu se procurer une seringue et des produits chimiques.

— Dans ce cas, ce serait un monstre. Que voulez-vous que je vous réponde ? cria-t-elle, au bord de l'hystérie. Vous voulez que je dise que ma fille est un monstre ? La chair de ma chair ? Oliver et moi l'avons aimée au premier regard.

— Comme vous avez aimé Trevor. Si je me trompe, ajouta Eve, lire le journal de Rayleen ne fera de mal à personne. Si j'ai raison, nous pourrons l'aider avant qu'il arrive un autre malheur.

— Dans ce cas, prenez-le. Emportez-le. Emportez-le et fichez-moi la paix.

Elles passèrent la chambre et la salle de jeu au peigne fin. Elles furetèrent dans les tiroirs, vidèrent les armoires, fouillèrent parmi les jouets et les fournitures d'art plastique.

— Elle l'a peut-être dissimulé ailleurs dans l'appartement, suggéra Peabody.

— À moins qu'elle ne l'ait sur elle. Quoi qu'il en soit, nous le récupérerons. Son existence même fait pencher la balance de mon côté. Nous devons interroger la tante et mettre en place une surveillance de la gamine. Je propose que nous... Merde !

Elle s'interrompit pour prendre la communication.

— Dallas.

— Lieutenant, je vous attends à mon bureau. Immédiatement.

— Commandant, je suis en train de rassembler des pièces à conviction qui devraient nous permettre de clore notre enquête.

— Je veux vous voir à mon bureau avant que vous preniez la moindre initiative, lieutenant. Est-ce clair ?

— Parfaitement, commandement. J'arrive... Bordel ! grogna-t-elle après avoir raccroché.

Elle jeta un coup d'œil à sa montre, effectua un rapide calcul.

— Visite de musée. Le Metropolitan. Foncez là-bas et filez-la.

— Mais, Dallas, le commandant a dit...

— Il s'adressait à moi. Il ne vous a pas mentionnée. Localisez la suspecte et surveillez-la. Tenez-moi au courant. Et ne vous laissez pas avoir, Peabody.

— Enfin, elle a dix ans ! Je ne vois pas comment je pourrais me faire avoir par une gamine.

— Cette *gamine* est suspectée d'avoir commis deux homicides. Elle pourrait aussi être coupable de fratricide. Rayleen Straffo ne raisonne pas comme une enfant, Peabody. Tâchez de vous en souvenir.

Eve déposa sa coéquipière devant l'élégante entrée du Metropolitan Museum et fila au Central. Tout en conduisant, elle contacta Quella Harmon à Taos, Nouveau-Mexique.

En gravissant les marches du musée, Peabody se demanda comment elle était censée retrouver une gamine et une jeune Irlandaise dans cette immense cathédrale dédiée aux arts.

Et tandis qu'elle s'interrogeait, Cora mettait Rayleen dans un taxi.

— Mais maman devait nous retrouver et m'emmener déjeuner, protesta cette dernière.

— Elle m'a appelée. Elle veut que tu rentres tout de suite à la maison. C'est ainsi, ma petite Rayleen.

La fillette soupira et agrippa son joli sac en fourrure rose.

Mira et Whitney l'attendaient, l'air grave.

— Asseyez-vous, lieutenant.

Eve s'exécuta.

— Où est votre coéquipière ?

— Sur le terrain, commandant.

Whitney pinça les lèvres.

— Il me semblait aller de soi qu'elle vous accompagnerait.

— Je vous prie de m'excuser pour ce malentendu, commandant.

— Dallas, épargnez-moi vos salades, je ne suis pas d'humeur. J'ai lu votre rapport, et je constate que vous mettez cette enquête et notre département en situation fort délicate.

— Sauf votre respect, commandant, je ne suis pas antipersonnel d'accord.

— Vous vous êtes engagée dans une voie jonchée de mines antipersonnel sans preuves concrètes.

— Une fois de plus, commandant, je ne suis pas d'accord. La suspecte…

— L'enfant, rectifia-t-il sèchement.

— La suspecte est mineure. Cela n'exclut pas la possibilité qu'elle ait commis un meurtre. Il est arrivé que des enfants tuent.

Whitney posa les mains à plat sur son bureau.

— Cette enfant est la fille de l'un des plus éminents avocats de cette ville. Elle a reçu une éducation exemplaire, elle est issue d'un milieu privilégié, et, si j'en crois votre rapport, c'est une élève modèle. Elle n'a jamais eu à consulter un thérapeute. Docteur Mira ?

— Des enfants peuvent recourir à la brutalité. S'il existe des cas où un enfant de cet âge, voire plus jeune, s'est rendu coupable de meurtre, la victime est en général un autre enfant. D'une manière générale, une série d'actes violents de moindre envergure précèdent l'acte ultime. Sur des animaux domestiques, par exemple. Le profil de Rayleen n'indique aucun penchant pour la violence.

Eve s'était attendue qu'on érige des barrières, mais elle n'en était pas moins contrariée.

— Ainsi, sous prétexte que son père est riche, qu'elle est la première de sa classe et qu'elle n'a jamais donné un coup de pied à un chien, je devrais ignorer ce que je sais.

— Que savez-vous, justement ? tonna Whitney. Que cette petite est inscrite dans un établissement scolaire où deux enseignants ont été assassinés. Comme une centaine de ses camarades. Vous savez que sa mère a avoué avoir eu une brève aventure avec la seconde victime.

Eve se leva. Elle ne tenait plus en place.

— Je sais que la suspecte a découvert la première victime, que dans les deux cas elle a eu l'occasion et les moyens. J'ai discuté avec sa tante, qui lui a montré comment extraire l'huile des graines de ricin. Je sais par ailleurs qu'elle tenait un journal intime, qu'elle l'a sorti de l'appartement avant notre perquisition et confié momentanément à sa meilleure amie.

Whitney inclina la tête.

— Vous l'avez, ce journal ?

— Non. Je pense que la suspecte l'a caché ou détruit, ou qu'elle l'a sur elle. Elle le dissimule parce qu'il l'incrimine.

— Eve, de nombreuses jeunes filles tiennent un journal et le considèrent comme un objet sacré, et intime, intervint Mira.

— Elle n'est jeune que par son âge. Je l'ai observée. Je sais ce qu'elle est. Vous refusez de regarder, commandant. Personne ne veut voir le mal derrière un visage angélique.

— Votre opinion, bien que passionnée, n'est pas une preuve.

— Si elle avait cinq ou dix ans de plus, vous ne remettriez pas en cause mon raisonnement. Si vous doutez de mon instinct, de mon intellect, de mes capacités, permettez-moi ce post-scriptum : j'ai moi-même tué à l'âge de huit ans.

— Nous en sommes conscients, Eve, intervint Mira avec douceur.

— Et vous pensez que je fais une sorte de transfert ? Que je me vois en elle ?

— Je sais que la dernière fois que nous avons parlé de cette enquête, vous étiez troublée par un problème d'ordre personnel.

— Qui n'a aucun rapport avec cette affaire. Cela m'a peut-être déconcertée, mais cela ne change rien à mes conclusions dans ce dossier. Vous me mettez des bâtons dans les roues pour des conneries.

— Attention, lieutenant, l'avertit Whitney.

Mais elle en avait sa claque de faire attention.

— Elle compte précisément là-dessus. Elle s'imagine que nous ne verrons rien parce que c'est une gentille petite issue d'un milieu aisé. Elle a assassiné deux personnes en moins d'une semaine. Elle me bat sur un point : elle a tué pour la première fois à sept ans. Son petit frère.

Whitney étrécit les yeux.

— Selon vos précédents rapports, qui citent ceux de l'enquêteur de l'époque et celui du médecin légiste, il s'agissait d'un accident.

— Tous deux se sont trompés. J'ai parlé avec Allika Straffo.

Pendant qu'Eve défendait sa cause et que Peabody cherchait en vain Rayleen sur les écrans de surveillance du musée, Allika encourageait Cora à sortir.

— C'est votre jour de congé.

— Mais vous n'avez pas l'air dans votre assiette, madame. Ça ne me dérange pas de rester. Je vais vous préparer du thé.

— Non, non. J'ai la migraine, c'est tout. Rayleen et moi nous débrouillerons fort bien toutes seules. Nous allons déjeuner ici, puis nous rendre chez le coiffeur.

— Je vous prépare le repas et...

— Tout ira bien, Cora, je vous assure. Allez retrouver vos amies.

— Comme vous voulez. Mais n'hésitez pas à m'appeler.

— Amusez-vous bien ! Ne vous inquiétez pas pour nous.

Allika claqua presque la porte dans le dos de Cora, puis s'appuya contre le mur.

— Rayleen, murmura-t-elle. Rayleen…

— Qu'est-ce que tu as, maman ? Pourquoi on ne va pas manger au *Zoologie* ? J'adore regarder les animaux.

— C'est impossible. Nous devons partir. Nous allons faire un voyage.

— Vraiment ? s'écria la fillette, ravie. Où ? Il y aura une piscine ?

— Je n'en sais rien. J'ai du mal à réfléchir… Mais il faut se dépêcher.

— Tu n'es même pas habillée !

— Je ne suis pas habillée ?

Allika fixa sa robe de chambre comme si elle ne l'avait jamais vue.

— Tu es encore malade, maman ? Je déteste quand tu es malade. Quand est-ce que papa rentre à la maison ? s'enquit Rayleen, se désintéressant de sa mère. Quand est-ce qu'on part ?

— Il ne nous accompagne pas. Ce sera juste toi et moi. C'est mieux. Nous devons préparer nos valises. Ils ne l'ont pas trouvé, mais ils reviendront.

— Trouver quoi ? Qui reviendra ?

— Ils ont cherché. En vain. Qu'est-ce que je dois faire ? Comment te protéger ?

Sans un mot, Rayleen pivota sur ses talons et grimpa l'escalier. Elle s'immobilisa sur le seuil de sa chambre, constata le désordre. Et comprit.

Elle avait prévu ce genre de chose. Elle l'avait même écrit dans son journal, la veille. Elle se rendit dans la chambre de ses parents, furieuse qu'on ait une fois de plus fureté dans ses affaires.

Elle aimait que tout soit en ordre. Elle voulait qu'on respecte son espace.

Elle ouvrit le tiroir où sa mère dissimulait ses médicaments. Comme si on pouvait lui cacher quoi que ce soit. Ils étaient tous tellement bêtes. Elle glissa le flacon de somnifères dans le sac contenant son journal, puis redescendit programmer l'autochef.

Sa mère aimait le ginseng. Elle demanda un supplément de sucre, et versa une poignée de pilules dans le liquide parfumé.

C'était si facile. Elle y avait déjà réfléchi. Elle avait envisagé cette solution. Ils concluraient à un suicide. Ils se diraient que sa mère avait tué M. Foster, puis M. Williams, et qu'elle n'avait pas pu vivre avec ces crimes sur la conscience.

Elle savait que sa mère avait fait l'amour avec M. Williams. Celle-ci l'avait avoué à son père la veille de la perquisition. Elle était douée pour écouter les conversations entre adultes. Son père et sa mère avaient parlé, parlé, et sa mère avait pleuré comme un bébé. Beurk !

Son père avait pardonné à sa mère. C'était une erreur, avait-il dit. Ils allaient repartir de zéro.

Rebeurk !

Elle posa le bol sur un plateau. Maman méritait d'être punie. En la punissant, elle allait tout arranger. Elle retourna dans la chambre de ses parents, où sa mère devait s'habiller.

Elle resterait seule avec papa. Elle serait la prunelle de ses yeux.

Le hic, c'était qu'elle allait devoir se débarrasser définitivement de son journal. Tout ça à cause de cette fouineuse de lieutenant Dallas. Un jour, elle se vengerait.

Pour l'heure, le plus simple, c'était de le jeter dans la benne de recyclage.

Son père lui en offrirait un tout neuf.

— Rayleen, appela Allika depuis le seuil de sa chambre. Qu'est-ce que tu fabriques ?

— Tu devrais te reposer, maman, répondit la fillette en la rejoignant. Regarde, je t'ai préparé un thé. Ton préféré. Je vais prendre bien soin de toi.

Allika fixa le plateau, le lit. Ses jambes se dérobèrent sous elle.

— Rayleen.

— Tu es fatiguée. Tu as mal à la tête.

Rayleen rabattit la couverture, regonfla les oreillers.

— Je vais rester près de toi. Entre filles, on doit se serrer les coudes, non ?

La fillette la gratifia d'un sourire éclatant.

Au fond, c'était peut-être mieux ainsi, songea Allika en s'approchant du lit tel un automate. Elle laissa Rayleen défroisser les draps, lui tendre la tasse.

— Je t'aime, souffla-t-elle.

— Je t'aime aussi, maman. Et maintenant, bois. Tout ira bien, tu verras.

Les yeux rivés sur sa fille, Allika s'exécuta.

20

Whitney écouta avec une extrême attention. Ses mains n'avaient pas bougé tandis qu'il interrogeait son lieutenant. À présent, il pianotait sur le bord de son bureau.

— La mère soupçonne sa fille d'avoir provoqué la chute de son petit frère.

— La mère *sait* que sa fille a provoqué la chute de son petit frère, corrigea Eve. Elle s'est peut-être persuadée, ou a tenté de se persuader, que c'était un accident. Elle a essayé de reprendre le cours de sa vie, mais souffre régulièrement de dépression. Au fond d'elle, elle sait exactement ce que je sais. Ce n'était pas un accident.

— Personne n'a assisté à la scène.

Le visage de Whitney était de marbre, son regard sombre.

— Docteur Mira, à votre avis, et vu le scénario, est-il naturel qu'en présence de ses parents hystériques, une fillette enjambe ou contourne tranquillement le corps sans vie de son frère pour aller jouer ?

— Vaste question. Elle était peut-être en état de choc ou de déni.

— Elle portait déjà les mules, lui rappela Eve. Elle était donc descendue les prendre avant de réveiller ses parents.

— En effet.

— D'après le rapport de l'enquête, l'enfant Straffo est décédé peu après 4 heures, le matin du 25 décembre, enchaîna Eve. Dans leurs déclarations, les deux parents affirment s'être couchés aux alentours de 2 h 30, le temps de disposer les cadeaux sous le sapin et dans les chaussons. Ils sont alors montés dans leur chambre avec un verre de vin, ont jeté un coup d'œil sur les enfants, puis se sont endormis vers 3 heures. Rayleen les a réveillés à 5 heures.

L'espace d'un éclair, Mira repensa aux Noëls passés avec Dennis à achever les préparatifs dans la nuit, puis à s'accorder quelques heures de sommeil bien mérité avant que les enfants ne se ruent dans leur chambre.

— Il est possible que la fillette soit descendue en catimini entre 3 et 4 heures, concéda-t-elle. L'histoire des mules est cependant étrange, je suis d'accord. Qu'elle les ait récupérées et enfilées, puis qu'elle soit retournée dans son lit pendant près de deux heures, semble curieux.

— Parce que ce n'est pas ce qui s'est passé, trancha Eve. Elle s'est levée – je parie qu'elle avait mis son réveil, car elle est très organisée, ce qui correspond d'ailleurs au profil que vous avez dressé. Elle s'est rendue dans la chambre de son frère, l'a secoué doucement, lui a recommandé de marcher sur la pointe des pieds. Une fois en haut de l'escalier, qui se trouve à l'opposé de la chambre des parents, elle l'a poussé.

Elle eut une vision du corps minuscule qui basculait, roulait, roulait. Se brisait.

— Après quoi, elle est descendue. Ayant vérifié que sa mission était bel et bien accomplie, elle est allée voir ce que lui avait apporté le Père Noël. Et ce qu'aurait reçu son petit frère.

Mira affichait une expression de plus en plus horrifiée à mesure qu'Eve déroulait son récit.

— Elle a enfilé les mules. Elle aime les objets qui portent son prénom. C'est là qu'elle a commis une erreur, ajouta Eve. Comme lorsqu'elle m'a parlé de son journal intime. Mais elle n'a pas pu résister à la tentation. C'était à elle de toute façon. Elle est remontée. Je me demande même si elle a remarqué le corps de son frère en passant. Il n'était plus un problème.

Eve s'interrompit, regarda Whitney. Ses mains s'étaient de nouveau immobilisées, et son expression demeurait indéchiffrable.

— Elle a sans doute essayé de se rendormir, mais c'était trop difficile, reprit-elle. Tous ces jouets, en bas, et plus personne avec qui les partager. Elle a donc réveillé ses parents.

— Ce que vous décrivez là est... commença Mira.

— Une sociopathe, acheva Eve. Précisément. Une sociopathe à tendances criminelles, d'une intelligence et d'un narcissisme redoutables. C'est la raison pour laquelle elle tenait un journal. C'était le seul moyen pour elle de se vanter de ses exploits.

— Il nous le faut à tout prix, déclara Whitney.

— Oui, commandant.

— Pourquoi Foster et Williams ?

— En ce qui concerne Foster, je n'en ai aucune idée, hormis un éventuel coup de tête. Ce qui me laisse perplexe, parce qu'elle ne m'apparaît pas du genre impulsif. Williams était une proie inattendue et commode. C'est probablement ma faute. Je l'ai poussée dans ses retranchements. Elle a saisi l'occasion non seulement de tuer – parce qu'elle y avait pris goût –, mais aussi de me présenter un suspect sur un plateau. Soit lui, soit Mosebly. Nul doute qu'elle savait ce qui s'était passé entre eux.

— En admettant que nous récupérions son journal et que tout y soit inscrit noir sur blanc, nous aurons peut-être du mal à prouver sa culpabilité. Son père vous barrera très certainement la route.

— Je me charge de Straffo, commandant. Et j'obtiendrai des aveux de Rayleen.

— Comment ? s'enquit Mira.

— Je vais lui donner envie de se confier à moi.

Le communicateur d'Eve bipa.

— Avec votre permission, commandant ?

Il acquiesça, et elle sortit son appareil de sa poche.

— Dallas.

— Lieutenant, elle a quitté le musée dix minutes avant mon arrivée. Je viens de demander aux agents de la sécurité de me montrer toutes les images enregistrées dans l'heure qui a précédé ma venue. La nounou a reçu un appel et elles ont emprunté la sortie donnant sur la 81e Rue Est à l'instant où j'atteignais l'entrée principale.

— La mère. Merde! Foncez chez les Straffo. Je vous rejoins.

— Je vous accompagne. Je pourrai peut-être me rendre utile, proposa Mira.

— Sûrement, approuva Whitney en se levant. Lieutenant, avertissez-moi aussitôt que vous aurez localisé… la suspecte. Et que vous aurez mis la main sur son journal.

— Oui, commandant.

Cora n'avait pas la conscience tranquille. Elle descendit du métro, emprunta la passerelle et reprit un train en sens inverse. Il était trop tôt pour son rendez-vous avec ses amies, et elle n'avait aucune envie de traîner dans les magasins où elle dépenserait de l'argent qu'elle ferait mieux d'économiser.

Mais, surtout, elle était hantée par le visage crispé et si pâle de cette pauvre Mme Straffo. La migraine? Peut-être. Cora savait que la jeune femme sombrait dans la dépression de temps à autre. Elle avait eu tort de la laisser seule avec Rayleen.

Juste un saut, se promit-elle. Le temps de préparer une tasse de thé et un en-cas pour Mme Straffo. Et si elle avait besoin de se reposer, eh bien, elle annulerait son rendez-vous avec ses amies et s'occuperait elle-même de la petite. Inutile de lui gâcher sa journée sous prétexte que sa mère ne se sentait pas bien.

La vérité, c'était qu'elle ne profiterait absolument pas de son après-midi de congé tant qu'elle ne serait pas rassurée sur le sort de Mme Straffo et de Rayleen.

Ils traversaient tous une période pénible, avec ces horribles meurtres et ces policiers qui envahissaient la maison telles des fourmis.

Pas étonnant que Mme Straffo ait du vague à l'âme.

Un thé, un bol de soupe, une sieste. Rien de tel pour se sentir mieux.

Cora sortit du wagon et gravit les marches pour regagner la surface. Quelle chance elle avait d'être employée par une famille aussi sympathique, logée dans un appartement aussi chic au cœur d'une des villes les plus fascinantes du monde !

La gamine était drôle, et brillante. Un peu irritable, parfois, mais dans l'ensemble agréable. Elle s'intéressait à tout. Dans cette demeure, on ne criait pas, les assiettes ne volaient jamais à travers la pièce comme chez elle, en Irlande.

Pour être franche, tout ce remue-ménage lui manquait par moments. Mais elle n'aurait pas pu rêver meilleure place.

Elle adressa un sourire au portier. Si ç'avait été avec lui qu'elle avait rendez-vous, elle aurait peut-être ignoré sa mauvaise conscience.

Elle sortit sa clé tout en s'engouffrant dans l'ascenseur. Quand elle pénétra dans l'appartement, le silence était tel qu'elle se demanda si elle ne s'était pas affolée pour rien. La mère et la fille avaient dû décider d'aller au restaurant.

Elle appela tout de même.

Pas de réponse. Elle leva les yeux au ciel, se traita d'idiote.

Elle faillit tourner les talons et ressortir sans demander son reste, puis décida de jeter un œil dans l'armoire de l'entrée. Si Mme Straffo était sortie, elle avait mis un manteau. Ils étaient tous là, constata-t-elle.

— Il y a quelqu'un ?

Elle commença à gravir l'escalier.

Rayleen était tranquillement assise à son bureau, un casque sur les oreilles, en train de travailler sur l'un de ses projets artistiques. Inutile de la déranger, se dit

Cora. Elle haussa cependant un sourcil en apercevant la bouteille de Fizzy et la barre chocolatée près de l'ordinateur.

Elles auraient une petite discussion à ce sujet plus tard.

Pour l'heure, elle s'inquiétait pour Mme Straffo. Sans doute s'était-elle allongée. Sans avoir rien avalé.

La porte de la chambre était fermée. Elle frappa doucement, passa la tête à l'intérieur.

Mme Straffo était sur le lit, un plateau en équilibre sur les cuisses. Son bol s'était renversé. La pauvre! Elle s'était endormie en buvant son thé. Cora s'approcha pour réparer les dégâts.

Elle s'emparait du plateau lorsqu'elle aperçut le flacon vide sur la couette.

— Ô mon Dieu! Jésus Marie Joseph! Madame!

Elle saisit Allika par les épaules, la secoua. N'obtenant aucune réaction, elle la gifla à deux reprises.

Affolée, elle agrippa le communicateur sur la table de chevet.

— Cette situation vous ébranle-t-elle sur un plan personnel? demanda Mira.

— Je n'en sais encore rien, répondit Eve en mettant les gaz, toutes sirènes hurlantes. Je ne sais pas si je ne l'ai pas éliminée d'emblée de ma liste parce que je ne voulais pas imaginer une telle possibilité, parce que j'étais perturbée par mon problème avec Connors, ou tout simplement parce que ça ne collait pas. Je ne le saurai sans doute jamais.

— Vous voulez savoir ce que je pense?

— Bien sûr… Espèce de crétin, t'as pas entendu la sirène?

— Je pense…

Mira ferma les yeux pour ne pas se laisser distraire par la circulation.

— Au départ, personne n'aurait eu l'idée de la soupçonner. Nous sommes formés pour protéger les jeunes, non pour les croire capables de commettre un meurtre avec préméditation. Il est possible que vous ayez raison en ce qui la concerne. Je pense comme vous qu'elle est responsable du décès de son frère. Toutefois, mes soupçons se porteraient davantage sur Arnette Mosebly.

— Cinquante.

— Pardon ?

— Je mise cinquante. J'ai raison, vous avez tort.

— Vous voulez parier sur un assassin ?

— Ce n'est que du fric.

— D'accord, acquiesça Mira après réflexion. Cinquante.

— Marché conclu. Maintenant, je vais vous dire pourquoi ce n'est pas Arnette Mosebly. Cette école est son univers, sa fierté, sa vie. Elle est peut-être capable de tuer, mais pas sur son terrain. Pour rien au monde elle ne prendrait le risque de ternir l'image du Cours Sarah. Cette affaire a provoqué le départ d'un certain nombre d'élèves. Elle va certainement lui coûter son poste.

— L'argument est valable, mais l'instinct de conservation supplante en général la peur de perdre sa place. Si Foster était au courant de sa relation avec Williams, il présentait un danger. Peut-être l'a-t-il prévenue de son intention de la dénoncer. Si l'on en croit sa déclaration, c'est en tout cas ce dont Williams l'a menacée pour l'obliger à le garder.

— Vous voulez qu'on augmente la mise à cent ?

Avant que Mira ait eu le temps de répondre, le communicateur d'Eve bipa de nouveau.

— Dallas. Quoi, encore ?

— Allika Straffo est en route pour l'hôpital. Overdose de tranquillisants. Son état est critique.

— Où est la gamine ?

— La jeune fille au pair l'emmène aux urgences. Elles sont parties tout de suite après l'ambulance. Une fois de plus, je suis arrivée trop tard. Le premier officier débarqué sur les lieux affirme que la môme était hystérique.

— Je m'en doute. Vous êtes sur place ?

— Oui. La jeune fille au pair avait prévenu les secours. Vu qu'il s'agissait une overdose, ils ont dû alerter la police.

— Je veux le journal. Trouvez-le. Je file à l'hôpital.

— Ce n'est pas votre faute, murmura Mira en changeant de position tandis qu'Eve braquait sauvagement à droite. Si cette femme n'a pu affronter la vérité sur sa fille et a décidé de se suicider, vous n'y êtes pour rien.

— Ce que je me reproche, c'est de ne pas avoir imaginé que Rayleen oserait s'en prendre à sa propre mère. Si Allika Straffo a gobé une poignée de cachets, c'est parce que cette petite garce les lui a donnés. Nom de nom ! Si elle avait voulu mettre fin à ses jours, elle aurait laissé un mot. Pour couvrir sa fille. Et si elle avait l'intention de se donner la mort, pourquoi avoir rappelé celle-ci à la maison ?

— Rayleen s'est rendu compte que sa mère était au courant de tout et qu'elle pouvait représenter un danger, murmura Mira en secouant la tête.

— Elle a bien poussé son petit frère dans l'escalier un matin de Noël. Quoi de plus facile que de dissoudre des somnifères dans une boisson ?

— Si Allika Straffo meurt, vous ne pourrez jamais rien prouver. En supposant qu'elle survive, peut-être refusera-t-elle d'impliquer son enfant.

— Rayleen compte là-dessus. Je lui réserve une surprise.

Eve se précipita à l'intérieur du bâtiment réservé aux urgences, alpagua une infirmière harassée et lui agita son insigne sous le nez.

— Straffo, Allika. Overdose. Où est-elle ?

— Salle de réanimation numéro trois. Vous ne pouvez pas entrer. Le Dr Dimatto essaie de lui sauver la vie.

Louise Dimatto. Eve réprima un sourire. Parfois, c'était commode d'avoir des amis.

— Vous, vous avez le droit d'y aller. Alors foncez-y et dites à Louise que Dallas a besoin d'un bilan sur l'état de sa patiente. Où est la petite ? La fille Straffo ?

— Dans la salle d'attente A, avec sa nounou. Le père ne va pas tarder. Vous connaissez le Dr D ?

— Depuis des lustres. La salle A ?

— Suivez-moi.

Dans l'alcôve située en face des portes battantes menant au bloc, Rayleen était blottie contre Cora. Son visage était ravagé par les larmes, ses yeux rouges et gonflés. « Belle prestation, la félicita Eve intérieurement. Les cours de théâtre ont servi. »

Cora fut la première à apercevoir Eve.

— Lieutenant Dallas… c'est… c'est madame…

Mais Eve avait le regard rivé sur Rayleen. Celle-ci se raidit.

« Tu ne t'attendais pas à me voir, pas vrai ? » mourait-elle d'envie de lui dire.

Rayleen se serra plus étroitement contre Cora.

— Je ne veux pas lui parler. Je ne veux parler à personne. Je veux ma maman.

— Allons, allons, ma chérie. Ne t'inquiète pas. Le lieutenant est là pour nous aider.

Eve fit signe à Mira, qui s'avança.

— Rayleen, je suis le Dr Mira. Je sais que tu es bouleversée et que tu as très peur.

Rayleen renifla, leva la tête pour examiner Mira.

— Vous êtes médecin ? C'est vous qui allez soigner ma mère ?

— Oui, je suis médecin, et je connais celui qui s'occupe de ta maman. Un médecin remarquable.

Mira s'accroupit, à la fois soucieuse et compatissante.

Parfait, songea Eve. Et intelligent. Agir en douceur. Adopter un ton maternel. Le contraire de moi.

Elle se détourna.

Par le hublot de la salle de réanimation, elle aperçut Louise en combinaison stérile, son regard gris, intense et concentré.

Si Allika avait une chance de s'en sortir, Louise la sauverait.

Derrière elle, Mira continuait de parler tout bas, d'un ton à la fois doux et ferme.

— Il va falloir être courageuse, Rayleen.

— Je vais essayer, mais…

— Je sais que c'est difficile. Peux-tu me raconter ce qui s'est passé ?

— Je ne sais pas. Maman… On devait déjeuner au *Zoologie* puis aller chez le coiffeur. C'était notre après-midi entre filles.

— C'est sympathique !

— On s'amuse beaucoup, ensemble. Mais elle a appelé pendant que j'étais au musée pour que je revienne directement à la maison. Elle n'a pas dit pourquoi. Elle était très fatiguée, et toute bizarre.

— Bizarre ?

— Elle a insisté pour que Cora prenne son après-midi de congé. Mais quand Cora est partie, elle s'est mise à pleurer.

— Je n'aurais pas dû partir, intervint Cora.

— Ce n'est pas ta faute, Cora. Maman a dit qu'elle était désolée, que je ne devais pas être fâchée contre elle. Mais je ne l'étais pas. Elle n'y pouvait rien si elle était malade. Ça lui arrive, parfois, et elle a besoin de se reposer.

— Je vois.

— Elle m'a serrée très fort. Comme quand elle part en voyage avec papa, et pas moi. Elle m'a dit que j'étais sa princesse, ce qu'elle avait de plus beau au monde. Elle m'a dit qu'elle m'aimait.

Le menton de Rayleen se mit à trembler. De son sac, elle tira un mouchoir brodé à son prénom.

— Elle a dit qu'elle savait combien je serais forte et courageuse, quoi qu'il arrive.

Elle glissa un bref coup d'œil à Eve, qui lui tournait toujours le dos.

— Elle m'a dit de ne jamais oublier qu'elle m'aimait. Ensuite, elle m'a demandé d'aller me chercher un goûter, de monter dans ma chambre, et d'être sage. Elle avait envie de dormir. Je n'ai pas fait de bruit... pour ne pas la réveiller.

Les larmes roulèrent sur ses joues. L'infirmière apparut, lui lança un coup d'œil, puis attira Eve à l'écart.

— L'état de la patiente est toujours critique. Si le Dr D parvient à la stabiliser, elle sera transférée en unité de soins cardiaques. Ses chances sont minimes, mais le Dr D se bat comme un beau diable.

— Très bien. Merci... Ah, voilà le mari.

Straffo remontait le couloir en courant. Son angoisse était palpable. Rayleen se précipita dans ses bras. Cora se leva en se lamentant.

Straffo étreignit sa fille, lui murmura des paroles de réconfort. Puis il la reposa sur le sol et lui caressa les cheveux. Elle hocha la tête, et retourna près de Cora. Straffo s'approcha du hublot, comme Eve un peu plus tôt.

Elle le rejoignit.

— Que savez-vous ? demanda-t-il.

— Je connais le médecin qui s'occupe d'elle. Elle est remarquable, et tenace.

Eve l'entendit inspirer à fond, exhaler.

— Merci.

— Dès qu'elle sera stabilisée, ils vont la transférer en unité de soins cardiaques. Elle a avalé une dose trop importante de somnifères.

— Ô mon Dieu ! *Mon Dieu !*

— Comment était-elle quand vous l'avez quittée ce matin ?

— Stressée. Nous le sommes tous les deux. Mais... nous discuterons plus tard. Pour l'amour du ciel, Dallas, c'est ma femme qui est là-dedans, entre la vie et la mort.

— Entendu. Est-ce que je peux interroger Cora ?

— Naturellement.

— Straffo ? Je compatis. Sincèrement... Le Dr Mira était avec moi quand nous avons appris la nouvelle. Elle peut s'occuper de votre fille pendant que je m'entretiens avec Cora.

— Le Dr Mira…

Il regarda autour de lui d'un air absent, repéra la psychiatre.

— Oui, oui, parfait. Rayleen ne doit pas rester seule. Et moi, je veux…

— Vous voulez être près d'Allika. Je comprends.

Tournant les talons, Eve s'approcha des fauteuils.

— Cora, j'aimerais vous parler. Le Dr Mira va s'asseoir avec Rayleen.

— Je veux mon papa.

Elle aussi pouvait jouer le jeu, décida Eve. Elle dévisagea Rayleen avec compassion.

— Je sais. Il n'ira nulle part, ne t'inquiète pas. Je veux juste parler avec Cora de ta maman.

— Ça pourra aider maman ?

— Je l'espère.

Rayleen redressa les épaules. Le brave petit soldat.

— Ça va aller.

— Je n'en doute pas. Veux-tu que nous te rapportions quelque chose à boire ?

— Puis-je avoir un jus de fruits, s'il vous plaît ?

— Pas de problème, répondit Eve. Cora, allons prendre l'air.

Elle sentit la satisfaction de Rayleen tandis qu'elle se détournait.

— Racontez-moi tout, Cora.

— Je vous le dis tout net : je n'aurais jamais dû la laisser. J'avais bien vu qu'elle n'était pas dans son assiette, mais je suis partie quand même.

– Combien de temps avez-vous été absente ?

— Trop longtemps, voilà la vérité. Moins d'une heure. Je ne sais pas exactement.

Eve l'écouta, la laissa choisir une boisson dans le distributeur.

— C'est là que j'ai vu le flacon, poursuivit Cora. J'ai tout de suite compris. Impossible de la réveiller. Je l'ai secouée, giflée, rien à faire. J'ai appelé les urgences. Je n'arrivais pas à savoir si elle respirait encore. Je lui ai fait un massage cardiaque jusqu'à l'arrivée des secours. Je suis descendue en vitesse leur ouvrir.

— Et Rayleen?

— La pauvre petite!

Cora marqua une pause, se frotta la figure.

— Elle est sortie de sa chambre alors que j'allais accueillir les médecins. Je ne me suis même pas arrêtée.

— Elle a dit quelque chose?

— Oui. Je suppose qu'elle était perplexe, d'autant que je devais avoir l'air affolé, et que je n'étais pas censée être là. C'est d'ailleurs ce qu'elle a dit : «Qu'est-ce que tu fais ici? Tu ne devrais pas être ici!»

— Elle était fâchée?

— Oui! Elle aime qu'on respecte ce qui est prévu. C'était sa journée avec sa maman. Quand les secouristes sont entrés, elle est devenue hystérique.

— Je m'en doute.

— Si je n'étais pas partie…

— Vous êtes revenue, coupa Eve. Si vous n'aviez pas fait demi-tour, Mme Straffo serait morte. Si elle survit, ce ne sera pas uniquement grâce aux médecins, mais aussi grâce à vous.

— Merci, c'est gentil de me dire ça. Je suis désolée, hoqueta Cora en essuyant ses joues ruisselantes de larmes. Je suis une véritable fontaine. Elle est si bonne avec moi, Mme Straffo. Adorable.

Comme elles regagnaient la salle d'attente, la jeune fille agrippa le bras d'Eve.

— Oh, ils l'emmènent!

Les portes de la salle de réanimation venaient en effet de s'ouvrir. Les brancardiers se dirigèrent vers l'ascenseur.

— Ça signifie qu'ils ont réussi à la stabiliser, murmura Eve. Cora, écoutez-moi. Regardez-moi.

— Quoi?

— Vous avez des amis en ville?

— Oui.

— Je veux que vous dormiez chez eux ce soir.

— Mais… Je dois être avec Rayleen. Elle a besoin de moi.

— Non.

Eve ne voulait prendre aucun risque. Son plan ayant échoué, Rayleen pourrait bien se défouler sur Cora.

— En sortant d'ici, vous irez directement chez vos amis et vous y passerez la nuit. Je m'occupe de M. Straffo et de Rayleen.

— Je ne comprends pas.

— Ce n'est pas nécessaire. Mais si vous ne me promettez pas d'obéir, je serai dans l'obligation de vous mettre en garde à vue au Central. À vous de choisir.

— Vous n'y allez pas de main morte.

— Straffo et sa fille viennent par ici. Donnez à Rayleen son jus de fruits, parlez-leur si vous le voulez. Après quoi vous vous en irez et vous ferez ce que je vous ai demandé.

— D'accord, d'accord. De toute façon, je pense qu'elle préférera être seule avec son père.

Satisfaite, Eve alla trouver Louise.

— Dallas ! s'exclama celle-ci. Le monde est petit.

— Que faites-vous ici ?

Louise sourit.

— J'ai accepté d'être de garde en ce samedi de la Saint-Valentin. Charles a du travail. Nous avons reporté notre rendez-vous romantique à demain.

— Vous paraissez éreintée.

— La partie a été rude. Sachez d'ores et déjà que les chances de s'en tirer de la patiente sont fort minces. Elle est sous assistance respiratoire. Mais si elle était arrivée dix minutes plus tard, elle serait morte. Contentons-nous donc de ce que nous avons.

— Le labo va avoir besoin d'un échantillon de ce que vous lui avez pompé.

— Aucun problème. La jeune fille au pair a la tête sur les épaules. Elle a précisé le nom du médicament au secouriste et remis le flacon au médecin légiste. Cela nous a permis de gagner un temps précieux. Cette femme est ravissante, ajouta Louise, songeuse. Elle a un mari charmant, une fille adorable. On ne sait vraiment jamais le pourquoi...

— Non, en effet.

21

Eve laissa Louise se rendre au chevet de sa patiente et s'approcha de Mira.

— Alors ?

— C'est une comédienne remarquable.

— Elle fait du théâtre à l'école.

— Voilà qui ne m'étonne pas. Il faudrait que je la rencontre plus longuement, mais je serais assez d'accord avec votre analyse. Elle était ravie d'avoir mon attention, même si elle était consciente de votre présence. De toute évidence, elle voulait être sûre que vous écoutiez.

— Elle avait tout planifié. Mais l'arrivée imprévue de Cora l'a obligée à improviser.

— Ou à retarder l'échéance. Allika Straffo ne se réveillera peut-être jamais. Eve, elle adore visiblement ce qui se passe. L'hôpital, l'affolement général, la gentillesse des infirmières à son égard. La peur et le chagrin de son père, l'attention de sa nounou...

— Oui, elle s'en repaît. Malheureusement pour elle, ça ne va pas durer. J'aimerais qu'avec l'aide de Louise, vous vous arrangiez pour mettre Straffo et sa fille dans une chambre d'accompagnants cette nuit. Il est hors de question qu'elle s'approche de sa mère.

— Dans une situation de ce genre, on encourage les proches à rester auprès du patient. Et si vous prévenez le personnel médical, elle le sentira.

Eve fit quelques pas dans le couloir.

— Vous avez raison, reconnut-elle. Très bien. Je vais mettre en place une surveillance vingt-quatre heures sur vingt-quatre. Il me faut quelqu'un qui ait un minimum de connaissances en médecine, mais je tiens à ce que ce soit un de mes hommes.

— Parce que vous soupçonnez Rayleen de vouloir achever ce qu'elle a commencé.

— À ce stade, j'en doute, mais je préfère prendre mes précautions. Je vais en discuter avec Louise. Ensuite, je vais devoir remuer le couteau dans la plaie de Straffo en lui expliquant qu'Allika est soupçonnée de deux homicides, d'où la présence d'un officier de police devant sa porte.

— Il tient à peine le coup.

— Justement. J'espère qu'il va craquer. Rayleen n'agit jamais sur une impulsion ou un sursaut de désespoir, je pense donc qu'Allika est hors de danger pour l'instant.

— Comment allez-vous vous y prendre ?

— Je vais laisser croire à Rayleen qu'elle est passée à travers les mailles du filet. Attendre qu'elle se détende, qu'elle soit certaine de m'avoir dupée : la pauvre chérie, sa mère tue deux enseignants, puis tente de se suicider… Le plus dur, ce sera de faire avaler ça à Straffo.

— Il ne vous croira pas.

— Nous verrons bien.

Papa était furieux. Rayleen n'entendait pas tout ce qu'il disait, ni ce que lui répondait le lieutenant Dallas, mais de toute évidence il était fou de rage. Enfin ! Les bribes de phrases qui lui parvenaient étaient rassurantes.

Quels imbéciles, ces policiers, songea-t-elle en se recroquevillant sur la banquette de la salle d'attente et en feignant de dormir. Ils se croyaient malins, mais elle l'était tellement plus qu'eux !

Si cette idiote de Cora ne s'en était pas mêlée, sa mère serait déjà morte. Cela dit, à en juger par les mines crispées de tous ces gens, elle avait peu de chances de s'en sortir. Et la situation présente était tellement plus inté-ressante.

Mlle Hallywell ne cessait de leur répéter que, sur scène, en cas de trou de mémoire ou d'erreur de réplique, il fallait *se mettre dans la peau du personnage*, et enchaîner.

Les yeux fermés, elle réprima un sourire en enten-dant son père s'écrier :

— Ma femme lutte pour survivre !

— Votre femme a tenté de mettre fin à ses jours. Je suis désolée, lui répondit le lieutenant d'un ton calme. J'espère qu'elle se remettra. Vraiment.

— Afin que vous puissiez l'inculper pour deux meurtres ? Allika ne ferait pas de mal à une mouche.

— Rien ne me permet d'affirmer que nous allons l'in-culper. Ce que je vous dis, comme une faveur, c'est que nous devons prendre en compte cet acte. Quand elle pourra parler – si jamais elle y parvient –, je serai dans l'obligation de l'interroger. C'est dur pour vous, et Dieu sait à quel point ça l'est pour la petite, c'est pourquoi je veux vous donner le temps de vous préparer.

— Allez-vous-en. Laissez-moi avec ma famille.

— Je reviendrai si elle se réveille. Oliver... prenez soin de vous et de votre fille. Cette petite est soumise à des épreuves qu'aucun enfant ne devrait subir.

Rayleen ne souleva pas les paupières quand son père vint s'asseoir près d'elle et lui caressa doucement les cheveux. Elle ne réagit pas non plus quand il se mit à pleurer en silence.

Elle se demanda juste combien de temps elle devrait patienter avant de manger une pizza accompagnée d'un Fizzy.

Eve sortait son communicateur tout en descendant l'escalier lorsqu'il bipa.

— Dallas.

— Vous pouvez parler ? s'enquit Peabody.

— Oui, je quitte l'hôpital. Allika est sous assistance respiratoire. Ses chances de s'en tirer son minces. J'ai posté un agent devant sa porte et un autre, ayant des connaissances en médecine, dans la chambre. Louise était de garde.

— Pratique.

— Oui. Je l'ai entendue recommander à Straffo de passer le plus de temps possible au chevet de son épouse, à lui parler, à l'encourager à se battre. La môme joue son rôle à la perfection, mais elle n'a pas dupé Mira. On avance.

— Grande nouvelle : j'ai le journal.

Eve dut se retenir de sauter de joie.

— Je savais bien que j'avais de bonnes raisons de vous garder dans mon équipe, commenta-t-elle en poussant la porte vitrée. Où ?

— Dans la benne de recyclage de la cuisine. J'ai ratissé l'appartement de fond en comble pendant des heures. Pourquoi diable n'ai-je pas pensé plus tôt aux poubelles ?

— Qu'en reste-t-il ?

— Selon moi, il est entier, car il se trouvait dans une jolie boîte en métal marquée à son prénom. La boîte en question est un peu cabossée – rien de méchant – et fermée à clé. La serrure est trop petite pour mon passe-partout, et en plus elle est déformée.

— Je passe la prendre. Connors l'ouvrira.

— Génial. Je contacte McNab, qu'il tienne notre soirée de la Saint-Valentin au chaud.

— Pas la peine, répliqua Eve en montant dans sa voiture. Je viens chercher le journal, puis j'irai au Central l'enregistrer comme pièce à conviction.

— Je l'ai fait à distance.

— Parfait. Vous pouvez donc rentrer chez vous, boire un verre et vous envoyer en l'air avec McNab si vous y tenez absolument.

— J'y tiens. Absolument.

— Si jamais je vous appelle, pensez à bloquer l'image. Je n'ai pas envie de perdre la vue. Nous allons clore ce dossier, Peabody.

Elle coupa la communication.

— Rayleen, petite ordure, marmonna-t-elle, je t'aurai.

Tandis qu'Eve bravait les embouteillages, tout en contactant à la fois Whitney et Mira pour les tenir au courant de la situation, Connors choisissait une bouteille de champagne pour leur dîner en amoureux.

Il se réjouissait de cette soirée qui leur permettait, à Eve et à lui, d'oublier momentanément leurs soucis pour profiter l'un de l'autre.

Il savait qu'elle serait contente, et que le menu la ferait rire. Pour leur repas aux chandelles, il avait commandé une pizza au chorizo. Son plat préféré.

Il avait aussi prévu sa tenue. Là encore, elle ne manquerait pas de s'esclaffer. Quant à lui, il se régalerait de voir sa femme en combinaison de satin rouge bordée d'hermine.

Comme elle ne l'avait pas appelé pour lui annoncer qu'elle était retenue sur le terrain, il pouvait envisager tranquillement de se mettre à table à 20 heures. Ils s'offriraient une petite escapade à Prague, via l'holo-salle. Architecture romantique, flocons de neige, violons...

Un peu trop, peut-être, mais après tout, pourquoi pas ?

— Connors, fit Summerset.

— Mmm ? dit-il en achevant ses programmations.

— Magdelana est au portail.

— Quoi ?

— Au portail, répéta le majordome. Elle est en larmes, et demande à entrer. Elle prétend vouloir vous parler, juste quelques minutes. Dois-je lui répondre que vous êtes occupé ?

Ce serait la solution la plus facile, et Connors était tenté. Mais s'il ne réglait pas ce problème une bonne fois pour toutes maintenant, il ne ferait que repousser l'échéance. En outre, devait-il admettre, il était curieux. Qu'avait-elle inventé, cette fois ?

— Non, ouvrez-lui. Conduisez-la dans le salon.

— Le lieutenant devrait arriver d'ici moins d'une heure.

— Oui. Dépêchons-nous, qu'on en finisse.

Comme Summerset s'éloignait, Connors retint un soupir. Il avait toujours su que Magdelana était une semeuse de zizanie. À une époque, il avait trouvé cela attirant. Mais il n'avait pas réalisé à quel point ce penchant était enraciné en elle, ni jusqu'à quelles extrémités elle pouvait aller.

Il savait comment traiter les perturbatrices de son espèce. Une fois qu'il lui aurait dit son fait, elle débarrasserait le plancher sans demander son reste. Et définitivement.

Il gagna le rez-de-chaussée sans se presser, histoire de lui laisser le temps de se calmer. Summerset, il le savait, veillerait à ce qu'elle n'en profite pas pour chiper quelques pièces d'argenterie.

Comme prévu, le majordome était fidèle au poste. Il avait offert un verre de vin à Magdelana, très pâle et délicate en satin ivoire.

Elle se tenait près de la cheminée, la lueur des flammes l'enveloppant d'un halo de douceur à coup sûr avantageux.

Elle avait toujours eu un don inné pour la mise en scène.

— Connors.

Elle baissa la tête, feignant d'être honteuse.

— Connors, me pardonneras-tu jamais ?

— Vous pouvez disposer, Summerset.

Ce dernier quitta la pièce. Magdelana posa son verre, la main tremblant légèrement.

— Je suis affreusement confuse. J'ai… je me suis absentée deux jours, je viens tout juste de rentrer. Mais j'ai entendu… et vu ce… J'ai essayé de te joindre avant de partir, mais je…

— J'étais débordé.

— Tu m'évites, corrigea-t-elle, la voix chevrotante. Je craignais que tu ne m'envoies promener. Ces satanés paparazzi ! Ils mériteraient d'être pendus.

— Chacun gagne sa vie comme il peut.

— Tout de même, de là à insinuer… Nous devrions les traîner devant les tribunaux. Malheureusement, ça ne servirait qu'à envenimer les choses… J'imagine ta colère. Et celle de ta femme. Elle est très fâchée ?

Il inclina la tête de côté.

— À ton avis ?

— À sa place, je serais furieuse. Le montage laisse supposer que nous… alors que nous nous disions simplement au revoir. Tu le sais aussi bien que moi, n'est-ce pas ?

— En effet.

— Peut-être que si j'essayais de le lui expliquer. Elle est là ? Je pourrais tenter de…

— Tu sais pertinemment qu'elle n'est pas là.

Magdelana ferma un instant les yeux.

— Bon, d'accord. J'avoue. Je souhaitais te parler seule à seul d'abord. J'ai passé un coup de fil au Central. On m'a répondu qu'elle était sur le terrain, je me suis donc précipitée ici. Seigneur, je suis si lâche ! Mais si cela peut aider, je suis prête à lui expliquer…

— C'est inutile. Elle a parfaitement compris la situation.

— Ah, tant mieux. Tant mieux. Quel soulagement !

— Elle est parfaitement consciente qu'il s'agissait d'une machination, concoctée par toi-même ; que tu as payé pour qu'on soit filmés et que le reportage soit diffusé.

— Quoi ? C'est grotesque ! C'est… Connors ! gémit-elle, affichant un mélange de tristesse et d'indignation. Comment peux-tu m'accuser d'une chose pareille ? Je comprends que tu sois en colère, et excédé – je le suis tout autant que toi –, mais de là à me soupçonner de chercher délibérément à vous blesser, ta femme et toi. Dans quel but ?

Décidément, elle était redoutable.

— Pour te distraire.

— Voilà une remarque odieuse répliqua-t-elle en reprenant son verre. Odieuse.

— Tu me crois incapable de traquer le cameraman, de le soudoyer pour qu'il me révèle les détails de votre transaction ? Tu me sous-estimes, Maggie.

Elle s'approcha de la fenêtre et y demeura, le dos tourné.

— Non, rétorqua-t-elle calmement, je ne t'ai jamais sous-estimé. Peut-être que je voulais que tu saches. C'est toi qui me sous-estimes, Connors, ainsi que les sentiments que j'éprouve pour toi. Les regrets. Le désir, ajouta-t-elle en lui jetant un coup d'œil par-dessus son épaule. Je ne suis pas fière de moi, je le reconnais, mais je n'ai pas honte non plus. J'ai fait ce que je pensais devoir faire. Je n'aurais reculé devant rien pour te récupérer. C'est tout ce qui compte pour moi. Être de nouveau avec toi

Il attendit une fraction de seconde avant de rétorquer :

— Tu délires.

— Comment oses-tu te moquer ainsi de mes sentiments ? s'exclama-t-elle en jetant son verre, qui vola en éclats. Comment peux-tu, alors que je me mets à nu devant toi ?

— Je ne me moque pas. Je dis juste que tu es incapable d'éprouver le moindre sentiment. Tu ne penses qu'à toi. Il m'en a fallu, du temps, pour m'en apercevoir, admit-il avant d'enchaîner froidement : Tu es venue à New York pour tâter le terrain. Je suis beaucoup plus riche qu'autrefois, et tu espérais une part du gâteau. Elle a vu clair en toi, tu sais. Au premier regard.

Magdelana pivota, se dirigea vers lui.

— Et au premier regard, j'ai compris qu'elle te menait par le bout du nez. Dieu que j'ai trouvé ça drôle ! Le riche et tout-puissant Connors sous la coupe d'une fliquette maigrichonne, moche et sans style.

— C'est curieux, de mon point de vue, elle est plus belle, plus élégante et a infiniment plus de classe que toi.

Quand elle le gifla, il ne cilla pas.

— Ne recommence pas, articula-t-il d'une voix dangereusement douce.

— Connors…

— C'est toi qui voulais me tenir en laisse, Maggie, toi qui croyais m'avoir à ta botte d'un simple claquement de doigts. Quand tu as découvert que ça ne marchait pas, tu as imaginé toutes sortes de stratagèmes pour briser mon couple, ma vie, et blesser ma femme.

— Et alors ? Ce n'est qu'un jeu. Autrefois, tu avais le sens de l'humour, mais, visiblement, tu l'as perdu à son contact.

— Tu ne la comprendras jamais. Tu ne comprendras jamais ce qu'il y a entre nous. Tu en es incapable. À présent, je te conseille de m'écouter attentivement : sous aucun prétexte tu ne remettras les pieds dans cette maison, ni dans aucune de mes propriétés – hôtels, systèmes de transport, boutiques, restaurants que je possède en tout ou en partie. Et j'en ai beaucoup.

— Oh, pour l'amour du ciel ! Tu ne peux pas m'empêcher de…

— Si, je le peux, coupa-t-il d'un ton si glacial qu'elle blêmit. Et je le ferai, enchaîna-t-il. Tu as trois heures pour quitter le pays.

— Tu n'as pas la mainmise sur le pays !

— Si tu n'as pas déguerpi d'ici trois heures, la prévint-il en consultant sa montre, Interpol et Global recevront des informations fort intéressantes et détaillées à ton sujet.

— Tu me trahirais de cette manière ?

— Je t'écraserais comme un insecte pour avoir fait souffrir ma femme. Crois-moi. Méfie-toi.

— Je pourrais très bien t'entraîner dans ma chute.

Il esquissa un sourire.

— Tu pourrais toujours essayer, mais tu n'y parviendrais pas. Je crains qu'en prison, les prestations soient limitées et contraires à tes goûts.

Elle encaissa le choc, lutta pour se ressaisir, puis réussit à hausser les épaules d'un air nonchalant.

— Je n'ai pas besoin de toi. Pas plus aujourd'hui qu'hier.

Elle s'éloigna de quelques pas.

— Je pensais qu'on pourrait s'amuser un peu, tous les deux. De toute évidence, tu ne sais plus ce que c'est.

— L'heure tourne.

Elle fit volte-face, répliqua :

— Ça tombe bien, je préfère l'Europe. New York m'ennuie. Tu m'ennuies.

Le faisceau d'une paire de phares balaya la vitre. Aussitôt, elle changea de tactique.

— Oh, et puis, quelle importance ! s'esclaffa-t-elle. Tu ne veux plus de moi. À quoi bon ruminer ? J'abandonne. J'ai d'autres chats à fouetter.

Elle le dévisagea un instant, sourit.

— Je ne comprendrai jamais comment tu peux me la préférer.

— En effet, tu ne comprendras jamais.

Elle alla tranquillement récupérer la fourrure qu'elle avait jetée sur un fauteuil. D'un mouvement fluide, elle pivota pour la tendre à Connors. Et en profita pour se jeter dans ses bras.

Le vison tomba à terre tandis qu'il l'attrapait par les épaules pour la repousser.

Lorsque Eve franchit le seuil, Magdelana était accrochée au cou de Connors. La bretelle de sa robe ivoire avait glissé, dévoilant son épaule nue.

— Bordel de merde !

Magdelana se retourna, feignant la surprise.

— Oh, Seigneur ! Ce... ce n'est pas du tout ce que vous croyez.

Eve fonça sur eux.

— Tu parles !

Elle gratifia Connors d'un coup de poing magistral en pleine figure.

Magdelana hurla, mais même un sourd aurait entendu qu'elle réprimait un fou rire.

— Connors ! s'écria-t-elle. Mon Dieu, tu saignes ! S'il te plaît, laisse-moi...

— Vous ne perdez rien pour attendre ! lança Eve d'un ton enjoué, avant de lui accorder le même traitement.

Les yeux de Magdelana se révulsèrent, et elle s'affaissa sur le sol, inconsciente.

Connors baissa les yeux sur elle, ahuri.

— Merde alors.

— Je te prie de sortir ce tas de chez moi.

Sur ces mots, Eve ressortit au pas de charge.

Elle croisa Summerset dans le hall. Elle eut l'impression qu'il souriait, mais avec lui, comment savoir.

— Attention, l'avertit-elle, vous risquez de vous fendre le visage en deux.

— Je n'ai pas osé applaudir.

Elle ricana, se dirigea vers l'escalier.

Suprêmement vexé, Connors enjamba Magdelana et sortit à son tour. Il adressa un regard glacial à Summerset.

— Débarrassez-moi de ça.

— Avec grand plaisir.

Le majordome s'accorda cependant quelques secondes pour regarder Connors courir après sa femme.

Il la rattrapa dans la chambre.

— Bon Dieu! Tu sais très bien que c'était un piège!

— Oui, oui, bien sûr.

Elle ôta son manteau, le jeta de côté.

— Je sais reconnaître un piège quand j'en vois un, et je connais tes expressions par cœur, camarade. J'ai vu combien tu étais irrité.

— Vraiment? fit-il, incrédule. Dans ce cas, pourquoi ce coup bas?

Elle pivota vers lui, les poings sur les hanches.

— Essentiellement parce que tu es un homme.

Il la fixa en essuyant le sang qui coulait de sa lèvre fendue du revers de la main.

— Tu plaisantes?

— Pas du tout.

Il paraissait si furieux, si incroyablement outré. Elle lui aurait volontiers arraché ses vêtements pour lui mordre les fesses.

— En fait, je pense que tu as mérité une bonne raclée.

— C'est ça, oui! Eh bien, figure-toi que j'en ai par-dessus la tête des femmes, rétorqua-t-il, mais l'absurdité de la situation commençait à tempérer sa colère. Vous êtes des créatures effrayantes et irresponsables.

Elle se balança d'avant en arrière, plia les genoux.

— Tu as peur de te battre? Allez, mon vieux, tu as reçu un coup de poing parce que tu es un homme. Comporte-toi comme tel.

Elle se mit à tourner autour de lui.

— C'est un homme que tu veux? ricana-t-il en l'imitant. Je vais te massacrer.

— Oh, je tremble!

Elle feinta un uppercut, tournoya, leva la jambe. Il lui bloqua le pied, l'obligea à esquiver un balayage et à reculer vers le lit. Évaluant la distance, il la propulsa en arrière.

Elle atterrit sur le dos, mais quand il plongea sur elle, elle avait déjà roulé sur le côté.

— Ça ne va pas être facile, camarade, lança-t-elle, accroupie en position de combat.

— Qui a dit que je voulais que ce soit facile?

D'un mouvement vif et agile, il bondit vers elle. Elle recula, riposta d'un coup de coude, perdit l'équilibre. Ensemble, ils chutèrent de l'estrade, elle sur lui.

— Tu jettes l'éponge? haleta-t-elle.

— Non.

Il la coinça entre ses jambes et la fit basculer sous lui.

— Et toi?

— Des clous! fit-elle avant de lui déchirer sa chemise.

— Tu vas le payer cher, espèce de flic à la noix.

— Salaud de criminel.

— Ex, rectifia-t-il. Et jamais condamné.

Il pressa sa bouche sur la sienne, laissa échapper un juron.

— Tu n'y es pas allée de main morte, lieutenant... Ma Valentine, ajouta-t-il avec une ébauche de sourire.

Elle rit. Elle l'aurait volontiers dévoré tout cru. Quand elle l'avait surpris avec Magdelana, elle avait vu plus que de l'irritation dans son regard.

— Je t'aime, souffla-t-elle.

Au diable le décor romantique, la neige, les violons, songea Connors. Vive les ébats désespérés, un peu rudes, et aussi réels que les battements de leurs cœurs.

Elle lui lâcha les hanches, ses mains glissèrent, heurtèrent le sol.

— Jésus Marie Joseph ! souffla-t-elle.

— Quand j'aurai la force de me relever, dans quelques années, je te demanderai de me coller de nouveau ton poing dans la figure, histoire de voir si ça se termine de la même manière.

— Entendu.

— À moins qu'on ne commence par le dîner romantique ?

Elle tressaillit.

— Quoi ? dit-il.

— Je suis vraiment désolée.

— Vu notre état, et notre position, les excuses me semblent inutiles... Mais ce n'est pas le coup de poing qui te tracasse, ajouta-t-il en la regardant. Le boulot ?

— Je ne t'ai pas appelé pour demander de retarder notre dîner, parce que je préférais te le dire en face. J'ai un problème, et j'aurais besoin de ton aide.

— Avec plaisir.

— On peut peut-être terminer ce dîner aux chandelles avant minuit, mais...

— C'est sans importance, Eve.

— J'ai un cadeau pour toi.

— Vraiment ?

— Un livre de poésie... Sauf que je l'ai oublié au bureau.

Il lui sourit, l'embrassa tendrement.

— Merci.

Elle lui caressa la joue.

— Je file sous la douche.

— Je t'accompagne. Tu me mettras en courant.

— Ainsi, commenta-t-il alors qu'ils s'habillaient, tu avais raison au sujet de la fillette.

— Elle n'a rien d'une fillette, crois-moi. Le journal devrait enfoncer le clou. Allons dans mon bureau.

— Je voudrais t'expliquer pourquoi Magdelana était ici. Ou, plus précisément, pourquoi je l'ai laissée entrer.

— Tu voulais régler le problème une fois pour toutes.

— Quelle chance j'ai d'avoir une femme qui me comprend. Veux-tu que je te raconte ce qui s'est passé ?

— À vrai dire, oui, avoua-t-elle.

Il s'exécuta tandis qu'ils gagnaient son bureau.

— Je parie que tu lui as fichu une sacrée trouille, déclara-t-elle en sortant le journal de sa mallette. Tu as vraiment des infos sur elle qui intéresseraient les autorités internationales ?

— Évidemment ! Pour qui me prends-tu ? Mais je ne te les transmettrai pas, ajouta-t-il, pas dupe de son expression. Pour deux raisons.

— J'espère qu'elles sont bonnes.

— Primo, cela ne te concerne pas. Deuzio, elle ne va pas fermer l'œil de la nuit et surveiller ses arrières pendant un sacré bout de temps.

— Je ne suis pas d'accord avec la première raison, mais la deuxième me réjouit tellement que je n'insisterai pas.

— Parfait. Voilà ce que je te propose : je force cette serrure et nous parcourons le journal devant notre dîner de la Saint-Valentin.

— Euh…

— J'ai prévu une pizza et du champagne.

— Tu es sérieux ?

— Je connais ma femme aussi bien qu'elle me connaît. Il lui tapota le nez.

— Ce sera donc pizza au chorizo et café. Nous réserverons le champagne pour une autre occasion.

— Tu sais quoi ? Tu es vraiment mon Valentin.

22

Avant d'ôter le sceau du sachet contenant le journal de Rayleen, Eve brancha son enregistreur et y entra les données nécessaires. Après quoi, elle sortit la boîte en fer-blanc ornée de grosses fleurs et la posa sur son bureau.

— Peabody l'a dénichée dans la benne de recyclage de la cuisine.

— Toujours aussi efficace, commenta Connors en sélectionnant un outil.

— Si tout ne s'était pas déroulé aussi vite – le retour imprévu de la jeune fille au pair, etc. – et si Peabody n'avait pas été sur place, on ne l'aurait probablement jamais retrouvée. Un cycle aurait suffi pour broyer complètement la boîte.

— Dommage, elle est charmante. Et solide. Ce qui explique qu'elle ait si bien tenu le coup. La gamine aurait mieux fait d'en sortir le journal, observa Connors. Il aurait été réduit en miettes.

— Quand bien même, Rayleen Straffo ignore ce qu'on est capable de faire dans nos laboratoires. Et... Bravo !

— Ce n'est quand même pas un coffre-fort en titane.

Les mains protégées par une couche de Seal-It, Eve souleva le carnet relié de cuir rose bonbon, et orné d'un *Rayleen* pailleté. Il était muni d'un minuscule cadenas à l'ancienne.

— C'est plus rapide de taper sur un clavier que de noircir du papier, observa Eve.

— Si indulgents que soient ses parents, je serais étonnée qu'ils l'autorisent à coder un fichier sur un ordinateur. Ceci, en revanche ajouta-t-il en tapotant le livre, semble inoffensif, traditionnel, parfaitement adapté à une petite fille.

Elle s'écarta pour laisser Connors forcer le cadenas.

— J'aurai besoin de copier le contenu.

— Avant de le lire ?

— Non. Je vais d'abord enregistrer les dernières pages. Je m'occuperai des copies ensuite.

Elle passa directement à la dernière entrée, et commença à lire à voix haute :

Ce matin, j'ai mis ma jupe à carreaux roses et noirs, mes bottes roses et mon pull blanc au col et aux manches bordés de fleurs. J'étais très jolie. J'ai mangé des fruits, un yaourt et des céréales complètes pour mon petit-déjeuner. J'ai demandé à Cora de me préparer un vrai jus d'orange. On la paie pour ça. J'avais ma séance d'animation intellectuelle. Ça commence à me barber, je vais essayer de me débrouiller pour arrêter. Tout de même, c'est agréable de savoir que je suis plus intelligente que les autres. Au cours de danse aussi, je suis la meilleure. Si je le voulais, je pourrais devenir étoile un jour.

Après la séance d'animation intellectuelle, Cora et moi avons pris un taxi jusqu'au Metropolitan. *Je ne comprends pas pourquoi nous n'avons pas loué une limousine. J'en parlerai à papa. J'aime la peinture, mais la plupart des artistes sont morts. Si je le voulais, je pourrais être une peintre célèbre et exposer mes œuvres au* Met. *Les gens paieraient des sommes folles rien que pour admirer mes tableaux. Mais je préférerais les vendre aux collectionneurs.*

— Quel ego ! fit remarquer Connors.

Eve leva les yeux.

— Elle a écrit tout cela après que sa mère l'a rappelée à la maison. Pourtant, elle continue avec ses « je, je, je ». Mira va s'en donner à cœur joie.

Elle reprit sa lecture.

J'étais supposée rejoindre ma mère au Zoologie. C'est mon endroit préféré pour déjeuner, et on avait dû réserver trois semaines à l'avance. Quand je serai célèbre, je pourrai aller n'importe où sans prévenir. Les gens me seront reconnaissants de fréquenter leur restaurant.

Après ça, on avait rendez-vous au salon de beauté pour une coupe de cheveux et une pédicure. Je m'étais déjà décidée pour le vernis Carnaval à paillettes. Là-dessus, le communicateur de Cora a bipé. C'était ma mère, qui nous demandait de rentrer immédiatement. On avait des projets ! Mais non, il fallait retourner à la maison. La journée était complètement gâchée. Quand nous sommes arrivées, ma mère n'était même pas habillée. Quelle égoïste !

En fait, tout ça, c'est la faute de cette fouineuse de lieutenant Dallas. Au début, je pensais qu'elle était intéressante. Elle ne l'est pas. Elle est méchante, autoritaire et stupide. Il a fallu que j'arrange les choses. Une fois de plus. Au fond, c'est aussi bien. Ma mère est bête, et si faible, et ces derniers temps, mon père s'occupe plus d'elle que de moi. Donc, j'ai réglé le problème. Rien de plus facile.

Elle cache des comprimés dans son tiroir à sous-vêtements. Comme si je n'allais pas les trouver ! Je lui ai préparé un thé, j'ai mis une poignée de pilules dedans. Comme je l'ai fait avec cette vieille peau de Mme Versy, à Kingsley House, l'an dernier. Pour maman, j'ai été obligée d'augmenter la dose. Mme Versy était très âgée et déjà à moitié morte.

— C'est abominable, murmura Connors.

— Oui. Je me demandais si elle en avait éliminé d'autres en chemin, fit Eve, avant de poursuivre :

Elle s'est couchée. Je la regardais pendant qu'elle buvait. Elle a tout avalé, comme je lui ai demandé. Puis j'ai attendu qu'elle s'endorme. J'ai laissé le flacon vide sur la couette. Quand il rentrera, papa la découvrira ainsi. Je pleurerai. Je me suis exercée devant la glace. Tout le monde va s'apitoyer sur mon sort. On me donnera tout ce que je voudrai. Ils penseront que ma mère a tué cet idiot de M. Foster et ce minable M. Williams. Quelle tragédie ! Je rigole.

À présent, je vais écouter de la musique en dessinant. Quand papa reviendra, je serai dans ma chambre. Sage comme une image pendant que maman se repose.

Je dois maintenant jeter ce journal dans la benne de recyclage. À cause du lieutenant Dallas, bien sûr. Ça m'agace. Mais ce n'est pas grave. Papa m'en offrira un autre, plus beau. Il m'achètera tout ce que je lui demanderai, et il m'emmènera où je voudrai.

Je pense qu'on devrait prendre des vacances dans un bel endroit, au bord de la mer.

Connors demeura un moment silencieux.

— Elle a écrit cela pendant que sa mère agonisait dans la pièce voisine.

— Oui.

— Elle perd son temps avec ses cours de danse et d'art plastique. Elle devrait envisager une carrière d'assassin. Elle a toutes les qualités requises.

— Je vais faire en sorte qu'elle ait tout le temps de réfléchir à son avenir – dans une prison de haute sécurité, murmura Eve, les yeux rivés sur la petite écriture enfantine. Je m'occupe des copies. Il faut que Mira et Whitney en aient chacun une de toute urgence. Après quoi, je reprendrai ma lecture.

Tout était là, méticuleusement consigné : mobiles, méthodes, occasions, plans, exécution. Rayleen n'était pas avare de détails.

Si ce journal avait été celui d'un adulte, Eve aurait bouclé son enquête et enfermé le coupable.

Mais comment s'y prendre avec une meurtrière aussi jeune, dont le père était l'un des avocats les plus réputés de la ville ?

À 7 heures, Mira et Peabody arrivèrent pour une réunion holographique avec le commandant.

— Je refuse la thèse de la folie, annonça Eve d'emblée.

— Distingue-t-elle le bien du mal ? Très certainement, renchérit Mira. Ses crimes sont soigneusement préparés. Chaque fois, ses mobiles sont centrés sur sa petite personne. C'est précisément pour cette raison que le psychiatre de la défense plaidera la folie.

— Témoignerez-vous en faveur du ministère public ?

— Oui. Je vais devoir l'examiner, naturellement, mais quoi qu'il arrive, Eve, cette enfant doit être placée en institution. Et je pense qu'elle le sera.

Mira prit une profonde inspiration tout en étudiant le joli minois affiché sur le tableau magnétique.

— À moins que le système ne l'y contraigne, elle n'a aucune raison de s'arrêter. Elle est prise dans une spirale infernale. Elle se délecte à prouver sa supériorité. Son but est d'obtenir satisfaction, coûte que coûte.

— Sa propre mère, intervint Peabody. Elle raconte comment elle s'y est prise pour tuer sa mère, sans l'ombre d'une hésitation ou d'un regret. Elle n'a rien ressenti.

— Je veux aussi la coincer pour le petit frère, déclara Eve. Il n'est mentionné nulle part dans le journal. Elle l'a éliminé de son univers.

Elle jeta un coup d'œil à Mira, qui acquiesça d'un hochement de tête.

— Elle ne pense plus du tout à lui, continua-t-elle. Elle ne s'intéresse qu'à elle-même et au présent.

— Vous avez dit un peu plus tôt que vous lui soutireriez des aveux en la poussant à se confier à vous, commença Mira. Mais...

— C'est mon intention, coupa Eve. Le hic, c'est Straffo. S'il décide de la protéger, elle se fermera comme une huître. Si elle craint que je ne me serve de ce qu'elle me raconte, même chose. Je suis obligée de passer d'abord par lui.

— C'est le père. Il tentera instinctivement de la couvrir.

— C'est un père dont le fils a été assassiné, rappela Eve. Un mari dont l'épouse pourrait fort bien être la prochaine victime de Rayleen. C'est dur pour lui. Il va devoir choisir son camp.

— En lui transmettant ces informations, vous offrez à la défense potentielle un avantage, observa Whitney. Il risque d'ériger un mur autour de sa fille que nous mettrons des mois à abattre.

— C'est vrai, commandant. Et si je ne le gifle pas, si je ne le déstabilise pas alors qu'il est encore sous le choc de ce qui est arrivé à sa femme, il le fera. À moi de l'aider à voir sa fille telle qu'elle est réellement. Pour cela, j'aurais besoin de l'assistance d'un expert consultant, civil.

Elle glissa un regard à Connors.

— Je vous écoute, lieutenant, fit Whitney.

Cela prit du temps, et Eve dut lutter pour contenir son impatience. Il fallait agir avec prudence, prendre de multiples précautions, alors qu'elle mourait d'envie d'accélérer le processus. Il était presque 10 heures quand elle partit avec Peabody et Mira pour l'hôpital. Connors, Feeney et McNab étaient déjà sur le terrain depuis un bon moment.

Son communicateur bipa.

— Dallas.

— Lieutenant ? Je ne sais pas si vous vous souvenez de moi. Billy Kimball, directeur adjoint chez *Klines*. Vous êtes venue l'autre jour me poser des questions à propos d'une Thermos.

— Je me rappelle très bien. Vous avez du nouveau ?

— L'une de nos vendeuses intérimaires est passée par hasard hier soir, juste avant la fermeture. Je lui en ai parlé, au cas où. Bingo !

— Que savait-elle ?

— C'était juste après les fêtes. Elle a travaillé avec nous pendant toute la période des soldes de janvier. Elle m'a expliqué qu'une fillette était entrée en compagnie de sa nounou – du moins, elle a pensé que c'était la nounou. La gamine voulait acheter quelque chose pour faire une surprise. Elle a demandé à la jeune fille de s'éloigner. Il s'en est suivi un échange assez houleux, la nounou ne voulant pas…

— Accouchez, Billy.

— Désolé. La caissière a promis de veiller sur la petite, et la nounou est allée dans un autre rayon. La petite voulait une Thermos avec une inscription gratuite. D'après la vendeuse, elle était ravissante, et très polie. Elle n'est pas sûre à cent pour cent du prénom en question, mais la fillette lui aurait raconté que c'était un cadeau d'adieu destiné à son professeur préféré. Elle a payé en espèces. J'ai effectué une recherche. Il s'agissait bien de la marque et du modèle qui vous intéressaient. J'espère que cela vous sera utile.

— Oh, oui.

Parfois, tout se mettait en place d'un coup.

— Beau boulot, Billy. Je vous passe ma coéquipière. Vous lui communiquerez le nom et les coordonnées de votre vendeuse. Je voudrais lui montrer des photos afin qu'elle identifie la gamine.

— Je suis certain qu'elle sera ravie de coopérer. Elle a parlé d'une petite blonde bouclée. Avec des yeux d'une couleur incroyable. Presque violets.

— Et les murs continuent de s'écrouler, murmura Eve tandis que Peabody notait les renseignements que lui dictait Billy. Elle s'est pris les pieds dans le tapis. Elle n'aurait jamais dû discuter avec la vendeuse. Mais elle n'a pas résisté à la tentation de faire son intéressante.

— Elle se sera sûrement débarrassée de la Thermos originale, commenta Mira.

— Oui. Elle l'a probablement sortie de l'école sous notre nez.

— Je suis certaine que je n'aurais rien vu non plus.

— Aujourd'hui, le rideau va enfin tomber.

Straffo était au chevet de sa femme. Il posa sur Eve un regard las lorsqu'elle entra dans la chambre.

— Si vous êtes venue pour une inculpation, vous...

— Comment va-t-elle ? l'interrompit Eve.

Il fourragea dans ses cheveux, reprit la main d'Allika.

— Son état est toujours critique. Ils vont procéder à une nouvelle série d'analyses, répondit-il. Je ne sais pas. Mais je vous en prie, ne lui mettez pas ces meurtres sur le dos.

Eve vint se poster au bout du lit.

— Vous aimez vraiment votre épouse?

— Quelle question! Peu importe l'amour que j'éprouve pour elle. Elle est incapable de faire du mal à une mouche, je vous l'ai déjà dit. Et je refuse de croire qu'elle a tenté de mettre fin à ses jours, surtout alors que Rayleen était seule avec elle dans l'appartement. Pour rien au monde elle n'infligerait pareille épreuve à notre fille.

— Je suis d'accord avec vous.

Il tressaillit.

— Mais alors, que voulez-vous?

— Et votre fils? Vous l'aimiez?

— Comment osez-vous?

— Je parie qu'il était la prunelle de vos yeux. Même si vous avez rangé toutes ses photos. Même si votre femme les conserve dans une boîte soigneusement cachée.

— Vous n'avez pas la moindre idée de ce que nous avons souffert. Vous ne pouvez pas comprendre. Vous l'*aimiez*? m'avez-vous demandé. Mais je l'*aime* toujours!

Il se leva d'un bond, sortit un petit portefeuille en cuir noir de sa poche.

— Tenez! fit-il en brandissant une photo. Il est ici, près de moi. Regardez son visage. C'était un petit bonhomme exquis, heureux de vivre. En présence de Trevor, on ne pouvait pas ne pas sourire. À la fin d'une journée particulièrement difficile, cinq minutes avec lui suffisaient à vous remonter le moral. Le jour où il... où nous l'avons perdu fut le jour le plus terrible de mon existence. Jusqu'à aujourd'hui. C'est ce que vous vouliez entendre?

— Oui. J'ai quelque chose à vous montrer, Oliver. Ce sera très dur. Essayez de penser à votre fils et à votre femme. Je vous demande de bien vouloir lire ceci.

— De quoi s'agit-il?

Elle lui tendit une photocopie des dernières pages du journal de Rayleen.

— Je pense que vous reconnaîtrez l'écriture. Si je vous montre ceci maintenant, c'est à cause d'elle, ajouta Eve en désignant Allika. Et parce que j'ai vu les photos de votre fils. Son visage me hante.

Straffo parcourut les premières lignes.

— C'est l'écriture de Rayleen. Un extrait de son journal intime ? En quoi...

— Ces pages sont celles qu'elle a remplies juste avant de le ranger dans son coffret et de jeter le tout dans la benne de recyclage de votre cuisine. Voyez la date. Je vous conseille de le lire jusqu'au bout.

À mesure qu'il avançait dans sa lecture, son visage prit la couleur de la cendre. Ses mains se mirent à trembler irrépressiblement.

— Ce n'est pas possible.

— Au fond de vous, vous savez que ça l'est. Votre femme le savait. Malgré son horreur et son chagrin, elle s'est toujours efforcée de protéger Rayleen. C'est pourquoi celle-ci a tenté de la tuer, pour se protéger elle-même, pour que les soupçons se portent sur sa mère, pour vous avoir à elle toute seule.

— Non.

— Ce n'est pas tout, Oliver. Ailleurs, elle décrit comment elle a tué Foster et Williams. Elle évoque aussi une certaine Mme Versy, de *Kingsley House*.

— Vous êtes folle, souffla-t-il en chancelant. Ou c'est moi qui suis en train de le devenir.

Eve n'avait d'autre choix que d'insister.

— Ce qui ne figure pas dans le journal, parce que votre fille ne le tient que depuis quelques mois, c'est la manière dont elle a tué son frère.

— C'est de la démence.

— Vous saviez tous deux que Rayleen s'était levée bien avant de venir vous réveiller.

— Elle...

— Vous avez décidé que c'était un accident, comme tout parent digne de ce nom. Que Trevor avait trébuché, et que sa sœur était en état de choc et de déni. Vous avez dissimulé tout ce qui pouvait évoquer son souvenir parce qu'elle ne supportait pas que vous pensiez à lui.

— Pour l'amour du ciel, elle avait sept ans ! Vous ne croyez tout de même pas…

— Si. Regardez votre femme, Oliver. Est-ce qu'elle mérite de se retrouver là ? Et votre fils ? Rayleen tue sans remords. J'ai un dossier béton. Elle a même acheté une Thermos gravée au nom de Craig.

— Quoi ? Quoi ?

Il se prit la tête à deux mains.

— J'ai un témoin, enchaîna Eve, impitoyable. La vendeuse qui a servi Rayleen. Elle l'a identifiée sur la photo. Cora a confirmé qu'elles s'étaient bien rendues dans ce magasin en particulier, le jour dit, à la demande de Rayleen. J'ai aussi une déclaration de sa grand-tante, Quella Harmon, affirmant que Rayleen s'intéressait beaucoup à la fabrication de l'extrait de graines de ricin.

Eve reprit son souffle. Ce n'était pas le moment de céder.

— Elle écrit elle-même comment elle a décidé de se débarrasser de sa mère, comment elle est allée dessiner et écouter de la musique, pendant qu'Allika était en train de mourir.

— Je ne peux pas… Vous ne pouvez pas me demander de croire une telle chose.

— Vous la croyez déjà, tout au fond de vous. C'est ce qui vous rend malade. Mais vous allez devoir vous ressaisir, parce que je vais vous dire ce que nous allons faire… Regardez-moi, Oliver.

— Elle a écrit ça… pendant qu'Allika…

— Oui. Allika était une barrière. Comme Trevor. Sa mère et son frère se dressaient en travers de son chemin, elle les a donc tout simplement supprimés.

— C'est ma fille, mon enfant…

— Je vais vous proposer un marché. Entre vous et moi. Si je ne parviens pas à vous prouver que tout ce que je vous ai dit est vrai, j'accepterai qu'elle soit jugée en tant que mineure.

— Elle n'a que dix ans !

— Homicides multiples, prémédités. Elle sera jugée en tant qu'adulte à moins que je laisse courir. Je vous prouve qu'à cause d'elle, sa mère est sous assistance respiratoire ; qu'elle a poussé Trevor dans l'escalier un matin de Noël, qu'elle a tué Foster, Williams, et une vieille dame dans une maison de retraite. Tout. Sans l'ombre d'un doute. Si je n'y arrive pas, vous aurez les munitions pour démolir mon enquête. C'est à prendre ou à laisser.

Rayleen dessinait dans la salle d'attente. Quand Eve apparut, elle s'arrêta. Les larmes lui vinrent aux yeux.

— Ma maman...

Eve ferma la porte derrière elle.

— Je connais le médecin qui la soigne. Elle pense que ta maman devrait s'en sortir. En ce qui te concerne, Rayleen, les nouvelles sont moins bonnes, ajouta-t-elle en se dirigeant nonchalamment vers la table pour se verser une tasse de café.

— Pardon ?

— Nous sommes entre nous, Rayleen.

Eve ôta sa veste.

— Je ne porte pas de micro. Voici mon appareil enregistreur. Il est éteint. Je ne t'ai pas cité tes droits. Ton papa est avocat, et tu es intelligente, tu sais donc pertinemment que rien de ce que tu pourras me dire ne sera utilisé contre toi.

Eve s'assit, allongea les jambes, but une gorgée de café. Il était encore plus immonde que celui du Central.

— J'en ai croisé, des personnes futées, mais je dois avouer que tu bats tous les records. En admettant que ta mère survive, elle ne te dénoncera jamais. Malgré tout, tu as dû être très énervée quand Cora est survenue à l'improviste.

— Je ne veux pas vous parler, déclara Rayleen, les larmes roulant sur ses joues, cette fois. Vous êtes trop méchante !

— Voyons ! Tu n'as pas peur de moi. Tu sais que je la bouclerai.

Eve haussa les épaules.

— Mon commandant et le psy du département pensent que j'ai perdu la tête. Je tiens à ma carrière, figure-toi. Je ne vais pas la sacrifier pour cette affaire. C'est terminé. L'enquête restera ouverte un certain temps, puis sombrera dans l'oubli.

Elle se pencha en avant.

— Je ne vais pas risquer de rater une promotion à cause de toi. En ce moment, je surfe sur la vague. Le dossier Icove, le trafic de bébés... c'est moi. Je peux me permettre de perdre une partie de temps en temps.

Rayleen inclina la tête de côté.

— Vous n'avez pas le droit de mentir lors d'un entretien avec un suspect.

— Certes. Et je ne peux pas non plus interroger un suspect mineur sans l'autorisation de ses parents. Donc, officiellement, je ne suis pas là.

Rayleen se remit à dessiner.

— Pourquoi vous êtes là ? Je peux aller trouver mon père, et vous aurez des ennuis.

— Merde. Je suis là pour prendre de tes nouvelles, rien de plus. Si tu en fais tout un fromage, il va se demander pourquoi je te harcèle... Au fond, oui, ajouta-t-elle avec un sourire, pourquoi tu n'irais pas le trouver ? Il commencerait à réfléchir. Il se dirait que ta mère n'aurait jamais attenté à ses jours alors que tu étais seule avec elle dans l'appartement. Vas-y ! Parle-lui. La dernière fois que je l'ai vu, il était au chevet de ta mère.

— Il devrait être avec moi. Quand elle mourra...

— *Si* elle meurt, corrigea Eve en agitant le doigt, l'air taquin. Au conditionnel. Ne te réjouis pas trop vite, petite. Je pourrais toujours l'accuser de deux meurtres. Ça passerait peut-être. Mais je suis moins pragmatique que toi. J'aime bien clore une enquête, mais faire ce genre de chose me resterait en travers de la gorge. Donc... je jette l'éponge.

— Vous abandonnez, comme ça ?

— On appelle ça « savoir se retirer »... Ce n'est pas compliqué de deviner comment tu t'y es prise avec ta mère. Je ne peux pas le prouver, mais je crois savoir : tu lui as préparé un thé, tu y as mis des somnifères. Elle s'en est rendu compte ?

Rayleen poussa un soupir.

— Ma mère a voulu se suicider, c'est atroce. Je pourrais être traumatisée à vie. Il faudra que papa m'emmène en voyage. Juste lui et moi. Pour que je récupère.

— Dans ce cas, pourquoi t'a-t-elle d'abord demandé de rentrer à la maison ? Elle aurait pu avaler ces cachets alors qu'elle était seule.

— Elle voulait sans doute me dire adieu.

Rayleen battit des cils, ébaucha un sourire tremblant, laissa couler une larme.

— Elle m'aimait par-dessus tout.

Elle parlait déjà de sa mère au passé, nota Eve.

— Allons, Rayleen. Ce doit être exaspérant pour une fille aussi intelligente que toi de ne pas pouvoir parler de ses activités avec qui que ce soit. Je suis pieds et poings liés. Tu gagnes, je perds. Mais nom de nom, la curiosité me ronge... Pourquoi as-tu éliminé Foster ? Une fois encore, je crois savoir comment. Tu as réussi à te procurer de la ricine. Où ? En quelles circonstances ? Mystère, mais tu l'as versée dans la Thermos... Tu es entrée dans la classe pendant qu'il donnait son cours à l'étage supérieur. Tu as empoisonné sa boisson. Ensuite, tu t'es débrouillée pour que ta copine et toi puissiez quitter l'étude un peu plus tôt sous prétexte d'aller lui parler.

— En supposant que vous ayez raison, vous ne savez pas tout.

— Non. Et c'est bien ce qui m'agace. Pourquoi lui ? T'a-t-il fait du mal ? A-t-il essayé d'abuser de toi ?

— Beurk ! C'est dégoûtant !

— Tu n'as pas agi sur un simple caprice. Tu t'es donné trop de mal pour tout organiser.

Rayleen grimaça.

— Peut-être – mais on fait semblant, vous n'êtes pas là –, peut-être qu'il était stupide et méchant. Peut-être

qu'il a commis une erreur impardonnable et qu'il a
refusé de m'écouter alors que je lui laissais une chance
de se rattraper.

— Quel genre d'erreur ? Puisque nous faisons semblant.

— Il m'a donné un A moins pour mon exposé. D'habitude, j'ai toujours A ou A plus. Il n'avait pas à me
mettre A moins sous prétexte que ma présentation
n'était pas tout à fait au point. Je me suis exercée encore
et encore. J'étais la *meilleure* de la classe. Un A moins,
ça signifie que je pourrais me retrouver seconde.

— Tu l'as empoisonné pour une note ?

— Je lui ai dit qu'il devait me mettre au moins un A.
Que je ne voulais pas perdre une place, que j'avais travaillé très dur. Vous savez ce qu'il m'a répondu ?

— Je suis tout ouïe.

— Que la note ne comptait pas, que l'essentiel, c'était
ce qu'on *apprenait*. Vous vous rendez compte ? C'est
débile !

— Les bras m'en tombent.

— D'autant que Melodie, elle, a eu un A. Maintenant,
on est presque ex aequo ! Elle aussi, je l'ai punie.

Tout était consigné dans le journal, mais c'était à la
fois fascinant et atroce de l'entendre de la bouche
même de Rayleen.

— En t'arrangeant pour qu'elle découvre M. Foster
avec toi ?

— Elle fait des cauchemars toutes les nuits, ricana
Rayleen. Et son taux d'absences a explosé. Quel bébé !

— Et Williams ?

Rayleen leva les yeux au ciel.

— Si vous n'étiez pas aussi bête, vous auriez compris.

— Pour que je le croie coupable de l'assassinat de
M. Foster ? Mais...

— N'importe quoi ! se moqua Rayleen qui se leva et
s'approcha du distributeur.

Elle plongea la main dans la poche de son jean rose,
en extirpa quelques crédits, programma un Fizzy à
l'orange.

— Pourquoi ?

Rayleen prit une paille et commença à boire tranquillement.

— Vous étiez censée croire que c'était la directrice qui les avait supprimés tous les deux. À cause d'une histoire de sexe. C'est immonde, elle aussi mérite une punition. En plus, elle est trop sévère.

— Je l'ai soupçonnée, expliqua Eve sur le ton de la conversation. Au début, j'ai cru que Williams s'était débarrassé de Foster pour dissimuler ses frasques de pervers, et que Mosebly avait tué Williams parce qu'il la faisait chanter. Mais ça ne collait pas, vu la chronologie des événements.

— Donc vous n'arrêterez jamais personne.

— Apparemment, non, concéda Eve. Et où t'es-tu procuré le produit que tu as injecté à Williams ? Joli, le coup de la piscine. Nous avons failli passer à côté, tellement la dose était infime.

— Cet imbécile de M. Williams. Normalement, ce produit est absorbé par l'organisme. Il est pratiquement indétectable au bout de quelques heures. Je l'ai eu dans une maison de retraite où je me rends en tant que bénévole. Une vraie plaie ! Je dois danser pour eux, leur lire des histoires, les écouter raconter des trucs rasoir. Je vais où je veux dans l'établissement parce que tout le monde me connaît. L'armoire à pharmacie est fermée à clé, mais ce n'est pas difficile de distraire une infirmière ou un aide-soignant.

Elle examina l'arme d'Eve.

— Vous avez déjà tué quelqu'un avec ça ?

— Oui.

— Qu'est-ce que vous avez ressenti ?

— Un certain pouvoir.

— Hum. Mais ça ne dure pas. C'est comme quand on mange une glace et que le bol est vide, expliqua Rayleen. Vous savez, vous pourrez raconter au monde entier tout ce que je viens de vous dire, personne ne vous croira.

— Normal. Qui pourrait croire une fille de dix ans capable de commettre deux meurtres, plus une tentative… sur sa propre mère. C'est impensable.

— Ce n'est pas tout !

— Quoi d'autre ?

— Je ne sais pas si je vais vous le dire.

— À ta guise, fit Eve en se levant. De toute façon, il est tard, c'est mon jour de congé, et j'ai déjà perdu assez de temps sur cette affaire.

Rayleen exécuta une petite danse sur la pointe des pieds, tout autour d'elle.

— Vous ne devinerez jamais. Jamais, jamais !

— Je suis trop vieille pour jouer. D'ailleurs, plus vite je t'aurai oubliée, mieux je me porterai.

Rayleen s'immobilisa.

— Vous ne pouvez pas partir comme ça ! Je n'ai pas fini. C'est moi qui ai gagné. Vous êtes une mauvaise perdante.

— Traîne-moi au tribunal.

Eve atteignit la porte.

— La première fois que j'ai tué, j'avais sept ans.

Eve s'immobilisa, se retourna, s'adossa contre le mur.

— Ce sont de conneries !

— Si vous m'injuriez, je ne vous dirai pas comment j'ai tué mon petit frère.

— Il est tombé dans l'escalier. J'ai lu les rapports d'enquête.

— Ceux-là aussi, ils étaient bêtes.

— Tu ne vas pas me faire croire que tu as tué ton petit frère et que personne n'est au courant ?

— Je l'ai réveillé très tôt. J'ai dû mettre ma main sur sa bouche quand il a rigolé. Mais il m'a écoutée, comme toujours. Il m'aimait… Il a marché tout doucement. Je lui ai expliqué qu'on allait descendre voir les cadeaux que le Père Noël avait déposés sous le sapin. Il croyait au Père Noël. Quelle cruche ! De toute manière, c'est leur faute.

— La faute de qui ?

— De mes parents, bien sûr. Ils n'auraient jamais dû l'avoir. Il était toujours dans mes pattes, il les accaparait sans arrêt. J'étais l'aînée. J'étais là la première.

— Tu l'as poussé ?

374

— Facile. Un petit coup, et boum, badaboum! Crac! Terminé.

Elle gloussa, but une gorgée de soda.

— Tout est redevenu normal. Cette année-là, j'ai eu *tous* les jouets. Il a suffi que je me mette à pleurer quand papa a voulu ranger ceux de Trevor. Je les ai tous eus, et ce sera toujours comme ça.

Elle fit une pirouette, et salua.

— Je parie que vous n'avez jamais été battue par un enfant. Dites-le. Dites que Rayleen est la fille la plus intelligente que vous ayez jamais rencontrée.

— Une seconde, murmura Eve comme on frappait à la porte.

Elle ouvrit à Peabody qui lui tendit le journal intime de Rayleen.

— Tiens! Tiens! Qu'est-ce donc que cela?

— Où l'avez-vous trouvé? C'est à *moi*! Rendez-le-moi!

Volatilisée, la gamine narquoise. Ce fut la tueuse enragée qui se rua sur Eve.

— Voilà ce qui s'appelle «violences sur un officier de police». Rayleen Straffo, je vous arrête pour…

— Taisez-vous! Vous avez intérêt à vous taire tout de suite, ou vous le regretterez. C'est mon journal, vous allez me le rendre. Mon père vous le fera payer cher!

Eve lança le carnet à Peabody, puis attrapa Rayleen par les bras et la fit pivoter. Elle lui mit les menottes sans se soucier de ses cris et de ses coups de pied.

— C'est toi qui vas payer pour tous tes crimes, rétorqua-t-elle. Tu avais tort, Rayleen. Je peux mentir au cours d'un interrogatoire. Je n'étais pas équipée d'un micro, mais la pièce l'était.

— Vous ne m'avez pas cité mes droits.

— Exact. Mais je n'ai pas besoin de tout ce que tu viens de me confier. Je l'ai déjà. C'est dans ton journal, que nous avons découvert hier dans la benne de recyclage de ta cuisine. J'ai aussi le témoignage de la vendeuse qui t'a vendu la Thermos au nom de Craig. Et celui de ta mère. Avant que tu essaies de la tuer, elle nous a avoué qu'elle était au courant, pour ce fameux matin de Noël.

— Personne ne vous croira! glapit Rayleen, le visage violacé. Mon père va tout arranger.

— Faux.

Eve et Peabody lui prirent chacune un bras. À quelques mètres, Straffo fixait sa fille, pétrifié.

— Rayleen.

— Papa! Papa! Elles me font mal! Empêche-les!

En deux pas, il fut devant elle.

— C'était un bébé. Un tout petit garçon. Il t'aimait tant. Comment as-tu pu, Rayleen? *Comment?*

— Ce sont des mensonges, papa. Elle te ment. Je suis ta fille. Je... C'est maman! Je l'ai vue, papa. Elle a poussé Trevor dans l'escalier. Après, elle a tué M. Foster et M. Williams. Je ne voulais pas la dénoncer, papa, mais je...

— Tais-toi, mon Dieu! Tais-toi! Par pitié!

— Peabody, emmenez-la, ordonna Eve. Rendez-vous au Central avec Mira et l'officier de garde. Je vous rejoins dès que possible.

— Vous paierez, murmura Rayleen entre ses dents, tandis que Peabody faisait signe à l'agent en uniforme de lui prêter main-forte. Vous paierez, comme les autres.

— Les gosses gâtées ne me font pas peur, riposta Eve. Citez-lui ses droits, Peabody. Inculpez-la pour deux homicides et une tentative. On ajoutera Mme Versy à la liste une fois qu'elle sera coffrée.

— Papa! Ne les laisse pas m'emmener! *Papa!*

Eve s'adressa à Straffo.

— Allons nous asseoir, Oliver.

— Je n'ai plus rien, balbutia-t-il. Plus rien. C'est mon enfant. Elle... Je l'ai fabriquée.

— Non. Parfois, des individus respectables commettent l'innommable. Parfois, l'innommable produit des individus respectables. J'en sais quelque chose.

Elle posa une main réconfortante sur son bras, puis se releva comme Louise venait vers eux.

— Monsieur Straffo.

Il leva les yeux, l'air hagard.

— Elle est morte, souffla-t-il. Allika.

— Non, elle a repris conscience. Elle n'est pas encore lucide, et je ne peux rien vous promettre. Mais elle a besoin de vous.

— Allika, murmura-t-il en tournant vers Eve un visage ruisselant de larmes où se lisait une infinie détresse. Rayleen...

— Aimez-vous votre femme, Oliver ? Aimez-vous votre fils ?

Secoué de sanglots, il emboîta le pas à Louise.

Épilogue

Épuisée, Eve regagna le Central à pied.

Pour trouver Connors installé dans son fauteuil, et pianotant sur le clavier de son ordinateur.

— Ce matériel appartient à la police, camarade.

— Mmm. Je travaillais pour moi, histoire de passer le temps. Je viens de transférer le fichier à la maison... Tu as eu une dure journée, lieutenant.

— J'ai connu pire, c'est ce que je ne cesse de me répéter. Tu aurais dû rentrer.

— Je me suis dit que tu aurais peut-être besoin de moi.

Il se leva, l'enveloppa de ses bras.

— C'est le cas ?

— Oh, oui, soupira-t-elle. J'espérais me sentir mieux une fois cette épreuve passée. Satisfaite d'avoir accompli mon devoir. Mais à vrai dire, je ne sais pas exactement ce que je ressens.

— Tu éprouves de la compassion pour Oliver et Allika Straffo, tu souffres parce qu'un petit garçon innocent, une vieille dame et deux professeurs sont morts à cause de l'ego démesuré d'une fillette. Et tu penses à la veuve.

— J'ai appelé la femme de Foster. Je lui ai annoncé que l'enquête était close et que j'allais passer chez elle pour tout lui expliquer. Seigneur ! ajouta-t-elle en fermant brièvement les yeux. Tu devrais rentrer à la maison.

— Non, je t'accompagne.

— Je te remercie, murmura Eve, avant d'ajouter : Ses larmes ont ému l'employée des services de protection de l'enfance. Pas Mira. L'acte d'accusation sera prononcé demain. Vu la monstruosité des crimes et l'absence d'intervention des parents, elle a été placée dans une cellule pour adultes – à l'écart des autres prévenus. Tu as tout entendu, n'est-ce pas ?

— Oui. J'en avais la chair de poule.

Connors pressa les lèvres sur le front d'Eve.

— Dans la salle de contrôle, personne ne parlait. Personne n'osait plaisanter, comme c'est souvent le cas dans ce genre d'opération. Personne n'a pipé mot pendant que tu la cuisinais et qu'elle se vantait de ses exploits. Straffo avait l'air d'un spectre, d'un homme à qui on aurait arraché les tripes et le cœur.

— Son père se sentira peut-être obligé d'engager un autre avocat pour assurer sa défense. Ça ne changera rien. Je ne peux pas me servir de ses aveux, mais j'ai tout le reste. Et tu sais quoi ? Elle répétera tout, à ma demande, en interrogatoire officiel.

— Tu crois ?

— Je jouerai de son ego. Rayleen, tu es la meilleure. Non seulement tu es la meilleure, mais tu es unique en ton genre. Tu vas devenir célèbre.

Connors l'embrassa sur le bout du nez.

— C'est toi qui es unique. Et tu es tout à moi.

— Cette fois, je ne me rendrai pas malade. Il y a des questions auxquelles on ne peut pas répondre. Il faut l'accepter.

— J'ai parlé avec Louise. Allika Straffo va mieux.

— C'est déjà ça. Dès qu'elle sera en mesure de parler, j'irai l'interroger. Quand j'en aurai terminé avec le boulot, que dirais-tu de rentrer à la maison, d'ouvrir une bouteille de champagne, de s'enivrer un peu – peut-être beaucoup – et de voir ce qui se passe ensuite ?

— Voilà qui me convient à merveille.

Tout en décrochant son manteau, il ajouta :

— J'ai quelques idées pour le « ensuite ».

— Ça ne m'étonne pas de toi, commenta-t-elle en lui prenant la main. Et tu es tout à moi.

Tout allait redevenir normal, songea-t-elle. En paix avec eux-mêmes, unis quoi qu'il arrive, ils affronteraient l'avenir ensemble.